Staread
星文文化

控虫师之夜莺星云

彭柳蓉 著

浙江出版联合集团
浙江文艺出版社

图书在版编目(CIP)数据

控虫师之夜莺星云 / 彭柳蓉著. — 杭州：浙江文艺出版社，2017.6

ISBN 978-7-5339-4901-3

Ⅰ. ①控… Ⅱ. ①彭… Ⅲ. ①长篇小说－中国－当代 Ⅳ. ①I247.5

中国版本图书馆CIP数据核字(2017)第122504号

责任编辑：瞿昌林
责任印制：朱毅平

控虫师之夜莺星云

彭柳蓉 著

出版　浙江文艺出版社
网址　www.zjwycbs.cn
经销　浙江省新华书店集团有限公司
印刷　北京毅峰迅捷印刷有限公司
开本　700 毫米 × 1000 毫米　1/16
字数　280 千字
印张　20.5
版次　2017 年 6 月第 1 版　2017 年 6 月第 1 次印刷
书号　ISBN 978-7-5339-4901-3
定价　32.00 元

目录
CONTENTS

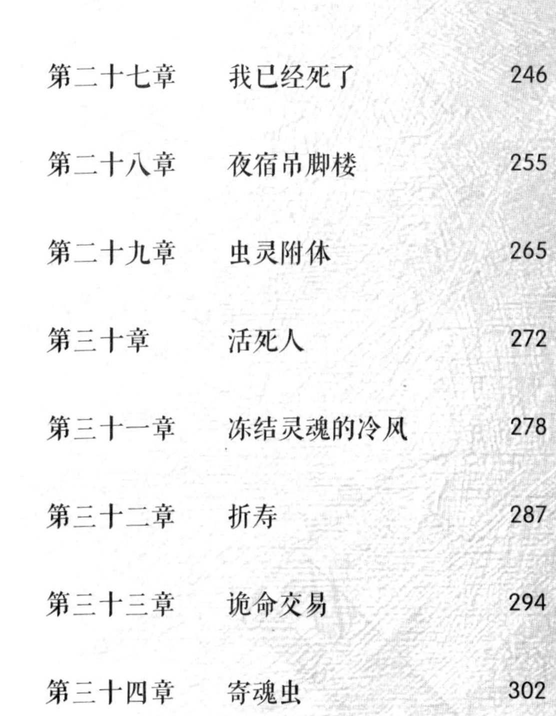

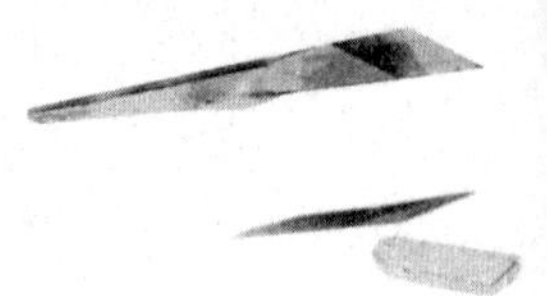

第一章
南洋秘术

二〇〇五年。

马来西亚。

原本以为是跨国幼童拐卖事件，在今夜却变得扑朔迷离，隐隐带着死神的晦暗气息。

苏明悄无声息地趴在树上，知道自己碰到了虫师的法事。

来马来西亚不过一年，苏明也在茶余饭后听说过虫师的传闻。南洋是“阴阴湿湿之地”，自然环境独特，关于异虫的传说很多，疑似被异虫害命的案件也很多，但是警方却永远找不到元凶。他万万没想到，就在他要回国的前夕，因为追查幼童拐卖事件，居然目睹了虫师作法。

苏明趴在树枝上，屏住呼吸看着不远处的旷野中，火堆旁似乎在梦游的七个人。这些人有男有女有老有少，仿佛中了魔法的玩偶，在火堆旁游走。

苏明的视线被火堆旁一个大约七岁的幼童所吸引。他穿着白袍，一尘不染，五官精致得不真实，微长的黑发令他在月夜下多了种妖异的感觉。他那淡漠的眼神没有一丝孩童的天真惶惑。

幼童的身后坐着一个裹在黑袍里的男人。那个男人像是夜魅或者山妖，比夜色还要黑暗，散发着阴沉的气息。他吹响了手中的骨笛，那声音仿佛扑面而来的一蓬毒蜂，令苏明差点掉下了树。随着笛声的扩散，苍白月光下的草丛里发出了奇怪的窸窸窣窣的声音。

东南亚炎热的天气，令蛇群大量在郊外繁殖，而此时它们正循着笛声，向火堆汇集。梦游的人们在笛声中站定，他们面向着嘶嘶作响的蛇群，睁着的眼睛里没有一丝恐惧。

骨笛发出的声音尖锐得仿佛能够刺破耳膜，苏明咬牙忍耐。他虽然很想救下这些人，却也担心自己一旦出现，一定会被蛇群咬死。他看了看手机，发现刚才还没有信号的手机居然有了一小格信号。苏明快速地给好友永强发了一条短信，让他立刻带警察过来。

苏明将手机的摄像头对准了火堆。

蛇群被突然拔高的笛声刺激得骚动了起来。它们根本不畏惧火光，如同离弦之箭，纷纷跃起，射向火堆旁呆立的人们。带毒的蛇牙狠狠地咬进了他们的皮肉，疯狂地释放着毒液。

苏明拍摄着黑袍人的罪证，心中的恐惧和憎恨越来越深。他怎么能眼睁睁看着这样的暴行而不阻止？他将手机固定在树枝上继续拍摄，然后自己飞身跳下了树，抓起地上粗壮的树枝奔了过去，奋力驱赶蛇群。

笛声戛然而止，蛇群也因此停止了攻击。苍白的月光下，黑袍人看向了苏明，他的目光淡然而冷漠。

黑袍人的眼神如同利刃，苏明只觉得眼睛刺痛，脑海里轰然巨响。他的身体晃了晃，对黑袍人说："我已经报警了！"

黑袍人微微有些诧异，他的嘴里吐出低沉嘶哑的发音。

苏明的马来语水平仅限于简单的日常对话，根本不明白黑袍人在说什么。

黑袍人的身前，脸色发青的七个人被咬伤的手臂渐渐变得紫黑，他们的鼻子里涌出黏腻暗红的血液。

黑袍人叹息，他的手指动了动，苏明就发现自己根本无法动弹，似乎有无形的绳索捆住了他的四肢。

苏明瞪大了眼睛，火光中，那些因为蛇毒而抽搐的人的心脏处开始膨胀，仿佛他们的心脏正在快速长大，甚至顶弯了胸骨。他们的心口处，血液仿佛浇水器里的水，细细密密地喷了出来。

苏明无法相信自己的眼睛，七缕银色的光雾正从那些人的心脏处钻出，它们在月光下盘旋，妖异而美丽。那七个人的尸体散落在草丛里，依然睁着的眼睛里看不到一丝对死亡的恐惧，反而有着幸福的幻影。

银色光雾在黑袍人的笛音中仿佛舞蹈一般扭动着，它们丝毫不在意苏明的存在，向着黑袍人身边淡漠精致的男童靠近。苏明仔细分辨，发现那是七只发光的飞虫。

哈辛看着自己神色淡漠的弟子，眼中精光一闪："小夜，师傅用你的身体养这七只异虫也是为了你好。要是师傅在一年后斗虫失败，里桑一定会把你当作他的养虫人。到时候，你会更加求生不得求死不能。"

小夜定定地看着师傅哈辛，唇边隐隐有了一丝艳丽的笑意，在月光下妖娆而冰冷，轻声说："小夜不会怪师傅。"

"小夜，只要你用心血养好这七只异虫，我就把你的小樱还给你。"哈辛的话令小夜淡漠的眼中有了一丝波动。

小夜看着盘旋起舞的银色光雾，知道自己今夜在劫难逃。

哈辛收他为徒根本不安好心。他战战兢兢跟了哈辛三年，看着哈辛的四个徒弟为他养虫最终被反噬而亡。他不是没有想过逃走，但小樱被哈辛藏了起来，他不能独自逃生，留下小樱被哈辛杀死。

想到小樱，小夜的心中有了一丝温柔的波动。为了小樱能活着，他承受了异虫在心脏里游走吸血的痛苦。一旦他对哈辛不再有用，小樱一定会被哈辛用来养虫，惨死在无人的荒野。

小夜凝视着月光虫，幽深的眼底隐隐有银丝跳动，神秘的波动从他的眼中扩散而出。那些月光虫仿佛被这波动迷惑，微醉一般地晃动着。

哈辛的眼中有着掩藏得极好的一丝艳羡。小夜住在槟城贫民区，他的父亲薛志国体弱多病，一直受到友人罗华的照顾。小樱就是罗华唯一的女儿。哈辛在小夜五岁的时候发现了小夜的天赋，他费尽心思将小夜收入囊中。如今，小夜才七岁，已经显露出极高的虫师天赋。若不是他把小樱控制在手中，小夜早已逃走。

小夜缓缓解开白袍，露出瘦弱的胸膛。他的胸前有着十多道丑陋的伤疤。每一道疤痕都记录着一次养虫的经历。普通人养一次虫就会因为受不了异虫寄生的毒素，很快死去。而拥有虫师天赋的小夜却承受住了多次养虫的痛苦折磨，似乎连灵魂也因为这可怕的经历变得麻木腐朽。

月光虫化为银线，急速刺入了小夜伤痕累累的胸膛。苏明眼睁睁看着那银色小蛇在小夜的皮肤下扭动，看着他痛苦地蜷着身体，不知不觉间苏明的衣服就被冷汗浸湿了。

小夜的脸色越发苍白，他盘膝坐下，身体因为剧痛而颤抖，皮肤上出现了中毒一般的紫黑色。他的唇边吐出低低的晦涩的呢喃，那带着神秘波动的呢喃似乎减轻了他的痛苦。

哈辛的眼中露出喜悦的神色。

他好不容易从坠落在南美洲的陨石里找到了保存完好的一组虫卵。虫卵已经完全脱水，在宇宙中漂流了不知道多少岁月。哈辛激发了虫卵里仅剩的生机，将它们植入了七个合适的人的身体。如今这些散发着月光一般的丝雾的异虫已经培育成功。

最好的异虫往往都是来自天外，这个秘密在虫师中流传。那些星星的碎片从远古时期就会不时降临这个世界。偶尔陨石里会蕴藏着虫师梦寐以求的虫卵，但是其中的大多数已经失去生机。虫师拥有特别的能力能够分辨出陨石里是否藏着有用的虫卵。

哈辛得到这块南美洲的陨石时，心中无比激动，同时也怀着深深的忌惮。有些虫师毅然用自身孵化虫卵，却因为无法承受异虫，爆体而亡。所以他才选择用养虫人和小夜来培育异虫，最后让自己得到初步驯化的异虫。如

果小夜真的能将七只异虫养成，最后留下一只最强的异虫，哈辛就可以在南洋虫师中成为顶尖的存在。哈辛冰冷的视线掠过小夜的身体。小夜身上的紫黑色慢慢褪去，他喘息着，如同被海浪冲上沙滩的鱼。

就在这个时候，远处传来了警笛声！

苏明的好友永强和大马警方关系不错。警方知道是虫师犯事通常根本不会出警，看在永强的面子上才开车过来，却只是把车停在大老远的地方，鸣着警笛，示意虫师给警方一点面子，自行离开。

哈辛听到警笛声，不悦地皱眉，他看向苏明，心中闪过杀意。他很好奇为什么身为普通人的苏明能够抵御住他的笛声，一直保持清醒和行动力，所以才没有直接杀死苏明。虫师一向不和警方正面交锋，现在警方出面，如果哈辛想逃走，苏明就成了他的累赘。

思忖再三，哈辛伸出枯瘦的右手，一道赤影从他的掌心飞出，落在了苏明的脸上。那是一只赤红色的大蜈蚣，红得发黑的蜈蚣腿刮花了苏明的脸颊。淡淡的血腥味里仿佛蕴含着奇异的香气，弥漫在夜色中。

赤色蜈蚣最喜欢人脑的滋味，闻到血食的气息，它兴奋地朝苏明的鼻孔钻了进去！

苏明人骇，他拼命扭动身体，却发现整个身体像是被空气凝固住了，根本无法移动分毫。蜈蚣的腥味在苏明的鼻腔中蔓延，它钻动引起的剧痛令他发狂。就在这生死关头，苏明脖子上用红线穿着的观音吊坠发出了极其明亮的白光，它似乎感受到了主人正处于危急关头。而这强烈的白光耗尽了观音吊坠的最后一点力量，吊坠瞬间碎裂成几片，跌落在了夜幕下的草丛中。

那白光将还露出半截身子在苏明鼻孔外的蜈蚣包裹住，那条凶残的赤色蜈蚣在白光中化为黑雾，消散在夜色里。哈辛如遭重击，喷出了一口乌血。赤色蜈蚣是他养在自己身体里的虫，杀人食脑髓，再反过来滋养他。赤色蜈蚣的死令哈辛元气大伤，受伤不轻。

原本闭眼盘坐在草地里奄奄一息的小夜睁开了眼睛。他的手底，一丝微弱的乌光蹿出，无声无息地落在了吐血的哈辛身上。那乌光融化一般消失在哈辛的身体里。

小夜艰难地站了起来，问哈辛："你到底把小樱藏在哪里？"

哈辛本能地觉得小夜的眼神不对，他冷笑道："我怎么会告诉你小樱的下落……"他突然觉得双脚奇痒，低下了头，骇然发现他的双脚已经长满了紫红色的藤蔓，藤蔓的根居然深扎在他的血管和肌肉里！

哈辛无法相信他的眼睛，他抬头死死地瞪着小夜："你居然炼成了紫藤？！"

紫藤是虫师也很难找到的绝世异虫。月光般的异虫已经属于极品，没想到小夜居然不动声色地得到了传说中的异虫紫藤，怪不得他能抵抗其他异虫的毒素。

"我刚才感觉到了你的杀意，我知道我只剩下今晚这个机会。告诉我小樱的下落，我会让你死得舒服一些。"小夜的声音清澈而冷漠，在黑夜里诡异莫测。

哈辛扭曲的脸上是恶意的微笑，声音沙哑而冰冷："没想到我居然会被你杀死。我哈辛一辈子都不会屈服于人，你永远找不到你的小樱！"他伸手点向了自己的心脏。

小夜抿唇，哈辛的身体在瞬间长出了无数的紫藤，缠成了巨大的藤球。哈辛的心脏爆开，他的死亡已经成为定局。紫藤不会以死人为食，它恢复成种子的模样，自哈辛的尸体中遁出，回到小夜的手中，钻进了他的皮肤里。

小夜目光幽暗，他的声音仿佛在地狱里盘旋："哈辛……"

异变突起，哈辛的"尸体"突然自原地跃起，闪电一般冲向荒野深处。他偶然中习得东瀛忍死秘术，能够在心脏爆裂生机断绝后再活一个小时。他被小夜暗算，心有不甘，一定会利用这一个小时想尽办法报复小夜。

小夜握住了苏明的手，那七缕光雾般的异虫正在吞噬小夜的内脏，他的身体因为痛苦而摇摇欲坠，哑声说："帮帮我！跟着他！他一定是去杀死小

樱！帮我救小樱！”

苏明看着小夜那深黑的瞳孔，被其中的哀伤无助打动，他根本无法拒绝小夜的要求，于是向着哈辛逃走的方向追去！

小夜的心口处，盘旋的光雾渐渐融合在了一起，它在漫长的休眠醒来后贪婪地吸收着丰美的血液。大量失血的小夜视线模糊，倒在了地上，眼底是深深的伤痛：“小樱……”

苏明在旷野中奔跑，看到了远处湖畔的浮脚楼。

马来西亚天气炎热，蛇虫盘踞，所以当地城郊以及乡村的居民通常住在浮脚楼里。这种房子的全部结构都建在离开地面的支柱上，屋前搭出一个长方形的凉台，一个可随时取下的梯子就是上楼进门的唯一通道。苏明小心翼翼地站在浮脚楼的正门旁，往里看了进去。他不敢和虫师硬拼，所以没有贸然行动。

裹着黑袍的哈辛跪坐在地板上，凝视着凉席上昏睡着的女童。他心中深深怨恨，却觉得就这么夺去睡梦中的女童的生命，并不能真正报复小夜。他那个隐忍冷漠的徒弟唯一在意的就是小樱，他多么想看到小夜被小樱杀死的画面。哈辛眼角的余光看到在门外窥探的苏明，他阴冷细长的眼中有了一丝算计。

苏明看到哈辛将昏睡的女童丢进了湖中，然后离开。他跃进湖里，将依然昏睡的女童救了起来，惊魂未定地想着今晚的遭遇。这个大约五岁的小女孩就是那个小虫师口中说的小樱吗？可爱的小女孩有着甜美的五官，苏明可以想象得到她睁开眼睛微笑的时候，那笑容能够融化人的心。

夜晚的蚊子很多，苏明觉得胳膊有些痒，他并没有在意，抱着昏迷的女童走向了来时的路。

在苏明离开后，哈辛再度出现在了浮脚楼里。他露出了恶毒的微笑：“小夜，我会在地狱等着你。”他打开了衣柜的门，柜子里赫然站着又一个小樱！

哈辛将一条黑色的异虫按进了小樱的眉心，幽幽说道："虫神会回应我的祈祷。"低低的充满着怨恨的咒语在浮脚楼里响起。

黎明时分。

小夜在医院的病床上醒来，他睁开眼睛看到身边的病床上睡着小樱，不安恐惧的心在霎时间变得安定了下来。

小樱的床旁边是正在打瞌睡的苏明，他联系了永强，将小樱和小夜安排在同一个病房。手机拍到的视频，他并没有交给警方。他总觉得，毕竟视频牵扯到了小夜，这个孩子已经遭受了那么多的痛苦折磨，未来的生活越平常简单越好。

小夜扯掉手背上的针头，小小的针眼在瞬间愈合。他专注地看着昏迷的小樱，伸手按在了她的额头上。他检查了半晌，心神放松了下来。小樱的体内没有异虫，她只是被封闭了所有的感官。

苏明睁开眼睛看到了小夜，昨夜的记忆被唤醒，让他意识到眼前俊美冷漠的男童是一个虫师！

苏明对小夜说："我叫苏明，昨天我跟着那个虫师，发现他去了一栋浮脚楼，他把小樱扔进了湖里。小樱被救上来之后怎么叫也叫不醒，医生也不知道原因。"

"谢谢你，我知道怎么叫醒小樱。"小夜微笑的时候多了一丝温柔，他扯下了自己的一根头发编成了小小的指环，放在了苏明的掌心，"我能够感觉到昨夜保护你不受虫毒伤害的力量已经消失了。这丝虫能够替你挡掉一次必死的灾难。"眼前男人身上绽放的白光在消灭哈辛的蜈蚣后，就失去了抵御异虫的能力，所以他才会被自己的精神力蛊惑，忘记恐惧去追踪哈辛。

苏明将头发指环小心地放入上衣口袋，开口问小夜道："你和小樱都还小，你们的父母如今……"

小夜摇头，微微黯然："哈辛杀死了我的父母和小樱的父母，我能感觉到

昨晚他已经死了，他不会再对我和小樱造成威胁了。”

苏明忍不住问：“你是华人？你们还有亲戚在大马吗？如果没有的话，要不要跟着我回国？”

小夜看着苏明良久，才回答道：“苏明，你是好人。但是我是虫师，当然要留在这里。我会照顾好自己和小樱。”

苏明在心底叹息：“你和小樱还这么小，没有大人保护你们要怎么生活？”

小夜微笑，艳丽而妖异，平静道：“没有人能伤害到我。你离开这个病房就忘记我和小樱的事情，那对你有好处。”他不再和苏明说话，只是坐在小樱的床边，握着小樱的手，静静地看着她的脸。

苏明沉默半晌，最终离开了病房。他对虫师这样的存在有着本能的恐惧，很难将精致苍白的小夜和动辄杀人的虫师联系起来。不过，昨夜的记忆在脑海里那样鲜明，提醒着他小夜就是虫师的事实。

后来，苏明和永强在酒吧里喝酒的时候，再也没有谈论过那个可怕的夜晚。当晚，警方在旷野里熄灭的篝火旁发现了七具尸体。而在那个浮脚楼的地下深处，警方还挖出了数十具尸体。这一切都被当作秘密封存了起来。

虫师是大马最神秘可怕的存在，警方也不敢深入调查这些虐杀事件。如果不是手机上拍到的那个模糊不清的视频，苏明甚至都要忘记自己曾经遇到过这样的事情。一些日子过去，他发现他已经记不清小夜和小樱的脸，仿佛有一层白雾蒙住了他的记忆。

星空寂静，苏明走出酒吧，点燃了一支烟。就在这个时候，他听到自己心脏深处传来了极小的破裂声。一定是喝酒后产生的幻觉吧，人怎么可能听到自己心底里破裂的声音？

苏明自嘲地笑笑，他并不知道，哈辛死前曾经在他的身体里种下了一枚极小的黑色虫卵。乌鹊的心脏晒干磨成粉，然后包裹住虫卵，能够隔绝其他虫师的灵觉。在虫卵没孵化之前，小夜也无法感觉到它的存在。

一种无法言喻的感觉浮现在苏明的心头，他缓缓走进黑暗，仿佛猎犬自风中嗅到了猎物的气息。他穿过无数条巷子，仿佛走在命运的黑暗迷宫里。然后，他在酒吧后巷的一个垃圾堆旁发现了一个瑟瑟发抖的小小身影。

一个月后，苏明回国。他领养了一个大马孤儿，给她取名为苏莺。

一年后，苏明在探险期间失踪。苏明的哥哥苏亮收养了苏莺。苏亮夫妇一直没有自己的孩子，去医院检查却没发现身体有任何毛病。

苏亮夫妇带着苏莺南下，在夕城开始做小生意。他们对外宣称苏莺是自己的亲生女儿。连苏莺也完全忘记了在马来西亚发生的一切，她懵懂地长大，以为苏亮夫妇就是自己的亲生父母。

只是，收养的女儿在苏亮夫妇的心中还是没有亲生的好。生意做大了一些后，苏亮觉得老婆生不出儿子，终究遗憾。两人经常为此争吵，久而久之感情越来越淡。苏亮还在外面包养了女人。吵闹了数年的苏亮夫妇终于在苏莺高考前夕离婚了。

没有人记得那个夜晚所发生的可怕事情。十年的时光将记忆一分为二，太阳照常升起，而月光下也再无新鲜事。

第二章
天坑

十年后。中国。夕城。

天空明媚湛蓝，轻盈的云被大风吹着在蓝天里变幻出千百姿态，一如莫测的命运。

苏莺背着半旧的旅行包跨上七人座面包车。车外的花台里，粉色花树开得灿烂。

该死的高考终于结束，上天堂或者下地狱是高考分数出来之后的事。所以，六个平时玩得挺好的同学打算庆祝一下高中时代的完结，相约去新开发还未正式营业的地龙风景区探险。

苏莺透过玻璃看着窗外，人们坐着车前往不同的目的地。不久之后，今天聚会的朋友们就会各奔东西，包括林熙染。

是的，林熙染。

苏莺收回视线，看着自己抱在怀里的旧背包。五个月前，她曾经收到林熙染的一封情书，那封情书至今仍然藏在她的抽屉深处。簪花小楷的毛笔字，带着旧时代的优雅含蓄。

林熙染说，他喜欢她很久了。一点一滴的喜欢渐渐令他心慌，想要把这样的感觉告诉她。读着林熙染的信，窗外夕阳温暖美好，苏莺的心底有一朵花悄然盛开。她的心底充溢着宁静的喜悦，觉得夕阳更温暖，窗外的树木更翠绿，她期待着和他的再一次见面。

只是，第二天，林熙染并没有来学校。班主任说，林熙染的外公病逝，他回京城奔丧了。

七天后，当林熙染再度出现在学校里的时候，他的身边多了一个美丽的女孩子。苏莺心底的忐忑和担忧在林熙染对着朋友们介绍女孩的身份时化作了静默。

“这是掬柔，我的女朋友。”林熙染温和地笑着，眼神温柔地看着身侧的少女。少女有着富养出的优雅无忧的气质。

苏莺站在人群里，神色怔忪。她的身边，闺蜜雪琪正在笑着低语：“林熙染和掬柔真配。掬柔能为了林熙染转学到这里，可见林熙染和掬柔家里对他们的关系是默许的。”

“他们很相配。”苏莺回答。她不敢看林熙染的眼睛，也不敢问林熙染任何和情书有关的问题。她只是觉得自己正赤着脚站在冰天雪地里，卑微无依。

从回忆里抽离，苏莺苦笑着望向窗外，一眼就看到了林熙染和掬柔。

林熙染似乎感觉到了苏莺的视线，他抬头，车里抱着旅行包的苏莺略显孤单。他还记得她曾经那样爱笑，一点不似现在这样愁眉不展。看来父母离婚的事情对她冲击不小，林熙染的心中满是怜惜。

掬柔侧过头看向林熙染。

又是那种眼神！

林熙染有时看着苏莺的眼神令她嫉妒，那种眼神就像在看恋人，仿佛他真正喜欢的人不是自己而是苏莺。

掬柔心中微微苦涩，她挽着林熙染的手臂，声音柔和悦耳：“熙染，应该就是这辆面包车。你为什么不肯让我叫家里的司机开好点儿的车带大家去呢？”

林熙染淡淡一笑："再过一段时间，我就要去京大读书了，我想最后和大家像以前那样聚聚，就是辛苦你了。"掬柔自小娇养，衣食住行都要最好的，如今却要她跟着他坐这样破旧的面包车，的确是委屈她了。

还记得在外公的葬礼上，他第一次看到掬柔的时候，心中的悸动那样深刻。当时他就认定，掬柔就是他一直想要寻找的那个女孩子。

但是舅舅希望他转学到京城就读，他却拒绝了。夕城似乎有什么东西令他无法割舍，可搜索回忆却找不到这份不舍的来源。矛盾的感觉令林熙染迷惘。后来，掬柔说她要跟着他回夕城读书，林熙染心底的温柔被触动，于是，他们一起回到了夕城。

掬柔依恋地看着林熙染的侧脸，甜蜜道："不辛苦，只要在你身边，无论怎么样，我都是开心的。"

林熙染握紧了掬柔的手，眼波温柔。

苏莺看着不远处情意绵绵的林熙染和掬柔，垂下了眼帘，藏起眼底的悲哀。

这五个月来，林熙染和掬柔的关系得到了朋友圈里所有人的祝福。朋友们都觉得掬柔这样温柔娴静的京城闺秀才配得上林熙染。掬柔在京城就读的是贵族学校，精通英语和法语。她总是安静地微笑着陪在林熙染身边，温柔如月光。

苏莺看着自己带着薄茧的手指，嘲笑着自己心底的那一丝妄念。那封情书，也许只是一个错乱的梦，而梦到了天明时分，自然就消散得没有一丝痕迹。

林熙染和掬柔上了车，坐在了苏莺身后的双人座上。林熙染将旅行包放好，递给了掬柔一瓶打开的依云矿泉水。他看着前面安静地坐着的苏莺，又拿了一瓶水，走了过去。

"苏莺，喝水。"林熙染俯视着苏莺，眼神温和。

苏莺接过林熙染递来的水，微微一笑："谢谢。"

林熙染眼神一凝，突然握住了苏莺的手腕，沉声问道：“这是怎么回事？”苏莺穿着的长袖衬衣因为接水的动作滑开了一截，露出了她胳膊上的青紫瘀痕。

苏莺挣了挣，却无法挣脱林熙染的手，她幽黑的眼底有一丝狼狈，慌乱地回答：“没什么，不小心撞的。”

林熙染沉默了几秒，他的声音里有着轻微的波澜：“你妈打你了？”苏莺的妈妈自从老公有了情人后，就渐渐变得疯狂，歇斯底里的时候还会打骂苏莺。但现在苏莺的妈妈找到男友，也和丈夫离了婚各自潇洒，为什么苏莺的身上还有伤痕？

苏莺只觉得被林熙染握着的手腕仿佛有火在灼烧，她的眼睛因为羞恼而蒙上了一层水光：“这不关你的事。”

看见熙染将水递给苏莺却并没有回来，反而和苏莺拉拉扯扯，掬柔按捺住心底的不悦，走了过去。

掬柔的声音适时响起：“熙染，怎么了？苏莺，你的手臂怎么……”

“我没事。”苏莺用力挣开林熙染的手，她冷淡地抬眼看着林熙染和掬柔，“我只想一个人安静地待着。”

林熙染的眼底有一丝受伤。

他不明白曾经在他面前活泼爱笑的苏莺，为什么会在他奔丧归来后对他如此疏离冷淡？他默默回到座位上，他不喜欢这样的疏离感，仿佛他和苏莺之间不存在任何关系。

掬柔也沉默着，她知道苏莺一定又被打了。苏莺妈妈之前一直不肯和另结新欢的老公离婚，却在苏莺高考前拿着老公给的青春损失费潇洒地去了民政局。原来她遇到了真爱，虽然那个男人样貌猥琐品行不端，但是她就是爱得义无反顾，也终于愿意离婚了。看来，苏莺的妈妈打女儿的习惯并没有因为有了新生活而改变。

这样的家庭，这样的女孩子，和她在京城时候的朋友宛如云泥之别。只

是不知道为什么，熙染总是对苏莺另眼相看。

掬柔看了一眼苏莺的背影。还好，九月之前，她和熙染就会去京城，和苏莺再也不会相见。

苏莺紧紧抱着旅行包，把快要落下的眼泪逼了回去。她不要在林熙染和掬柔的面前哭泣。离别将至，她多么希望能和大家笑着告别。现实的残酷，她早就懂得。林熙染是生活在另一个世界的人，她只是不想让他看到她最狼狈的那一面。

不多时，经常一起玩的朋友们都到了。李翔和曦蕾坐在了司机后边的双人座上，而雪琪则坐在了苏莺身旁，语调娇俏慵懒地抱怨：“小莺，我要靠着你睡一会儿。”

苏莺此时已经冷静了下来，她若无其事地笑笑：“你熬夜玩游戏了？”

雪琪点头，趴在了苏莺肩上，咕哝一句：“高考完了，我要放飞自我。”

苏莺轻抚雪琪柔亮的长发，柔声道：“通宵打游戏也很辛苦，你还是要注意身体。”

雪琪将包里的晕车药递给苏莺，嘻嘻一笑：“我会注意身体的。来来来，知道你晕车，我把药都准备好了。”她知道苏莺因为父母闹离婚的事情不开心很久了，她希望苏莺能放下烦恼好好玩两天。

雪琪兴致勃勃地小声问苏莺：“林熙染和掬柔是不是闹别扭了？林熙染一直不说话，掬柔看起来心事重重的。”

苏莺摇头，换了个话题转移雪琪的注意力：“地龙风景区有什么好玩的地方？”雪琪的表叔是这个新开发风景区的管理层，所以免了他们一行人的门票和食宿，还派了人带他们探索地龙风景区里的巨大天坑。

雪琪眼底有着兴奋的神情：“地龙风景区还没有正式对外开放，我们是它建成以来的第一批游客。听说天坑底部并不是寸草不生，还有着密林和溪流。最有意思的是天坑一侧还可以通往底下溶洞，据说已经开发的溶洞就有好几公里。”

苏莺吃了晕车药，让雪琪靠着自己的肩：“我们都好好睡一觉，说不定醒过来就到地方了。”在梦里，也许就能忘记一切烦恼。

四个小时后，面包车抵达了地龙风景区的半山腰。巍峨群山的下陷处有数百米深，从高空望下去，深渊下居然绿树成荫。又有谁能想到群山之下是酥松的岩层，岩层下别有洞天，满布地下水脉。老人们说，这里的山下沉睡着地龙，附近的村镇也被称为地龙镇。兴建景区的投资方也将风景区命名为地龙风景区。

李翔迫不及待地第一个打开车门跳下车去，环顾着郁郁葱葱的树林。山里空气芬芳清冽，花草树木色彩斑斓野趣十足，和繁华城市截然不同，让人身心放松。鸟叫声此起彼伏，和着潺潺流水声，清悦如乐章。

一个男人从不远处的羊肠小道走了过来，他穿着迷彩服，身材高大，皮肤是健康的棕色，脸部轮廓分明。

他看着面包车旁站着四处打量的雪琪一行，脚步轻捷地走了过去：“谁是雪琪？”

雪琪冲着万越甜甜一笑：“我是。你就是我们的向导万越？”

万越点头，回答道：“我就是万越。”他是退伍军人，也是风景区保安队的副队长。如果不是领导特别关照过，他是真的不愿意来带这个队的。一群不知深浅的毛孩子，到了天坑底下如果不听指挥出什么乱子他可担不起责任。

万越的视线落在掬柔身上，上下打量了一眼她的T恤和短裤，皱眉道：“山里蚊虫多，你该穿长裤。”

掬柔有点委屈地撇了撇嘴，但是没有反驳。

万越叹了口气，从兜里掏出几瓶野外专用的驱蚊水，招呼众人：“你们都喷一喷。天坑里是地下原始森林，蚊子毒性大，还有一些虫子也喜欢往活物身上扑。”

驱蚊水带着刺鼻的气味，掬柔很不情愿地喷了喷，却发现苏莺没有动作：“苏莺，你怎么不喷驱蚊水？”

苏莺回答："蚊子从来不会叮我。"她从小就不招蚊虫鼠蚁。小时候，有一年夏天，父亲带着她回农村奶奶家玩。奶奶说她是福星，因为平常老爱在屋顶乱窜的老鼠自她来后就消失无踪。苏莺并不觉得自己是福星，如果她是福星，为什么爸爸还是要离开妈妈离开她？

雪琪羡慕地点头："是真的！我认识苏莺这么久，就没看到她被蚊子叮过。"

万越带着雪琪一行在山间行走，新建的路弯弯曲曲通往天坑。众人怀着期待跟在万越身后，不时用手机拍照发到自己的朋友圈。

二十多分钟后，大家站在了天坑旁。从坑口往下看，一削千丈的绝壁直插地下，深不见底，令人目眩。据说从天坑至迷宫峡出口有一条极长的地下河道。天坑内不仅有众多暗河，还有四通八达的密洞。

天坑一侧，才竣工的窄梯通往天坑底部，数百米的深度让站在梯子旁的人都忍不住眩晕。

曦蕾牵着李翔的手，小心翼翼地探头往下看，害怕地说："我眼晕。你要抓紧我。"

李翔握紧女友纤细的手："别担心。你不觉得这很刺激吗？"

万越从售票屋里拿出几个装着物资的专业背包："我们今天的行程是参观天坑底原始森林，然后穿过原始森林去探索溶洞，在第一层溶洞里露营。天坑底的地下溶洞一共有三层，目前只开发了一层半，还有一层半是未开发的危险区域。下去之后你们一定要听我指挥，不要乱走。最开始勘探天坑底地下溶洞的时候，有一个勘探人员失足滑入地下暗河中，当时连尸体也没捞到……不过在一年之后，另外一支专业探险队在第三层溶洞里发现了那个人的尸体。据推测，那个勘探人员被河水冲走后，艰难地爬上了岸，却在第三层溶洞里迷失了方向，饥渴衰竭而死。"

万越的话让学生们对神秘的天坑之旅产生了期待，同时心底也多了一丝恐惧。

男生们自觉地承担了背行李的重任，率先跟着万越走上了通往天坑底部的窄梯。女生们跟在男生后面，相继踏上窄梯。泉水从山体间缝隙处流淌而出，细长清透的瀑布泻往天坑底，流水击打岩石时飞溅起的水花浸湿了部分窄梯，让台阶变得有些湿滑。

苏莺伸出手去，指尖触碰到了飞溅的水滴。晶莹剔透的水滴在阳光的折射下，投射出宝石一般的光泽。

随着他们渐渐深入天坑，周围的光线也越来越暗淡，不多时就已经如同身处黄昏一般。

一小时后，他们到达了天坑底部。站在坑底，天空变得遥远，峭壁有如巨墙将地底森林围了起来。他们现在就好像站在一口荒废的巨井里，和外面的世界完全隔绝开了。森林里散落着大大小小的浮石，大约是以前从岩壁上滚落的。森林的空气清新洁净，树木茂盛，潺潺的水声将众人引入悠然忘我的意境。

因为天坑底的光线十分暗，所以此刻的森林显得有些阴森。

曦蕾环顾四周，总觉得会有鬼怪从森林深处飞来，她忐忑地问向导："这里安全吗？"

万越回答："很安全。这里只有一些不伤人的小动物。传说几百年前，这里有地龙出没。地龙就是巨蛇。"

曦蕾不寒而栗："我最讨厌蛇了。"

万越说："我来过许多次，没看到过大蛇，菜花蛇倒是有那么几条，不过无毒，不用担心。"

苏莺似乎根本没有听见他们在说什么，她全神贯注地看着眼前的原始森林，似乎魂魄都已离体。这个森林的右侧深处，似乎有什么东西正在召唤她，吸引了她的神志。

"万越，那边就是溶洞的入口吗？"苏莺指了指西南角。

万越目光一闪："不，那里有一块巨石，石下的缝隙里修建了一座很小的

古庙。当地人称之为悬石古庙，据说很灵验。庙里的神仙有求必应。”锥形的悬石以倒三角的姿态矗立在森林中的空地上，进入天坑考察的专家说悬石古庙大约修建了几百年。它似乎选用了特别的木材，几百年的时光和天坑的湿气也没能让它朽坏。

林熙染看得出苏莺对悬石古庙感兴趣，于是问向导：“我们能去看看吗？”

掬柔拉着林熙染的衣袖，声音柔美：“家里长辈说过，不要去拜奇怪的庙，会冲撞上什么东西。”

苏莺不想改变大家的行程：“还是先去溶洞吧，等自由活动的时候我再去看看古庙。”她总觉得古庙那儿可能有什么东西不能错过。

李翔兴奋地说：“我想起来了。我在网上看到过悬石古庙的照片，有网友说过确实是有求必应。你们难道不想去求一下？让我们都考上心仪的大学！”

就在这个时候，有碎石从峭壁滚落，阳光显得越发暗淡，森林里的风顷刻间变得猛烈起来。

万越皱眉：“要下雨了，冒雨去溶洞会有危险，我们先去悬石古庙避雨。大家穿上雨衣。”

说话间，乌云在坑顶附近积聚，大风吹得人晃晃悠悠。一些雨滴砸在了他们身上。

披着雨衣，大家紧紧跟着万越在地下森林里跋涉。一条被人踩出的小路通往森林深处，只是因为下雨，地上湿润的泥土和枯枝混在一起，踩上去滑溜溜的，增加了前行的困难。

李翔脚底一滑摔了出去。他龇牙咧嘴地爬了起来继续前行。

掬柔在林熙染耳边轻声说：“熙染，我心跳得厉害。你不觉得这里有点诡异吗？下来之后，除了我们发出的声音之外，我连鸟叫声都没有听到过。而且我们一路走来，一只虫也没看见。”

林熙染没有说话。他的双脚踏上天坑底的地面时，似乎有什么变化发生了。他的脑袋隐隐刺痛，好像有无形的力量在清理他脑海里的迷雾。头痛消失后，他觉得自己分外清醒。他看了一眼身侧小鸟依人的掬柔，突然觉得她无比陌生。

林熙染的视线落在了苏莺纤细的背影上。他一定忘记了很重要的事情！

苏莺突然闻到了空气中传来的奇异香气，这香气在大雨的冲刷下居然凝聚不散，丝丝缕缕地缠绕在鼻端，沁人心脾。在这勾人的香气中，她的神情变得有些恍惚，表情木然地跟着万越绕过一棵被蕨类植物包裹的大树，一下就看见了在不远处空地上安静矗立的悬石。

悬石就像是倒立的金字塔，它朝下的尖端与地面一块二十多平方米的扁平岩石相接。尖端一侧就是万越说的悬石古庙。小小的古庙因为悬石而避免了雨淋日晒。它有着深黑色的飞檐，飞檐下还挂着石铃，木门上绑着褪色的红布条。

在雨水的冲刷下，悬石顶部覆盖着的植物越发的绿。古庙建造在高出地面的平坦岩石上，所以即使下雨也不至于被森林里的水流淹没。它的顶上还有悬石遮风挡雨，就连滑落的石块也砸不到庙顶。这大约是它百年不朽的原因之一。

苏莺觉得，就是这悬石古庙散发着奇异的香气。它在昏暗的天坑底像是黑暗里一处安全的巢穴，但也有可能是野兽之口。

第三章
异香

黑色的庙门被推开时发出轻微的声响，门板大约三寸厚，很有分量，在近处能看到它原本细密的纹路。林熙染觉得，这古庙的木材很可能就来自天坑底。从古至今一直人迹罕至的天坑底应该生长着一些古老的树种。这里阳光稀薄，树种生长缓慢，木质更加坚硬细密。古人砍伐树木，烘干木材，在悬石下建造了庙宇。

万越带着众人快步走进古庙。他从背包里拿出应急灯，雪白的灯光照亮了古庙。

苏莺关好庙门，转过身打量四周。古庙不大，也就十来平方米。庙的深处，一座面目模糊的石像矗立着，并不让人觉得狰狞。石像前的香炉里还有着残余的香灰。一切看起来都平淡无奇，那些香气仿佛是她在雨水里的一种幻觉。

苏莺站在角落里把雨衣脱掉，加了一件外套。

曦蕾有些担心地问万越："雨这么大，我们还能去溶洞吗？"

万越回答："这里的雨都不会下很久。"

雨水的气息夹杂着泥土的腥味在这古庙中盘旋，曦蕾突然想起了小时候在池塘里溺水的事情。

那年夏天，她去乡下外婆家。夏日的池塘有着碧绿可爱的浮萍和红色的蜻蜓。她原本是要伸手抚摸那只翅膀透明的蜻蜓，却脚下一滑坠入池塘。

原本美丽清幽的池塘在刹那间撕破外衣，露出了狰狞无情的一面。阳光照耀着池塘，挣扎呼叫却无人回应的小曦蕾只记得自己沉入了池塘深处。幽绿的水波里有什么东西在喃喃细语，冰冷而温柔。小曦蕾是被表哥救了的，她被救上来的时候已经停止了呼吸，急救了很久才活过来。很多年后，曦蕾才明白，那温柔冰冷的低喃声是死神的絮语。

万越从石像前的香案下摸出了一束香，抽了三支点燃，插进了香炉里。

他回过头对众人说："你们可以先在这里安心休息，这个古庙已经修建几百年了，传说中从来没被水淹过。"

苏莺在雪琪耳边轻声问："你有没有闻到这个古庙散发的香味？"

雪琪诧异地摇头，回答道："什么香味？我没闻到。"她倒是觉得苏莺今天有点古怪。

苏莺心中一窒，那香气居然只有她闻到了，这天坑是不是真的有问题？她想到今晚要在地下的溶洞里睡觉，顿时感到毛骨悚然，担忧地看向雪琪："我有点害怕。"

雪琪安慰地环住苏莺的肩："这有什么好怕的，你不觉得很刺激吗？而且我听说这边地下溶洞的河水里还有透明的鱼，五脏六腑都能看清楚，我现在恨不得马上就能进溶洞里瞧个明白。"

苏莺苦笑。她若有所感，侧过头，发现林熙染正盯着她，眼神惶惑而灼热。苏莺心中微窘，低头清理旅行包里的东西。

掬柔轻摇林熙染的手臂，撒娇道："熙染，我要喝水。"熙染盯着苏莺的眼神那样古怪灼热，令她心中很不舒服。

熙染仿佛突然清醒了一般，收起目光，拉开背包，将矿泉水递给掬柔。望着眼前柔弱美丽的掬柔，林熙染的心情平静，波澜不兴。

掬柔依偎着林熙染："我有点冷。"

林熙染将大背包横放在地板上："你坐着休息。"初次见到掬柔时那强烈

得仿佛海啸到来一样的心动，随着时光的流逝渐渐消失。他甚至怀疑自己是否真的曾经对掬柔心动过。

李翔玩笑一般也拿了三支香，用打火机点燃了插进香炉里：“庙神，请您保佑我，我要和曦蕾永远在一起。”

曦蕾含羞带喜：“你不怕我考不上第一志愿？我们分隔两地的话……”

李翔搂着曦蕾，笑得眯了眼：“一切困难都是浮云，等大学毕业，你就嫁给我。”

雪琪也上去凑趣，上了香，诚恳地祈求：“庙神，保佑我进了大学之后，找到一个帅得人神共愤的男朋友。”

李翔在一旁怪笑：“雪琪，要是你男朋友比你还要美，那该怎么办？”

雪琪瞪了李翔一眼：“我就喜欢帅哥，像你这种奇葩也只有曦蕾会喜欢。”

曦蕾扑哧笑了出来，她拧了拧李翔的脸：“奇葩，你要是对不起我，我就辣手摧花。”

李翔嬉皮笑脸地点头：“我顶多就是残花败柳，曦蕾你才是花骨朵儿。”

看着李翔耍宝，苏莺心情轻松了许多。就在这个时候，她看到掬柔拿起手机对着石像拍了起来。

万越立即厉声说：“别拍！”

掬柔吓得一愣，无意间按下了摄像键：“……怎么了？”

万越脸色僵硬，严肃道：“我们这里不时兴在庙里拍神像。”老人们都说相机能够摄走人的魂魄，而对着神像拍照，那是对神灵的冒犯。如今的年轻人大多不避忌，可万越还记得前年春天，他带着几个游客来这悬石古庙，那个对着石像赞叹拍照、摸来摸去的游客第二天莫名其妙地腹泻不止，被送进了医院，一检查居然是直肠癌晚期。

掬柔那柔美的脸上流露出不知所措的神情，她怯生生地说：“不好意思。”

庙外的风雨声越来越大，仿佛要将整个世界淹没。

苏莺的头有些痛，她揉了揉额角，眼角的余光看到五官模糊的石像脸上似乎有光流转。再定睛一看，却没什么异样。苏莺只觉得那只有自己才能嗅到的奇香越来越浓烈，仿佛要从她的眼耳口鼻乃至毛孔中侵入身体。苏莺在心里告诉自己不要疑神疑鬼，万越带人来这天坑底部的悬石古庙已经很多次了，而且这里即将成为热闹的风景区，不可能有什么古怪危险的事情发生。

李翔突然跳了起来，朝众人道："各位，对不住了，我尿急，要出去方便方便。"

万越叮嘱李翔："就在外面树丛里解决，别走远了。"

李翔点头，他披上雨衣，推开了黑色庙门，带着浓郁草木气息的风冲了进来。李翔跨出古庙门槛，带上门，往悬石西侧走了过去。他站在树下匆忙小便，却没发现长满青苔的大树上，有一条十五六米长的巨蛇正缠绕在树枝上，对着他吐着蛇芯。

巨大的树冠挡住了大部分的雨水，雨滴打得树叶噼啪作响，密集如珠链散落，珠子坠入玉盘。巨蛇的头从树枝上垂了下来，缓缓靠近李翔。

李翔毫无察觉地拉好了裤子拉链，他转过身，打量着大自然鬼斧神工创造出的悬石。悬石的顶部是倾斜的浅盘形，所以雨水并不会落入修筑古庙的那一侧。古庙在昏暗的天光里仿佛一颗黑色短钉，坚固中带着锐利之气，像是要镇压什么妖物一般凛然。李翔忍不住打了个寒战。

蛇涎滴落在李翔的雨衣上，他下意识地抬头，看到的是长着可怕獠牙的巨大蛇口！

大雨滂沱。

悬石古庙里，曦蕾有些不安，焦急地问万越："李翔怎么还没回来？"

万越皱眉，披上雨衣："我去看看。"明明让李翔不要走远了，没想到他还是去了那么久，很可能已经迷路了。

万越推开庙门，环顾四周，顺着李翔的脚印走向了附近的密林。刚刚转了一个弯，万越一眼就看到不远处的草地上有件明黄色的雨衣。他心中一凛，急忙走了过去。只见那件雨衣被撕裂成两半，地上只有一行李翔残留的脚印。万越俯下身仔细辨认，李翔的脚印居然就在雨衣旁消失了！他抬头，看着浓密的树冠，心中有不好的预感。

万越身手矫健地爬上了树，找到了一个空鸟巢。他的左手按到了黏腻的液体，他抬起手指嗅了嗅，腥味极重。万越的眉头拧紧，他跳下树，看着阴暗的雨中森林，惧意升了上来。难道这地下森林里真的有巨蛇？！

如果李翔出事，他这个向导难辞其咎。

就在这时，万越看到李翔从森林里走了出来。李翔仿佛喝醉了酒，步履蹒跚，身体已经被雨水湿透。

万越冲了过去，有些气急败坏地问："你去哪里了？"

头发湿漉漉地贴在额头上的李翔站在原地，迷惘的眼神渐渐变得清晰，呢喃一般回答："我……我不记得了……我明明……"记忆像是被粉碎成万千碎片，无法拼凑出图案。

"你的雨衣怎么会在地上？你为什么要淋着雨到处乱走？"万越按捺住怒意追问。

李翔耸耸肩："我什么都记不得了。"他缩了缩脖子，"这鬼天气，一会儿出太阳一会儿下雨，还好我带了备用的衣服。"

万越冷着脸带着李翔往回走，李翔突然侧过头问万越："什么花那么香？"

万越皱眉："我没闻到。"

李翔深吸了一口气："真的很香，香气是从古庙里传来的。"那香气仿佛能令灵魂堕落或飞升，他从来没闻到过那么好闻的香气。

万越心中一颤，那个得直肠癌晚期的游客也曾经说过古庙里有香气。

大雨来得快，收得也快。乌云散开，午后的阳光照耀着整个天坑，天坑底也有了明媚的感觉。

万越和李翔都不知道，在距离他们不过数百米的森林里，无数水滴飘浮在半空中，璀璨如梦。穿着白色衬衫的年轻人站在昏迷的巨蛇前，一双子夜般的眼中目光淡漠。他轻轻抚摸着巨蛇色彩斑斓的蛇头，右手尾指上戴着一枚骨戒。这天坑之中居然有史前巨蛇的存在，令他心中诧异。年轻人抬头，望向悬石古庙的方向，他凤眼微挑，冷漠的眼中有了一丝玩味。那个古怪的庙很可能是数百年前某个控虫师修行过的地方。

年轻人用骨戒划破了自己的食指，将血涂抹在昏迷的巨蛇的额头上。那血迹居然渗入蟒蛇的额头里，消失不见。紧接着，巨蛇呆滞的双眼里有了奇异的亮光。半空中飘浮的水珠瞬间散落在草丛中，年轻人缓步走向密林深处，身后跟着乖巧顺从如小猫的巨蛇。

他从马来西亚回到自己祖上曾经生活过的中国可不是为了探险。身为虫师，他游走世界各地，是为了寻找珍贵的异虫，而来中国却是为了实现小樱的愿望。

十余年的时光过去，记者苏明曾经遇到过的男童小夜如今已经成为虫师薛夜。

悬石古庙。

看到雨停，万越带着大家前往他们将要夜宿的地下溶洞。

曦蕾用纸巾替李翔擦了擦脸上的水渍：“你看你把自己搞成了什么样。”

李翔揉着眼睛，大概是雨水进了眼里，痒得眼球都在颤抖，烦乱地道：“别擦了，我眼睛痒。”他并不知道自己上眼皮覆盖着的眼白部分，一条黑褐色的细线已经出现。

万越心事重重地走在队伍的最前方，不言不语。

掬柔看着林熙染将找来的树枝递给苏莺，让她当拐杖用，心中黯然。

雪琪没心没肺地用着苏莺递给她的树枝：“有了这个拐杖，我就不怕会摔

跤了。”

苏莺回头看了看消失在密林深处的悬石古庙，总觉得那奇异的香气依然在鼻端萦绕。

他们走了四十多分钟才从悬石古庙到达地下溶洞入口。此时，黑暗已经统治整个天坑底。

洞穴的入口被大大小小的浮石包围着，就像是一只巨蟒从地底探出头来，却在瞬间凝固石化，只剩下大张的嘴、化为钟乳石的獠牙，还有通往地底世界的咽喉。

万越一行在石堆中前行。

雪琪对苏莺低语：“林熙染偷看你很多次了。”雪琪的视力很好，即使在夜里，视线依然清晰，她妈妈常说她前世是一只猫头鹰。

苏莺没有说话，她垂着头，露出一小截雪白的脖子，头发乌黑美丽。

雪琪握紧苏莺的手，在她耳边低语，呼出的气息令苏莺耳朵发痒，她说：“林熙染很不错，可他妈妈很恐怖而且超级势利眼，你可千万不要陷进去。”林熙染的妈妈总觉得夕城是乡下地方，而他们这些乡下长大的孩子根本不配跟林熙染做朋友。前年暑假，雪琪去京城玩，碰到了林熙染陪他高贵的母亲大人逛街。林熙染的妈妈那似笑非笑的神情和冷淡的话语还真是让人吃不消。她甚至暗示雪琪，不要对林熙染有“不该有”的想法。

苏莺淡淡一笑：“我怎么可能抢别人的男朋友。”高考成绩出来后，她要操心的是学费和生活费，没有闲暇去考虑感情上的问题。父母离婚之后，她已经没有人可以依靠了，所以万事都只能靠自己，任性不得。

雪琪安心了一些：“我就怕你受伤。”

苏莺声音轻快，仿佛在开玩笑：“我的心早就伤痕累累了。”

穿过浮石区，高大的地下溶洞大厅出现在眼前。

万越拉上电闸，景区安装好的灯光逐一亮起，照亮这地下的神秘世界。

穹形洞顶悬着各式钟乳石，犹如歌剧院华丽别致的殿堂。所有的辛苦在此时都得到了回报。大家欣赏着大自然的鬼斧神工，连身上的疲倦都不翼而飞。

苏莺没有说话，她戴上耳机听着手机里下载的音频，一身疲惫得到了放松。到达天坑底以来，她的神经一直紧绷着。

掬柔对钟乳石没有多少兴趣，又感觉十分疲惫，于是一个人坐在角落休息，玩起了手机。她无意中点开了一个视频，视频上的画面似乎是在悬石古庙里拍的——可她明明记得自己没开过摄像功能。镜头的位置比较低，她那时应该是手里拿着手机，手垂放在腿边。

因为手机的自动补光和调色功能，视频画面浓艳美丽。只是，那古庙石像的手的位置居然有奇异的变化。掬柔依稀记得石像的手原本是放在膝上，掌心向上，宛如莲花绽放。而视频里，石像的左手翻了过来，掌心向下，原本柔和的手指线条变得僵硬，仿佛要用力抓住什么东西！

寒意在掬柔的心头涌动。她看着说笑的其他人，欲言又止。她该怎么说？石像改变了动作？又或者一切都是她自己的臆想，石像原本就是这样的姿态？

万越看了看防水手表，对大家说："十分钟之后，我带大家去探索第一层溶洞的景点。"

林熙染看了一眼沉默不语的苏莺，心中异样的感觉并没有消失。苏莺站在那里，孤单得仿佛她正身处在只有她一个人的宇宙里。他垂下头，生怕自己胸中擂鼓一般的心跳声被人听到。

风吹过地下溶洞大厅，苏莺发梢微动，她侧过头看着静静流淌的暗河，不安的感觉再次袭来。

雪琪拍了拍苏莺的肩，苏莺取下耳机，得知十分钟后即将去溶洞的更深处。她心中隐约不安。

十分钟后，恢复精神的众人跟随万越走向溶洞的更深处。第一层溶洞的照明装置运行良好。一路上的各色灯光把溶洞变成了奇幻妖异的所在。

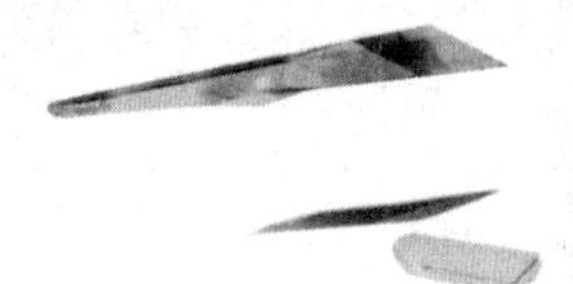

万越娴熟地介绍着各色和传说接轨的钟乳石造型，诸如八仙过海以及蟠桃园之类。

他并不喜欢那些紫红或惨绿的射灯，更喜欢柔和的白光。

他的视线落在不远处的一个分支洞穴上：“我带大家走一段岔路，那里面有一段通道全部是漂亮得不可思议的钟乳石，不会对游客开放。不过里面没有灯，大家要打着手电筒爬行。”

李翔分外兴奋：“我就喜欢这种！”

这段通道里的钟乳石非常密集，造型千姿百态。同时它也很狭窄，让苏莺觉得自己爬行的也许不是洞穴而是史前怪兽化石的口腔，这些钟乳石全是怪兽锋利的獠牙。苏莺觉得不舒服，莫名的恐惧让她的心跳变得极快。她趴在原地，手按在胸口，瞳孔紧缩。

苏莺趴着的地方是六到七米厚度的岩层。岩层下的第二层洞穴里，一条巨蛇贴着岩壁滑过。爬到苏莺所在位置的正下方时，它突然停下了动作，昂起头吐着蛇芯，似乎感觉到了上一层洞穴里的食物传来的诱人气息。

不久前，深深的地下。暗河终于淘空了一段岩壁的薄弱处，令第三层洞穴和巨蛇栖息之地连通。只是，那段岩壁出现的裂缝太窄太硬，只有它和另外一个同伴勉强能通过。

巨蛇的蛇芯感觉着岩壁极其轻微的动静。数百年的沉睡让它饥饿非常，它很想到上一层洞穴里把所有活物都吞掉。但是，它不敢去上一层洞穴，因为那里有着可怕的东西能够威胁到它的生命，恐惧感已经刻入到它的血液深处。

猎食的本能欲望与对头顶神秘存在的敬畏令巨蛇迟疑。它烦躁地盘旋在一处钟乳石上，把钟乳石勒出深深的痕迹，然后不甘地爬向第二层洞穴的更深处。

第四章
石洞暗影

吃人的爬行动物有两大类，一类是无脚的巨蟒，一类是有脚的巨蜥和鳄鱼。吃人的巨蟒在古代曾经遍布整个亚热带和热带，现在主要分布在南美和南亚、中非。在南美，人们曾经找到过长达二十一米的林蚺皮。世界上现存的四十九种蟒蛇中有十五种大型蟒蛇，其中任何一种一旦体长超过八米，就可以轻易地吃掉一个人——只要它饿了，而你靠近了它。

李翔在地下森林里遇到的就是喜欢栖息在沼泽和湖中的史前巨蛇！它们原本被认为已经在中国绝迹，其实它们不过是沉眠在深深的地底……

第二层洞穴。柔和的暖白光照亮一切。

寂寞了百万年的钟乳石洞迎来访客。它们就像是在黑暗里缓慢生长的一种植物，在漫长的时光里开花结果，造出种种天堂般的幻景。

掬柔心神不定地跟着导游万越。她总觉得这些魔幻美丽的钟乳石在下一个刹那就会变成嗜血利刃，从洞穴顶部断裂，刺入每一具血肉之躯。

高中毕业，大家很快就要各奔东西，熙染很珍惜这份友谊。掬柔却觉得这些人不过是生命中的过客，他们终将在现实中明白，人与人之间有着巨大的差距。她之所以参加这一次的毕业旅行，只是因为熙染想来。她做的所有事都是为了熙染。

林熙染在钟乳石洞穴中前行。他的头隐隐作痛，看着身前如仙女如野兽如山河的种种绚烂的钟乳石，突然有些记不清自己为什么会在这里。他看着不远处苏莺的背影，那种忘记了很重要的事情的感觉越来越强烈。

林熙染还记得第一次和苏莺见面的情景。

那是初三的暑假，日子炎热漫长，他离开京城熟悉的朋友们，跟着爸妈来到了陌生的夕城。没多久，他就在离家两条街的破旧篮球场上认识了新朋友李翔。那时候他每天外出几个小时，在球场上挥汗如雨，然后潜入李翔家中冲个澡，换上包里的干净衣服回家。他渐渐发现自己喜欢上了这样单纯自由的生活。

最闷热的那天下午，他骑着车经过篮球场外荒芜的街边公园，看到一个瘦弱的女孩子坐在花台边默默地哭。大颗大颗的泪珠就这么从她的眼里落了下来，无声地滑过她有些苍白的面颊。她令林熙染想起了无依无靠的小兽。林熙染将脚踏车停在一旁，走了过去，将干净的手帕递给了她。他还记得她那时的眼睛，仿佛月夜里映着星光的井水，波光粼粼，却透着隐隐的幽暗和虚无。没想到高一开学，林熙染惊讶地发现，女孩和他在一个班，她叫苏莺。

林熙染陷入回忆时，雪琪却在苏莺的身边不时和她说着话。

雪琪骨子里有着不少的冒险因子："苏莺，我觉得我们来这里毕业旅行非常值得。苏莺，我不想和你分开。我们报考同一所大学吧。"

苏莺望着雪琪微笑。雪琪是她最好的朋友，她总觉得待在雪琪身边，心就会温暖："没问题。"

雪琪握紧苏莺的手，期待道："这样一来我们大学也可以在一起了。"

李翔拍下雪琪和苏莺牵手微笑的照片，闪光灯过后，李翔笑得邪恶，调侃道："雪琪，你和苏莺好像一对情侣。"

雪琪的头靠在苏莺肩上，笑得嚣张："你嫉妒还是羡慕？我喜欢美男我也喜欢美少女。”

李翔翻个白眼，揽住身边曦蕾的肩：“还是我们家曦蕾好，只喜欢我一个人。”

掬柔挽着林熙染的手臂，心中担忧。熙染一直没说话，神情恍惚。他的眼神一直追逐着苏莺，令她心中刺痛。

向导万越指着不远处：“那里的洞底下陷了十几米，形成一个深坑。有几条地下河的支流在那里汇聚，形成了一个小型的地下湖泊，只有一条隆起的小路通往湖的中心。小路尽头有座钟乳石天然形成的石像，外形神态惟妙惟肖。再里面就过不去了，因为需要坐船。那边的照明装置还没有安好，你们要去看的话，要带好手电筒，别一不小心掉进湖里。”

万越取出背包里准备的冷烟火，又掏出打火机点燃了引线。一团白色的光球迅速从万越手中冲了出去，照亮了洞顶，让他们可以清晰地看见嶙峋的钟乳石仿佛巨兽的爪牙从穹顶探向水面。接着，光球极速下坠，落进了幽暗的地下湖中。漆黑一片的水面仿佛要把接近它的一切都吞噬干净。

“这片湖里有种鱼你们在其他地方肯定见不到，它的鱼鳞和血肉都是透明的，所以可以一眼看到它的内脏。”万越拿出折叠鱼竿，“有兴趣的人可以钓几条起来看看，不过离开之前要把鱼放回湖里。这里就是我们今晚的露营地点。”

李翔欢欣鼓舞，他对透明鱼非常感兴趣，万越宣布完安排之后他就挤在万越身边帮忙挂鱼饵。

林熙染静静地看着苏莺的背影，在灯光照不到的暗影里，心一点一点变凉。再过几天，他就要回北京了。想到以后无法再看到苏莺的身影，他的心里居然空虚得仿佛整颗心脏都被燃尽成灰。

万越在湖边不远处生起了篝火。火光明亮，光与影在洞穴里迷乱梦幻地交织着。众人将钓上来的六条巴掌大的透明怪鱼放入了装着湖水的塑料袋里。怪鱼们十分慌乱，挣扎间溅起片片水花。李翔看着透明怪鱼走神了片

刻，他也不明白为什么，突然很想吃鱼。

苏莺回头望向被黑暗主宰的湖面，手电筒的光在湖上照出一块灰黄色的光斑。湖面水波粼粼，似乎一切都很平静，苏莺却莫名心中一寒。她也不明白为什么，一走近这片湖，她就打从内心深处钻出一种寒意。

“据说路尽头的那座石像很灵验，如果有想求姻缘的可以去拜一拜。”万越说，“我们村的李平安三十好几都没有娶上媳妇，来拜了这石像之后不到三个月，就娶了个漂亮能干的媳妇。”

雪琪拉着苏莺的手，顿时来了兴致：“我们去看看。”

她回过头，俏皮地朝剩下的人笑着：“你们这些小情侣就不准去了。”

掬柔一点都不想去看什么石像。她对林熙染说：“我觉得有些不舒服，想休息一会儿，你陪陪我。”

林熙染点头，目光却看向了另一侧。他看到雪琪拉着苏莺的手迫不及待地走向幽暗湖面上的小路。

他心中异样，担忧道：“苏莺……雪琪，你们要注意安全。”

苏莺和雪琪回过头来看他，苏莺表情复杂没有回答，倒是雪琪朝他挥挥手，笑着回答：“我们会注意的，一会儿就回来了。”

苏莺点了点头，没有吭声。她被雪琪拉着飞快地跑向那条一直延伸向湖心的路。

林熙染看着苏莺的背影，脑海中突然闪过一段模糊的画面。这画面似乎并不存在于记忆之中，却又那样真实。

那是在学校，春日的校园里，粉色樱花点缀枝头。他站在花树下，凝视着苏莺，缓缓伸出手，拈起她发梢的一瓣落花。苏莺的眼中，是比春光更明媚的眼波。

雪琪握着苏莺的手，走在这天然形成的湖面小路上，她兴奋地对身边的苏莺说道：“苏莺，你有没有觉得我们好像走在神话故事里。可能是神明的一个咒语，将湖水分开，露出了这条羊肠小路。”手电筒的光照亮了这条细长的小路，让小路仿佛一条光带般漂浮在水面上，令人有在水上行走的错觉。

苏莺收敛心神，笑着调侃雪琪：“你的胆子真是大得不像女生。看你对这里那么感兴趣，你很想求姻缘？”

雪琪的手电筒无意间一转，光线掠过湖面。光线触及的那一片湖面还有余波荡漾，雪琪凭借着超强的夜视能力看到了一个庞然大物的背脊，目测可能有两米长。只是，那东西一被手电筒的光照射到就迅速地潜入湖底，她来不及看清它是什么。

苏莺发现了雪琪的异样，她问：“怎么了？”

雪琪欲言又止：“我可能看错了。地下湖让我脑子里全是那些稀奇古怪的传说。”

苏莺看着阴暗的湖面，突然觉得冷：“我们往回走吧。”黑暗的地下，似乎有野兽在不远处沉默地看着她。

雪琪握着苏莺的手摇了摇：“万越说湖心的钟乳石像有着惟妙惟肖的五官，我想看看。”

苏莺犹豫地看着貌似平静的水面，下一秒她突然抬头，望向路的尽头，一阵微风将那种奇异的香气送了过来。

地下湖静谧如梦。

湖底，灰黄色的巨蛇正在蜿蜒游动着。它从湖底泄水的缝隙中挣扎着爬了上来，精疲力竭。捕猎和警惕两种本能的冲突让巨蛇在湖底窜动。它吞掉了湖底一条大鱼，爬行类动物特有的眼睛冰冷无情。它游向湖面，静静地跟着岸边的新猎物。

苏莺和雪琪走在寂静的小路上，钟乳石的穹顶笼罩着湖面，这里远离现实世界的一切，如一个被世界遗落的梦境。巨蛇紧贴着湖面游动，它更清晰地闻到了奇异的香气，越来越接近——

与此同时，天坑底的地下森林里，古庙的门敞开着。

青色巨蛇盘旋着蛇身，在庙门外温驯地等待。月光照入天坑，落在悬石周围。原本灰扑扑的悬石在月亮下居然隐隐发光。

青色巨蛇仰头拜月，仿佛在吸食着月之精华。悬石好像有吸引月光的能力，它在月光的照射下微微发亮，月光仿佛一条条细密的溪流在它的表面流动。月光淌过悬石，渐渐渗入古庙，古庙的墙壁上居然出现了光线流动而成的壁画！

壁画线条简单却传神，讲述的是人和蛇大战的场景。连贯的壁画上，一群人在控虫师的带领下与一条巨蛇大战，最后人类一方胜利，而巨蛇们则被封入了地底，控虫师指挥剩下的人修建了这座悬石古庙，用来镇压地底的巨蛇。

薛夜坐在壁画前。他神色从容，眉眼极其好看。他遥想万年以前的洪荒时代，那是一个被强大猛兽们主宰的时代，弱小的人类在洪荒舞台的一角小心翼翼地存活着。

只有少数的人类从陨星里得到神赐的力量，带领族群和洪荒猛兽搏斗，获得生存和发展的宝贵机会。这样的人被不同的文明赋予不同的名字。他们是比虫师更高级的存在。他们是控虫师。而那些在脑域拥有了高密度能量晶核的洪荒猛兽被称为妖兽。

良久，他对着古庙外的青色巨蛇吩咐：“小青，替我去保护地下的那些人，他们对我还有用。”

青色巨蛇悄无声息地离开，只留下薛夜盘坐在地板上注视着壁画。他知道这壁画是由数百年前的控虫师留下的，在夜里被月光所激发。他身体里的月光虫也因为这壁画的力量而蠢蠢欲动。

薛夜轻抚左手手腕上的骨片手链，喃喃自语：“小樱，我很快就会达成你的心愿。”

风吹入悬石古庙，风中的香气如梦似幻。薛夜微微闭眼，嗅着风中的气息。

他睁开眼，幽光在眼底闪过：“魂草的香气，还真是诱人。没想到这地底溶洞里还有魂草。”在月光虫的联系下，他的一缕意识和青色巨蛇的意识联系在了一起。薛夜隐约可以感觉到青色巨蛇正穿过森林，爬进地下溶洞。

路的尽头就是万越所说的那座石像，石像背后是平静神秘的湖水。石像通体洁白，天然形成的人形，五官和四肢栩栩如生。苏莺站在石像前，之前一直深埋在她心里的不安和恐慌消散了不少。她闻到的那种香气似乎是从石像上散发出来的，像是某种植物果实成熟的香气，可是钟乳石上怎么可能有植物生长?

苏莺把手放在了石像上，冰凉的触感让她心中宁静。她的心跳减慢，呼吸变得悠长，心中有一种强烈的感觉，那就是石像里有着她很想得到的东西。

“苏莺！苏莺！”雪琪的声音将苏莺从迷失的状态中拉了出来。

苏莺抬头，有些迷茫：“嗯？”

“你许愿真是全情投入，我叫了你好几遍你都没听见。”雪琪笑眯眯地说，“你许了什么心愿？”

苏莺苦笑：“我一时走神，忘记许愿了。”

雪琪微笑：“没关系，我替你许愿了，我希望你遇到一个对你很好的人。”

苏莺心中隐隐一痛，唇边却依然有着笑意：“一定会遇到的。”认识林熙染多年，曾经的他对她来说是最温柔的存在，是她残酷世界里的一抹亮色。他的表白令她知道了幸福是怎样的滋味，但是他的善变却在转瞬间将她打入地狱。她不怪任何人，她只怪自己居然曾经有过奢望。

雪琪握紧了苏莺的手，她知道苏莺的生活有多少阴霾，只能安慰她：“班主任老师不是说了吗，高中早恋没意思，大学里的精英更多。”

苏莺沉重的心情也被雪琪闹得轻松了许多：“是是是，你说得对。”然后话锋又是一转，“雪琪，你有没有闻到什么香味？”她感觉空气中的异香似乎越发浓郁，渐渐有些口干舌燥。

“咚”的一声，雪琪手中的手电筒掉在了地上。手电筒的光从地面上斜斜地照了出去。苏莺和雪琪身后左侧的湖中，灰黄色的巨蛇露出了狰狞可怕的蛇头，无机质的双眼里冰冷残酷的目光锁定了石像前的两个人。

苏莺和雪琪都没有发现巨蛇，她们俩蹲下身子捡手电筒，根本不知道身后有危险靠近。

就在这个时候，巨蛇微微偏了偏头，似乎在仔细倾听着什么。最终，它再次沉入水中，似乎放弃了狩猎。

“苏莺，我也闻到香味了，好香啊！”雪琪捡起了掉在地上的手电筒，只觉空气中有一股浓郁的异香。

“这地下该不会有什么花朵生长吧？”苏莺四下打量，但是周围哪儿来的花？只有沉寂了百万年的钟乳石。

“没准儿这些钟乳石里还真的藏了千年灵芝呢。”雪琪笑着打趣道。

异香浓郁，沁人心脾，能够勾起人埋在心底的诸多情绪。这个时候，李翔和曦蕾的呼唤声远远传来。

苏莺对雪琪说：“我们还是赶紧回去吧。我肚子都饿了。”

平静的湖面下，一条青色巨蛇潜入了湖底缝隙。湖底有数条狭窄的裂缝令地下湖的水泄出，和流入湖中的水保持着微妙的平衡。青色巨蛇就是从其中一条略宽的缝隙拼命挤了进来的。前一阵子的地动令地底蛇巢封印群蛇的石柱松动，它也自沉眠中醒来，逃离那黑暗绝望的地下，顺着地震出现的裂缝一直往上。现在，青色巨蛇在薛夜心神的指示下再次钻入了湖底，它要让主人看清巨蛇巢穴的秘密。

洞穴幽冷，如同天然空调房。地下湖的湖畔，大家在火堆上架起了锅子，煮了背包里的食材，吃了一顿热乎乎的晚餐。掬柔把她自己带来的苹果切块装盘，给每个人准备了一份。给林熙染的那份她特地切得更小，加了沙拉又拿来调羹才送到林熙染面前。

李翔捧着水果纸盘，一边吃一边口齿不清地对曦蕾说：“你看掬柔对熙染，那可是贤惠无比。你要多观摩学习。”

曦蕾白了李翔一眼：“是你该多观摩学习，以后把我伺候好。”

雪琪扑哧一声笑了出来：“你们还真是天生一对。”

万越吩咐大家：“吃完水果就搭帐篷，今天大家走了不少路应该都累了，等会儿早点休息。”

累了一整天，倦意缠绕着每个人的身体。所有人都在帐篷搭好之后就钻进了帐篷里，裹着睡袋疲倦地睡去。缥缈的香气自地下湖的方向传来，丝丝缕缕潜入人心。

林熙染做了一个令他欣喜又惆怅的梦。梦中阳光清澈静美，他站在花树下，将一封情书交给了苏莺，心情甜蜜而忐忑。梦里的他知道信里的每一句话，那是他三年来无法说出口的情感，在心底酝酿成酒一样的芬芳。他的心因为苏莺而变得柔软又不知所措，他想将她保护在自己羽翼下。他不想她只是他回忆的一部分，而是渴望着她成为他的现在和将来里最重要的存在。

“明天见。”林熙染替苏莺拿掉了落在她黑发上的花瓣，动作小心翼翼，眼中似乎只有她的存在。

苏莺的微笑温柔动人：“明天见。”

第二天他们并没有相见，带着甜蜜心思回到家的林熙染突然得知外公去世的消息。第二天他就匆忙地和爸爸妈妈一起赶回京城。然后……然后发生了什么事情？为什么他会忘记对苏莺的感觉，突兀地爱上了葬礼中出现的掬柔？堕入梦境的林熙染在梦中茫然纠结，他对梦境的最后一点印象就是令人眩晕的永无止境的旋涡。

第五章
巨蛇

火堆还在燃烧着。不知从哪里来的风让火焰微微摇动。

其他人都各自酣然入睡，苏莺却怎么也睡不着。她的头隐隐作痛。

苏莺突然听到有人走动的声音，她睁开双眼，揭开帐篷帘子的一角，发现走动的人是李翔。李翔径直走向了湖边，蹲下身子抓起什么东西吃了起来。

苏莺听到李翔咀嚼的声音，觉得有些不对劲。她轻手轻脚地爬出帐篷，走到了李翔背后。她发现李翔正闭着眼睛吃鱼！那六条透明怪鱼已经被他吃掉了一大半。李翔吃鱼的样子很古怪，他疯狂地咬着生鱼，吞咽入腹。鱼血顺着他的嘴角流了下来，他贪婪享受的神情令人心惊。

“李翔，你在干什么？”苏莺警惕地轻声问。

李翔对苏莺的话充耳不闻，他伸手抓起了塑料袋里仅剩的鱼。

苏莺拉住李翔的手：“你怎么了？”李翔就像是……中邪了一样。

李翔的手僵硬而冰凉，苏莺错愕间松开了手，眼看着李翔吃掉了最后一条鱼。

苏莺倒退了半步，她看着李翔心满意足地叹了一口气，睁开了眼睛。雪白的灯光下，李翔的眼白发红，深黑的瞳孔中带着一种说不出的阴冷恶意。

李翔用手挡着电筒光，语气不耐烦地问：“苏莺，你干吗？”

苏莺心中异样：“我还想问你到底在干什么。你为什么把鱼都生吃了？”

李翔茫然地低头看了一眼：“你在说什么？我怎么……”他这才发现自己站在空空如也的塑料袋前，嘴里是一股浓重的鱼腥味。

“你直接把鱼捞起来就全部吃了，你刚才闭着眼睛吃鱼的样子很恐怖。”苏莺看到李翔变回自己熟悉的样子，稍稍放下心来。

李翔皱眉，迟疑道：“你开玩笑吧？”他心中也隐隐觉得不对劲儿。

“你刚才就好像中邪了一样。”苏莺的心脏还跳得急。

李翔挠了挠脑袋，笑了起来：“中邪的话，你就会看到我吃人，而不是吃鱼。大概今天我太兴奋就梦游了，这是我的老毛病。你可别对大家说，太丢人了。”他很小的时候就被家里人发现有梦游的习惯。平常倒是睡得挺安稳，就是每年总有一两次梦游的经历。最近的一次是在高考结束后的那晚，他梦游后，把书包塞进了马桶里。

苏莺半信半疑地打量李翔：“那你现在没事了？”

李翔用力点头：“我好困，我要睡了。”真奇怪，腹中似乎有暖流涌动，令他慵懒放松，有点儿飘飘欲仙。他的脑海中突然闪过模糊的画面——巨大的蛇头，锋利苍白的蛇牙。

李翔呻吟了一声，抱住了脑袋。那些陌生又熟悉的画面令他惊恐。

李翔跪倒在地下，抱着头细细呻吟。他想起来了，他在悬石古庙外的森林里被一条巨蛇袭击，吞进了蛇腹！可他为什么还活着？

苏莺担心地扶住李翔颤抖的肩膀：“李翔……”

就在这个时候，漆黑的湖水中伸出了一条长长的蛇尾，卷住了苏莺的腰肢！苏莺甚至没来得及发出尖叫声就被蛇尾卷住，拖入了冰冷的湖水之中！

苏莺惊惧交加，吞入几口冰冷的湖水。她的腰被蛇尾卷住拖向湖底。苏莺不敢张口呼救，她知道那只会让她呛水。苏莺肺部的氧气消耗殆尽，意识变得模糊。湖岸上，李翔的叫声越来越遥远。苏莺的心脏里有什么东西蠢蠢欲动。

灰黄色巨蛇最喜欢的杀人方式是浮在水面上，像车轮一样翻滚着，紧紧缠绕着人的躯干。人呼出一口气，它就勒紧一点，直到人完全不能吸气而窒息死亡。而且它会监听人的心跳，直到心跳停止才松开人的尸体，然后拖到岸边慢慢享用。它觉得在湖边捕食到的猎物很好闻，想要在水底将她溺毙，慢慢吃掉。

就在这个时候，缠绕着苏莺的蛇尾松动了一下。原来是一条青色巨蛇袭击了攻击苏莺的灰黄色巨蛇。

黑暗的湖水中，青色巨蛇和灰黄色巨蛇拧成一团。巨蛇争斗间，半昏迷的苏莺脱离了蛇尾的桎梏，却也因为无法呼吸到新鲜的氧气快要窒息。

苏莺缓缓沉入湖水更深处，她的唇中吐出细碎的气泡，用最后的意志力让自己不要吸入冰冷的湖水。死亡那样近，锋利无情。脑海里，林熙染微笑的样子清新而温暖，却遥不可及。

十多年来的记忆在苏莺的脑海里旋转，那些画面仿佛在寂寞无人的电影院里播放着，唯一的观众就是苏莺。她冷漠疏离地看着这一切，轻声说再见。

就在这个时候，在黑暗的水底，苏莺被人揽入怀中。柔软温热的唇吻上了她冰冷的唇，这个吻带来氧气和生机。恍惚中的苏莺无比心安，似乎这怀抱的主人在很久之前就已经在她的灵魂里烙下无法彻底抹去的温柔记忆。

那个人抱着苏莺游向水面，却在她浮出水面之前松开了她。水面有灯光照耀，穿透湖水投下迷蒙的光影。朦胧的光影中，苏莺仿佛看到了居住在湖底的妖精，妖精那双美丽的眼睛勾人心魄。他抓着蛇尾，退入了远处的黑暗中，令人叹息着想留住此刻的时光。

半梦半醒之间，苏莺以为那个吻只是幻觉。她从水中冒出头来，贪婪地呼吸着空气。

林熙染跃入水中托住了她。

应急灯照着水面。林熙染凝视着苏莺，仿佛这世界里，她是他最重要的人。

搁柔脸色苍白地看着林熙染将苏莺救上岸，她看着林熙染那焦急心疼的眼神，心中就一阵一阵地抽痛。她才是他的女友，林熙染的情不自禁无异于在狠狠地扇她耳光。

曦蕾问苏莺："你怎么掉进了湖里？"

苏莺冻得脸色惨白，嘴唇发青，她惊魂未定地回答："湖……湖里有很大一条蛇！"

万越拿起手中的聚光电筒往湖面照了照，整片湖平静幽暗仿佛什么都没有发生，他肯定地说："这里我来过很多次，小时候还在里面游泳避暑，但我从来没看到过什么大蛇。这里的生态也不可能产生大蛇。"他觉得苏莺也许是受到惊吓，产生了幻觉。

湖面上有淡淡的香气飘过，万越眼神一凝。这香气依稀熟悉。那是他当兵的时候，有一次去广西执行任务，危急之中，他救了同行的战友一命。战友是苗人，后来带他去了家乡那偏僻的苗寨。战友的爷爷念着古怪的咒语，在房间里点燃了一种香气浓郁的黑色线香，引来了鲜艳如花朵的怪虫。战友的爷爷把虫尸的浆汁混合药材涂在他的额头上，说这东西能够给他一次逃生的机会，是祖传的灵药，其中最珍贵的一味药材已经在天地之间绝迹。万越是不信这些的，只不过是入乡随俗，才接受了对方的好意。为什么地下溶洞里会有那种黑色线香燃烧产生的香气？

苏莺回忆着惊魂的瞬间："我真的是被大蛇的尾巴卷入了湖里！李翔就在我的身边！"

李翔有些失魂落魄，他的眼底有着惶恐惊惧："这里真的有大蛇，我们必须马上离开天坑。我好像已经被一条长十来米的青色大蛇给吞掉了，我……我为什么还活着？"那种窒息的痛苦和无法挣扎的绝望深刻无比。

看着语无伦次的李翔，其他人都不寒而栗。

万越沉默，李翔的话让他心中的疑问得到了解答。悬石古庙外，李翔的雨衣被撕裂成两半，地上只有一行李翔残留的脚印，脚印消失在了大树下，

李翔却从森林里走出来。他应该是被巨蛇从树上袭击拖走，所以没有留下其余的脚印，树上的空鸟巢旁那黏腻的液体应该就是蛇的分泌物。但是更多的疑问产生了——李翔为什么还活着？为什么巨蛇没有勒死他再进食，而且还在已经将他吞入腹中的情况下终止了进食将他吐出？为什么他什么也不记得了？

万越神色凝重，从沉甸甸的包里拿出了一把老式猎枪，对其余人道："那么大的蛇只可能是生活在南美洲的巨蛇，这种蛇连两米长的凯门鳄都能吞下。如果真的有巨蛇，我们在溶洞和天坑森林里都跑不过它。我们可以先撤退到之前经过的那个狭窄的钟乳石洞穴，然后布下可以杀伤巨蛇的机关。"

雪琪问："什么机关？"

万越从包里拿出一只竹筒，竹筒里是数枚沉甸甸的长一尺、两头尖锐的利器，他解释说："离地龙风景区大概两个多小时车程的深山里有熊，还有其他的猛兽。我喜欢打猎，所以做了一些打猎专用的小东西。"

所有人集结起来，谨慎地退往钟乳石最密集最美丽的那段狭窄洞穴。湖面平静，波澜不兴。越是宁静，越是暗藏凶险，没有一丝波澜的湖面让所有的人连呼吸都觉得费力。

掬柔反反复复地拨打着报警电话却徒劳无功，这里根本没有手机信号。

曦蕾忍不住问李翔："该不是你和苏莺都产生幻觉了吧？你被巨蛇吞掉都没死，要知道巨蛇猎食猎物都是先勒死再吃掉。"

李翔捂着脑袋，痛苦沮丧："我记不清了！"

退到狭窄的钟乳石洞穴里，万越将数枚梭状利刃钉在了洞穴里，然后回头对众人说道："这里地势狭窄，巨蛇的速度优势会被部分抵消。我担心的是，不止有一条巨蛇……"利刃并排，间隔五寸，只露出一寸长的刃尖。如果巨蛇仓促捕食，爬进这狭窄的洞穴，它的腹部就会被利刃刺伤；如果巨蛇奋力挣扎着要继续进入，就会被利刃开腹。

地下湖湖底。岩石的缝隙后是石灰岩形成的泄洪管道。深深的地下峡谷，碳岩突兀嶙峋，宛如地狱怪兽的利牙。黑暗之中，苔藓在石壁上散发出萤绿色的微弱光线。湖底岩层如同冻结的苍穹，俯视着闪烁着荧光的第三层地下世界。裂缝旁不远处有巨大的钟乳石石柱支撑着湖底岩层，石柱的下端直抵闪烁着荧光的地下平原。

从第二层倾泻而下的狂暴水流似乎被一种无形的力量驯服，变得柔和平缓。青色巨蛇托着薛夜，将他送到了长着发光苔藓的石壁中央一个凸起的小平台上。另外一条灰黄色的巨蛇顺着石壁蜿蜒而下，它缠绕着石壁上的石柱，发出不满的嘶嘶声。即将入口的猎物被夺，这让它心里燃起无法克制的怒火。

薛夜嘉许地轻抚青色巨蛇的头。那硕大的蛇头居然亲昵地回蹭薛夜洁白修长的手指。

水流轰轰作响，小青守护着薛夜，向同类发射神秘信号，带着戒备与警告。

薛夜的头发湿漉漉的，衣服也在滴水。他似乎毫不在意，只是凝神打量四周。谁能想到，地下湖底的岩层下居然别有洞天。他的视线落在了那巨大的石柱上，眼底有笑意闪过。从位置来讲，这石柱往上正好是湖中石像的所在。也许正是因为石柱汲取了整个荧光平原的能量，才能在上一层的石像中孕育出魂草这样的高能植物。

小青托着薛夜，将他放在了参天石柱外围的石林前，就不再前进。

薛夜能够从小青的脑波中感觉到它对石林的恐惧，他知道那是控虫师的力量在石林中盘踞。

就在这个时候，狂躁的灰黄色巨蛇看到令它不安的薛夜去了石林，居然逆着水流往地下湖的方向窜去。它不甘心放弃在第二层洞穴里的猎物！

薛夜微怒，他从脖子上的项链吊坠里取出一粒黑色的种子放入小青的口中，命令它追上狂躁的灰黄色巨蛇，阻止它猎食人类。

目送小青离开，薛夜将注意力集中在了不远处巨大的石柱上。石柱上并没有生长发光的青苔，却包裹着如玉一般温润的光华。大自然的鬼斧神工创

造出了这得天独厚的巨大石柱。石柱周围的石林如同守护石柱的战士。

薛夜缓步走了过去，石林中有奇异的磁场能影响所有生物的脑电波，产生种种恐怖幻觉，却丝毫不能动摇薛夜的心志。他踏入石林，露出了惊讶的神色。石林中央的石柱上，黑色的铁链锁着一条白色巨蛇，妖异的白色鳞片晶莹如玉。强大的生物往往用优雅的外表掩饰内心的残酷冷漠。

石林以白色巨蛇为中心盘绕着几十条休眠的巨蛇，大多数的巨蛇有着深绿色的皮肤，背上是黑色的椭圆印记。这样的体色使它们在潮湿浓密的植物环境中便于隐藏。休眠的巨蛇尾尖偶尔微颤，似乎在深梦的边缘依然记挂着尘世的一切。这里分明是一处时光凝固的蛇巢。

薛夜谨慎地观察着蛇群，巨蛇们的身上覆盖着密密麻麻的扁虱。他缓缓穿过蛇群，扁虱们躁动地蹿起，却在半空中就被神秘的力量杀死，最后化为尘屑坠落。

薛夜驯服了从南美洲遗迹中得到的异虫，获得了部分异虫的力量。对普通人来说极其可怕的吸血扁虱根本不能靠近他。看着宛如白玉的巨蛇，薛夜想起了《山海经》里那些洪荒怪兽。他能感觉到白色巨蛇的强大——它再不是史前异兽，而是妖，妖蚺。

石柱上被锁着的妖蚺有着极其美丽的红色眼睛，它的头颅对着薛夜的方向轻颤。空气中的气息在发生微妙的变化，妖蚺释放了某种激素。原本沉眠的雄性巨蛇们不安地躁动起来，似乎挣扎着要从沉眠中醒来。

在亚马孙森林里，雌性巨蛇进入交配季节后会释放性激素。这种激素分子在森林里传播，能够吸引十几公里外的雄蛇前来交配。这石林里所有的雄性巨蛇都被控虫师利用能量矩阵镇压。它们神智昏昏，却依然对雌蛇释放的激素有着剧烈的反应。

石柱晶莹剔透，被束缚在石柱末端的妖蚺仿佛石柱上诡异绮丽的浮雕。

“我明白控虫师为什么没有杀死你，而是囚禁你。因为你们的气息能够让魂草生长得更快，早日结出果实。”薛夜伸手轻抚妖蚺的头，他感觉到了妖蚺强大的灵魂力量。数百年的时光都没能令妖蚺死去，薛夜可以想象到它当初有多么强大。

薛夜从怀中掏出一把透明如水晶的匕首：“如今魂草的果实即将成熟，你已经没有了作用，把你的神魂献给我吧。”

妖蚺的鳞片坚硬，却依然无法阻挡匕首的利刃。它猛烈地挣扎了起来，但是那奇怪的黑色锁链也同时收紧，将它牢牢捆在石柱上。

石林中，原本沉眠的雄性巨蛇纷纷苏醒。与此同时，石柱上有暗金色的光符亮了起来。充满奥义的七个符号在石柱上流转，雄蛇们仿佛被泰山压顶，无法动弹。

薛夜拔出已经刺入妖蚺身体半寸的匕首，唇边是艳丽无双的微笑：“开个玩笑而已。你已经有了灵智，我怎么舍得轻易杀死你，我还要靠你帮我取得魂草。”数百年间，控虫师设下的缚龙阵依然在运行。只是，前不久的一场地震造成了地脉移位，这缚龙阵也受到了损坏，估计维持不了几年了。

要不是他适逢其会，发现了这些巨蛇，地龙风景区一旦正式营业，必然会发生游人被巨蛇吞噬事件。没有人会想到，这地下湖底另有一层天地，藏着凶悍的巨蛇。雌性巨蛇和雄性巨蛇交配后，一次会生出几十条幼蛇，这天坑下的溶洞将成为巨蛇的乐园。

妖蚺那长在头顶的眼睛里居然有了哀怜之色。

“你成为我的兽仆，作为交换，我会破阵救你。怎么样？”薛夜的声音清冷悦耳，仿佛玉珠泻地。

妖蚺连连点头。

薛夜用力挤压食指上原本已经快愈合的伤口，血珠渗出。薛夜将血涂抹在了妖蚺的额头上，那血迹渗入妖蚺的额头里消失不见。突然，一场精神力量的风暴在薛夜的脑海中席卷而过，他的身体颤抖了起来。狡猾的妖蚺居然假意臣服，趁机侵入他的精神，想要抹掉他的意识！

与此同时，苏莺一行也陷入了极大的危机之中。灰黄色的巨蛇出现在了狭窄的洞穴外，它看到洞穴中的猎物们，庞大的身躯以不可思议的灵活程度猛地窜进了洞中。

所有人屏住呼吸，双腿无法抑制地颤抖着。

巨蛇的腹部被万越事先布置好的利刃划破，只可惜因为地面土壤比较疏松，巨蛇挣扎之下，利刃被它庞大的身体掀翻。仅受了轻伤的巨蛇疯狂地冲向了最靠近它的万越。

万越一个翻滚躲在了一丛钟乳石后。巨蛇一头撞在了尖锐的钟乳石上，将好几根钟乳石撞断。它怒不可遏，蛇尾乱甩，狭窄的钟乳石洞穴令它烦躁不安。

万越冷静地瞄准巨蛇的头部，扣动了扳机，子弹击中了巨蛇，它的头部左侧血花飞溅。蛇并没有声带，不会发出惨叫，它的身体剧烈地抖动着，越发凶悍地冲向万越。蛇尾扫断的钟乳石落了一地，吓得其他人抱头缩在角落里发抖。

就在这个时候，地下湖的方向再度传来水声。灰黄色巨蛇回过头，钻出了狭窄的钟乳石洞穴，它的舌头发出奇异的嘶嘶声，似乎在邀请同伴共同狩猎！

雪琪紧紧搂着苏莺躲在洞壁凹陷处："苏莺，等会儿要是那条巨蛇再进来，你可千万不要动。"这个凹陷处前方有好几条垂下的钟乳石，能保护她们不被巨蛇绞缠和攻击。

曦蕾吓得哭了起来，她扯着李翔的衣袖小声说："我们快点离开这个鬼地方！"

李翔点头，牵着熙蕾的手就悄悄地朝后退去。他在天坑底的地下森林里并没有看到满坑满谷的巨蛇，也许这样的大家伙没几条。巨蛇吃掉一个人需要消化好几周，这个时间足够他和曦蕾逃脱！

第六章
夺命

狭窄的钟乳石洞穴里，李翔和曦蕾偷偷溜掉。林熙染、掬柔、苏莺和雪琪缩在洞壁的凹陷处。万越拿着猎枪，看着洞穴外两条一青一黄的巨蛇。火堆没有来得及熄灭，而应急灯也被万越打开扔在了洞穴外的空地上，让他能目睹两条蛇角斗的过程。黑暗对巨蛇没有影响，它们依靠皮肤的感觉和蛇芯发出的波来感知猎物的存在和动作。

“它们打起来了！”万越缩回洞穴，对身后的其余人说。

雪琪也大着胆子悄悄探头看了一眼：“真打起来了！它们是要争夺我们这些猎物吗？”

林熙染沉默地看着苏莺，很想问她，他今晚梦到的那一段情景到底是真是幻？

苏莺觉得冷。从湖中被救起，她就和大家一起逃亡，湿透的外套被洞穴里的气流一吹，冷得她心口发颤。她的脑海里浮现出了身处湖底时那个幻觉中的妖精的眼睛，那么美丽的眼睛……

雪琪回到苏莺身边，她握住苏莺冰冷的手：“苏莺，你的手好冰。”

林熙染从背包里拿出了备用的外套，递给雪琪：“趁现在，你带苏莺去角落里换衣服。”因为大家之前在地下森林里跋涉，淋雨又摔跤，备用的外套都已经穿上了身。他猜苏莺那个小小的旅行包里已经没有干净舒服的外套了。

雪琪微微一笑："林熙染，你真好。你也穿着湿衣服呢。"林熙染跳入湖中救起了苏莺，他的衣服也里里外外全湿了。

林熙染笑笑："我身体好，没事的。"再说，如果他们今天都死在了这里，也没有生病这一说。他只是……不想看到苏莺冷，不想看到苏莺生病。

洞穴里，大家为苏莺凑衣服。洞穴外，灰黄色巨蛇和青色巨蛇正斗得激烈。巨蛇的蛇牙无毒，主要靠强大的肌肉力量绞缠猎物。那巨大而有力的蛇尾是最好的进攻武器。

狂暴的灰黄色巨蛇略占上风。虽然这地底洞穴里依然存在着让它感到恐惧的威压，但它认为，若是吞吃了这几只猎物，一定能够离开洞穴，找到一处充满美食又适合生存的地盘。它比其他的巨蛇要活得更长一些，在数百年前短暂的清醒期，它亲眼看到白色巨蛇吃掉与它交配的雄性巨蛇来获取力量。一旦白色巨蛇脱困，等待着自己的命运就是被吞噬！

小青被灰黄色巨蛇击飞，它撞翻了火堆，半截身子滑入了湖水之中。它心中愤怒，蛇口里含着的那粒小小的种子居然在轻微地颤动。小青蛇尾一摆，冲向了灰黄色巨蛇，吐出了那枚跳动着的种子。

黑色的种子落在了灰黄色巨蛇的头上，紧紧地黏住了它的鳞片！就在这个时候，薛夜在石柱下被妖蚺攻击灵魂，他和小青之间的灵魂烙印将这种攻击也传递了过来。小青瘫倒在地，整个蛇躯都开始抽搐！

灰黄色巨蛇发现对手失去了攻击力，它蛇尾一摆，疾风一般冲向狭窄的钟乳石洞穴。那枚黏在它头上的种子化为黑色的黏液钻进了它被万越用猎枪打出的伤口里。

在洞穴口看到这一幕的万越命令其他人快速离开，他握着猎枪断后。

"你们在这里也帮不了我的忙。放心吧，只有一条巨蛇，我能够对付。你们就在我们第一次休息的地方等着我！"万越安抚大家。

雪琪咬牙拉着苏莺往外跑，林熙染牵着掬柔的手紧跟其后。

地下湖方向传来的香气越发浓郁，令万越突然想起很多年前的初恋，又或者沉入死亡深渊的战友们。

万越看着蜿蜒而来的灰黄色巨蛇，眼底闪过一丝寒芒，瞄准了巨蛇头部。长达十五米的巨蛇，在水中是无敌的存在，在陆地却未必。

巨蛇扑入了洞穴，万越扣动了扳机，关键时刻，子弹居然卡壳了！

万越的呼吸变得沉重，现在他只有两个选择。一个是转身逃走，只要他比那群学生跑得快，他就可以在巨蛇吞食猎物的时候逃出生天。还有一个就是……

万越扔掉了没用的猎枪脸朝上躺下，身体紧贴地面。手电筒被他扔在了一旁，照着巨蛇那可怕的模样。万越双手抱头，肘部展开，腿伸直，静静地等待着巨蛇的靠近。微冷的风吹过，带着腥气的巨蛇贴在了万越的身上！

巨蛇用身体不断地摩擦着万越，用舌头舔着万越的脸。恐惧令万越的身体僵直，但是他没有动弹，身体一直保持贴着地面。他知道只要他按捺不住心中的恐惧，跳起来逃走，巨蛇就会抓住机会迅速缠绕上他。一旦被巨蛇缠上，他的下场只有成为蛇粪！

巨蛇发现自己无法缠绕眼前的猎物，而且它认出就是这只猎物打伤了它的头。这样的仇恨令它没办法放弃这只猎物去追逐逃走的那些。于是，它开始吞食万越，从脚开始。

万越在发抖，他努力保持清醒，不让自己的神志因为恐惧而涣散。几分钟过去了，巨蛇从万越的脚一直吞到了他的膝盖。万越的膝盖动了动，微微撑开了大腿，增加巨蛇的吞咽难度，不让它吞得太快。

人生真是可笑，他的青春在军队里度过，危险始终如影随形。退伍之后，他本以为可以逍遥懒散地过日子，可以忘记那些令他心痛的记忆。如今，只不过是为领导那可爱的侄女和她的同学当一回向导，居然见鬼地遇到这些大得恐怖的巨蛇。这些该死的原本应该在亚马孙丛林里生活的大家伙，怎么会出现在天坑里？如果让他再选择一次，他宁愿去看大门，也不愿意在这里躺着被巨蛇活吞。

手电筒的光剧烈晃动着，雪琪拽着苏莺一路飞奔。原本半个小时的路程被他们缩短为十分钟。他们终于回到了之前那个高达几十米的地下溶洞大厅。地下暗河清澈见底，一直通向溶洞深处，也许要不了多久巨蛇就会从暗河里扑出。

苏莺心神不定，她抬头，对其余三人道："不行，我要去看一看向导有没有事。"

雪琪拉住苏莺："我们回去也帮不了他，也许我们应该连夜离开天坑，然后用手机向外面求救。"

掬柔的声音颤抖："也许天坑底的地下森林里还藏着巨蛇。"

雪琪的声音里有着激烈的情绪："我觉得天坑底的地下森林里没有巨蛇，如果有，在我们第一次穿过森林的时候就该把我们吃了。"而且，李翔和曦蕾临阵脱逃，此刻应该在他们的前面回到地下森林了。如果森林里还有巨蛇，他们也首当其冲填饱了巨蛇的肚子。

只是，现在没有向导，在这样的黑夜里，他们能找到离开天坑的台阶吗？

林熙染拉住了苏莺的手，紧张道："你不能回去。"那里至少有两条巨蛇。

苏莺问林熙染："万越没有抛弃我们独自逃走，而是留在那里独自一人和巨蛇对峙。我很懦弱，居然听了他的吩咐离开。我觉得我坐在这里永远等不到他安全回来。怎么样都是死，为什么不回去看看？"

林熙染沉默半晌，他轻声说："好，我陪你回去。"

掬柔哭出声来，她的声音充满无助、绝望和怨恨："林熙染，你怎么对得起我？！"

林熙染的声音在黑暗中依然温柔悦耳，却不带任何感情："掬柔，对不起。"

他牵着苏莺的手往回走，苏莺的手冰冷而柔软。他们离得很近，似乎还像当初一样亲密，只是很多事情不该发生却已经发生，很多事情一旦错过就无法挽回。

狭窄的钟乳石洞穴里，巨蛇的巨口已经吞到了万越的腰部。巨蛇可以吞食比自己头部大得多的猎物，因为它的下颚有很强的延展性，下颚骨也可以同头骨分离，当它进食时，它们的肌肉会呈波纹状蠕动以推动食物下咽。

万越在此时深吸了一口气，他爆发全身的力量迅速弯起膝盖，同时猛地坐起，向前弯腰，把自己的头靠向膝盖。他听到了骨头折断的声音。那不是他的骨头折断的声音，而是巨蛇的脖子被他折断的声音。蛇躯还在抽动着，它无法再吞下万越，却还没有死去。它的蛇尾失去控制一般甩动着，将身周的钟乳石拍得粉碎。

万越吓得半死，眼泪哗地落了下来，差一点他就成了巨蛇的美餐。就在这个时候，他发现巨蛇的眼珠在快速地变成灰白色。他忙不迭脱出蛇口，发现巨蛇的身体从眼珠开始全部变得灰白，像是迅速在时光中腐朽一般。

苏莺的声音适时响起："你还好吧？"

万越惊讶地转过头，看着苏莺和林熙染："你们怎么回来了？"他原本以为苏莺会躲在某个角落里发抖。

苏莺回答："我们不太认得路。是你带我们来的这里，你当然要负责把我们送出去。"

一刻钟后，匆匆赶到地下溶洞大厅的万越、林熙染和苏莺只看到了缩在角落里哭泣的掬柔。雪琪不见了！

地下湖底，巨大的石柱高耸，宛如撑天之柱。薛夜闭着眼睛站在巨大的妖蚺前，他冷漠的脸上是痛苦的神情。

妖蚺的蛇芯以某种奇特的频率颤动着。这种频率波段令妖蚺在微光世界

拥有了“看”到环境的能力。薛夜的眼角和鼻端，有血缓缓流出，令他美丽的脸变得诡异。

妖蚺借由灵魂烙印搭起的桥梁对他发动了灵魂攻击，他的意识仿佛被无形的利刃切割着，身体对痛苦的承受能力渐渐达到极限。

就在这时候，浓烈的香气渐渐从石柱顶端倾泻而下，薛夜知道，魂草结出的果实已经完全成熟！

这香气似乎令妖蚺拥有了更多的力量，它挣扎得越发剧烈，连黑色的链条也快无法锁住它了！

妖蚺等待这一刻已经等待了六百年！是初识灵智的它最先发现的魂草，并且学会了借助魂草的力量修炼自身。除了猎食，它一直守在魂草旁，静静等待着它成熟结果的那一天。

没想到，一个强大的人类来到了这荒芜的地下微光世界。他将它禁锢在石柱上，用它和它的同类们的蛇气滋养魂草。它原本已经绝望，却在漫长的沉睡后等到了生机。不久前，大地震动，地脉产生了移位，束缚它和它的同伴的力量也随之减弱。甚至有在石林边缘的同伴脱离了法阵的桎梏，通过裂缝离开这里。它相信，当魂草的果实成熟，吃下果实的它一定能脱离这该死的桎梏，拥有梦寐以求的新生。

薛夜睁开眼睛，他的心脏处，一只发光的异虫穿透衣服，射入了妖蚺的左眼。发光的异虫刺破了妖蚺的眼珠，切断了精神烙印的通道，然后盘旋着回到了薛夜的心脏。薛夜半跪在地上，仰头冷冷地看着妖蚺。它被自己的月光虫重创，大张着蛇口，痛苦地挣扎。原本红宝石一般的眼睛里，红得发黑的血液喷溅而出，染红了它原本洁白如玉的身躯。

薛夜跃上妖蚺的头部，匕首贴着它完好的右眼，威胁道：“带我去摘魂草，不然就刺瞎你仅剩的这只眼睛。”

妖蚺拖着一截断掉的黑链载着薛夜，沿着石柱上攀缘而上。薛夜轻按自己的心脏处，寄生在自己心脏中的月光虫切断了妖蚺的灵魂攻击，却也遭受了极大的反噬。如今的他实力大减，和妖蚺争斗起来说不清谁赢谁输。他没想到会在这天坑底下发现魂草和妖蚺，准备不够充分。

薛夜仰头看着石柱与地下湖岩层的交界处，那里有着夺天地造化的魂草。有了它，他一定能够达成心愿！

石柱和湖底岩层交界处有着一个小小的洞穴，浓郁的香气正是从这里飘出。洞穴的顶端有些细密的气孔，香气穿透数十米的岩层从地下湖上的石像处散发出来。这也是苏莺等人能在湖上闻到香气的原因。

魂草所在的洞穴。

洞壁上镶嵌着夜明珠。洞穴一角，有一块钟乳石动了动，露出两尺宽的通道，一名少女慢慢爬了出来。如果苏莺在这里，一定会惊讶地发现，这名少女就是雪琪！

雪琪晶莹的小脸上是痴迷的神情，她看着洞穴中央钟乳石凹陷里的紫色魂草："原来真的有魂草！是了，有巨蛇就说明笔记里的记录是真的。"她没有用手触摸魂草，而是从口袋里拿出了一只雪白柔软的小袋子，将小袋子罩住魂草那晶莹剔透的果实，然后手指微微用力，摘下了果实，接着拉紧口袋。这口袋能够隔绝魂草果实的气息。

雪琪身手敏捷地钻回通道，关闭了机关。几个小时前，她和苏莺一起站在石像前的时候，她就已经确定了石像上机关的所在。石像下有一个通道直抵魂草所在的洞穴。她组织这一次的探险之旅不仅仅是为了和同学们联谊，更是为了证明祖传笔记的真实性，虽然其中出了点差错。

雪琪离开后不久，妖蚺托着薛夜出现在洞穴外。在第一时间，薛夜和妖蚺就发现魂草的果实不见了！

洞穴里异香扑鼻，掩盖了雪琪在这里残留的气息。妖蚺数百年的愿望落空，怒不可遏！

"也许魂草的果实融化在了地脉之中。"薛夜叹息。

妖蚺已经闪电般射入洞穴之中，大嘴咬向魂草。它已经没有下一个六百年的时间来等待魂草开花结果。就在这个时候，妖蚺瞎掉的左眼剧烈地疼痛起来。

薛夜轻笑，他伸手将魂草收入怀中："你那么狡猾，我怎么会不留有后手？我种在你左眼里的草虫已经开始发作了。"草虫是一种普通的异虫，具有植物的特性。薛夜将它种入了妖蚺的眼里，那草虫就开始快速地生长，游走在妖蚺的每一根血管和肌肉里。草虫本身会释放麻醉液体，令妖蚺察觉不到它的生长，一旦时机成熟，草虫就会破体而出。

妖蚺那洁白的蛇躯上有无数绿色的草长了出来！它完好无损的那只右眼里，青绿色的草叶迅速穿透瞳孔生长出来，诡异可怕。

妖蚺从高高的石柱顶端落了下去，怀着深深的不甘与憎恨。它庞大的身躯直直地砸在了石林上，被石林利刃般的尖端刺透！蛇血染红了石柱，将束缚着数十条雄性巨蛇的石林秘阵彻底破坏！

与此同时，被薛夜用灵魂印记唤醒的小青出现在了峡谷一侧。石林秘阵已经被破坏，它可以攀爬上石柱，来载薛夜离开。它不知道，就在它昏睡后的某一刻，雪琪悄无声息地越过它的身躯，钻入了狭窄的钟乳石洞穴，前去和苏莺他们会合。

小青攀爬上石柱，在魂草所在的洞穴外接了薛夜。薛夜趴在小青的脖子上，心中隐隐不安。他还要想想怎么妥善处理剩下的几十条巨蛇。

石林之中，异变正在滋生。妖蚺的血液在地上流淌，那些血液仿佛有自己的意志，竟然渐渐将所有的雄性巨蛇都围住。原本蠕动着、即将苏醒的雄性巨蛇安静了下来，而妖蚺身上的草叶却开始慢慢地枯萎。

妖蚺灵魂力量强大，它不甘心就这么被桎梏六百年后悲惨死去，它要用这些雄性巨蛇的血肉和灵魂来重塑身体！

一条又一条雄蛇的蛇躯变得干瘪，宛如蛇蜕。薛夜发现，居然有妖蚺的一道血流径直向自己流了过来。妖蚺是想将他也变成它的美食！

看着一条雄巨蛇在几个呼吸间就变成干尸，薛夜知道，此刻的妖蚋很危险。他让小青载着他快速离开，他知道妖蚋不会放过他，必须想办法把妖蚋斩草除根。要彻底杀死妖蚋就要毁掉它的灵魂。薛夜的脑海里浮现出了悬石古庙，悬石古庙拥有控虫师留下的力量，镇压着地底的蛇灵。

浮石堆斜斜地向洞内延伸了近百米，戴着头顶灯的万越一行正走在浮石间。深夜寂静无声，人人自危。

就在这个时候，有手电光从身后照过来。苏莺听到了雪琪的声音："等等我。"

苏莺欣喜得快哭出来了："雪琪，你去了哪里？"

雪琪拍着心口，心有余悸地说："我担心你，所以去找你，谁知道走岔了路，我好不容易才走出来。"

雪琪看到了向导万越："苏莺一定要回去找你，劝都劝不听。她说你都没有丢下我们逃走，我们也不应该丢下你。"

万越心中异样，总觉得哪里不对。他吩咐大家："打起精神来，我们抓紧时间，先到悬石古庙，等天亮就离开这里。等会儿，我还要想办法找到李翔和曦蕾。"

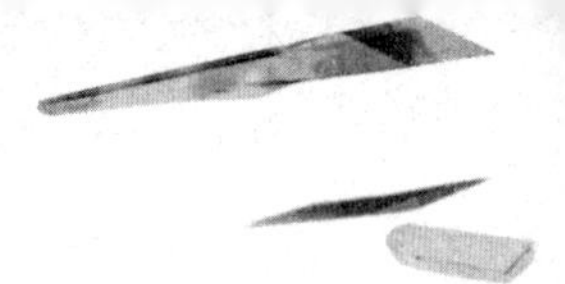

第七章 夜行

此时此刻，李翔和曦蕾正在地下森林里转悠着。李翔又饿了……

黑夜的牢笼中，总有惊慌失措四处逃窜的小鸟儿。李翔和曦蕾已经迷失在了地下森林里。曦蕾低低地啜泣着，在昏暗的光线里小心翼翼地前行，她的衣服上全是泥浆，看来摔了好几次。她紧紧地拽着李翔的衣袖，彷徨无措。

“别哭了！”李翔暴躁地低喊。他又累又饿，胃里的空虚无法用背包里的压缩饼干填满。李翔就不明白，他怎么就找不到那个悬石古庙！这个地下森林并不大，而悬石古庙距离地下溶洞的入口也不过一公里。为什么他和曦蕾走了足足两个小时，还没有看到那块巨大的悬石？

曦蕾的啜泣声被哽在了喉中。她沉默地跟着李翔前行，心中苦涩。她并不后悔和李翔偷溜。如果留在地下溶洞，她和李翔很可能已经被可怕的巨蛇吞进了蛇腹。人归根结底都是自私的，她只是做了最有利于自己的选择。再者，向导万越已经足够那条巨蛇饱餐一顿，也许其他人能逃出生天。只是，这夜那么黑，仿佛永无止境，她沮丧惶恐，宛如漂流在寂静宇宙里的一块陨石，绝望死寂。

李翔突然闻到了一股异香，仿佛从夜的最深处浮动而上，丝丝缕缕浸入他的身体和灵魂。李翔的脚步变快，他往香气浓郁的地方走了过去。

曦蕾狼狈地跟着李翔在黑夜中的森林里疾走，绕过在灯光下发白的巨树，一眼就看到了在空地上矗立着的巨大悬石。悬石下的古庙像是黑暗里被凝固的一小块血迹。

“丁零……丁零……”不知何处传来的铃声在寂静如墓园的森林里响起。

曦蕾心中一颤，不由自主地抓紧了李翔的衣袖。难道是地下溶洞里那条可怕的巨蛇出来了？！

李翔也很害怕，因为他清晰地记得吞吃他的那条巨蛇是青色的而不是在地下溶洞攻击大家的灰黄色巨蛇。也许，那条青色巨蛇正在森林某处阴冷地注视着他……

“快进去！”李翔说。

“丁零……丁零……”

曦蕾听清，这铃声居然是从古庙中传来的！这样的黑夜，在天坑底，无人的古庙中怎么会有铃声？曦蕾踌躇不前。她并没有发现，那铃声其实来自飞檐下长满了青苔的石铃。

香气浓郁，甜美如梦，令李翔飘飘欲仙。李翔口渴地舔了舔唇：“快！”这该死的旅行，这该死的夜晚，他非常后悔来天坑。也许悬石古庙可以庇佑他们到天亮，他就能够离开这个该死的地方。

李翔的面容隐藏在夜色之中，曦蕾看不清他脸上狰狞的神情。曦蕾的声音带上了哭腔：“那个……那个庙里闹鬼……”

李翔不耐烦地低吼：“那你是愿意被蛇活吞还是见鬼？”手电筒的光照亮了古庙的黑色木门，褪色的红布条在夜色里仿佛一缕血迹。李翔抓着曦蕾的手把她拖进了悬石古庙。

将门闩插好，李翔如释重负地瘫坐在地板上，他将手电筒丢在了一边，在黑暗里喘息。

曦蕾捡起手电筒，观察着小小的古庙，光柱掠过角落里的石像，她手一

抖差点拿不稳手电筒。石像那模糊的五官上居然有了狰狞的神情。

曦蕾哆嗦着靠向李翔："李翔，我心里害怕。"

李翔又累又饿，心中的烦躁无法纾解。他闻到了曦蕾发际的淡淡幽香，吞了一口唾沫，一双眼睛在黑暗中居然有了幽光，原本长在眼皮下的黑线渐渐向瞳孔延伸。他缓缓低头，似乎能在黑暗中看清曦蕾那纤细脖子上隐隐跳动的血管。

就在这个时候，原本陷入一片黑暗的墙壁上居然有金色的光线浮出！金色的光线组成了奇怪的符号，这些符号令李翔心中的饥渴感淡了下来，却让他不由自主地产生了恐惧。这些符号似乎能轻而易举地撕裂他的灵魂！

"鬼……"曦蕾手脚发软。

李翔咬牙，拿着手电筒走向墙壁。那金色的符号是浮在墙壁上的，他迟疑地打量着，不敢伸手触碰。

曦蕾急急扑了过来，带着哭腔道："李翔，我们走吧……"她的动作太猛，将李翔整个人撞在了墙壁上，李翔惨叫了起来。他有被烈火焚烧的感觉，那些金色的符号灼烧着他的皮肤和灵魂。他奋力挣扎，却无法离开墙壁。

与此同时，金色的符号下，古庙的墙壁上，居然出现了光线流动而成的壁画！壁画线条简单却传神，讲述的是人和蛇大战的场景。连贯的壁画上，成群的人在一个控虫师的带领下和巨蛇大战，最后巨蛇们被封入地底，人们修建了悬石古庙，镇压着地底的蛇灵。李翔看着壁画，心中无比恐惧，他开始怀疑自己已经不是人，而是被古庙镇压的妖物！

黑夜里的森林如同鬼蜮，万越沉默着地带领苏莺等人在森林里穿行。他越走脸色越难看，因为他发现原来闭着眼睛也能找到的悬石古庙居然找不到了。

他停了下来，声音在黑夜里有些异样："我们迷路了。"李翔说过的袭击他的青色巨蛇并没有出现，可天坑底的森林依然显得诡异。在夜风里沙沙作响的森林似乎拥有了自主意识，想要绞杀他们。

雪琪拉着苏莺的手，迟疑地开口："我们是不是碰上了鬼打墙？"她发现万越一直带着他们在绕圈子，而身后某处传来的危险气息却越发浓烈。

万越恍惚地向四周张望了一眼，但是相似的植物令他迷惑，树林里的光线太微弱了，天坑顶投下的月光遥不可及。

雪琪心里着急，她能感觉到危险在靠近。或者说，危险一直都存在，那种神秘而强大的气息一直影响着他们这群人的脑电波。在那个诡异神秘的微光世界，她小心翼翼不敢看魂草洞穴外的深渊一眼。祖传笔记里说，深渊之下有着可怕的妖蚺，它被镇压着成为滋养魂草的困兽。妖蚺能够利用它强大的神识来影响人的脑电波，使人产生幻觉，所以她根本不敢探出头去看深渊下的妖蚺。她原本以为那可怕的长达十来米的巨蛇就是笔记中说的妖蚺，可如今她意识到，真正的妖蚺正在身后某处时刻准备着猎食他们，来发泄魂草果实被夺的愤怒。

雪琪心中惊疑不定。她在心里安慰自己，那雪白的丝囊能够隔绝掉魂草果实的气息，妖蚺不可能知道是她拿走了魂草果实。她隔着衣服按了按脖子上挂着的祖传宝玉，宝玉正在微微发热。这宝玉据说妖邪不侵，宝玉一定能让她避过蛇口。

苏莺的心中很不安。她总觉得身后的地下溶洞里有可怕的气息在不断溢出，仿佛一个黑洞，会无声无息地将天坑底的一切都绞杀。

"今晚如果我们能够平安度过，我以后都不会来这里。"万越看着黑沉沉的森林，"我们必须早点找到悬石古庙，巨蛇的舌头是化学物探测器，它的鳞片可以感知猎物的动静，它的眼睛是热能感应器。所以，巨蛇在森林里是无敌的存在。悬石古庙非常坚固，那里可以成为我们抵御巨蛇的地方。"

夜风吹来，苏莺闻到了风中飘散的奇异香气。这香气在黑夜里悠然绽放，沁人心脾，丝丝缕缕在鼻端萦绕，仿佛带着毒素一般。

苏莺望向了右前方低语："悬石古庙在那边。"

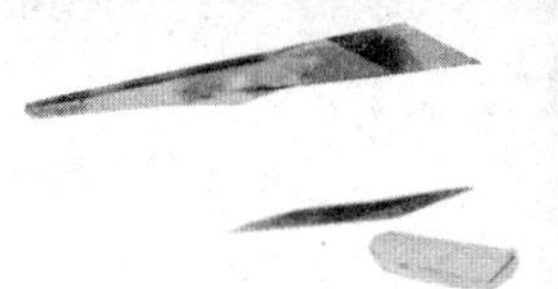

林熙染问：“你怎么知道？”今夜发生了太多的事情，而且那一场离奇又真实的梦让他对掬柔的感情产生了怀疑。他明明在葬礼上对掬柔一见钟情，为什么如今却发现自己对掬柔全无感觉，想到苏莺却忐忑甜蜜而忧伤？

苏莺微微闭眼，悬石古庙奇异的香气那样真实，她回头对其余四人说：“我闻到了古庙的香气。白天的时候，我们到古庙之前，我就闻到过这样的香气。”地下溶洞里，林熙染冒着生命危险也要陪她回地下湖找万越，当时他握着她的手，牵着她往回走。那感觉甜蜜酸涩，令她没来由地想哭。

掬柔冷笑：“我可没闻到什么香气。”林熙染抛下她，和苏莺回地下湖找万越，这令她发现原来在林熙染的心中，苏莺比她更重要！

林熙染的声音在黑夜里温柔悦耳：“我相信苏莺。怎么也比在森林里乱走好，也许那条青色的巨蛇已经跟在我们身后了。”

万越点头：“苏莺，你带路。”他是在生死之间挣扎过很多次的人。黑夜里的地下森林杀机重重，也许悬石古庙是唯一的生机所在。

掬柔咬了咬唇，没有再说话，她一个人孤立无援。

雪琪握紧苏莺的手，坚定道：“苏莺，我也相信你，你会带我们找到悬石古庙的。”苏莺的第六感很强，雪琪是知道的。比如她总能猜中第二天体育课会不会下雨，而且还总是能选对不会做的选择题的答案。

苏莺带着众人跟随着异香在森林里前行，与此同时，白色妖蚺那巨大的蛇头正从地下溶洞中探出。它抬头感应着遥远的月亮，心中的杀意浓烈。害得它眼睛瞎掉、失去魂草果实的那个人，它一定要把他杀死！它的尾巴扫开了挡路的浮石，一身鳞片在黑夜里散发着微微的亮光，妖异恐怖。妖蚺在森林里飞快地穿行，它闻到了人类的气息，甜美芬芳。千年以前，它生活在水草茂盛的大沼泽里。每天入夜后就离开沼泽，去人类居住的村庄寻觅白嫩肥美的婴儿吞吃。那段时光逍遥快活，直到它遇到了控虫师。

这样的深夜，这样的地方，会让人觉得地狱近在咫尺。薛夜骑在小青的背上，在没有月光的森林里快速穿行。风吹过，草木的清新气息里夹杂着蛇类散发出的腥味。

薛夜闭上眼睛，感应着风带来的讯息：“小青，妖蚺已经出来了，它正在寻找我们。”那条妖蚺吞掉了其他同类的血肉和灵魂，用以重塑肉身，它不会放过他。

他有些忧虑地看了一眼不远处森林里的灯光，那是苏莺一行正在朝悬石古庙行进。薛夜叹息，他必须想办法镇压妖蚺，否则天坑底不会有人活下来。

“我需要时间布置。”薛夜低语，掌心浮出一只小小的萤火虫，碧绿可爱。那小小的萤火虫居然在半空中一分为二，变成了两只萤火虫。

香气越来越浓郁，令人心神荡漾。苏莺一行疲倦地穿过茂密的树林，腿脚酸软，紧绷的神经深处有绝望的情绪在积聚。天坑底没有一丝虫鸣，宛如黑暗笼罩的地狱。

苏莺停住了脚步，观察四周之后道：“悬石古庙应该就在附近。”

掬柔又累又怕，小声抱怨：“我连那块悬石的影子都没看到。”

雪琪眼中幽光一闪，她指着前方右侧叫了起来：“前面就是悬石古庙！”有奇怪的波动影响着大家的视觉，那条妖蚺还没有跟来，就能散发出这么强的精神力量?

万越和林熙染都愣了愣，那块巨大的悬石就矗立在右侧不远处！为什么之前他们都没有看到?

雪琪感觉到可怕的杀气正在靠近，她焦躁地说：“我们快进去！”她原本只是觉得祖传笔记上奇诡的记录很是好玩，却没想到上面写的全是真的。如果笔记里的内容完全真实的话，她也许可以凭借魂草果实的力量唤醒她血液中沉睡的力量，拥有完全不同的人生。她不甘心就这么死在天坑底。

远处的树木剧烈摇动了起来，远远的两个小红点血腥妖异。那是妖蚺的眼睛！

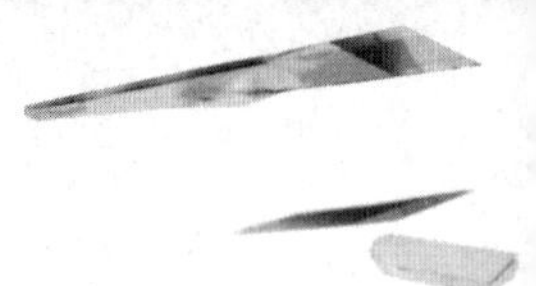

万越一行人连滚带爬奔向了悬石古庙。万越扯着雪琪和苏莺，林熙染拖着掬柔在草丛中奔跑着。

他们气喘吁吁地冲到了悬石古庙门口，没想到悬石古庙的庙门紧闭，推也推不开。

“李翔、曦蕾，快开门！”掬柔大叫，声音里是遮掩不住的恐惧。她使劲捶着门板，指关节因为太用力而红肿。

曦蕾看着地板上昏迷过去的李翔，她心乱如麻，不知道该不该开门。李翔说过，巨蛇的食量并不大，吞掉一个人之后，数周都不会进食。

掬柔回过身望向森林，电筒的光里，巨大的妖蚺狰狞可怕。它的头有桌面那么大，宝石般的红眼睛漠然冰冷，接近二十米的长度令人恐惧得忘记呼吸。

万越用力撞门，木门却纹丝不动。他握紧了手中的猎枪。这条白色巨蛇比之前的灰黄色巨蛇可怕得多，他没有一丝能够侥幸逃生的信心。被那红宝石般的蛇眼盯着，就有一种灵魂会被撕碎的感觉。

掬柔崩溃地哭了起来：“曦蕾不会开门的，她和李翔自私地偷跑，根本不会管我们的死活。”

妖蚺近在咫尺，腥臭的气息令苏莺想吐。它俯视着庙门前的众人，选择着猎物。这群人里居然没有那个可恶的白衣男子！

“曦蕾，我知道李翔出事了，我有办法救他，你快开门。”雪琪的声音平静有力，令曦蕾下定了决心。

曦蕾手指发抖地拉开门闩，门外的人连滚带爬地冲进庙门，与此同时，白色巨蛇疾风一般冲了过来。

苏莺只知道往悬石古庙里冲，却冷不防被人狠狠推了一把，跌倒在了门外！她回过头，看到的是大张的蛇口！

在这千钧一发之际，一条青色巨蛇狠狠地撞在了妖蚺身上，将它撞开了少许。苏莺抓住这瞬间的机会爬了起来，翻身跃进了悬石古庙。

万越和林熙染将庙门闩上，虽然他们并不相信这薄薄的木门可以阻挡巨蛇这样的史前怪物。他们就像是站在枯叶上的蚂蚁，在激流翻涌的河上等待着覆灭的命运。

苏莺惊魂未定，她不知道是谁在刚才恶意把她推倒。要不是那条青色巨蛇，她现在已经成了白色巨蛇的美餐。

曦蕾紧紧扯着雪琪的衣袖，乞求道："快帮我救救李翔！"

雪琪耸肩，冷冷地看着曦蕾："他怎么了？我刚才是骗你的，我又不是医生，哪儿有办法救他？只不过我不这么说，你连门也不会给我们开。"曦蕾平时大方可爱，生死关头却自私冷酷。而雪琪一眼就看出李翔的身上阴性能量很重，笔记上说过，这样的情况要么发狂至死，要么就沦为怪物，除非有人能祛除李翔体内的阴性能量。

曦蕾气急，却在众人的目光下说不出话来。就在这个时候，不知道是妖蚺还是青色巨蛇撞在了木门上，发出轰然巨响。奇异的是，木门纹丝不动，黑色的门板上居然有金色的符号浮现。

雪琪怔怔地看着那些奇异的金色符号，心中有似曾相识的感觉。她迷惑了。

而苏莺的头突然猛烈地痛了起来，这金色的符号似乎潜入了她的脑袋里，烙着她的脑髓。她瘫倒在地板上，脸色苍白，额头上汗水滚滚而下。

林熙染心中一痛，他扶起苏莺："你怎么了？"也许一刻钟后，他就会死。所以此时此刻，他再也没有顾忌，只想好好照顾苏莺，哪怕一分钟。

掬柔推开苏莺，她对林熙染嘶声说："我才是你的女朋友！"刚才她在庙门前推了苏莺一把，苏莺居然好运地没被巨蛇吃掉，真是不甘心。

痛得蜷成一团的苏莺跌坐在地板上，她隐隐觉得这金色的符号在镇压着自己身体里的某样东西。

林熙染看着脸青唇白的苏莺，心中不忍："掬柔，苏莺生病了。"

"你心疼了？"掬柔恨意难平。

万越不明白现在年轻人的想法，死到临头还要争风吃醋，这也是一种能

力。不过他倒是很欣赏苏莺这小丫头，苏莺能回来找他，而掬柔却只知道待在角落里哭泣。

苏莺的头痛渐渐消失，凌迟一般的痛苦过去，令苏莺精疲力竭。她在林熙染担忧的目光中，一个人不发一语地走到角落里坐了下来，她不想成为林熙染和掬柔之间的那个第三者。巨蛇随时会冲进来，她只想安静地死去。

“你们看墙壁上的壁画，原来这里在很多年前就有巨蛇出没，不过被人镇压了。我们也许不会死，这个古庙里有这么神奇的金色符号和壁画，也许能够压制巨蛇。”万越细细地看着壁画，心里觉得不可思议。

雪琪看着壁画，感慨这悬石古庙的古怪之处果然很多。仔细想想，应该是巨蛇撞击庙门触发了古庙的某种防卫机制，那些金色的符号才会从门板上浮现。而这壁画也说明了古人修建悬石古庙，就是为了镇压地底的蛇灵。

丁零丁零，古庙外飞檐下的石铃发出清脆的铃声，仿佛有幽魂正在摇动铃铛。

林熙染看着壁画的一角，惊喜道：“古人似乎能够利用月光的力量来镇压这些可怕的巨蛇。”有一幅壁画似乎描述的是古庙和古庙上的悬石整个笼罩在月光里，发出炫目的光辉，而巨蛇就在光辉中挣扎。

只是，他们从地下溶洞逃进森林一直到进入古庙的这段路途里，根本没有一丝月光落在黑暗的天坑底。

悬石古庙外，森林里升起了点点绿色萤火，仿佛仲夏夜，提着灯笼的萤火虫们飞舞着庆祝夜之神降临。隐匿了气息的薛夜站在巨大悬石的顶端，冷漠地看着下方的妖蚺。这幽暗的天坑底已经被妖蚺散发出的腥气所笼罩。

夜风吹拂着薛夜的头发，他的双眼中无悲无喜。在世人眼中，虫师往往是邪恶可怕的。但是对薛夜来说，异虫不分善恶，虫师的力量也是大自然恩赐的天赋。

“我还需要时间。”薛夜低语。他的声音刚出口就被风吹散，无人听见。

小青并不是妖蚺的对手，不过几个回合，它就被妖蚺的蛇尾狠狠地抽在身上，被妖蚺拍飞。它跌落时撞断了数根树干，蛇腹上鳞片翻飞，血痕累累。

妖蚺回过头凶狠地盯着悬石古庙，因为回忆而发狂。那个拥有可怕力量的人将它镇压在地底，数百年过去了，再强大的人类也化为了天地间的飞灰。可这古庙依然存在，甚至那种镇压它的力量也依然存在着。

妖蚺粗壮的身躯环绕着悬石古庙，缠绕勒紧，它要将古庙勒散架。黑夜里，发光的悬石、古老的黑色庙宇、白色的巨蛇、草丛上空飞舞的萤火虫，构成了一幅诡异艳丽的图画。

古庙门板上浮现出金色的符号，它们灼烧着妖蚺的身体，妖蚺却并没有被弹开。它承受着这符号带来的冲击，利用自己强大的精神力量来磨掉古庙的力量。它发狠地绞缠着古庙，古庙发出了危险的“吱呀”声，木板与木板接口处的木楔在变形。数百年时间已经过去，古庙的力量也在衰减。

古庙中躲避着的人们听着古庙那几乎要被绞碎的声音，心中绝望。黑夜仿佛永无尽头，他们会死在这浓得化不开的夜色里。

林熙染沉默地看着苏莺蜷缩着的身影，他觉得他还有很多话要对她说。

掬柔小声地啜泣着，在心底第一万次怪自己不应该参加天坑探险。

曦蕾守着昏迷的李翔，一言不发。

万越脸色铁青，他紧紧握着猎枪的枪柄，正色道：“它想勒散古庙，待会儿如果古庙真的撑不住，大家见机行事。”这种感觉仿佛背对着深渊坐下，无能为力，因为等待而恐惧，意志渐渐崩溃。

雪琪发现两扇庙门之间有缝隙，原本漆黑的夜色里，居然有绿光闪耀。她贴着门缝看了出去，骇然发现有无数的萤火虫正围绕着古庙飞舞。点点绿光，仿佛星子坠落尘埃，瑰丽诡异。

第八章 伏魔

古庙四周的萤火虫越聚越多，它们开始围绕着妖蚺飞舞，照得它的鳞片闪闪发亮。

站在悬石顶部的薛夜，亲吻了一下右手尾指上的骨戒，冷漠地笑了。萤火虫们密集如发光的骤雨，疯狂地飞向正在绞缠古庙的妖蚺。

妖蚺不以为意，它的鳞片坚硬如铁，利器也无法损伤分毫，怎么会在意这些柔弱渺小的萤火虫。不到一分钟，妖蚺巨大的身躯就被密密麻麻的萤火虫覆盖。

一般的萤火虫在幼虫期会捕食蜗牛和小昆虫，而在成虫期仅仅靠吃露水或花粉维生。但在北美有一种萤火虫成虫是标准的捕食型昆虫，这种萤火虫可通过模仿其他种类萤火虫的雌性闪光来“引诱”雄性，等雄性萤火虫以为自己的求爱得到应答赶来幽会时，就会被对方吃掉。它们是萤火虫世界的连环杀手。

薛夜三年前在北美丛林里得到了一只变异的母萤火虫，他让它吞噬了许多低阶异虫，进一步进化，拥有了更长的寿命和毒性。这一刻，将是这只变异母萤火虫最后的一刻，它从分裂开始就注定着它的死期将近。

妖蚺通体散发着幽幽绿光，如同一个噩梦。它像一个突然坏掉的机器，停止了所有狂暴的攻击行为。被萤火虫包裹的妖蚺僵硬地缠绕在古庙上，根本无法动弹。

就在刹那之间，所有的绿光都熄灭了。萤火虫的尸体从妖蚺的身躯上落下，堆积在古庙外。

妖蚺惊恐地发现，古庙里镇压蛇灵的力量轻易地刺穿了它的鳞片，切割着它的身体。它引以为豪的肉体力量正在消失，甚至无法继续绞缠古庙。就在这个时候，被它打飞入森林里、撞折大片树木的青巨蛇冲了过来。

月光下，巨蛇在古庙周围搏斗，蛇尾轻易地扫断了无数大树。即使妖蚺鳞甲变软，血液被萤毒所侵蚀，青色巨蛇依然不是妖蚺的对手。

悬石之上，薛夜心口处的月光虫正在发光。天坑外，居然有月光渐渐被引了下来。月光垂落，照亮这黑暗的天坑底，它温柔地淌下，形成笼罩整个悬石的光柱，乳白色的月光中，薛夜感觉到悬石内部的某种力量正在被月光激发。

月光顺着悬石流入了古庙之中。

古庙的角落里，那座面目模糊的石像因为月光的降临而发生微妙的变化。石像的左手原本是放在膝上，掌心向上，宛如莲花绽放。而此刻石像的左手翻了过来，掌心向下，狠狠地压在了膝盖上。

以古庙为中心的地面上，月光按照诡异的纹路流淌，包裹住了在草地间搏斗的两条巨蛇。乳白色的光在巨蛇身上缠绕收紧。

妖蚺没想到在古庙下居然还隐藏着一个能量矩阵，它全盛时期还有可能逃走，而被萤毒侵蚀的它已经没有了逃离的力量。

小青不及妖蚺强大，不到一刻，薛夜就感觉到他在小青头部注入的精神烙印已被古庙下的能量矩阵抹去。薛夜知道，小青的意识已经被能量矩阵撕裂。数百年前的这个控虫师很是厉害，要不是前不久的地动影响了能量矩阵的运行，只要有巨蛇从地下逃到天坑底，就会激发能量矩阵，然后被抹杀意识。薛夜遗憾地叹息，小青这样的兽宠很难得到。

已是凌晨三点。

悬石古庙里，雪琪和万越趴在门缝上看着庙门外挣扎的妖蚺，心中又是恐惧又是兴奋。

月光如梦似幻，却杀机凌厉。被月光笼罩着的妖蚺在草地上翻滚，身上渐渐出现了密集的伤口，连月光也被它的血染红。它剧烈地挣扎着，却无法逃脱这宿命般的纠缠。

墙角处，李翔睁开了双眼，有些迷惘地看着四周。应急灯灯光雪白，他的记忆潮水般涌来，内心深处那种饥饿的感觉没有了。

曦蕾发现李翔醒来，眼泪落了下来："李翔，你终于醒了。"

李翔吃力地坐了起来："我没事，你别担心。"

林熙染递了一瓶矿泉水给李翔："喝点吧。"

李翔听到了古庙外隆隆的声响，害怕得抓不稳水瓶："怎……怎么了？是巨蛇在外面？"

曦蕾点头，安慰李翔："李翔，那条巨蛇进不来的，我们有救了。"这神奇的悬石古庙不仅保护了大家，甚至能杀死那可怕的巨蛇。

李翔不敢相信自己的耳朵，他喃喃问："我们有救了？"

林熙染为李翔拧开瓶盖："等到天亮，我们就离开这里。"

李翔的眼中有了希冀，他笑了："那就好，我不想死。"他这才想起自己和曦蕾将林熙染他们抛下的事情，有些尴尬地喝水来掩饰。

林熙染看出李翔眼中的尴尬，他笑笑走开。人在生死关头会做最有利于自己的选择，他没有立场责怪李翔。只是，这个朋友今后也就只是老同学了。

林熙染拧开一瓶矿泉水递给掬柔。

掬柔接过矿泉水，沉默地喝了一口。有了生的希望，她收敛了内心的委屈和恨意。不管怎么样，她现在是林熙染的正牌女友，她不要和林熙染分手。

掬柔斜睨了角落里静默不语的苏莺一眼，她拉着林熙染的衣袖，小心又忐忑地微笑，声音里带着恳求：“熙染，不要离开我。”

林熙染看着泪光盈盈的掬柔，拒绝的话无论如何也说不出口。掬柔为了他转学来夕城，而且还为了他参加这一次旅行差点送命。

掬柔因为林熙染的沉默更加楚楚可怜。

林熙染眼中闪过不忍，他温和地微笑：“别胡思乱想，你睡一会儿吧，天亮前我会叫醒你。”

苏莺屈着膝盖坐在角落里，垂着头似乎睡着了。其实她并没有睡意，但是这种时候她只能沉默。她想起来了，在被巨蛇追逐冲进古庙的时候，跑在她前面的人是掬柔。难道掬柔因为林熙染和她一起回去找万越，所以对她有了杀意？

薛夜跪在悬石的顶端，脸色苍白。他身体里的月光虫引导月光进入天坑底，需要耗费极大的心神。古庙下的能量矩阵需要月光来激发它的力量，薛夜只能拼尽全力，坚持到妖蚺被能量矩阵撕碎所有意识的那一刻。

一小时过去，妖蚺躺在悬石古庙外仿佛已经死去。薛夜却知道，它还活着！

薛夜跪在月光里，被银辉笼罩，神色冷漠。他俯视着能量矩阵中的妖蚺，蛊毒应该已经入侵到妖蚺的脑髓之中。他轻盈如飞羽地翻身跃下高高的悬石，缓缓走到了妖蚺的面前。

古庙之中，雪琪和万越彼此交换了诧异的眼神。月光明净如灯火，他们借着月光看到了一个男人的背影，那个男人居然走向了躺在草地上的白色巨蛇！

薛夜掏出匕首，在半空中缓缓画出了他从石柱上学会的那七个充满奥义的符号。暗金色的光符在半空中凝结，然后落向了一动不动的妖蚺。就在这个时候，妖蚺动了！它抬头张开巨大的蛇口，咬向了薛夜！

万越在古庙中看得清清楚楚，忍不住想要拉开门闩去救那个男子。

七个暗金色的光符挡在了薛夜和妖蚺之间。

巨大的白蛇、神色冷漠的男子都笼罩在了暗金色的光芒之中。妖蚺颤抖了起来，重重地落在了地上，最后的意识也被撕裂。

薛夜蹲下身子，手中锋利的匕首洞穿了妖蚺曾经坚不可摧的头骨！

雪琪低呼。薛夜愣了愣，他被人看到了。但是他没有回头，而是用匕首在妖蚺的头骨上开了一个洞，然后将手伸了进去，摸索着掏出了一枚鸡蛋大小、青气氤氲的能量结晶。

与此同时，感觉到妖蚺死亡的能量矩阵收敛了所有的光芒。古庙外的一切重归黑暗。

一分钟后，万越拿着猎枪提着应急灯走出庙门。古庙附近的草地和树木仿佛被炸弹轰炸过一般，他看到了僵死的青色巨蛇，然后缓缓靠近白色巨蛇。万越在灯光下看到了妖蚺头骨上的巨洞，他松了一口气："死了……"

刚才那个仿佛月下精灵的男子到底是什么人？他为什么能够毫不费力地杀死巨蛇？又或者说那个男子只是他眼中的幻影？

万越退回了悬石古庙里，对其他人说："它们都死了……也许还有其他的巨蛇，我们在庙里待到太阳出来再离开。"

雪琪的双眼目光灼灼，一脸兴奋地问万越："你有没有看到那个人的正脸？"危机四伏的天坑底，那个男子如同强大的山鬼，不似普通的人类。她心中对这样的力量无比渴望，而如今，她也有变得和男子一样强大的机会。只要用魂草的果实引出她血液中潜伏的天赋。

万越摇头，心中惊疑不定。难道说，这个白衣男子一直隐匿在天坑之中？他居然有能够杀死巨蛇的能力，究竟是什么来头？那魔幻的暗金色符号又是什么？

苏莺没有出声。雪琪说，她看到有一个白衣男子杀死了巨蛇，不过雪琪只看到了他的背影。苏莺开始怀疑，在冰冷的地下湖深处，那个水中妖精也许不是她的幻觉，而是真实存在着的。苏莺的脸有些发热，她的唇还记得那个温柔的吻。幽暗湖水中，是那个人救了她。

时间仿佛凝固，缓慢流逝。再没有巨蛇出现在古庙外，从时间判断，已经天亮，遥远的天坑顶上那一小片天空有了蓝水晶般清澈明亮的颜色。

万越带着大家离开了悬石古庙，令他们震惊的是，悬石古庙外两条巨蛇的尸体居然消失不见了。没有被拖曳的痕迹，似乎它们就那样融化在了空气里。要不是四周折断的树木和地上的深坑，他们甚至会以为夜里发生的一切只是一个噩梦。

“我们不要管那么多，先离开这里再说。”万越回头看了看在黑暗中矗立的悬石古庙，心中打算事后来拜谢古庙里的神像。

他们心事重重地穿过地下森林，前往栈道，那里有着通往天坑顶的路。通过栈道一路往上，他们到达天坑顶的时候，太阳正好升起，阳光渐渐照进了天坑里。天空蔚蓝，白云轻盈，清晨的阳光照耀着劫后余生的一行人，恍惚间有了幸福安宁的味道。

“我回去报告完昨夜发生的一切就辞职。”万越喃喃说。

李翔嘿嘿一笑，提议：“我们大家回去聚餐吧，庆祝我们还活着。我请客。”

掬柔冷笑：“我没空。”

曦蕾的眼中泪光盈盈，愧疚地解释：“是我拉着李翔偷跑的，我太害怕了，对不起大家。”

雪琪盯着曦蕾，神情冷淡：“毕竟是生死关头，人都有求生的本能。我也理解你，但是我没办法原谅你。”

她侧过头对苏莺说：“我得让我叔叔找人彻底搜查天坑，这个风景区估计一时半会儿开放不了。”

林熙染迷惑：“真不明白那些蛇靠什么存活，天坑底没有什么动物，它们也不可能靠暗河里的鱼来果腹。”

苏莺说：“还记得悬石古庙里的壁画吗？这些蛇很可能是被镇压在地底，陷入类似冬眠的状态。也许是我们惊醒了沉睡的它们。”苏莺回头看着被森林包裹住的天坑底，心中突然有了一丝惆怅。

“我想，我们应该对悬石古庙的神奇保持缄默。否则古庙会被人拆开来研究，导致古庙下那神奇的阵法彻底失灵。”万越神色凝重。有时候，隐瞒部分真相只是为了事情不至于失控。再说，也没什么人会相信这么荒谬的事情。

雪琪意味深长地笑了：“我最擅长编故事，我们还是先对好口供。”她很乐意隐瞒住部分真相，这样一来这世间就再没有人能猜到，她才是此次旅行最大的赢家。

事后，景区搜索队没有找到任何一条巨蛇的尸体。地下溶洞里，被万越坐在蛇口中拧断颈椎的巨蛇的尸体也神秘地消失了。

风景区开发事宜被搁置。

不久后，苏莺顺利地拿到了京城大学考古系的录取通知书。但是，这却并不值得高兴。

她和妈妈一起居住的屋子里乱糟糟的，房屋中介带了好几批人来看房。妈妈决定卖掉这套旧房，和男友去外地定居。妈妈只是把自己的决定告诉了苏莺，她说，苏莺已经考上大学，而她要去过自己想要的新生活。

苏莺对妈妈的决定并不惊讶，她心平气和地接受了这一切。寒暑假和周末，她都会兼职做短工，手里存了一些钱，应该够第一年的学费。生活就是这样，你不得不接受那些艰难，哭泣并不能改变任何事情。

林熙染去京城前的那天晚上，他站在苏莺的楼下，给她打电话。

苏莺坐在窗前的椅子上，看着手机屏幕上的号码，心情复杂。思索良久，她才终于按了通话键。

“林熙染，有事吗？”苏莺问。也许心中还有波澜，但是她已经不再为林熙染忘记对她的表白而心中难过。那时，他在地下溶洞里愿意陪她回去找万越，她就原谅了他。只是，如今的林熙染是掬柔的男友，她不会靠近他了。

林熙染的声音柔和：“我……拿到了录取通知书。”

苏莺微笑，为林熙染开心：“恭喜你。”

林熙染沉默了几秒，迟疑着开口：“我明天就要离开了。”

苏莺苦涩地笑笑，爸妈离婚了，林熙染也要走了。将来他会和掬柔在同一个大学甜蜜地生活。

林熙染的声音温柔中带着深藏的痛苦：“苏莺，我……”为什么我觉得那个梦里的情节那么真实——阳光清澈静美，他站在花树下，将一封情书交给了苏莺，心中甜蜜而忐忑。

苏莺想说一些祝福的话，却无法说出口。林熙染曾是她心中一道温柔的光，后来却变成了她的伤。而现在，她只希望他能过得好。

“如果没什么事的话，我……”苏莺的声音微涩。

林熙染轻声说：“我喜欢你。”这声音里是甜蜜是苦涩是无奈，是百转千回的心。

“……我们没办法在一起，你有掬柔，你的妈妈也不会喜欢我。林熙染，忘记你的表白吧。”苏莺在微笑，却有眼泪落下，她握着手机，眼神温柔。她可以预见到就算林熙染和掬柔分手，他也不会和她拥有幸福结局。他的世界距离她的世界太遥远。如果她贪心，会受更多的苦，她只能沉默地退到更远的位置。

林熙染的眼泪落了下来。他站在苏莺家楼下，看着她卧室亮着的灯，痛苦道：“是我的错。”

“林熙染，我们是好朋友。”苏莺努力让自己的声音不颤抖。

“苏莺，你要保重。”林熙染轻声说。他不能给苏莺带来更多的麻烦，

所以从这一夜开始，他会将他喜欢她的秘密埋葬在心底。掬柔回来后对着他妈妈哭诉，说他对她不好，妈妈狠狠地教训了他一顿。在妈妈的心目中，掬柔是唯一的儿媳人选。

“……你也保重。”苏莺结束了通话。她握紧手机，眼中的茫然失落渐渐消散，只剩下苦涩。

第九章
地铁

京城。

天气闷热，地铁站里却清凉舒爽。

抵达京城，准备去京大报到的雪琪和苏莺打算坐地铁过去。京大虽然在郊区，但是前不久才开通了一条新的地铁线。地铁快捷准时，是炎热夏天里的不二之选。

雪琪拉着一个超大的红色旅行箱，而苏莺则提着一个旅行包。苏莺只带了证件、银行卡，以及一点换洗衣物。

灯光明亮，地铁站总让苏莺觉得冰冷。它如同长长的金属棺材，载着活人们在地下穿行，路线固定，毫无生气。

苏莺安静地等候着地铁的到来。天坑事件的后遗症就是，她对地下通道有了一种奇怪的恐惧感，总觉得会有不好的事情发生，没来由地感到精神紧张。

奇异的存在感令苏莺微微侧过头，她的身边站着一个等地铁的男子。他的侧脸轮廓优美，穿着白衬衣和黑色长裤，身材修长，略略有些单薄。他感觉到了苏莺的视线，侧过头看着苏莺，微微一笑，令人心动。

苏莺惊讶迷惑地望着男子，他的样子依稀熟悉，却从未见过。

地铁到站。

雪琪拍了拍苏莺的肩，促狭地轻笑：“回魂，走啦。”苏莺身边站着的男

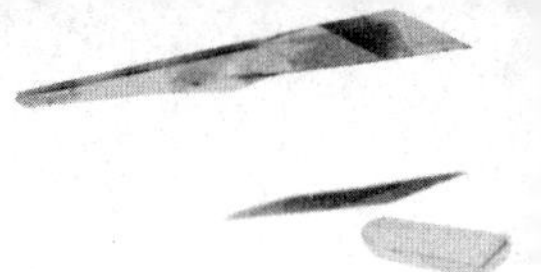

生很是不错，也难怪她会失神。

苏莺如梦初醒，她低下头跟着雪琪上了地铁，却发现那个男子并没有上车。他隔着车窗玻璃含笑看着她，周身的气息却带着冷漠和疏离，似乎他很少这样微笑。

男子看了看苏莺身侧，神色微变，他在地铁车门关闭的前一秒挤上了车。

现在不是高峰期，而京大已经靠近终点站，所以车上的人不多。

雪琪和苏莺坐下，雪琪在苏莺耳边低语："那个男生的确很不错，原来你喜欢的是这种类型。"

苏莺轻拧雪琪："我只是觉得好像在哪里见过他。"

雪琪欣然点头："你肯定见过他。"

苏莺惊讶地问："在哪里？"

雪琪正经八百地回答："在梦里。"

苏莺的嘴角微微抽了抽，她无可奈何地看着雪琪："就你嘴贫。"

雪琪趴在苏莺肩上，打量着不远处的美男子，一脸八卦地问苏莺："你说，他会不会和我们一样是去京大报到的？"

苏莺摇头："他没带行李，只提着一个旅行包。"

雪琪笑眯眯地回答："也是啊。他看起来似乎比我们大一两岁，他的皮肤真不错。"头发微长的年轻男子散发着介乎男人与男孩之间的青涩魅力，他的皮肤白皙如玉，将白衬衣穿出了清新内敛的气质。

苏莺微笑："雪琪，你的皮肤也很不错。"天坑事件后，雪琪说去国外购物，消失了一周。她再度出现的时候，皮肤变得更好了，一双眼睛幽深美丽。高中同学们在微博上纷纷表示雪琪一定是去了韩国微整形。

男子淡淡地看了雪琪一眼，雪琪愣了愣。那样的眼神令她突然觉得害怕，仿佛他看着的不是人而是物品，没有一丝波澜。

雪琪心中微微有些懊恼，她洁白的牙齿咬了咬嘴唇。

男子掏出裤袋里的iPhone，百无聊赖地玩游戏，似乎始终和周围的环境格格不入。

车厢里的人越来越少，苏莺知道，下一站就是京大。这空荡荡的地铁行驶在黑暗的通道里，将现实世界割裂。

列车离站不久，苏莺就咳嗽了好几声，胸口闷闷的，很不舒服。她捂着嘴，觉得心跳好快。

男子抬头看了苏莺一眼，垂下眼帘，将iPhone放回裤袋里。

雪琪问："苏莺，你感冒了？"

苏莺摇头，她不想雪琪担心："我没事。"她眼角的余光看到空荡荡的地铁车厢尽头，有数根触角一样的东西一闪而过。她诧异地看了过去，却什么也没看到。

苏莺的视线落在了身旁被乘客遗漏下的一本漫画书的封面上，那是一本讲述深海大章鱼袭击船只的故事。苏莺放松下来，一切不过是自己神经过敏。最近一段时间，她常常整夜无法入睡，清晰地感到自己孤独无依。她无法阻止爸妈离婚，他们已经不是夫妻而是仇人，而她不过是一个错误的存在。

雪琪的呼吸有些急促。她的心口处，祖传宝玉正热气流转，提醒着她有危险即将降临。根据祖传笔记里所写的方法，她将魂草果实炼制服下，身体得到了莫大的好处，连精神力也发生了质变。果实的生命能量会逐步渗透到她的每一个细胞里，然后解锁她基因片段上的某段密码，改变她的身体。这就像是某种进化。

苏莺喉咙发痒，又咳了好几声。她微微皱眉，觉得车厢里的灯光有些刺眼。这节车厢里只有稀稀拉拉十来个人，都纷纷咳嗽了起来。

坐在苏莺对面的一个女生原本在玩iPad，她咳嗽了几声，突然一口血吐在了iPad的屏幕上。她呆呆地看着染血的iPad，不明白发生了什么事情。就在这个时候，车厢里的灯光全部熄灭了！地铁颤抖了一下，猛地停了下来，

惯性让许多人跌倒在地上，苏莺也被人撞倒。

很快有人伸手将她扶起，她闻到了一股冷香，有个声音在她耳边低语，声线清淡：“慢慢坐下，不要大声说话，不要打开手机照明。车厢里多了一些古怪的东西。”

只是短短几秒钟的时间，空气就变得寒冷了起来，车窗玻璃上有寒霜凝结。苏莺对面的女生尖叫了起来，iPad掉在地上，屏幕依然亮着。

密闭的地铁车厢里，很多人咳嗽着用手机照明。苏莺侧过头，看着眼前模糊的身影，辨认出帮助她的是进车厢前站在她身边的男生。

苏莺在雪琪身边坐下，雪琪出乎意料地没有说话，只是握紧她的手。

车厢的广播里响起了安全疏散的提示：各位乘客，请不要惊慌，救援人员即将赶来。乘客请按照救援人员的指挥依次下到隧道中，并按照指定的方向疏散。请不要自己打开车门进入隧道……

很多人发现手机没有信号，而手机屏幕的光线正在飞速变得微弱，然后屏幕黑了下来。广播重复播放着，这一次，疏散提示才播到一半就没有了声音。地铁车厢里像是有一抹幽魂在吸收着所有光的能量，绝对的黑暗笼罩住了整个车厢。

冷香幽幽，男子握住了苏莺的手腕，低声说：“我们必须离开这里。”

苏莺愣了愣，雪琪低声说：“我也觉得继续待在车厢里会有不好的事情发生，工作人员到现在都没来，也许出事了。”她伸手提起旅行箱，笨重的旅行箱似乎变轻了一般，被她轻松地提在手中。

男子的呼吸离苏莺那样近，声音低沉好听：“我叫薛夜，我们往车头方向走，很可能司机已经打开了部分车厢的门。”

他握着苏莺的手腕，指尖温暖。苏莺背好旅行包，握着雪琪的手，跟在薛夜的身后，小心翼翼避过其他人。车厢里的空气越来越潮湿冰冷。

苏莺恍惚间听到了许多诡异的笑声，忽远忽近。她的身体摇晃了一下，薛夜抓紧了她的手腕，在她的耳边低语：“从这里下去，小心脚下。”

他们在黑暗中离开了地铁，慢慢向前走。苏莺觉得身体舒服了很多，喉咙不再发痒，心跳也慢了下来。

“薛夜……”苏莺小声问，“我们为什么不留在车厢里？”

薛夜回头看了一眼在黑暗中寂静无声的地铁，解释道：“……车厢上有奇怪的……病菌……”他一直把古老的虫术与现代病理学结合来看。有些蛊其实就是某种人类还没有发现的病毒和细菌还有寄生虫，而虫师从某种意义上讲，是非常高明的实验生物学专家。就在刚才，他体内的月光虫发生异动，它感觉到了异样。进入地铁的也许是某种罕有的细菌，也可能是某种拥有智慧的另类生命体。

“不知道那个吐血的女孩子怎么样了？”苏莺叹息。

“也许车厢上有很多人会死，我们赶到下一个地铁站，想办法报警才能救出一些人。”薛夜平淡地回答。他见惯了太多死亡，已经无动于衷，但他乐意按照苏莺的逻辑做一些好事。

雪琪“咦”了一声，她发现地铁上方的隧道穹顶居然有着斑点一样的红色荧光。

“快点离开。”薛夜拉着苏莺的手腕往前走。他像是拥有夜眼，在黑暗的隧道里如履平地。

“薛夜，你好像知道很多奇怪的事情，你是干什么的？”雪琪好奇地问。

薛夜沉默了几秒回答：“我和你们一样是京大的新生。”

“你怎么知道我们是……”雪琪的话音还没有落，就被身后地铁车厢里的惨叫声打断。惨叫声非常凄厉，仿佛发出这些惨叫的人正在经历这个世界上最可怕的事情。

薛夜的脚步越发的快，他几乎是拖着苏莺和雪琪在奔跑。

“把你那个该死的行李箱给我丢了。”薛夜的声音冰冷。

“我的行李箱里还有我的录取通知书，我的现金，我最爱的衣服……不

能丢……”雪琪一边跑一边回答。

苏莺回头看了地铁一眼，她惊骇地发现，地铁车厢被一层红光包裹住了。恍惚间，她仿佛看到了地狱般的残酷景象。脑海里是血腥诡异的画面——红色的光冲进了每一个乘客的喉咙，在他们的皮肤下宛如有生命一般钻动。紧接着，每个人的双眼瞳孔都变得赤红。

苏莺一行人的身后传来了脚步声，在寂静的隧道里被放大，有人打开了手电筒，喊道：“喂，你们怎么私自跑下车了，这样做很危险，快点回来！”

苏莺的脚步慢了下来，薛夜轻声说：“继续跑，不要理他。”苏莺不知道为什么很信任薛夜，她拼命跑着，却无法摆脱掉身后的工作人员。

雪琪心口处的祖传宝玉无比灼热，她知道危险在接近，没准儿拿着手电筒追他们的人就是一个伪装成工作人员的杀人狂。她提着行李箱，奋力快跑。她可是未来的法师，怎么能夭折在地铁隧道里！

漫长的一刻钟，苏莺一行一直在奔跑。黑暗里是急促的呼吸声和脚步声。身后微弱的电筒光始终没有消失。转过一截弧形的隧道，苏莺看到了隐约的灯光。

苏莺惊喜地对薛夜说：“前面应该就是京大站。”不知道路人看到他们从隧道爬上去会有什么反应。

薛夜停住了脚步，他的声音清澈冰冷，像是冰河里的碎冰在彼此碰撞：“你们先悄悄爬上站台，我处理掉后面追我们的东西再过来，暂时不要报警。你们留在这里只会碍事。”

苏莺想说什么，却被雪琪拖走。

不到一分钟，握着手电筒的工作人员出现在了薛夜身后。

他的脸上是刻意做出的愤怒表情：“你们在隧道里这么跑很可能出事，太不像话了！”

薛夜回过头，静静地看着工作人员：“真是不可思议，你们居然能够这么快就寄生在人类身上。”

他的话让工作人员愤怒的神情消失。工作人员的双眼在黑暗中有赤光闪烁，他的嘴角有些僵硬地微笑着："被看出来了？我哪里做得不对？用你们人类的话来说，我们是要……生存的权利。"在很久很久以前，天地剧变，冰河期来临，地面上不再有它们能够生存的环境。从那以后它和它仅剩的族人一直生活在黑暗的地底，在石中沉眠，直到有一天被轰隆隆的怪声惊醒。

"我能闻到你们身上那种奇怪的味道。对于稀有物种，我的容忍度很高。"薛夜的微笑艳丽而冰冷，"但是你们也要懂得收敛自己，这个世界不是你们想的那样简单，可以为所欲为。我不想管闲事，不过如果你想把我变成你的同伴，那我也不介意为你配上一些杀虫剂。"

工作人员谨慎地后退，他感觉到了危险的气息，讨饶道："我……我并不能把您变成我的同伴。我们的数量有限，也无法分裂繁殖。我们是被吵醒的，大概只需要一年的时间，我们就会完成最后的生命循环。我只是借用这个身体，等到我们死亡之后，这个身体的主人最多像是得了一场重感冒。"

薛夜对于能否配制出杀死稀有异虫的杀虫剂并没有把握，他不过是虚张声势。他能感觉到这些稀有异虫的精神力非常独特。

"把你的电话号码给我，我会定期致电给你。也许你们会有需要我有偿帮忙的时候。"薛夜想了想说。

黑暗中，工作人员双眼里的红色光点仿佛火焰般燃烧，连忙答应："没问题。"真奇怪，眼前的男人仿佛也被"寄生"了，却保有着神智以及某种古怪的力量。

"如果你们只是想走完生命最后的循环，一定要记得低调。这个世界上还有许多隐藏在人类躯壳里的异端，它们可不会和我一样友好。"薛夜接过工作人员递给他的名片，转身离开。

京大站。

偷偷摸摸爬上站台的苏莺和雪琪站在角落里，望眼欲穿。

地铁进站的轰隆声响起，苏莺震惊地看着明亮整洁的地铁车厢里下来的人群。人群里还有一刻钟之前和她同一个车厢的乘客！地铁车厢灯光明亮，乘客们有序地下车，神情自若，仿佛什么奇怪的事情也没有发生。

雪琪看着原本在车厢里吐血的iPad女孩儿正在悠闲地听音乐。难道刚刚她看到的一切都是幻觉？这就是所谓的创伤后遗症？

苏莺问iPad女孩儿：“刚才地铁里不是停电吗？”

iPad女孩儿耸耸肩，气色很好：“有点儿小故障，现在修好了。”

苏莺问：“你刚才在地铁上吐血，现在好了？”

iPad女孩儿眯眼看着苏莺：“姐姐你幻觉了吧？我要是吐血我能站这里和你说话吗？姐姐记得去医院看医生哦。”

iPad女孩儿坐着电动扶梯离开，新的乘客上车，地铁呼啸而去。

苏莺和雪琪怔怔地站在站台上。薛夜还没有出现。难道一切真的只是她俩的幻觉，包括薛夜的存在？

雪琪看着苏莺苦笑：“难道我们真的产生了幻觉？”她戴着的祖传宝玉依然灼热。那东西就在若无其事的iPad女孩的身体里。

苏莺摇头，心中担心薛夜：“去天坑之后，我的世界观已经完全改变。为什么薛夜还没有从隧道上来？”

悦耳如碎玉碰撞的声音在苏莺和雪琪的身后响起：“我没事了。”

“你不是说车上会有很多人死掉？可是刚才他们都活着下车走了。”雪琪小声问薛夜。

“你确定他们还活着？”薛夜问。

苏莺想起了那个不记得自己吐血的iPad女孩儿，她毛骨悚然起来。

薛夜帮苏莺拿起旅行袋：“走吧，还要去学校报到。”

雪琪看着自己那沉重的超大旅行箱，薛夜的眼睛看不见吗？她哀怨地拉着旅行箱跟着薛夜和苏莺离开了地铁站。她对薛夜这个神秘美男子还挺有好感的，但是薛夜似乎对苏莺格外亲切体贴，她一时拿不定主意该不该主动追求薛夜。

一路上苏莺都神情恍惚，她在隧道里回头看地铁时脑海里浮现的画面，会不会都是真实的？

薛夜感觉到了苏莺半惊半疑的视线，明白了她的猜疑，他伸出手指轻敲苏莺的额头，熟悉而亲昵：“小丫头胡思乱想什么？”

苏莺额头一痛：“我……”

薛夜却突然愣住，神色黯然。他居然在那一瞬间把苏莺看作了小时候的小樱。他一言不发，将旅行袋丢给苏莺，转身离去。

雪琪在背后叫薛夜，薛夜充耳不闻。

雪琪愤愤不平，对苏莺说：“薛夜太没有绅士风度了，居然对美女的召唤无动于衷！”

苏莺愣愣地看着薛夜远去的背影，有种被抛下的错觉。她摇了摇头，清醒了过来，对雪琪微微一笑：“我是很有绅士风度的，我帮你提行李箱，你帮我提旅行袋吧。”

雪琪指着不远处的京城大学大门，高喊道：“幸福生活就在眼前！”她有预感，自己会再度遇到薛夜。那时候，她一定让薛夜的视线落在自己身上。

学院门口已经有高瞻远瞩心怀不轨的胖子师兄冲过人行道，脸上的微笑如花儿绽放，亲切地欢迎雪琪和苏莺：“你们是我们学校的新生吗？这么大热的天儿，怎么能让女士提行李，让师兄为你们服务吧！”可爱的小师妹们真是青春美丽，令人遐想啊。

雪琪鼻子一皱，一眼就看出了胖子师兄眼底暗藏的色狼光芒：“还是不麻烦色狼师兄了……”

第十章
月光飞蛾

命运有时候会跟你开玩笑，有时候也会让你遇到某个人。苏莺并不知道，她在地铁上邂逅的薛夜会在她的生命中扮演极其重要的角色。

地铁上发生的诡异事件，苏莺一直深藏心中。她说服自己，也许一切都是自己的幻觉。可是怎么可能薛夜、雪琪和她同时产生了幻觉?

那天之后，薛夜仿佛深夜里的一场雾，消失无踪，苏莺没有在京城大学里见过薛夜。也许是学校太大，也许她和他没有了再见的缘分。薛夜像是深夏里小小的一片冰，散发着幽冷的气息，又像是不可思议的梦，令人偶尔会怀念。

京城大学的生活新鲜有趣，考古系男多女少，苏莺和雪琪分在了同一个寝室。寝室里一共四个人，另外两个女孩子是蔡绿猗和林悦心。蔡绿猗秀丽雅致，一看就是京城的名门闺秀。而林悦心身材高挑如模特儿，神色冷傲，不太搭理苏莺和雪琪，对蔡绿猗却是神色柔和得多。

前次在校门外热情为小师妹们提行李的胖子师兄居然也是考古系的。他被雪琪精灵可爱的样子吸引，虽然屡次被踩，依然笑眯眯地为美女小师妹们服务。

“雪琪，听说你们这一次军训是去两百多公里以外的某军事基地。”胖子师兄看到雪琪和苏莺出现在了食堂，如飞蛾扑火，迅猛赶来。

雪琪眨了眨眼，可爱的样子令胖子师兄的心中开出了一朵小花。她一脸好奇地问："京城大学的训练这么正规？"

胖子师兄挠头："我也不知道，好像只有考古系和生物系的新生在那边军训。我家乡就在那一带，小时候偶尔会遇到那些当兵的，他们都挺威猛高大，我一直希望能和他们一样帅。"

雪琪看了看胖子师兄的肚腩，微微一笑："嗯，梦想往往不会实现，别太难过。"

苏莺一直觉得大学是一个巨大的蜂巢，蜂后发出指令，然后蜂群就有序地执行任务。晨曦之中，数百名新生分批上了大巴，前往两百公里之外的某基地。

下了高速公路，大巴外的景色渐渐变得原始。山峦起伏间，建筑物越来越少，绿树越来越多，道路两旁肆意疯长的野草在晨风中轻摇。

后面有大巴超了上来，和苏莺所在的大巴擦身而过。苏莺不经意地望过去，她愣了愣，那个趴在窗边的男生居然是薛夜！

薛夜懒洋洋地趴在车窗上，带着猫科动物的优雅，他深黑的双眼璀璨迷人，仿佛地下湖底那个妖精的双眼。

时光在刹那凝固，景物化为虚无，然后薛夜所在的大巴开到前面去了，留下苏莺恍惚地回想着在地下溶洞发生的一切。

雪琪的声音惊醒了恍惚的苏莺，苏莺回过头，迟疑地问："……怎么了？"

雪琪看着苏莺心事重重的样子，叹息说："看来你是知道了。"

苏莺完全不知道雪琪在说什么。

雪琪握住苏莺的手，明亮的双眼里是坚定的目光："我不会让掬柔欺负你的！没想到林熙染和掬柔居然读的是京城大学生物系。他们不是应该读企管系，或者干脆出国留学吗？奶奶的，他们居然还要和我们一起军训！"

苏莺的嘴唇动了动，心中波澜起伏。林熙染和掬柔果然读的是同一所大学，没有人告诉过她这一切。只是世界那么小，她才和熙染告别，却又要再度相见。

薛夜的视线从窗外移入车厢，他静谧的眼神仿佛令空气中的波动都缓慢了下来。他侧过头看了一眼左侧在座位上低头沉思的林熙染。阳光清澈，林熙染的侧脸线条优美清雅。命运有时候很奇妙，林熙染居然是他的室友。

似乎感觉到了薛夜的视线，林熙染睁开双眼，对着薛夜淡淡一笑："薛夜，怎么了？"第一次在寝室里看到薛夜，就有一种奇妙的熟悉感，仿佛他在很早以前就见过他。薛夜是安静慵懒的人，和他相处很舒服自在。

薛夜一言不发地看着林熙染。掬柔辗转通过中间人千里迢迢前往大马，请求他用虫术将林熙染对苏莺的迷恋转移到了她的身上。如果自己没有帮掬柔完成心愿，也许林熙染和苏莺已经成为一对情侣。掬柔大概没想到，坐在帘幕后面倾听她请求的虫师，居然就是薛夜。

"熙染，喜欢一个人是什么感觉？"薛夜问林熙染。

林熙染的心里是苏莺的影子，他不假思索地回答道："会忐忑，会觉得因为那个人的存在，世界变得有了意义。"

"是吗？"薛夜的眼中仿佛有云雾缭绕，他突然拍了拍林熙染的肩，"对不起……"

"为什么会说对不起？"林熙染茫然。

薛夜没有回答。他只是低头笑笑，神色清冷。他不是善男信女，早在很久以前就双手染血。他的世界里只有弱肉强食，除了……

林熙染见薛夜没有回答的意思，也就没有追问。他心思沉沉。掬柔很得母亲的欢心，他却对掬柔失去了所有爱恋的感觉。在那个离开夕城前的深夜，他站在楼下望着苏莺卧室微暖的灯光，拨通了她的电话，说出了原本永无可能说出的心意。但他也知道从此这份感情只能放在心底，如今的他并没有资格令苏莺幸福。

所有的零食、化妆品、通信工具全部被收缴。吃了一顿可怕的午饭后不久，大一新生们就被分到不同的班，在基地平整的水泥操场上集合。阳光灼热，清一色的迷彩服令个人特质几近湮灭。

一班教官谢明远淡淡地看着手下的青春期男生，心中郁闷。要不是打靶输了，他根本不会来这里带这群小屁孩。所谓的大学军训根本就是小游戏，那点运动量只能去训练小猫。

林熙染不动声色地站在队伍里，他觉得教官谢明远和其他班的教官不一样。谢明远的眼神平静却带着说不出的凛冽，他身材并不魁梧，动作缓慢，却总给人一种轻捷无声的感觉，像是懒洋洋地打着盹的猫科动物。说到猫科动物，林熙染的视线落在了薛夜的身上，自己身边也站着一只猫科动物。薛夜穿上迷彩服站在他的身边，存在感薄弱得令人吃惊。

薛夜目视前方，淡淡地看着谢明远。谢明远身上的杀气虽然已经尽力收敛，在他看来却仿佛夜色中的火炬那样明显。薛夜知道，谢明远不止一次游走在生死边缘，手上也如他一般染满鲜血。按捺住心口月光虫传来的悸动，薛夜垂下眼帘。谢明远似乎有所察觉，视线扫了过来，发现一切正常又望向了别处。

旷野里的风吹过这群山中的基地，这些风寂寞多年，穿透无数人的命运。薛夜嗅着风里的气息，眼神亮了亮。

枯燥的队列训练在黄昏时分结束，谢明远宣布解散后，有几个男生累得瘫坐在地上呻吟。林熙染走向宿舍，打算拿了换洗衣物抓紧时间去公共澡堂洗个澡。

“薛夜，你去不去公共澡堂？”林熙染问。

薛夜摇头：“我不习惯和一堆人挤着洗澡。”

正在这个时候，穿着迷彩服散发着浴后清香的掬柔出现在了林熙染和薛夜的身前。

薛夜对林熙染微微点头，知趣地离开。

掬柔看着薛夜离去的背影，眼中有着惊艳。如果说林熙染是温润如玉的君子，那薛夜就是带着冰冷神秘气息的谜样男子。

“熙染，薛夜是不是不爱说话？每次看到他，他都很安静。”掬柔拉着林熙染的衣袖，手指白嫩如玉，微笑柔美。

林熙染略略退了半步。黄昏的阳光带着淡金色，映照得穿着迷彩服的林熙染比平时多了一丝英气，令掬柔眼中的爱恋更深。

“掬柔，有事吗？”林熙染轻声问。

掬柔的微笑有些僵硬：“我是你女朋友，没事就不能找你吗？还是……你知道了苏莺也在这里军训……”女生军训都是在一起的，她看到人群中的苏莺和雪琪也是惊讶万分。没想到苏莺和雪琪居然能考上京城大学。天坑事件后，掬柔一心想忘记一切，甚至没有向班主任老师打听苏莺的去向。苏莺一定是故意报考京城大学，就是为了抢走林熙染！

林熙染愣了愣，心中酸涩。苏莺居然也在京城大学读书，她就在离他不远的地方。

掬柔没有错过林熙染眼中瞬间的光芒，她心中恨意在滋长：“在地下溶洞里，你为了她回去找万越，把我一个人丢下，我就知道你喜欢上了她！”那种喜欢是很深的喜欢，带着令她惶恐的力量。她忍不住讨好熙染的母亲来巩固自己的地位，却发现熙染越来越沉默疏离。

“……对不起……”林熙染藏起眼底的哀伤，抬头静静地看着掬柔。

“我不要你说对不起！”掬柔低喊。她要的是林熙染的眼中心里只有她的存在，却惶恐地发现她被关在了他的世界之外。

“军训第一天很累吧？早点回去休息，晚上还要学唱军歌。”林熙染语调温柔。

掬柔扯着林熙染的衣袖，不肯松开。她盯着林熙染，坚持道：“你答应我，你不会去找苏莺！”

林熙染沉默了几秒，轻声说：“我答应你。”他的眸子里是橘色的光影，带着他自己都不曾发现的艰涩。

大地布满银辉，天上唯有明月孤悬，幽冷的月光照亮这沉默的黑夜。

窗外的路灯明亮，无数飞蛾围着白色的灯旋转，痴迷如狂。飞蛾在夜间飞行活动时，依靠月光来判定方向。它总是使月光从一个方向投射到它的眼里，当它绕过障碍物转弯以后，只要再转一个弯，月光从原先的方向射来，它也就找到了方向。遇到灯的时候，飞蛾以为那是月亮。飞蛾想，只要自己与这温暖美好的亮光保持固定的角度，就可以使自己朝前飞行，拥抱美好夏夜。可是，由于灯光离飞蛾很近，飞蛾只是不停地绕着灯光打转，绝望而疲惫，最后精疲力竭而死。

飞蛾有时候很像陷入一段绝望爱情的女人，苏莺想。

军训期间简陋的寝室让室友林悦心的心情很不好，她发现苏莺在看飞蛾，嘴角挂上鄙夷的笑：“飞蛾有什么好看的？灰扑扑的很恶心。飞蛾就是飞蛾，怎么也变不成蝴蝶。”她从心底里看不上那两个从夕城来京城的土包子。雪琪整天笑得没心没肺的，还吸引了死胖子。死胖子那卑躬屈膝的奴才样把京城世家的脸都丢尽了。这个寡言少语的苏莺也不是省油的灯，居然觊觎林熙染。要不是好姐妹掬柔的提醒，她还不知道苏莺居然是抢人男友的狐狸精。

苏莺收回视线，听出了林悦心言语里的鄙夷。虽然不明白自己哪里得罪了林悦心，但她完全没有和林悦心争吵的兴趣。苏莺懒洋洋地站了起来，坐回自己床位，根本不理会林悦心的挑衅。

林悦心走到苏莺床前，警告她：“这里是京城，不是你们夕城那种乡下地方。林熙染是掬柔的男友，你不要自取其辱。”

苏莺冷笑，低头继续整理随身物品。她根本没有想过要和掬柔争林熙染。

林悦心一腔怨气无法发泄，只好恨恨地盯着苏莺。

就在这个时候，雪琪的声音响起："林悦心，你有什么资格警告苏莺？我们家苏莺人见人爱花见花开，你这种看人下菜的小人是没有办法比的。"

雪琪的脸在日光灯下如瓷器一样温润白净，眼神却凛冽如冰："你应该向苏莺道歉。"可爱的苏莺只有她能欺负，别人可不行。

林悦心的声音尖锐了起来："土包子！我才不会道歉！"她的话音还没有落下，原本追逐着灯光的飞蛾仿佛灰色的龙卷风一般冲进了房间，密密麻麻地落在了林悦心的头发上和脸上。

林悦心歇斯底里地尖叫了起来，双手乱挥，狼狈不堪。雪琪站在一旁冷笑。魂草果实令她血液中的力量渐渐复苏，今晚不过是牛刀小试。那本祖传笔记里记载的御使飞蛾的法子，果然很好用。

蔡绿猗端着脸盆进门，看到林悦心被飞蛾围攻，吓得脸色发白，她将整盆水泼在了林悦心的脸上。飞蛾四散飞开，地上是十多只被林悦心拍死的飞蛾的残骸。林悦心披头散发湿漉漉地站在原地，脸庞因为惊恐而变形。

蔡绿猗柔声说："悦心，你赶快去洗洗你的头发和脸，我这里还有干毛巾，记得要擦干了头发再睡。"

林悦心气急败坏地冲出了房间，心中对雪琪隐隐有了恐惧。那群飞蛾恰好在雪琪生气的时候扑进房间，而且只袭击自己。这让林悦心觉得无法解释，头皮发麻。

苏莺打扫着飞蛾的尸体，它们原本只是绕着灯火飞舞，不知道怎么却突然袭击林悦心。

雪琪搂着苏莺的肩："别收拾了，让林悦心自己收拾。"

蔡绿猗拿了拖把过来帮忙，一边惊疑地问："刚才怎么了？"

雪琪摇头，晶莹的双眼澄澈无辜："大概林悦心身上的气味吸引了飞蛾吧，谁知道呢？"她喜欢这里，空气中有着晦涩不明的波动，让人身体舒畅。这里不同于气息紊乱的繁华都市，最适合她这样的人。

熄灯时间到了，疲惫的女生们进入了梦乡。乳白色的月光从窗外流泻进来，带着花草的香气，缭绕梦乡。

薛夜站在窗外的树影里，像是若有若无的影子。男生的营房离女生的营房不远，这里不是军事重地，防卫并不森严。他隐藏在树的阴影里，深沉地看着熟睡的苏莺。

这样的睡颜，薛夜很熟悉。十年的时光里，他的小樱绝大多数的时间都在沉睡，清醒的时间越来越少。小樱清醒的时候会给他做饭，讲着小时候发生的事情。渐渐地，她每次醒来就会忘记一切，她那陌生的眼神令他觉得痛苦。小樱是他掌心里的宝贝，他却没能保护她。为了能治好小樱，他拼命研习虫术，直到小樱沉睡不醒的那一天。

那天的月光和今晚一样，他背着小樱爬上开满了野梨花的山坡，心口处的月光虫躁动不安。

“薛夜，今天是我十六岁生日，真希望我能和正常女孩子一样。”

“薛夜，你不要那么拼命学虫术，你的脸色不好。”

“薛夜，梨花很漂亮，会发光呢。”

“薛夜，对不起，我不能陪你了……”

微风吹过山坡，吹拂着薛夜和小樱的头发，薛夜知道小樱已经停止了呼吸。哈辛说过，每个人都有弱点，小樱就是他的弱点。小樱是他心中唯一温暖的光亮。薛夜颤抖着使用了禁术，将小樱微弱的魂魄碎片用手链收拢封印。

就在小樱死去的第七天，薛夜凭借月光虫感觉到了异样。在海洋的彼端，那里有小樱的气息。哈辛在九年前就布下了这个局，他用别的女孩子分走了小樱大部分的生命力，所以小樱才会死。

夜沉如水。

基地外围放哨的士兵刘大勇发现不远处大灯上飞舞的飞蛾越来越多，灯光渐渐变得暗淡。密密麻麻的飞蛾爬满了灯罩，一股带着腥味的香气随着夜

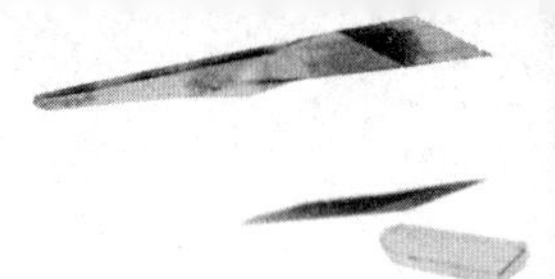

风悄然而至。

刘大勇听到了清脆的马蹄声，在这寂静之夜那样清晰。星空似乎晃动了几下，飞蛾们裹着的大灯处有青色的光线迸裂射出。披着深青色鳞甲戴着狰狞面具的八匹异兽拉着一副青铜棺从虚无幽冥处闪现。异兽外形似马，身上却长着鳞片。青铜棺上有着金色光线游走，诡异美丽。

异兽拖着青铜棺瞬间就疾驰到了刘大勇的面前，刘大勇甚至可以看清异兽面具下那燃着青色火焰的双瞳！刘大勇瞪大眼睛，他握紧了手中的枪，不知道该不该鸣枪示警。就在他迟疑之际，整个人被异兽践踏于脚下，甚至来不及发出惨叫就被踏碎了胸骨，死在了原地。

异兽拉着青铜棺在黑夜中疾驰，宛如死神之车。月色变得迷蒙，星光暗淡，青铜棺撞入了基地附近的山中消失不见。

交班的士兵发现刘大勇死亡已经是一个小时之后的事情。他躺在地上，口鼻溢血，神色惊恐痛苦。他手中握着枪，但枪管和扳机居然已经腐朽不堪，似乎历经千百年的时光。

临时紧急会议在深夜召开，谢明远也出席了会议，他为首长们播放了一组幻灯片。

“刘大勇被钝器猛击而死，现场没有取得凶手的指纹和脚印。不，也许有凶手的脚印。我们得到了凶器的形状，很像马蹄印。刘大勇摔倒的姿态和他受伤的位置令我觉得，他是被奔驰的马践踏而死，”谢明远指着一张幻灯片，“这是刘大勇胸上黏着的一根毛发，技术组化验确定是马毛。”

“荒唐！”有人反驳。

“的确荒唐，我们现在也无法解释为什么刘大勇手中握着的枪会变得腐朽不堪，金属的部分一触就成了碎屑，木质和棉质的部分却还是新的。”谢明远冷淡地回答。

在遥远的过去，他曾经听说过这么古怪的事情。他出生于军人家庭，父亲说，谢明远的爷爷年轻的时候曾经在这个基地附近的山里建设某项秘密工程。这个工程做了五年，却因为一系列的意外而终止。父亲曾经看到爷爷在深夜的书房里打开了一个箱子，箱子里是锈迹斑斑的军用水壶，仿佛这水壶已经在地下埋了百年，而水壶的绿色绑带部分却是崭新的。

后来，爷爷在工程里失踪了，怎么也找不到。没过几天，奶奶也失踪了。有人说，看到奶奶走进了那个已经停工的秘密工程里，也有人说奶奶投河自尽了。在进行了最严密的搜查后，工程的入口被人用水泥封堵。

时光荏苒，记忆里已经布满了荒草，将秘密隐藏。但哨兵被马踏死，枪支腐朽的怪事勾起了谢明远脑海中遥远的记忆。

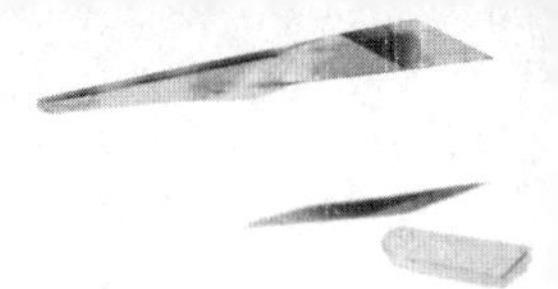

第十一章
萤火虫之翼

军训照常进行，薛夜却嗅到了平静水面下暗流汹涌的气息。夜间戒备变得森严，空气中有电磁波不停扫过整个基地。教官谢明远的心情似乎不太好，训练强度在加大。对于薛夜来说，这样的强度远远不够，可普通的同学们已经叫苦连天。

薛夜安静地负重跑着，并没有跑在最前列，而是跟在林熙染身边。林熙染从来不抱怨训练辛苦，他说高中毕业旅行的时候遇到过危险，当时很希望能保护身边的人却能力不够，他不希望再有这样无力的时候。薛夜知道，林熙染想保护的人是苏莺。

谢明远不动声色地看着薛夜。皮肤白皙、五官令人惊艳的薛夜在军训里的表现并不突出，谢明远也一直没有注意到他。直到前几天一次负重跑之后，他正好在薛夜附近听到了他的呼吸声。薛夜的呼吸声平缓悠长，根本不像剧烈运动后的人的呼吸声。在那一瞬间，他意识到薛夜的身体素质和他表露出来的根本不一样。

几天过去了，再也没有怪事发生。谢明远见到了来领骨灰的刘大勇家属。刘大勇的老婆抱着一岁大的儿子呜呜地哭，谢明远把才发的工资给了她。命运有时候很喜欢捉弄人，谢明远在生死边缘游走，数度死里逃生，而刘大勇却死在静谧安全的基地。谢明远很想揭开刘大勇死亡的秘密，给他的家里人一个交代。

中午的太阳炽热，天地之间明晃晃一片。苏莺和雪琪一起前往食堂抬中午饭。军训的伙食都是用瓷盆装着的，由值日的学生抬到操场。

雪琪皱眉走在树荫下，不满地抱怨："这么热的天儿还要在操场上吃饭，真受不了。"

苏莺摸出一粒薄荷糖给雪琪，微微一笑："我藏起来的，没被教官发现。"

雪琪喟叹："苏莺，没有你我该怎么办……"

她的视线突然落在了食堂门口，眼神变得甜蜜而惊奇："薛夜……"

在这样炎热的天气，看到薛夜的时候，雪琪突然觉得清爽宜人。地铁里邂逅的神秘男子薛夜带着令人心定的气质，却缥缈得宛如冬夜里的一场雾。

苏莺看到了薛夜身边的林熙染，林熙染穿着迷彩服，温润的气质中多了一丝英挺。

她微微一笑，平静地打招呼："林熙染，好久不见。"

林熙染看着苏莺，放在身后的右手握紧，他露出温文尔雅的微笑："是啊，好久不见。你们是来抬饭菜的？"

雪琪点头，笑得可爱："林熙染，我们又成同学了。薛夜，我还以为你失踪了。"

薛夜看着雪琪和苏莺："大概是学校太大的缘故。"

林熙染惊讶地问："你们认识？"

苏莺点头："我们在去学校的地铁上认识的。"

林熙染深深地看着苏莺，这才发现他对她的思念那么多，但最终他也只能苦笑着说一句："真巧。"许多的话，他已经没有了说的资格，所以他只希望相见的这一刻能再长一些。

苏莺垂下眼帘，林熙染的目光温柔，却令她心中恻然。这是不可能的

人，不可能的爱恋。

薛夜声音清澈淡然：“人和人之间的确存在缘分，也有人说那是一种业力。”

雪琪看着沉静的薛夜，可爱地笑着：“那说明我们还挺有缘分的。”去学校报到的那天，薛夜带着她和苏莺在黑暗的地铁通道里奔跑，当时的她一边恐惧着，一边却因为薛夜的存在而安心。

四个人在食堂领了饭菜，各自抬着饭菜回到所在的班。雪琪心情很好，嘴角一直含着笑意。

夜幕幽蓝，月光宁静，群星灿烂。

紧急集合的哨声刺入梦中，集训的新生们迷迷糊糊睁开双眼，一时分不清现实和梦境的区别。

苏莺侧耳听着哨声，坐了起来，叫醒雪琪：“是紧急集合。”她穿好衣服，摸索着系紧鞋带，麻利地将被子折好打包。雪琪在她的帮忙下也很快打理好了一切，两个人一前一后冲了出去。

苏莺和雪琪在操场上站定的时候，操场上只有十来个人。后面陆续出来的，有的鞋子穿反，有的被子没扎牢散落在地上，一片兵荒马乱。蔡绿猗和林悦心匆匆赶到，雪琪看着林悦心扣错纽扣的衣服，挑眉笑了笑。

月光流动如水，苏莺和雪琪跟着队伍离开了基地，沿着土路前行，开始了让人郁闷的十公里拉练。

雪琪看着月光下的队伍，睡意蒙眬，一脸不情愿地对身旁的苏莺说：“我从来没在半夜到山里的公路上跑过步。”

苏莺微笑：“半夜跑步也不算太坏的事情，你不觉得山里的月亮真的很美吗？”月光笼罩群山，远处的山脉宛如版画一般深刻优美。苏莺不知道她们会被带去哪里。她想起了一个故事，讲述的是瘟疫流行的村庄，仅剩的人在夜里逃离，他们走过无数崎岖的小路，在月光的指引下前往生地，却被山中的鬼魅设下迷障挽留。

与此同时，在距离苏莺和雪琪不远的地方，薛夜和林熙染正看着草丛里飞舞的萤火虫。萤火闪烁如烟花，在草丛中纷纷扬扬，令林熙染想起了在悬石古庙外飞舞的那些萤火虫。

薛夜摊开右手手掌，一只萤火虫落在了他的掌心上，闪闪发光。他凝神地看着掌心的萤火虫，月光将他的头发染了一抹银色。萤火虫从薛夜的掌心飞了出去，一直飞向队伍的最前面。

林熙染微微目眩。

薛夜侧过头，眼神中有着说不出的神秘意味："今夜并不适合拉练。"这是萤火虫告诉他的。大气波动异常，山谷里有什么在蠢蠢欲动。

林熙染心中有不好的感觉浮现，在天坑底经历生死之后，他对危险的感觉比以前敏锐了许多。林熙染环顾四周，难道会出现什么猛兽？

队伍的最前面，谢明远拿着对讲机，神色阴沉。李团长在深夜突然下达了让军训的学生今夜拉练的命令，学生们叫苦不迭，他自己也不胜其烦。

更大的问题是，他带领着队伍跑在最前面，跑了三公里之后才发现后面的队伍没有跟上。而且他的对讲机出了问题，接通后只传来了沙沙声，像是从遥远异世界传来的杂音，根本无法和其他教官联系。

风大了起来，云层遮盖住了月亮，这山坳变得阴森了几分。原本飞翔在谢明远头顶附近的萤火虫被不知名的力量撕裂了翅膀。

明月被乌云遮盖，大风吹得荒草乱舞。大雨突然而至，瞬间密密麻麻的雨滴就布满了整个世界。无边无际的黑夜里，闪电是唯一的亮色。谢明远领着队伍跑进了荒草深处的无名山谷。雨点打在草叶上的噼啪声、风的呼啸声，混合着学生们的惊呼声令沉睡的山谷渐渐苏醒。

山谷里的植物茂密，特有的紫藤类植物爬满整个山壁。刹那的闪电照亮

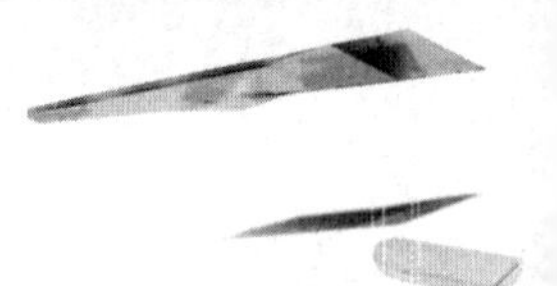

山壁，也照亮了这平整山壁上红漆刷着的标语一角。山谷的一侧居然有着水泥台阶，荒草在台阶的缝隙处生长，几乎将这台阶湮没。

谢明远打开应急手电筒，三步并作两步，跨上层层台阶，站在了锈迹斑斑的铁栅栏前。这里似乎是废弃防空洞的入口，已经很久没有人进出，铁栅栏上都攀爬着紫藤，死死纠缠着，开出淡紫色的芬芳小花。

拿出匕首斩断纠缠的紫藤，谢明远终于推开了铁栅栏。防空洞里有一个很大的空间。数十年前的工程质量过硬，整个防空洞依然干燥坚固。谢明远将靠墙放着的一堆空木箱用匕首拆散，当作柴火，架起了火堆。学生们鱼贯而入，躲避着这突如其来的大雨。苏莺和雪琪没有深入防空洞，而是站在入口处望着黑蒙蒙的夜空，听着雨水敲打着山谷的声音。

火光闪耀，林熙染和薛夜走了进来。林熙染的视线和苏莺的视线交错，他松了一口气，刚才一直在担心苏莺会淋雨。

“为什么不进去？这里风大。”林熙染问苏莺。

苏莺回过头看了看防空洞深处的甬道，心中有奇怪的感觉：“我只是……”

掬柔有些刺耳的声音打断了苏莺的话：“熙染，你怎么和她在这里？！”她站在林熙染身边，警惕地看着苏莺。

苏莺沉默，她侧过头对雪琪说：“我们进去吧。”虽然对这个防空洞有不太好的感觉，但是和掬柔站在一起更令她尴尬。

雪琪冷冷地盯着掬柔，对苏莺道：“我们高兴站哪里就站哪里，苏莺，你别让着她。”

林熙染不敢看苏莺的眼睛，他一个人走向防空洞的深处。掬柔急忙跟了过去。

薛夜似笑非笑地看着眼前的一切。他的发梢被夜风吹拂，幽暗的眼底是火光的投影。

苏莺沉默地看着火堆，雪琪却一直偷偷打量着薛夜。

雨声密集，有飞蛾从雨网中穿出，踉跄着飞进了防空洞，落在了薛夜的手指上。薛夜托起飞蛾，专注地看着这不起眼的小生灵，他的眼神有了微妙的变化。

谢明远独自一人站在防空洞甬道的尽头，看着被水泥封死的墙壁，沉默不语。就在这个时候，他听到水泥墙后传来了尖锐的声音，像是谁在用爪子抓挠着墙壁的另一侧。一瞬间，谢明远有一种荒谬的想法：墙的另一边站着的是不是他从未见过的爷爷？

防空洞入口处的惊呼声令谢明远清醒了过来，他转身跑向甬道的另一头，几十名学生站在宽阔的防空洞大厅里窃窃私语。

“怎么了？”谢明远抓住身旁的一个男生问。

男生回答：“有个女生割腕自杀。”今晚太诡异了，荒山拉练，大雨滂沱，还有女生为爱割腕，听说割腕的女生还是生物系的系花掬柔。

谢明远脸色铁青地走进人群。这帮少爷小姐们闲得无聊闹什么自杀？割腕自杀在一小时内都不会有死亡的危险，真心想死，根本不会在大庭广众之下割腕。

防空洞大厅一角，林熙染默默为掬柔包扎着伤口。割伤并不深，血很快就止住了。他动作轻柔地扎好手绢，专注的神色令掬柔的心安稳了下来。她真的好害怕，害怕失去熙染。

掬柔咬紧了唇，她知道自己不应该像刺猬一样，一见着苏莺就尖刻激动，可是她就是控制不住自己的情绪。林熙染一个人心事重重地走向防空洞深处的时候，她跟了过去，不断要求林熙染不要和苏莺见面不要和她说话。

掬柔还对林熙染说：“苏莺那种家庭，根本和林家配不上。阿姨要是知道你继续和苏莺来往，一定很不高兴。”

微弱的光线里，林熙染站着，久久不说话。

掬柔轻摇熙染的衣袖，小心翼翼地喊他：“熙染……”熙染一直以为在

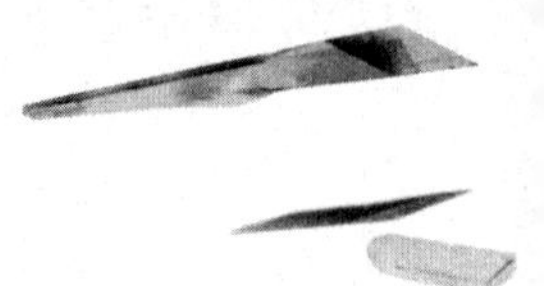

葬礼上才是和她的第一次邂逅。其实，她早在那之前就喜欢上了熙染。她第一次去熙染家做客的时候，熙染的妈妈翻着相册，细细地说着她那优秀的儿子。掬柔看着照片里那个出尘温润的男子，从那刻起就陷入了甜蜜深渊。

她偷偷从京城去了夕城，看着那个照片里的男子的一举一动，多看一分钟就迷恋得深一分。她想拥有他的视线，他的怀抱，他的心。凭借女性的直觉，她惊恐地发现，熙染喜欢着他身边不时出现的女孩子苏莺，绝望一度笼罩着她的心。

“掬柔，我很累……”林熙染的声音疲惫而沉重。在天坑底冰冷的溶洞里，他梦到了他在花树下向苏莺表白，那种甜蜜忐忑，在现实中从未有过。他仿佛陷入了一张无形的网，找不到任何出路。他对掬柔的责任，母亲对他的要求，一点一点吞噬着他的心。

林熙染的声音令掬柔恐慌，她急急地说：“熙染，你明明答应我不会主动去找苏莺，你……”马来西亚那个厉害的虫师明明说会让林熙染一直喜欢她，为什么林熙染对她的爱意却越来越少？

“掬柔，你可不可以让我安静一段时间？我们不要见面了。”林熙染的声音清澈干净，却带着深深的倦意。他想逃避这一切，却无处可去。

掬柔如遭重击，她怔怔地看着林熙染，不敢相信自己的耳朵。她想说什么，喉咙却因为干涩发不出声音。

林熙染和她擦肩而过，打算走开。这时候，掬柔的手伸入了裤兜里，握住了平时削东西的小刀。

“熙染！”掬柔的声音尖锐而决绝。

林熙染回过头，看到掬柔拿着刀划在腕上，暗红色的血映着她白皙的手腕，触目惊心。林熙染跑向掬柔，夺过她手中的小刀，眼中有着慌乱。

掬柔盯着林熙染，露出古怪的微笑，摇摇欲坠，虚弱地对林熙染说：“熙染，离开你，我会死……”

林熙染低头检查掬柔的伤口，伤口并不深，血很快止住了。他沉默着为掬柔包扎伤口。

谢明远愤怒的声音响起："你们到底在干什么？"

掬柔露出一个虚弱的微笑："我不小心划伤了手腕。多亏林熙染同学为我包扎。"熙染的心里还是有她的，她就知道熙染看到她自杀会不忍心。

谢明远冷冷扫了林熙染和掬柔一眼，警告道："给我安分点。"水泥墙后的抓挠声一直在他心中回荡，令他焦躁不安。

在不远处的角落里，苏莺脸色苍白地看着林熙染给掬柔包扎伤口。她垂下眼帘，嘴角露出飘忽的涩意。

薛夜站在她身边，他那在黑夜里更美的眼睛正注视着她。他突然想起了小樱小时候的事情。那时候，他家和小樱家都很穷。小樱很喜欢街道转角处蛋糕店里的天使巧克力蛋糕，她有时会站在路边的树下，看着蛋糕，眼中是小小的渴望，紧抿着的嘴角却流露出无法企及的涩意。

站在苏莺身旁的雪琪心中一紧，薛夜看着苏莺的眼神……

雪琪看了看苏莺，又看了看不远处的林熙染。她走向了林熙染，声音轻柔："林熙染，需要帮忙吗？"

掬柔看到雪琪就想到了苏莺，冷着脸不说话。

林熙染勉强笑笑："没事了。"

雪琪低笑，表情玩味地对林熙染说："林熙染，事情才开始呢。你这么聪明，难道不明白只有以自杀作要挟的人才会选择当众割腕吗？"

掬柔盯着雪琪，眼底的愤恨在燃烧。

雪琪笑眯眯地看着掬柔，口气里尽是嘲讽："有些人费尽心机只是想你按照她的愿望来生活而已。"

掬柔啜泣："熙染，我的伤口好痛……"

林熙染叹息，他声音轻柔："我扶你去里面休息。"无论掬柔割腕是演戏又或是要挟，到底她还是他的女友。

掬柔娇弱地在林熙染的搀扶下走向甬道的深处。临行前，她回头看了看

雪琪，唇角得意地微勾。

雪琪双眼微眯，她走回苏莺身边，对苏莺说道：“搁柔装可怜呢，林熙染的心已经不在她的身上了。”

苏莺沉默。

雪琪握着苏莺冰冷的手，眼神诚恳，声音微扬：“林熙染喜欢的是你，苏莺，我知道你也喜欢他。”

苏莺叹息：“雪琪，一些不可能的事情，我不会去想。”爸爸和妈妈在漫长琐碎的生活里耗尽了最初的爱，所以她确信没有在时光里不变的爱情。

薛夜似笑非笑地看着雪琪和苏莺，心思成谜。他的视线落在了甬道的深处，那里有着奇异的波动。这次夜行，这座荒山，这场大雨，也许并不是意外。

第十二章
星虫

大雨滂沱。

雨幕中有一团亮光乍起，青色的光团正快速地靠近小小的防空洞。

“球形闪电？！”喜欢看科幻小说的学生大叫了起来。

青色光团越来越近，仿佛遮住了整个天幕。光团中披着深青色鳞甲戴着狰狞面具的八匹异兽拉着一副青铜棺，滂沱的大雨无法穿透笼罩着它们的青色光芒，在雨幕里仿佛神迹。青铜棺上有着金色光线游走，诡异美丽。

异兽面具下是燃着青色火焰的双瞳。它们从大雨中疾驰而来，化作虚影，撞入了山壁，穿过密密麻麻的躲雨的人群。凡是被异兽和青铜棺的虚影触碰到的人都仿佛失去了灵魂，僵立在原地。一道道雪白的虚影被青铜棺吸走，像是死神带走人的灵魂。

雪琪早就在八兽拉棺的虚影出现时缩起了身子，那种寒冷得可以冻结人灵魂的力量令她害怕得发抖。

薛夜情急之下将苏莺揽入怀中，和八兽拉棺擦身而过。他的身周有诡异的气流一闪即逝，那是月光虫竭尽全力保护他和苏莺。

淡淡的冷香在苏莺的鼻端萦绕。她侧过头，看着诡异的八兽拉棺散发着蒙蒙青光冲入了甬道尽头的水泥墙壁里。青色的光充斥着整个防空洞，然后瞬间消失于虚无。

苏莺抬头，目光撞进了薛夜幽深的眼中，记忆深处被遗忘的某个片段似乎在苏醒。死一般的寂静。苏莺觉得空气的密度在变大，甚至有一种喘不过气的沉重感。雪琪的声音颤抖着响起：“苏莺……你看……”

苏莺顺着雪琪手指的方向看了过去。栅栏门外，教官谢明远拿着手电，用匕首割开缠绕着铁栅栏的紫藤，他回过身招呼身后的学生们：“进这里避雨！”

穿着迷彩服的学生们匆忙跑进防空洞大厅，掸着身上的雨水。不可思议的场景令苏莺的全身僵硬。

学生们挤满了整个防空洞大厅。灰色水泥墙静默凄清，岁月侵蚀下，墙角已经有了一些青苔和蜗牛的壳。火堆燃了起来，不断有人和苏莺、雪琪、薛夜擦肩而过，彼此打着招呼，对他们却视若无睹。

苏莺甚至看到了林悦心挽着掬柔的手臂，正在窃窃私语着什么。

同样的事情再一次发生。掬柔割腕，异兽拉着青铜棺从天空降临，穿过防空洞，绝大部分人僵立在原地。只是这一次，苏莺觉得青铜棺和异兽并不是虚影，而是实体！她可以感觉到异兽的呼吸，甚至能听到青铜棺里传来的抓挠声，一声声仿佛挠在人心脏的褶皱上！

苏莺看到异兽拉着青铜棺冲向了甬道深处正在说话的林熙染和掬柔！她忍不住叫了起来：“熙染，小心！”电光石火之间，林熙染仿佛听到了苏莺的叫声，他神色一变。苏莺看到林熙染抱着掬柔躲到了墙角。

青色的光照亮了掬柔惊恐的脸，异兽拉着青铜棺穿透了封着防空洞甬道的水泥墙壁，惊魂未定的林熙染惊讶地看着防空洞的入口处，他看到谢明远教官正在打开被紫藤缠绕着的铁栅栏！

苏莺的视线落在了水泥墙上，她听到了明显的抓挠声！水泥墙颤抖了一下，像是被巨大的力量撞击，墙面上出现了裂缝！

淡淡的香气从墙壁的裂缝中渗出，薛夜神色大变。他没想到在这个荒废的防空工程里居然隐藏着这么可怕的东西！

墙壁倒塌，青光从破裂处溢出，厚厚的水泥砖块上还覆盖着一层铅板。苏莺第一眼看到的是……一朵花！

紫黑色的花艳丽诡异，有八仙桌那么大，花瓣上有着白色的斑纹，像是诡异的人脸，花蕊上长着黑色带着荧光蓝斑的小点，如同人的眼球。花朵在黑暗封闭的防空洞里绽放，花香渐渐有了血腥味。

苏莺突然发现自己无法动弹，像是被看不见的绳索束缚。眼球一般的小点似乎在传递着一种诡异的波动，令苏莺无法移开视线。她知道这危险之极的大花在缓缓靠近她，如同野兽近距离观察自己的猎物，考虑从哪里下口。

薛夜的食指轻按心脏处，樱花花瓣般的唇中吐出模糊的单音，月光虫无声无息地落在了紫黑大花的花萼里，钻进了其中一个“眼球”。紫黑大花颤抖了起来，猛地缩回了墙壁里。随后，窸窸窣窣的拖动声响起，越来越远。

雪琪低喘：“这里太古怪，我们要马上离开。”

薛夜的声音幽幽响起：“你是想从入口处离开？那里已经出不去了，你会被卷入到死循环里，一次又一次看着八兽拉棺出现，带走所有人的魂魄，然后消失。刚刚出现的那种花叫蜕生花，我曾经在古籍上看到过。据说它只开放在死者国度，却能令人死而复生。”才进入荒山，他就隐约有奇异的感觉，这里群山起伏，仿佛拥有某种引而不发的威势，却透着森森寒意。

林熙染问薛夜：“我们现在该怎么办？”这仲夏夜，防空洞里的寒意却越来越重，墙壁都开始蒙上白霜。

“我们进去，找到另一个可以离开的出口。”薛夜说。

“没有其他的出口。”黑暗中，谢明远的声音在回荡。他拿着匕首，脚步轻捷安静。

“你……”苏莺没想到谢明远教官居然幸免于难。

谢明远从领口里拉出一条银链道：“四十年前，这个工程由我爷爷负责，工程进行了五年，我爷爷在这里失踪了。不久之后发生了地震，整个工程被封闭荒废。这条银链是我爷爷留下来的遗物，是它救了我。”色泽暗淡的银

链穿过了一个黑色石环，石环因为长期被人贴身戴着，变得温润光滑。

林熙染问谢明远："教官，这个工程到底是什么？"

谢明远摇头："父亲和我都不知道，有很多事情属于军事秘密。现在这里已经被废弃，我也不明白为什么会出现这种意外。"

薛夜抬脚走进水泥墙壁碎裂的洞口："教官，你爷爷说不定知道另外一个出口。走吧，外面越来越冷了。如果我们能活下来，也许能救这防空洞大厅里的人。蜕生花已经离开了。"

墙壁背后只有一段坍塌得厉害的隧道，显然在几十年前，这里发生了一次严重的坍塌事故，将所有秘密都埋葬在了地底深处。只是在隧道的一角，一个地洞就像是从时光底部秘密生长出的连接线，散发着幽冷寒意。

薛夜猜想，这个地洞也许是某次地震造成的裂缝，蜕生花沿着裂缝往上生长才得以从地底逃脱，最终出现在水泥墙后。只是，八兽拉棺的幻影也通过这道裂缝重现人间。这四周都陷入了死循环，他们要摆脱死循环唯一的办法就是进入地洞找到循环的源头。

苏莺和雪琪因为在地铁事件中就和薛夜一起逃过命，所以毫不犹豫跟上了薛夜。掬柔很害怕那紫黑色的大花和可怕的青铜棺，但是她更不愿意留在防空洞大厅，于是她和林熙染一起往更深处走去。

谢明远走在最后，他不会放弃探明爷爷失踪真相的机会。他查过资料，爷爷失踪后不久，一场地震发生。地震甚至造成了这附近的河流改道，这个秘密工程随即被废弃。

地洞滑溜溜的，也许带着蜕生花分泌的液体。所有人小心翼翼地扶着洞穴壁往下走。

苏莺迟疑地回头看了看，黑暗仿佛黏稠的液体吞噬了所有光线，地洞的入口似乎消失了。他们只能往下走，别无出路。

奇异的呼啸声从地底传来，走在最前面的薛夜微微皱眉。一层光的涟漪以极快的速度从地底涌出，就像光的潮汐扫过所有的人。一时之间，耀眼得让人不得不闭上双眼。

像是沙漠灼热的风吹过裸露的皮肤，燥热的感觉消散不去。苏莺睁开双眼发现不远处有着光亮，地面变得平缓。

雪琪紧紧握着苏莺的手问：“前面是出口吗？”她的感觉比普通人敏锐，所以刚刚那道光的涟漪对她来说并不是像风一样吹过，而更像是海浪将细小的碎屑托上波峰。他们一行人的空间位置已经发生了变化，或许蜕生花就是在这光的涟漪的作用下出现在人防工程封堵处的水泥墙后。

薛夜快步走向了前方的光亮处，其他人紧随其后，谢明远走在队伍的最后，他用手电筒照了照身后，身后是厚实的岩壁。谢明远抿紧了唇。

青白色的光照亮了整个防空洞内部，一行人打量四周。工程似乎是依着原本就有的山腹通道修建，青色光仿佛从墙壁的内部射出，没有温度。

“真是不可思议，难道四十年前就有这么先进的冷光源？”苏莺感叹。青白色的光令她的肌肤呈现如同死者一般的白，薛夜看着心中一恸。

薛夜打量着宛如白昼的四周，视线滑过墙壁上一个个蜂巢一般的小孔，分析道：“六十年前，冷光源就出现了，是从萤火虫身上得到的灵感。萤火虫发出的冷光明亮而柔和，很适合人类的眼睛。”萤火虫的发光器位于腹部，发光层拥有几千个发光细胞，它们都含有荧光素和荧光酶两种物质。在荧光酶的作用下，荧光素结合细胞内的水分，与氧化合就能发出荧光。

谢明远点头：“近年来，科学家才从萤火虫的发光器中分离出了纯荧光素，后来又分离出了荧光酶，接着，又用化学方法人工合成了荧光素。由荧光素、荧光酶、三磷酸腺苷和水混合而成的生物光源，可在充满爆炸性瓦斯的矿井中当闪光灯。由于这种光没有电源，不会产生磁场，因而可以在生物光源的照明下，做清除磁性水雷等工作。这个防空工程已经荒废四十年，不可能还有发电机供电，很可能那时候就采用了跨时代的新技术。”

雪琪想起了地下湖底那个满是荧光苔藓的世界，道：“没准秦始皇的陵墓

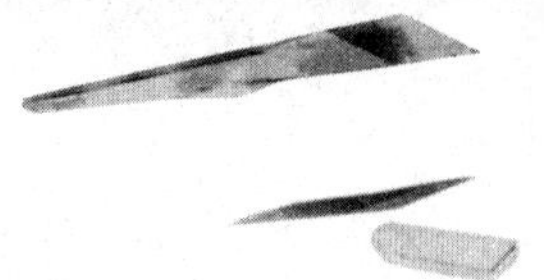

里也是采用了这种冷光源技术，才能令秦始皇陵墓里的星辰千年万年运行，明亮绚烂如银河。”

角落里堆着好几个箱子，封住木箱的铁钉已经腐朽不堪。林熙染随手打开一个箱子，箱子里放着整整齐齐的一摞白手套。四十年过去了，手套却崭新得像是昨天才从生产线上诞生的一般。

他们沿着弯曲的通道走了下去，地上铺着厚厚的铅板，铅板上还有深深的痕迹，似乎有什么沉重的活物千百次从上面爬过。苏莺想到了那朵巨大的蜕生花。谢明远教官的爷爷绝对不是在做普通的防空洞工程。

一行人前行了不到五十米，就再度看到一面破了一个大洞的墙壁。

“难道那朵蜕生花是打破了层层封堵的墙，最后才出现在了我们的面前？它花了四十年的时间……”苏莺无法想象蜕生花的根系有多长，如果今夜没有拉练，也许蜕生花已经悄无声息地出现在了旷野的雨水里。

雪琪摇头：“秘密工程不可能就在地下十米不到的地方。”

不知道什么时候，薛夜已经收回了袭击蜕生花的月光虫。他感受着月光虫传来的信息，眉头微皱。

空荡荡的通道，他们足足走了半小时，已经深入山腹。单调的步行令人渐渐觉得疲惫，感觉时间无限延长。所幸，空间变得越来越开阔，这被青白色光线照耀着的山腹被修成了巨大的仓库，分隔成不同的区域。这一区靠墙修建了两列屋子，雪白的墙壁在两边延伸，旧式的木门敞开着，仿佛房间的主人刚刚离开。

“奇怪，为什么用木门？”雪琪又累又困。

谢明远看着木门上红漆刷出的字迹依然完整，没有任何的剥落，道：“因为金属在这里很容易腐朽。”甚至只需要几秒钟的时间，就已经腐朽得如同经历百年。

雪琪轻轻推开一扇木门，青光之下，屋子里放着整套的车马器，有马冠、当卢、节约、镳、衔、轭、軎、辖、辕首饰、衡饰、轴饰、踵饰等，它们造型各异，表面还有精美的纹饰，鎏金工艺下的青铜器似乎根本没有被三千年的岁月侵蚀。

雪琪喜欢考古，知道京城附近也存在西周墓葬。难道这个工程就是挖掘西周大墓？而这车马器就是从大墓里的车马坑中获得？这宝贵的文物为什么在工程结束后没被运走，而是封存在山腹之中？

苏莺跟着雪琪走进屋子，被这古朴优美的车马器吸引。她细细打量着这精美的青铜器，浮想联翩。雪琪站在苏莺身后，若有所思地看着她。

散发着冷冷青光的墙壁上，深深的窟窿里，一粒青光亮了起来。

薛夜站在门边，盯着那粒在窟窿深处闪烁的亮光，声音紧绷："苏莺，雪琪，你们千万不要动。墙壁里藏着的是'星虫'。"怪不得被封存四十年的防空工程里居然还有充足的冷光源，这里和路尽头的深渊里都有着"星虫"存在。在虫师的记载里，"星虫"从遥远的异域而来，是死神的使者，在死者国度甚至有着"星虫"汇成的河流。

苏莺和雪琪站在原地，看着布满青光的墙壁上，一粒一粒青色的火星在窟窿中亮了起来。

苏莺还记得在夕城博物馆馆长那里听说过一件发生在民国时的怪事。

事情发生在山西太原附近。三月初三，小煤窑里的矿工都神秘失踪，只留下完好无损的衣物。人们私下里传言说煤窑里有怪物出没，喜欢生吞活人。煤窑老板根本招不到新工人开工，于是咬牙请了老道士进去捉妖。黄昏时分，老道士狼狈地逃了出来，左臂血淋淋的。他让煤窑主封窑，说里面挖出了"星虫"。他差点就被"星虫"的冷火烧成灰，要不是他壮士断腕，在"星虫"贴上左手的那一瞬间砍断了手臂，他也会和那些失踪的工人一样，尸骨全无，只剩下衣物。

"别怕，它们生命漫长，极为嗜睡，一生之中醒来的时间不会超过一个昼夜，不会主动攻击其他生物。"薛夜的声音极轻，视线落在地上的青铜车马器上。这里果然是西周某个大人物的墓穴，占尽天时地利，藏着各种奇

物。对于虫师来说，“星虫”是稀有珍贵的异虫，只是这么多的“星虫”，他也吃不消。

一点极亮的青光从墙壁上的一个窟窿里飞了出来，这只“星虫”已经醒来。苏莺眼看着“星虫”飞到了自己的眼前，相隔不过三寸，冷汗自苏莺的额头渗出。这是和萤火虫很像的飞虫，虫体明亮如灯，仿佛可以看到它的五脏六腑。

薛夜盯着“星虫”，脑海里转着念头。四十年前，教官的爷爷主持的工程能够进行五年，那说明当时的人已经找到了令“星虫”一直沉睡的方法。月光虫是高阶异虫，未必会输给“星虫”。只是，一只“星虫”醒来，意味着这个房间里其他的“星虫”也许会跟着醒来。

就在这个时候，谢明远教官走了进来，墙壁上密密麻麻亮着的光点在一瞬间熄灭。

薛夜灵机一动，暗道：“那个石环！”那个石环一定有某种波动能够令“星虫”一直陷入沉眠！

与此同时，掬柔的尖叫声在外面响起！

大家跑了出去，发现不远处居然有数朵蜕生花正缓缓地爬了过来。艳丽诡异的蜕生花仿佛已经由植物进化为动物，拖着粗大的花茎，蜿蜒爬行而来。这一侧原本关着的数间屋子里传来了奇怪的响动！

第十三章
木屋行尸

关着门的屋子里传出一阵阵令人牙酸的抓挠声。最恐怖的却是宛如动物一般爬行的三朵蜕生花，它们的根茎蜿蜒，末端陷入远处的深渊之中。蜕生花似乎对紧闭的木屋非常有兴趣，散发出近乎人血般的腥味，花蕊上那些宛如人眼的小点都在兴奋地收缩变形。

苏莺不敢说话，也不敢动弹，愣愣地看着眼前的一切。薛夜站在苏莺的侧前方，默然不语地看着蜕生花异常的反应，对木门后的东西产生了浓厚的兴趣。只要教官的石环能令“星虫”沉眠，他有自信可以护着苏莺逃脱蜕生花的追猎，更何况蜕生花的目标似乎不是他们。

谢明远打量着四周，他皱眉看着木门，心中带着无数困惑。整个工程修到这里已经深入山腹，爷爷当年为什么要在山腹之中修建这样两列仿佛研究室的屋子？刚刚薛夜等人待着的屋子里放着的却是古物，难道这个工程其实是研究青铜器的秘密研究所？那么，诡异可怕的蜕生花又是怎么一回事？谢明远觉得，这布满冷光的山腹深处有什么东西正在呼唤着他！

蜕生花并没有撞击看起来脆弱不堪的木门，而是静静等待着什么。其中一扇紧闭的木门被推开了三寸宽的缝隙，就在这一瞬间，其他两间屋子里的抓挠声消失了。

四周死一样寂静，林熙染扶着摇摇欲坠的掬柔，盯着那道木门，他看见

了一只青紫色的手。木门被那只手推开，一个人形生物走了出来，它的皮肤是青紫色的，仿佛熔化的蜡，五官模糊不清。它躯干部分被裹在青绿玉片编织的甲衣之中，随着它踉跄的步子，玉片缝隙里有黑色浆汁渗出。

腥臭味扑面而来，掬柔闻之欲呕，却因为蜕生花的存在而不敢动弹。被封闭长达四十年的废弃工程里居然有着和人类似的活物！谢明远不敢相信自己的眼睛。

苏莺看着那青玉编织的甲衣，脑海里掠过了刚刚在木屋里看到的整套车马器以及在防空洞入口处看到的八兽拉棺幻象，心中越发觉得这里曾经是一座隐秘的西周古墓。但是更多的疑惑涌上心头，裹着西周玉甲的到底是什么？如果是人类，为什么会躲在这木屋里套上玉甲，变成了皮肤青紫五官熔化一般的怪物？这是否意味着这个被密闭的工程没有别的出路，所以这个人才被困死在这里？难道这就是她和其他人未来的下场？

守在最前面的蜕生花的花蕊处鼓胀了起来，然后猛地将青紫色皮肤的人形生物罩住。蜕生花笼罩着猎物，毛茸茸的枝干颤抖着起伏不定，花瓣渐渐合拢，变为巨大的花苞，令苏莺毛骨悚然地想起了菲律宾巴拉望岛的巨大的肉食性猪笼草。猪笼草会长出滑溜溜的管状叶子，将一种充满酵素的酸性液体隐藏起来。老鼠爬上猪笼草，会在滑溜溜的叶子上摔倒，掉进猪笼草的袋里，最终在酸液中溺死并被溶解。从木屋里走出的腐臭人形生物很可能就是蜕生花最爱的美食。

另外两扇木门也被打开，剩下的两朵蜕生花吞入了另外两个青黑色皮肤的人形生物，心满意足地一起掉头爬回了不远处的深渊之中。深渊的青白色冷光更为明亮。

雪琪若有所思地看着如今空荡荡的木屋问：“刚刚走出来的怪物会不会是活了几千年的殉葬的士兵？”这两列木屋里大多放着西周风格的青铜车马及其配件，可以想象得出，拥有数十辆殉葬车的西周墓主人一定是西周时期的王者。只是，西周大墓通常葬于古代的周原，如今陕西宝鸡扶风县与岐山县一带，为什么在千里之外会有这么一座古怪的西周大墓？

苏莺脸色雪白，眼瞳越发深黑。那些怪物走出来的时候，她心中有古怪的感觉，那是一种你站在街头，看着来来往往的人群，突然觉得其中一人似曾相识的错觉。

谢明远沉声说："我听说有的玉器经历数千年岁月不朽的话，会拥有灵性，也许是这些玉甲操控了死尸。甚至很有可能这些行尸是四十年前的工程研究人员，他们可能因为一些变故成了玉甲的猎物。"

这个推测令所有人的脚底都有寒意升起。中国人讲究入土为安，神秘的西周大墓主人的安睡被吵醒，他留下的"星虫"、蜕生花则让入侵者变成了行尸走肉，这仅仅是一行人接触到的冰山一角。

薛夜清澈凛冽的声音在一片寂静中响起："通往外界的路很可能就在深渊里，我们必须过去。"他很久没有恐惧过了，因为那是无用的情绪。而进入这废弃的工程，目睹蜕生花和"星虫"的存在，然后看到了玉甲包裹的行尸，薛夜开始有了战栗的心情。别人眼中的行尸在他眼中却稍有不同，他心口的月光虫能够感觉到，那行尸之中孕育着一线生机！

掬柔摇头，整个人都在颤抖："我不要去那边，那里有恶心的蜕生花，它……它们会吃掉我的……"

林熙染劝说掬柔："留在这里的人也许就会变成刚刚走出来的怪物，被蜕生花吞掉，这些木屋根本没有任何抵挡蜕生花的作用。"留在这死一般寂静的木屋里，承受无边无际的恐惧，还不如去绝地寻一条生路。

掬柔望着林熙染，眼中是深深的迷恋与隐约的痛苦，道："你去哪里，我就去哪里。"就算是死，她也要和林熙染一起死。

雪琪不喜欢掬柔的装腔作势，她仰头对着身侧的薛夜微笑："薛夜，我也觉得深渊里有出路。我怀疑这里是一座以山腹为基础修建而成的西周大墓，木屋里放着的都是车马坑挖掘出来的殉葬品，而前面那个深渊很可能是主墓所在处。"

薛夜微微一笑："我也很想知道什么人能够将自己的墓穴设在这里。"很可能修建这大墓的人是数千年前拥有大神通的巫者，因为只有巫者才能找出这神秘的地气纠结之处，以"暗龙含珠"之势，藏下这大墓数千年。要不是当年大修防空工程，很可能这墓穴还将安静下去，不被打扰。

谢明远提醒大家："深渊里有很多未知的危险，你们千万要小心。当年工程中断封闭很可能就是在探索深渊期间发生了意外。"爷爷主持的这项工程很可能只清理出了外围的殉葬坑，那些裹在封闭口内侧的铅板到底是为了防止什么东西脱逃？八兽拉棺的幻影已经显示出了它杀戮的实质力量，是不是说明深渊里藏着的某种存在更为强大？

平整的路在深渊边缘变得崎岖，深渊上空是丝丝缕缕的光雾，变化莫测，令人如临冷酷仙境。光雾变幻之间隐隐映出美轮美奂的白玉宫殿，仙气袅袅，望之心生憧憬。

苏莺望着光雾，在那变化莫测的光雾里隐隐看到了陈旧的街道、低矮的屋檐、错乱的脸、阴森的月亮……她愣了愣，眨眼再看，光雾中依然是水晶仙宫，美丽虚幻。

整个深渊大约湖泊大小，青白色的光就是湖中荡漾的水，深渊两侧隐隐有石阶蜿蜒而下，更深处隐约有黑色阴影起伏，看不清模样。

谢明远在前带着大家沿着石阶往下行走，依次是林熙染、掬柔、雪琪、苏莺，薛夜负责断后。岩壁微微发光，拳头大小的窟窿蜂巢一般密密麻麻布满整片岩壁。石阶上有着模糊的图纹，讲述着古代时候发生的一场浩大的战争。台阶连绵不绝，苏莺知道这么浩大的建筑工程在数千年前起码要持续修筑几十年。

雪琪无精打采地回过头对苏莺小声抱怨："我现在一点也不讨厌我们住的没电视没网络没空调的破地方，比起这里来说真的是天堂，真希望现在发生的一切只是噩梦。"

苏莺苦笑："也不知道我们这群人走了什么背运，从毕业旅行开始就遇到各种奇怪的事。”想到天坑底发生的事情，苏莺至今依然心有余悸。还有之前在地铁上，要不是薛夜，她和雪琪说不定已经惨遭不幸。

苏莺想到这里回头看了薛夜一眼，薛夜双眼深黑如墨玉，眼光流转间，令苏莺有种她对他来说很珍贵的错觉。

薛夜静静看了苏莺一眼，声音平静：“我不会让你比我早死。”

苏莺错愕。雪琪垂下眼帘，掩饰眼底瞬间的不悦。

薛夜伸手指向远处问：“那是什么？”

众人的视线顺着薛夜指的方向看了过去，深渊之中居然有白色高台耸然而立。因为距离遥远，看不清具体情况，只觉得这高台莫名诡异，仿佛能摄住人的魂魄。

雪琪自从食用魂草后，五感都更加敏锐，她分明看到这高台是由森森白骨搭建。商代末期，用奴隶殉葬是常事，西周期间这样的人殉也不少见。商王和大奴隶主贵族的陵墓更是充斥着殉葬的奴隶。据考证，杀殉的办法是将奴隶们十人或二十人一批，反绑着牵入墓道，让他们东西成行地面向墓室跪着，砍下头后将尸体埋入，再填上土夯平，每夯一二层土便杀殉一批奴隶。这白骨高台到底是由多少奴隶的尸骨垒成？

苏莺声音微微颤抖：“这是……这是祭天台？”

薛夜在苏莺的耳边低语：“不要再看。”上万奴隶惨死在这里，死前的灵魂充满怨恨与不甘，甚至改变了此地的磁场。单个灵魂的力量很快会因为肉体的死亡而消散，但是在特殊的地点，这样大规模的死亡，就会让磁场发生玄妙的变化。

苏莺回过神来，发现掬柔居然情不自禁地走向石阶边沿，似乎要踏着虚空走进祭天台。她快步走了过去，扯住掬柔的手腕往回拖。掬柔挣扎了起来，仿佛入魔。

其他的人虽然没有走向祭天台，但是眼神也已经变得有些呆滞。

苏莺紧握着掬柔的手腕，掬柔因为手腕上伤口的疼痛，清醒过来。

“你干什么？”掬柔气急败坏地问。

“我怕你摔下去。”苏莺松开了掬柔的手轻声说。看来疼痛能令被祭天台诱惑的人清醒。

薛夜站在一旁，淡淡地看着苏莺。掬柔这样不相干的人的死活，他根本没有放在心上。薛夜的手按在石壁的小窟窿上，用虫术无声无息地收取了一只沉睡的“星虫”。在天坑底，他珍藏的变异母萤火虫不断分裂，毒杀了悬石古庙外的巨蛇后也完成了它的生命历程悄然死去，他一直想得到更好的异虫。谢明远戴在胸前的石环给了他新的思路，他用类似石环的波动将“星虫”裹住，就不会惊醒沉眠的它。

“我看你是想把我推下去。”掬柔眼中泪光闪闪，分外柔弱。在悬石古庙外，是她推倒了苏莺，以为可以令她葬身蛇口。虽然苏莺事后没有提，似乎不知道是她推的，但掬柔心中一直防着苏莺。

其余的人从幻觉中惊醒，看到掬柔和苏莺在争吵，一时错愕。

苏莺微微皱眉：“你是被白骨祭天台诱惑，差点儿自己走入深渊的。再说，我有什么理由害你？”

掬柔语塞，她不能说，她怀疑苏莺是因为自己曾经害过她。掬柔冷笑：“谁知道你心里盘算什么。”

雪琪嗤笑：“掬柔，你不就是怕林熙染喜欢苏莺，所以想要陷害她吗？”薛夜看苏莺的眼神太特别，她必须想办法让苏莺和林熙染在一起。苏莺曾经喜欢过林熙染，而林熙染对苏莺也有爱慕的心，她撮合这两个人，也是顺了他们彼此的意。

掬柔红了眼，她侧过头，委屈地看着林熙染，轻声说道：“熙染……”想逼林熙染说话。

林熙染在这一瞬间不敢看掬柔的眼睛。天坑底，他发现他牵挂的人是苏莺。洞察心意后他的心情是无法形容的甜蜜，却带着深深的悲哀与酸涩。他曾经闭着眼睛想象自己的未来，却发现，若未来里没有苏莺，人生将变得荒芜。

苏莺说，我们没办法在一起。你有掬柔，你的妈妈也不会喜欢我。林熙染，忘记你的表白吧。

这段话一直在他的脑海里盘旋，变成他失眠的原因。

“熙染，你是不喜欢苏莺的，对吧？不然你为什么会选择我，而不是她。”掬柔颤抖地说。

林熙染的声音清澈温柔：“现在找到出路才是最重要的。苏莺，你说那个高台是祭天台？”

苏莺点头，心情沉重：“商代乃至西周时期，帝王们对上天极为敬畏，他们相信自己是神灵选中的人，要在重大时刻向苍天祈求并献上祭品。而祭天的祭品往往是活生生的人。”

雪琪不敢再细看远处的白骨高台，那高台有奇异的魔力令她心神荡漾，她问道：“这个西周大墓墓主的身份一定非同小可，为什么历史上居然没有一点记载？”

谢明远提醒众人：“我们走快些，深渊里很可能不止有三朵蜕生花，就算只有这三朵，它们消化掉木屋里的行尸就会来找我们了。”石阶上的石刻令他有模糊的熟悉感。在他小时候，父亲曾经给他讲过许多奇异的故事，其中一个故事就和这个石刻上的故事有关：一个恶毒却法力无边的女人，她占据着黄沙之地，被臣民们奉为女王。她美丽无双，甚至令遥远国度的帝王都爱上了她。帝王骑着八匹神马，千里迢迢去和她相会。后来……

谢明远注视着台阶上的石刻，想借此唤醒被遗忘的故事片段。他越走越快，模糊的记忆渐渐清晰。正当他看到女王和帝王发生争执的石刻时，前方的路突然断了！

林熙染在谢明远的身后倒吸了一口凉气，石阶被某种巨大的力量撞出了长达十米的缺口。缺口处渗出了发光的液体，凝结成宛如菌类的形状。

“怎么会没有路了？”雪琪心中绝望。

“很可能是被蜕生花撞坏的……”林熙染叹息。

掬柔发出无法抑制的哭泣声，她不想死在这里。

苏莺看着被撞坏的缺口，心中沉郁。

薛夜清澈的声音响起："路明明就在眼前。"

谢明远顺着薛夜的视线看了过去："你是说……"石阶缺口处靠着岩壁的地方还残留着三寸宽的石阶，刚刚能站下大半个脚掌，如果背靠岩壁缓缓挪动身体，也是有可能走到前面去的，但是这几个没有受过军事训练的学生真的能行吗？

薛夜指着岩壁上密密麻麻的窟窿："那些窟窿是不错的借力点。"

苏莺不寒而栗，谁敢把手伸进窟窿里？"星虫"若是被惊醒，它的火焰可以在瞬间将接触到它的人焚为虚无。

掬柔吓得脸色发青，连连摇头："我不行的，我怕高，那么窄的地方怎么过得去？"

谢明远动作轻捷地踏上了残破的石阶，他靠着发光的岩壁，视线自然地往下看了一眼。他仿佛看到了深渊下藏着美轮美奂的宫殿，只是瞬间，那宫殿就被光雾遮蔽。谢明远的脚颤了颤，身体微晃。他定了定神，在众人压低的惊呼声中向前挪动身体。不过短短三分钟，谢明远就顺利通过了缺口，站在了对面完好的石阶上。

林熙染迟疑地踏上了断阶，他背靠着冰凉的石壁，手脚都在发冷。

谢明远的声音响起："不要看脚下，也不要看光雾里的东西，掌握好身体的平衡。"

林熙染深吸了一口气，视线和苏莺的视线交错，他看着苏莺担忧的目光，心中突然有了一丝喜悦。原本僵硬的四肢放松了下来，他小心地在残破的石阶上挪动脚步，终于顺利到达对面。

掬柔看着缺口，一股凉气从脚底直涌上头顶，她吓得瘫软，无法动弹，摇头道："我……我真的没办法……"

雪琪冷冷地盯了掬柔一眼，转身走向缺口处。她被魂草果是改造过的身体拥有极高的平衡感，只要克服心中的恐惧，通过缺口并不是多么难的事情。

雪琪用比林熙染还要快的速度通过了缺口，她站在对面轻拍胸口道："这可比坐过山车刺激多了。苏莺，别怕，没事的。"

苏莺回过头看了薛夜一眼。

薛夜看着她，微笑的弧度动人："你不会有事。"

苏莺只觉得薛夜的声音仿佛拥有魔力，令她忐忑不安的心平静了下来。她不由得微笑了起来："嗯，我不会有事。"

苏莺走到了残破的石阶上，背靠着岩壁小心翼翼地挪动着身体。这里没有一丝风，一片死寂，深渊里光雾弥漫，脚下残破的石阶似乎随时会松动。

五分钟过去了，苏莺挪动了大约五米。她额头上的汗水都滑落到了眼睫毛上。

薛夜的视线却望向了深渊，他皱眉看着深渊下的光雾，心中有不好的预感。

"苏莺，快点过去。"薛夜的声音仿佛碎玉碰撞，多了平时没有的焦急。

雪琪也看向了深渊，她捂住了嘴。一朵紫黑色的妖异的蜕生花正从光雾深处沿着缺口爬了上来！

薛夜的双手握紧，指尖冰凉："苏莺，你不要动不要说话，屏住呼吸，不要看蜕生花。"

掬柔惊惧地退后，缩成一团，手掌捂着嘴，遮住了唇角的一丝笑意。

紫黑色的蜕生花紧紧包裹着什么东西，它摆动着花苞，有几次险些擦过苏莺的身体。苏莺无法控制地发抖，她的脑海里是蜕生花吞掉行尸的画面。如果一定要选择死亡的方式，她宁愿摔死也不愿意被蜕生花活吞。

薛夜看出了苏莺的心思，月光虫从他手心溢出，悄无声息地钻进了蜕生花的花瓣里。凭借月光虫和他灵魂的一丝联系，薛夜看清了蜕生花花苞里裹着的东西！他身体巨震，那花苞里裹着的居然是一个活生生的男子！套着玉

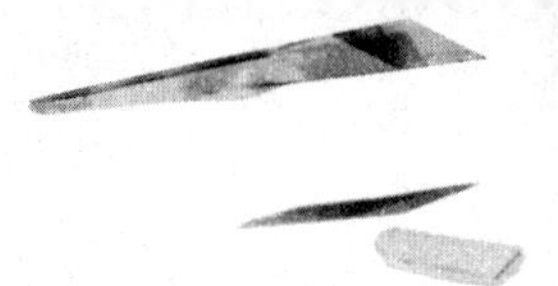

甲的男子皮肤白皙有弹性，长发漆黑，五官清晰，甚至还有着平稳悠长的心跳！明明被蜕生花吞下的是腐烂的行尸，却在不到一个小时里变成了活人！

蜕生花真的能令死者复活吗？薛夜的心在刹那间被诱惑，小樱……

薛夜有了回到木屋的冲动，他想知道这些行尸为什么会从深渊中爬出，待在那不起眼的木屋里。

薛夜发愣的时候，苏莺的情况更加危急。月光虫发动攻击后，蜕生花静止在苏莺的面前，仿佛正在“看”苏莺，苏莺令它产生了兴趣。苏莺的心脏狂跳，就要死了吗？

心脏处传来的悸动令薛夜清醒，他发现苏莺已经陷入了极大的危险之中。薛夜令月光虫发动了袭击，月光虫能够攻击蜕生花的痛觉神经，却不能真正杀死蜕生花。薛夜并没有绝对的把握能够令蜕生花退却。蜕生花感觉到了疼痛，它的花苞痛苦地颤抖了起来，在苏莺的身前晃动着。

浓烈的血一般的花香弥漫在苏莺的身边，她只觉得心底某处大力地跳动了一下。她再也无法屏住呼吸，近乎贪婪地吸取着蜕生花的香气。这带着血腥的香气仿佛能浸透人的五脏六腑，带来轻微的沉醉感。苏莺脚边的碎石被她踢落进深渊，传来的声响让她惊醒，惊惧地看着眼前近在咫尺的紫黑色花苞。花苞因为蜕生花痛苦的挣扎，花瓣微微展开。

苏莺惊讶地看到，花苞深处有着一个人。他的躯干埋在花苞最深处，露出他的脸。精致白皙的人脸上，一双金色的眼睛睁着，冰冷无情地看着她，如同神祇俯视着蝼蚁般的众生！

苏莺的手指紧紧地抠着身后沉眠着“星虫”的岩壁窟窿，她的脚像是踩在棉絮上，整个人都在摇晃。

其他人都不知道苏莺看到了什么，会露出这么惊恐的表情。薛夜情急之下跃上了残破的石阶，向苏莺快速靠拢，沉声道：“苏莺，给我站稳，我不准你死。”薛夜用尽心力令月光虫对蜕生花发起了凌厉的精神攻击，蜕生花的花苞沉重地落下，带着它的秘密坠入深渊。

薛夜握住了苏莺冰凉的手，脸色惨白，声音平静而温柔：“苏莺，我们一起过去。”

苏莺呆滞的双瞳有了一丝活力，她茫然地转过头看着薛夜，终于缓缓点头，轻声说：“我们一起过去。”

两个人安稳地到达了对面，站在那里沉默不语。

雪琪放在身后的右手紧紧握着，指甲深深陷入了掌心。她很清楚，就在刚才那几分钟里，薛夜在苏莺的心上烙下了深深的印痕。

第十四章 金眼男子

掬柔独自一人站在缺口处，她很想看清楚此刻林熙染的神情。心底的恨意和渴望令她有了力气，她靠在岩壁上一步一步往前挪动。她在心底冷笑，林熙染，你喜欢的苏莺如今已经被薛夜打动，我多想知道你此时此刻的感受。若一切都无望，你是不是愿意陪在我身边，就算……不那么喜欢我。

雪琪则上前握住了苏莺的手："苏莺，吓死我了，还好你没事。"她不动声色地站在苏莺和薛夜之间，隔开了两人。

苏莺惊魂未定地道："我刚才在花苞里看到一个活人。"那个人冰冷的眼神令她仿佛坠入冰窟，浑身发冷。

雪琪扑哧一声笑了，声音清脆悦耳："一定是幻觉，蜕生花里怎么会有活人？"

她亲昵地对薛夜眨眨眼，娇俏可爱："薛夜，你刚才英雄救美很帅。"

薛夜淡淡一笑，望着苏莺的眼睛："真实和幻觉有时只一线之隔。"

谢明远和林熙染将掬柔扶住。谢明远的视线掠过石阶上的石刻，心中有一个念头变得清晰，说道："说不定蜕生花还会出现，我们抓紧时间赶路。"

一行人顺着发光的石阶一直往下，螺旋状的石阶将深渊的面纱渐渐揭开。深渊呈现锥形，上宽下窄，由"星虫"分泌物形成的发光的岩壁将整个深渊照得如梦似幻。

谢明远模糊的记忆渐渐清晰，父亲讲的那个故事有着奇异的结局，那个恶毒的女王爱上了那个帝王，她希望他永远只爱她一个人。为了确保帝王的忠诚，她偷偷在帝王的心里种下了来自天外的异虫。帝王如果爱上其他女人就会心如刀绞，只能回到女王身边。可是，帝王回到自己的国度后不久就死了。女王飘然而至，将帝王的尸体暗中带走，她要和帝王永永远远在一起。而女王的亲卫会守在女王和帝王居住的仙宫外，世世代代守护着女王永生的秘密。

这里会不会就是那个故事里的仙宫?

发光的岩壁随着谢明远一行人的深入渐渐变得暗淡，这样一来越发显得深渊底部的仙宫明亮梦幻。仙宫坐落在白骨祭台附近，在光雾中若隐若现。

空气的湿度越来越大，皮肤黏腻，隐隐可以听到流水声。石阶变得有些湿滑，石壁上渐渐有了藤蔓，在柔和的光线里仿佛玉树琼枝。薛夜清冷的眸子深处有热流涌动，这些植物很多都极其罕见，调配得当能够促进异虫的成长。

就在这个时候，掬柔痛叫了一声。一只青色的米粒大小的蜘蛛在她的伤口上咬了一口，剧痛令掬柔脸色发白。众人这才发现，不知道什么时候地上和身上已经爬上了很多半透明的青色小蜘蛛，唯独苏莺和薛夜的身上一只都没有。苏莺从小就能令蛇鼠退避，薛夜身上的气息也能令小生灵不敢靠近。慌乱之中，没有人注意这个细节。

雪琪拍掉身上的蜘蛛，胸口处的祖传宝玉突然灼热了起来。她无意中望到身后的石阶上，青色蜘蛛汇聚而成的蛛潮正在涌来!

薛夜牵住了苏莺的手往前跑，苏莺的另一只手拽着雪琪，顷刻间所有人都向前狂奔。苏莺没来由地心安，她微微侧过头看了薛夜一眼，薛夜似乎感觉到了她的视线，唇角微扬。在这惊心动魄的逃亡时刻，苏莺的心底却隐约多了一丝甜蜜温柔。

掬柔的伤口不再疼痛，只是有些发麻，她牵着林熙染的手一路狂奔，心

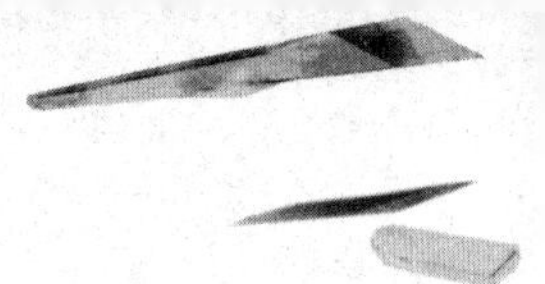

中恐惧。掬柔并不知道，蜘蛛已经在她的伤口中产卵，数十个卵已经在她的血液里孵化。

身后是紧追不舍的蛛潮，身前石阶的尽头处光雾弥漫。狂奔的几人只觉得石阶滑腻无法站稳，纷纷冲了下去，落入微温的泉水中。古怪的是，蛛潮临近温泉就踌躇不前，像是畏惧着什么。

薛夜爬上露出水面的大片岩石，将苏莺也拉了上去。他举目四顾，整个深渊的底部都被温泉浸泡着。白骨祭天台建在突出水面的岩石上，光雾围绕着白骨祭天台，如同眷恋自己躯体的魂魄纠缠着不肯离去。

远处的白骨祭天台有浮桥通往水面中央的仙宫，浮桥两侧狰狞的上古兽神石雕两两相对，神秘威武。殷商时期，人们就衍生出了宗教崇拜，最初的神灵往往和力量强大的野兽相关，因而幻想出了许多半人半兽的神灵。

白骨祭天台下方有个漆黑的大洞，阴森逼人。薛夜猜测，那里很可能就是蜕生花的根系所在处。薛夜向前走了一小段，他轻抚手腕上的骨链，如果蜕生花能令死人复活，那么它是否能够复活小樱?

苏莺用力把雪琪扯上了岩石，她喘息着环顾四周，心中总是不安稳。

雪琪的视线落在薛夜优美的侧脸上。薛夜站在那里，冷漠地看着白骨祭天台，发梢滴水，侧脸的轮廓优美动人。

雪琪在苏莺耳边低语："薛夜真好看。"

苏莺愣了愣。

雪琪唇中呼出的气息在她的耳边萦绕："我喜欢薛夜。"

苏莺愣住，她最好的朋友雪琪说，她喜欢薛夜。

雪琪挽着发愣的苏莺的手臂，若无其事地转移话题："苏莺，你说木屋里的青铜器到底是从哪里挖到的？四十年前的人为什么要修木屋来放置青铜器？"

苏莺心中酸涩，却不知道该说什么。她抬眼看着雪琪："……我看了石阶上的石刻，这座大墓很可能和周穆王有关。"小心翼翼避开那个话题，她心乱如麻。

周穆王，姓姬名满，是西周王朝的第六代君王。周穆王在位五十五年，他东征徐戎，西击犬戎，战功卓著。周穆王率领大批随从，带着大量金银玉器、丝绸和手工艺品，从镐京出发，周游天下。东渡黄河直达阴山，绕过河套登上昆仑。往返两万公里，历经陕西、河南、山西、内蒙古、宁夏、甘肃、青海、新疆，然后跨过昆仑山直达中亚细亚。

雪琪点头赞同："《穆天子传》记载了周穆王驾上诸侯进献的八骏神马，到达昆仑山，与西王母宴饮的神话故事。但是周穆王回到中原不久就死了，葬在了现在的西安，没能再回到昆仑山见他的情人。传说，西王母曾经进入中原寻找周穆王，也许西王母选择葬在中原。"

苏莺说出了心中疑惑："如果这座西周大墓葬的是传说中穆王的情人西王母，那么八兽拉棺的幻影里，青铜棺木中装着的是西王母？远在西北昆仑山的西王母为什么会葬在距离西北极为遥远的此地？如果这座西周大墓里葬的不是西王母，那埋葬的又是谁？"

谢明远听懂了雪琪和苏莺的意思，问："你们说这个绝地仙宫和西周帝王的情人有关？"

林熙染正在清洗掬柔包扎伤口的手绢，他发现原本微温的泉水正在变热，而水面在缓慢地升高，急道："各位，我们不能继续待在这里，这里的水在升温涨潮！"

薛夜知道有些地底热泉是间歇泉，每天在固定的时间喷发，很可能现在就要到这里的地底热泉喷发的时间了，他思忖道："我们去哪里？石阶上有青蜘蛛，或许还有其他毒虫，白骨祭天台有蜕生花，而仙宫……"最危险的很可能就是仙宫！

空气越发闷热，似乎随时会有雷雨降临。所有的人站在岩石上，盯着几乎要开锅的水。

掬柔只觉得热气熏蒸得她几乎要晕倒了。她的身体摇晃了一下，林熙染扶住她，才发现她的脸色通红。就在这个时候，谢明远看到整个深渊的岩壁

正在变暗。岩壁里密密麻麻的沉睡着“星虫”的窟窿散发的光正在减弱。

谢明远看了看手表，发现手表里的指南针正在乱颤，显示这里的地磁反应异常。“‘星虫’的光要熄灭了，石阶上没有遮挡很不安全，我们先去白骨祭天台，然后通过浮桥进入仙宫，出口很可能在仙宫里。”他说道。父亲说过，仙宫里有着长生不死的秘密，女王一定会留一条回归尘世的路。

一行人在越来越暗淡的光线里小心翼翼地踩着露出水面的岩石，走向白骨祭天台。林熙染背着发烧的掬柔，沉默地走在队伍的中间。

苏莺看着宛如星空的岩壁，越是美好的东西，往往越是危险。

薛夜对苏莺轻声说：“这里的环境很可能有辐射，那些植物都很奇怪，发光岩壁的亮度很可能是受到仙宫的影响。”

薛夜的呼吸清冽，苏莺不自然地躲开。她的脑海里是雪琪的细语：我喜欢薛夜。

岩石上开始出现动物的骨骸，大家小心翼翼绕过白骨，尽量不发出声音。寂静的白骨祭天台像是一座死亡之塔，令人心生绝望。有些白骨上隐隐有着惨绿色的磷光。再往前，祭天台的基座外围整整齐齐摆着人的头骨，像是镶嵌在墙上的死亡艺术品。没有人知道，头骨的主人生前曾经经历过怎样悲惨的生活。

就在这个时候，黑暗中响起了窸窸窣窣的声音。

谢明远打开手电筒照了过去，他看到了站在祭天台下的一道人影！

那是一个穿着医生白大褂的男子！他的眼睛因为手电筒的灯光微微眯了一下，金色的眸子在黑暗中仿佛野兽的眼睛，他的手中握着锋利的青铜长矛。

谢明远知道男子穿着的衣服应该是四十年前工程建设时工作人员留下的衣物，没想到在这诡异的深渊居然还有活人。

苏莺的声音颤抖：“我认得他！他就是在蜕生花里的人！”

谢明远握紧了军用匕首，艰涩地开口：“难道他就是我们在木屋那里看到的行尸之一？”蜕生花真的能够令死人复生？

金眼男子抓着青铜长矛冲了过来，谢明远边迎上去边道："你们快上浮桥，我不会有事。"

精通格斗技巧的谢明远交手后发现，那名男子的力量奇大，动作迅猛如野兽。他竭尽全力与男子周旋，数十个回合后，他手中的匕首被男子的青铜长矛击落，锋利冰冷的矛尖直刺谢明远的咽喉。

就在这个时候，跑上浮桥的其他人发现浮桥两侧的石雕里亮起了青白色的光，照得浮桥附近碧波荡漾，仿佛通往幽冥深处的道路。

金眼男子的视线落在了谢明远的吊坠上，神秘的石环居然也在发光！金眼男子眼中第一次有了惊讶的神情，他定定地看着谢明远。

谢明远不敢动弹，他能够感觉到喉咙上青铜长矛的冷意。

金眼男子收回长矛，眼神复杂地看着谢明远，视线一直不离谢明远的石环吊坠。

金眼男子突然侧过头看了一眼身后的白骨祭天台，他踌躇了几秒，转身奔入了祭台下的洞口。一道闪电落下，照亮了整个白骨祭天台。谢明远看见那黑洞里，蜕生花正探出头来。金眼男子揽住了蜕生花的根茎，像是揽着情人的手臂，血腥的香气在黑夜里弥漫。

谢明远趁机离开，心中带着迷惑奔向浮桥。浮桥上，其余的人正在等他。

天空中有闷雷声传来，原本平静的水面波涛起伏。一行人奔跑着冲向浮桥尽头的仙宫。石雕的亮光照得浮桥变成半透明，苏莺甚至可以看到浮桥下的水中有着一张张狰狞的人脸，它们大张着嘴，仿佛在挣扎呼吸，又像是要吞掉这世间的一切。

苏莺只觉得脚步沉重，薛夜握住她的手腕道："不要看下面，一直往前跑。"虫师的五感原本就比常人敏锐百倍，他自然感觉到了岩壁暗淡后，这深渊里的阴冷气息增加了许多。尤其是水中，更有着凛冽的杀机。

天空中青色的光雾亮起，八兽拉棺的幻影再度出现！它们驶过天空，直

冲仙宫而来。空气在尖啸，苏莺耳膜剧痛。不远处，仙宫的白玉门正在缓缓打开。

薛夜戒备地注视着仙宫，白玉门打开的时候，他感觉到了奇异的波动。一年前，他曾经在大马附近处理一件怪事。杨姓华人自清朝初年就迁居大马，但是从清朝末年开始整个家族的人都患上怪病，甚至连后代也经常出现畸形胎儿。杨家人以为他们受到了先祖的惩罚，却没想到原来是因为他们祠堂的后院被仇人埋了一块脸盆大小的白色玉石。这玉石一直持续释放着神秘射线，日积月累，祸害杨家数代。薛夜利用虫术找到了这块玉石，将它用厚达三寸的铅盒封存。薛夜本能地感觉到玉石之中蕴藏着的力量，不是普通人可以掌控的。

仙宫洞开的时候，薛夜再次感觉到了那种神秘的射线，难道这仙宫就是由奇异玉石堆砌而成？又或者这仙宫之下就是一个变异玉矿？

八兽拉棺的幻影更加清晰，宛如实质。所有的人都听到了那青铜棺里的抓挠声，就像是挠在每个人心脏的褶皱处。

“那里根本不是仙宫，更像魔窟。”林熙染喃喃说。

就在这个时候，白骨祭天台处传来了令人牙酸的拖动声。谢明远将手电筒照了过去，只见有两朵蜕生花正攀爬而来。一群人别无选择，只能跟着八兽拉棺的幻影冲向浮桥尽头的仙宫。

手电筒的光因为奔跑而晃动着，身后蜕生花不断逼近，被沸水托着的浮桥正熔化着每个人的鞋，仙宫的门仿佛遥不可及。背着掬柔的林熙染已经落后，他闻到了蜕生花血腥浓郁的花香。

仙宫的门在合拢，八兽拉棺的幻影已经消失在仙宫深处。

谢明远跑回来，一把抱起林熙染背上的掬柔，扯着林熙染奋力奔向仙宫。仙宫玉门里光雾弥漫，似乎门后就是仙境。薛夜、苏莺、雪琪奔进了玉门，谢明远、掬柔、林熙染却差那么三尺。谢明远当机立断，在玉门合拢前一秒将林熙染和掬柔抛入了门中，然后看着玉门在自己的眼前彻底合拢。

谢明远没想到一次普通的夜间拉练会变成现在这样。防空洞大厅里时间扭曲，几乎所有学生都陷入了死循环，他们侥幸逃入地下却遇到诡异的蜕生花。他的确想知道爷爷失踪背后的秘密，但没想过让学生跟着他陪葬。

血香浓郁。谢明远转过身，背靠着玉门。他握紧匕首盯着近在咫尺的两朵蜕生花，下定决心要战斗到最后一刻！

不料，一声尖锐的哨声划破夜色，蜕生花停止了攻击。浮桥的那头，有人骑在蜕生花上，飞速赶来。石雕散发的亮光笼罩着他，他漆黑的长发在光中微微泛蓝，一双金眼勾魂夺魄。

金眼男子跃下蜕生花，注视着谢明远。他赤脚站在浮桥上，似乎根本感觉不到浮桥的灼热。

谢明远发现金眼男子对自己似乎没有恶意，却忍不住心中战栗。金眼男子的身体里仿佛藏着凶兽，煞气四溢。

金眼男子有些焦急地抬头看了看岩壁上闪烁的“星”，他握住谢明远的手腕把谢明远拉上了蜕生花，然后掉头离开浮桥，直奔白骨祭天台。黑暗之中，仙宫附近的水面上突然多了许多红色的光，远远望去，像是死者之湖上悄然绽放的红莲。

谢明远被金眼男子带入了白骨祭天台的内部。在青石通道里左转右转，扳动了一处暗门，进入迷宫般的回廊之中。谢明远这才发现，三朵蜕生花的枝干已经将祭天台内部宽阔的石井撑得变形。通道的墙壁上每隔十步就有一盏青铜壁灯，造型古朴简洁，青铜灯的灯芯上有一点幽光浮动。

金眼男子将青铜灯上一处凸起的花纹按了按，灯光变得明亮，照出了石壁上用红色颜料绘制的壁画。

据文献记载，我国最早的宫室壁画出现在商代。一九七五年考古工作人员在河南安阳小屯村北的一座半地穴式房址中发现了绘有红色花纹和黑色圆点的形似对称的图案。这一时期的绘画工具是树枝或原始毛笔，红色颜料为赭石，黑色颜料为含铁、锰较高的红土。到了周代，在天子宣明政教的明堂

周围都画有壁画，还有周公辅成王召见诸侯的图像，这是真正意义上中国壁画的起源。周代也有墓室壁画，在陕西扶风县杨家堡西周墓内有绘菱格状与带状的花草纹样图案的壁画。

谢明远看着壁画，心中突然一沉，这是一组如同连环画的壁画。

第一幅壁画上是美轮美奂的仙宫，仙宫的地下长着无数双鬼爪般红色的手，一个豹尾的女人把被绑住双手的奴隶献给这些红色的手。

第二幅壁画描述了一群奴隶正在修建白骨祭天台，他们将一些头骨填在祭台的垒土外，还有的抬着一个头上嵌入红色鬼爪的死人运到垒土边。

第三幅壁画却有些晦涩。它画的是七个绘着红色弯月图样的通道，其中六个通道都有着红色鬼爪的标志，只有第七个通道没有。

第四幅壁画却被人用东西划得根本无法看清，似乎当时看着这壁画的人正在发狂，用利器将壁画损毁。

谢明远指着红色鬼爪沉声问金眼男子：“这东西在哪里？”

金眼男子静静看着谢明远，露出了飘忽的微笑，他的手指在壁画上滑动，落在了仙宫上！

第十五章
鬼魅围猎

林熙染被谢明远抛进仙宫玉门，他狼狈地回过头，看到的是已经合拢的玉门，光线被彻底地关在了仙宫之外。

林熙染拼命地去掰玉门，想要打开它，却像是蚍蜉撼大树，徒劳无功。

掬柔跌落在冰凉的玉质地板上，幽幽醒来，她看不清眼前的一切，惊恐地叫出声来：“熙染！熙染！”她的手摸到了之前谢明远塞进她口袋里的手电筒，她拧开了手电筒。手电筒的光柱所及处亮了起来，那是雕刻着飞云的玉柱，居然在灯光的照耀下变得微微发亮且透明，柱子里有光雾盘旋飞舞，奇异而美丽。

林熙染走到掬柔身边，蹲下身来，说：“我在这里，你好些了吗？”

掬柔只觉得身体不再沉重，甚至轻盈舒畅，微笑道：“我好多了。熙染，我们这是在哪里？”

林熙染苦笑：“我们已经进入了仙宫，只是谢教官为了救我和你，没来得及进来。”

薛夜站在发光的玉柱旁注视着玉柱里变幻莫测的光雾，看着它又渐渐暗淡了下去，道：“我感觉谢教官没有死。”一点点光亮就可以令玉柱里蕴含的奇异力量产生变化，就像是一粒火星就可以燎原。整座仙宫都由这奇异的玉石砌成，令人隐隐觉得它已经拥有了自己的意志和灵魂。

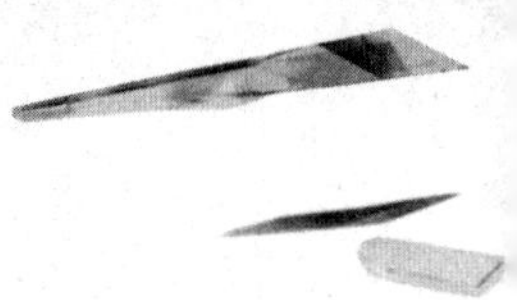

掬柔用手电筒“点亮”了附近的玉柱，很难想象数千年前的先民是怎么建造出这样优雅的仙宫的。四十九根玉柱支撑着宫殿前侧，缭绕的光雾照亮了地板上整齐排列的玉车玉马，还有穿着玉甲的人俑立在车旁。

苏莺忍不住伸手轻触光洁胜雪的玉甲，人俑却在霎时间化为飞灰，只留下一地散落的玉甲残片。

薛夜的视线在人俑灰色的骨粉和玉甲片背后的细密小孔上掠过。这些陪葬的人俑一定是被精通虫术的巫者注入了某种异虫的卵，才能令人俑以血气滋养玉甲，使玉甲历经千年依然光洁温润。被注入了异虫的人甚至能够存活十余年，死后依然作为滋养玉甲的土壤，缓慢地被玉甲吸空。

前殿中央，高达数十米的玉像古朴苍凉。玉像呈现的是一个半人半兽的女人，她丰乳肥臀，头发蓬乱，戴着玉饰，面目如野兽，身后有着尾巴。

雪琪喃喃说：“这里果然是西王母的墓，《山海经》里就提到过西王母，‘其状如人，豹尾虎齿而善啸，蓬发戴胜’。”

苏莺不敢相信自己的眼睛，问道：“《山海经》里还提到过西王母住在昆仑一座玉山之中，难道她将整座玉山都千里迢迢带到了这里？”

薛夜的手掌整个贴在玉柱上，感受着那奇异的波动：“西周时候，天地之气旺盛，人类寿命比现在还要长，巫是当时最神秘强大的存在。也许这座玉山有着西王母感兴趣的东西，所以她死也要葬在玉山里。”他研究过人类秘史，在人类诞生以前就陆续有藏着异虫的陨石从宇宙深处而来，坠入地球。部分异虫死在了旅途中或进入大气层时的高温里，而部分异虫则渐渐成为地球生态群的一员。随着人类的进化、人类社会的形成，某些高阶异虫甚至潜入人类的皮囊左右着历史进程。他研读了许多关于西王母的神话传说，他觉得西王母的身体里很可能居住着一只王虫。

前殿与后殿连接的通道多达七条，每一条通道的上方都用一抹血红画上了一轮弯月，血色深深浸入玉石，千年不褪。通道是奇异的圆形，越往里越窄。通道上有着奇异的螺旋纹路，人看得久了会觉得眩晕。

“这些通道都有一个微妙的坡度，它们都在往地下延伸。我们进去后，真的能找到出去的路吗？”林熙染对这诡异的仙宫一直心怀戒备。

薛夜的眼中没有恐惧，甚至带着一丝倦意：“希望我们运气足够好，否则最好的结局就是立刻死亡。”他嗅到了死神靠近的气息，这气息他嗅到过很多次。

雪琪明白薛夜的意思。在那本祖先留下的笔记里，讲述了种种匪夷所思的事情。曾经有一个偏僻的村庄在流星夜之后覆灭，而村里所有人却依然日出而作，日落而息。他们的身体在慢慢腐烂，却不会死去。他们无法离开村子，会失去理智地吃掉进入村子的外地人。这样的情况持续了足足六十年。祖先说，所有的村民在流星坠落之夜，就被天外的异虫寄生，变成了活死人。

“我选第二个通道，你们可以和我一起走，也可以选择其他的通道。”薛夜说。他的心中开始莫名其妙地焦躁，预感到某种危险。月光虫自他进入仙宫开始就变得衰弱，根本无法离体探路。

掬柔柔声对林熙染说：“熙染，我不喜欢第二个通道给我的感觉，我们走第一个通道。”内心仿佛有一个声音在这么说着，不知道为什么，掬柔对薛夜突然有了敌意。

林熙染摇头：“我相信薛夜。”

掬柔变了脸色，她独自一人跑向第一个通道。

林熙染没办法让掬柔一个人在诡异的仙宫中行走，他嘱托薛夜：“你保护好苏莺和雪琪，我去找掬柔。她受了伤，一个人实在太危险。”母亲说，掬柔原本打算出国留学，却因为自己的原因，选择了和他在同一所学校同一个专业读书。他亏欠她太多，必须保护她，让她安全地离开这里。

苏莺的视线和林熙染的视线交错，她不知道这是不是生离死别。温柔的林熙染曾经令她的心悄然开出一朵花，却也让她尝到了苦涩滋味。

“你要好好的。”苏莺说。

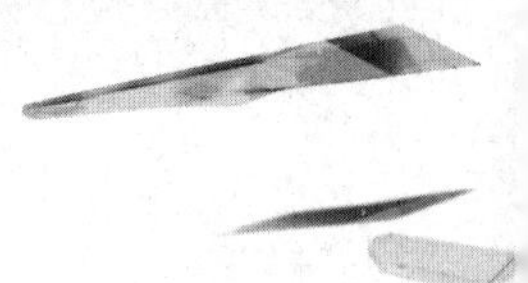

林熙染点头，将不舍藏在心中。他追进了第一个通道。

苏莺看着林熙染的身影消失在通道深处。

雪琪的声音响起：“苏莺，你明明喜欢林熙染，为什么不告诉他？如果林熙染和掬柔就这么离开，再也不出现……你会后悔你没能说出心中的话。”雪琪没有在薛夜的脸上看到她想要看到的神情，心中失望。

苏莺沉默了几秒，道：“每个人都有自己的选择。雪琪，你选择哪个通道？”

雪琪露出明媚的微笑：“我当然是和你一起。我们是最好的朋友。”所以，不要和我抢薛夜。

薛夜淡淡地看了雪琪一眼，那眼神令雪琪觉得自己的想法根本无法隐藏。毕业旅行，她得到了她想要的魂草果，渐渐觉得可以俯视身边的人，却在地铁上遇到了神秘的薛夜。薛夜似乎对这个世界灵异的部分非常了解。雪琪觉得，她才是最适合薛夜的那个人。

第一个通道。

原本看起来笔直的通道其实曲折绵长，还有诸多分岔。它利用了人的视觉误差，不动声色地将人引进歧路。通道里弥漫着淡淡的苦杏仁的香气，层层叠叠如无形的网，网住了过客的灵魂。

掬柔没有等到林熙染，她原本以为林熙染会放不下她。掬柔伤心地哭了起来。她并没有发现，她的脖子上有什么东西在皮肤下游走。就在这个时候，掬柔听到了雨声，她的眼神迷蒙了起来。

掬柔发现自己正匆匆走进废弃的防空洞，她回过身望着大雨滂沱的黑夜。

忽然，她恍惚地看到了林悦心，她的头发还在滴水，口里说着：“掬柔，我看到林熙染……他……他和苏莺搂在一起。苏莺那个贱人真不要脸，居然勾引你的男朋友！”

掬柔的血液在瞬间冻结。她知道的……她知道熙染喜欢苏莺。在夕城，她无数次看到林熙染凝视苏莺的神情那么专注而温柔。熙染喜欢苏莺，她却喜欢熙染。所以，她辗转找到了马来西亚的虫师，重金请他给熙染下忘情虫，令熙染爱上她。熙染是她的，她一个人的。

林悦心还在愤愤不平地说着："小地方来的女孩子就是这样，但凡看到高枝就上赶着去攀。"

闪电划过，掬柔眼神空洞，脸色惨白，眼底却是浓得化不开的怨恨。

她转头看到林熙染和苏莺手牵着手走了进来，神色甜蜜，旁若无人。

掬柔看着温煦柔和如初的林熙染，忍不住叫了他的名字："熙染！"

林熙染回过头，漫不经心地看了她一眼，视线移开，仿佛只是看一个陌生人。

掬柔心如刀绞，她想，也许她死在熙染的面前，他也不会动容。心中的绝望越来越浓，掬柔的手伸入了裤兜里，握住了平时削东西的小刀。

"熙染！"掬柔的声音尖锐而决绝。她拿着刀划在腕上，暗红色的血映着她白皙的手腕，触目惊心。

通道里，掬柔的手电筒跌落在玉石地板上，漾起迷离的光雾。通道一侧，红色的鬼爪从玉石中伸出，抓住了掬柔的头。掬柔的右手握着一把小刀，刀刃上还在滴血，她割伤了自己的左手手腕。手腕伤口处裹着的手绢松脱，露出泛白的伤口。伤口的皮肤下有什么蠕动起来，将新伤的血止住。它们好不容易寻到了一个寄主，一定要保住她的生机，为它们提供足够的营养。

掬柔静静地站在通道里，缓缓举起了右手，再度捅向自己的身体。一下，一下，又一下。

五分钟后，第一个通道。

林熙染走了很久，并没有看到掬柔。他觉得不对劲，放慢了脚步。就在这个时候，他看到右侧不远处有光亮。

林熙染走了过去，发现地上躺着手电筒。手电筒开着，激发了这奇异玉石的感光能力，令附近的地面都在发光。为什么掬柔会丢弃掉宝贵的手电筒？她到底在哪里？

林熙染拾起手电筒，视线在手电筒上凝固。手电筒上有血迹！地面干净光洁，为什么手电筒上会有黏糊糊的血？有一瞬间，林熙染觉得整个通道都晃动了一下，他定神看去，通道依然寂静雪白。林熙染打着手电，往更深处走去。

第二个通道前。

掬柔负气跑开，带走了唯一的手电筒。被手电筒的光激发出光能的玉柱渐渐暗淡。

“没关系，通道里很可能有照明的装置。”薛夜被发光的玉柱映得飘然如仙人，这美好清澈的男子握住了苏莺的手，“你牵着我的手，我在你前面探路。”

苏莺怦然心动。但是她突然想起了雪琪说的话，于是想要抽出自己的手指，却被薛夜紧紧握着不愿放开。

雪琪微笑着去牵薛夜的另一只手，薛夜却说：“你牵着苏莺的手。”

雪琪愣了愣，依然笑着回答：“好。”

三个人牵着手走进了第二个通道。

光线越来越远，四周变得漆黑。薛夜、苏莺、雪琪在黑暗中前行。薛夜牵着苏莺的手，苏莺牵着雪琪的手。

苏莺想起了他们三个人在地铁甬道里狂奔的那一次，唇边有了一丝她也没发觉的笑意。

薛夜驱动着倦怠的月光虫，在身前三米处监控着可能发生的危险。他知道自己和苏莺、雪琪正在往地下走，深入到玉矿之中。这数千年前的大墓藏着一些现在无法解释的神异，他的确没把握能够全身而退。

就在这个时候，整个通道都颤抖起来。他们惊异地站在原地，微微有些眩晕。所有人都不知道，原本如植物根系一般深入玉矿的七条通道正在缓慢移动，彼此交叉贯通，数千年前的工匠用卓绝的智慧创造了这奇妙的机关。风声传来，尖锐刺耳，却带着隐隐的韵律，像是鬼魂在夜里呜咽着歌唱。

雪琪胸口的祖传宝玉热了起来，仿佛炭火。有人握住了她的手，那双冰凉彻骨的手异样的瘦。风声突然消失，雪琪听到薛夜的声音温柔得令她沉醉。

“雪琪……我喜欢你……”雪琪握着冰凉如枯骨的人手，听着薛夜的声音这么说。她似乎有些害羞地垂下眼帘，浓密的睫毛轻颤。有东西在诱惑她，只可惜，祖传宝玉令这旖旎的幻象露出了冰冷狰狞的一角。

她心中默念着笔记里记载的驱邪咒语，反反复复，却发现那个声音依然在她耳边回荡。

“雪琪，你愿不愿意为我而死？”

“不，我不愿意。”雪琪定住心神，温柔地回答。她放开了苏莺的手，双手捏出种种奇异的手印。这套手印有八种姿态，能够驱除魅惑人心的阴邪。

与此同时，薛夜发现自己无法动弹，有东西自地板里伸出，扼住了他的双腿。尖利的爪子深深陷入了他的肉里，带来剧痛。薛夜冷冷一笑，他的伤口处长出了“发丝”，将扼住他双腿的爪子缠绕了起来。黑色的火焰在“发丝”上燃烧起来。薛夜在印加丛林残破的古神庙里得到了一种异虫，它对阴邪有很强的克制力，燃烧的时候能够产生破邪的火焰。

爪子猛地缩回了地下，薛夜却皱紧了眉——原本听话的“发丝”似乎受到了奇异玉石射线的影响，开始无限制地生长了起来，沿着他的手臂，往苏莺涌去。薛夜松开了苏莺的手。“发丝”对他没有什么影响，却很可能令普通人死亡，因为它需要精神力作为食物。

苏莺发现薛夜和雪琪都放开了她的手。不知何时升起的一面玉墙将薛夜和她隔开。

“薛夜！雪琪！”苏莺叫出声来，但发现没有人回答她。黑暗里，她孤单一人。

苏莺摸索着冰冷的墙壁，终于摸到了墙上的一盏青铜壁灯。摸索中，她碰到了什么，灯居然亮了！青白色的火焰并没有温度。

苏莺打量着四周的一切，发现果然薛夜和雪琪都不见了。这诡异的仙宫把他们分开是为了什么？苏莺试了试，发现灯盏居然可以从墙壁上取下来。她将灯盏放在手中，发现灯芯下是黑褐色带着香气的膏体。这冰冷的火焰无法激起玉石的光反应，四周依然一片漆黑。

薛夜和雪琪放开她的手不到十秒钟，他们就失去了踪影。苏莺想不明白为什么，却也知道，现在她只能靠自己。苏莺选择继续往下走。

时间流逝，仿佛过了很久，又似乎只不过消逝了几分钟，苏莺发现不远处的墙壁角落里隐隐有图画，就托着灯盏走了过去。这是一幅小小的壁画，笔法粗糙，略显凌乱，红色颜料仿佛凝固的人血。壁画上显示，仙宫的地下是一个锥形的布满通道的地宫，通道里布满了细小的爪子，而在锥尖处则是一个小小的旋涡。

苏莺凑近墙角认真看壁画，却骇然发现在壁画一侧的墙壁里有一具尸体！苏莺后退，心脏狂跳，她花了很长时间才敢再度靠近壁画。

墙里的尸体像是被封在琥珀里的小虫，还保持着生前的姿态。他衣着简陋，身形矮小佝偻，像是一个奴隶工匠。他的左手拿着凿子，右手却齐腕断掉。在那个时代，一个身份低贱的奴隶工匠没日没夜地修建着华美的墓穴，他的归宿却是死亡。不是病死在修建的过程中，就是在大墓完工后被杀死。问题在于，他怎么会被裹入玉石墙壁中间？

寒意在心头涌动，苏莺托着灯盏，心中是浓烈的悲哀。数个小时过去了，她觉得又渴又饿。生命剩下的时间已经不多。没有尽头的路，令灵魂都开始疲倦。

灯光照不到的地方响起了脚步声。苏莺有些麻木地抬起头来。光线照在了那个奔跑过来的男子的身上。

他拥住了苏莺，轻声说："我终于找到你了。"

苏莺的手迟疑地垂在身体两侧，她的鼻子微酸，仿佛被主人遗弃在雨中的小狗突然看到了熟悉的房屋。

她小心翼翼地倾听着薛夜的心跳，小心翼翼地回抱住了他。

在这深深的玉矿之中，青铜灯上的火焰冰冷阴森。它照耀着孤单一人的苏莺，刹那却是永恒。

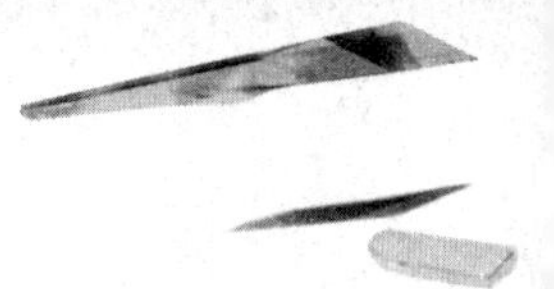

第十六章
藏尸道

人海之中，找到了你，是最浪漫的事情。太多人在这人世间寻寻觅觅，跌跌撞撞，却总是找不到心中的那个人。然后，时光无情流逝，我们的心不小心丢失了。

仙宫地下的玉矿通道里，青色灯火中，苏莺抱着薛夜，唇边露出安心的微笑，轻声道："一眨眼，你和雪琪都松开了我的手，然后我就找不到你们了。"苏莺的声音里有着小小的委屈，她感觉到薛夜的手指拂过她的头发。

"我一定会找回你的。"薛夜的声音清澈而温柔，带着说不出的眷恋。

"我等了很久。"苏莺低声说，似乎很久很久以前，她也曾经等待着薛夜找到她。

苏莺的视线落在了她和薛夜的影子上，纠缠的身影仿佛是一生的契约。

"雪琪呢？"苏莺倾听着薛夜的心跳，那声音一声声，驱散了她心底的恐慌不安。

"我和她走散了。"薛夜拥紧苏莺，声线低柔，带着漫不经心。

苏莺退出了薛夜的怀抱，她深深地凝视着薛夜道："薛夜，雪琪喜欢你。"

薛夜握住了苏莺的手，美丽如子夜的双眼里是月光般的温柔，坚定地说："可我喜欢你。"

“原来，就算雪琪喜欢你，我也没有办法停止我的妄想。”苏莺盯着薛夜温柔的双眼，“在天坑底接近悬石古庙的时候，我就闻到过奇异的香味。后来，我发现，每个人的灵魂都有独属于他们自己的香气。而现在的你，散发的不是香气，而是血腥味。”

薛夜温柔的神色渐渐消失，他的身影渐渐变成红色的雾气，这雾气缩回了玉墙。青铜灯上的火焰冰冷阴森，它照耀着孤单一人的苏莺。

苏莺蹲在地上，无声地哭泣。她很早以前就知道，假象再美丽，终究会破灭。

与此同时，在另一段通道里，薛夜发现他和苏莺被隔开，身边只剩下雪琪。

“薛夜，怎么办？我刚才突然看到是一具干尸牵着我的手，我很害怕，就放开了苏莺的手，然后苏莺就不见了。”雪琪的声音焦急，甚至有着隐隐的哭腔。

薛夜沉默，他的手指缓缓握紧。那时候，为了苏莺的安全，他松开了她的手。他错了。

通道里的玉墙仿佛能吸走所有的光线和希望。

“……苏莺？”手电筒的光从苏莺的身后照了过来，玉墙渐渐变得明亮，被凝固在墙里的那个古代工匠的脸越发清晰。

苏莺迟疑地抬起头来，她看到了林熙染，他不见狼狈，依然散发着温文尔雅的高贵气息。林熙染是她的幻觉还是真实的存在？

墙壁微微发光，蹲在那里泪眼蒙眬的苏莺令林熙染的心没来由地一痛。他走过去问：“你怎么会在这里，你不是和薛夜、雪琪走第二条通道吗？”

苏莺看着林熙染，双眼在白光之中越发深黑：“通道会变。你没找到掬柔？”

林熙染垂下头看了看手电筒："我捡到了掬柔带走的手电筒，却没看到她的人。只是……手电筒上有血迹。"

苏莺苦笑："我好累，不想再走下去了。地下到底还有什么等待着我们？"

林熙染眼底是深藏的温柔："如果你走不动，我可以背你走。我们会找到出路的。上一次在天坑底那么危险，我们也平安回家了。"

苏莺一直知道林熙染是能给别人温暖的人。她的视线落在了玉墙上刻着的那幅小小的壁画上。

"林熙染，你来看看这幅壁画。"苏莺指着她发现的壁画。

林熙染仔细打量壁画："这幅画很可能是工匠用类似于通道前那轮红色弯月的颜料上色，所以千年不褪，只是他还是没能逃出生天。"

"他被玉墙包裹了起来，也就是说这座被西王母千里迢迢移来的玉矿的确古怪，似乎能变成液体还能生长。"苏莺神色凝重，"玉矿里藏着东西，能令人产生幻觉。"

林熙染摇头："我什么幻觉也没有。"他唯一的幻觉就是他的那个梦，梦中，他站在花树下对苏莺表白。

"我本来和薛夜、雪琪在一起，后来出了事，他们松开了我的手，我才发现他们不见了。但是如果这通道真的想杀死我们，只需要像对待这个古代工匠一样令我们窒息而亡。我觉得这条通道希望把我们送到某个地方。"苏莺所有的软弱无助都被她隐藏了起来。这么多年，她已经学会不让人看到自己脆弱的那一部分。

林熙染蹲下，打量着古代工匠，道："他死的时候是站立的姿态，他的右手却齐腕断掉。一个没有了右手的工匠原本应该被送进殉葬坑。除非他还有着其他工匠没有的技能，又或者他是死前不久才被切掉了右手。"

苏莺无意中望向了通道深处，原本黑暗的通道因为光反应变得明亮了许多。她吞了口唾沫，说："又或者前面根本就是一条藏尸道。"

她视线所及处，总有一团一团的阴影在晶莹剔透发着光的玉墙里凝聚着。那些……也许是……

苏莺和林熙染屏声静气走了过去，他们看到了许多被裹在玉墙之中的尸体，大多都是奴隶工匠。通道渐渐变得宽敞，这里就像是鼹鼠们的地下城堡里的某一间储藏室。

有一种想法在苏莺的脑海里浮现，令她毛骨悚然。这些通道理论上都是由工匠在玉矿上开凿出来。但是实际上，整个玉矿很可能是活的，可能是一种介于矿物和植物之间的生命体。

木屋里的那具行尸在被蜕生花吞噬后，居然蜕变为活生生的金眼男子。

悬崖石阶上描述着西王母与周穆王的爱情故事，暗示着仙宫主人的身份。八兽拉棺的幻影与史料中记载的周穆王那八匹神骏的马吻合。这座诡异的西周大墓到底是对一场旷世爱情的悼念，还是藏着生死之秘的深渊？

这可能真的是一条藏尸道。

玉墙凝固住了奴隶工匠们死亡的那一刹那，宛如令人战栗的行为艺术。美轮美奂的仙宫由他们建造而成，他们却死在了仙宫的地下，魂魄都无法离开。

不知道什么时候开始，通道被遮挡住了。层层暗红色的布匹垂落下来，仿佛被鬼魂的手指拨动，轻轻荡漾。而藏尸道中，没有风。

以农业立国的周王朝，天子和王后每年都分别举行“躬耕”和“躬桑”的劝农活动。《诗经》里那些歌唱栽桑养蚕、收获各种麻类的农事诗，也证明西周时期纺织业的繁荣。

藏尸道中突然出现的布匹令苏莺有不祥的预感。她端着青铜烛台，站在通道中央，问：“林熙染，我们必须穿过这些挂着的布吗？”

林熙染站在苏莺的身侧，他觉得口渴，道：“别害怕，我们总要往前走，不可能一直待在这里。”

他鼓起勇气握住了苏莺的手：“我牵着你的手过去。”苏莺微凉柔嫩的手指被他轻轻握住，带着小心翼翼的忐忑与温柔。

他和她牵着手穿过一条条垂落的布幔。

苏莺听到了滴水声，源源不绝。她定了定神，发现所有的布匹都在滴下暗红黏腻的血，原来，每一条布匹都是悬挂起来的人！

布匹飘荡，苏莺仿佛看到了被光线微微扭曲的影像。祭天台上，一群穿着暗红衣袍的男女正跳着奇异的舞蹈，他们的脸都被涂得雪白，绘上奇异的纹路。祭天台的上空，光雾弥漫，隐隐显出仙宫的幻影。

他们是巫。在西周，巫是神在人间的使者。巫，音mó，掌管着祭祀、医疗大权，国家的很多大事，巫都参与其中。巫医治病人主要靠祭祀，也有正常的医疗手段。巫与医密切相关，所以“医”最初写作“毉”。

西王母居然有一群巫为她陪葬？就在这个时候，苏莺惊骇地看到最靠近她的那个巫睁开了细长的眼睛！

通道中的几个人生死不知，而此刻，谢明远和金眼男子正骑在蜕生花上，从浮桥上掠过。仙宫的白玉大门正在缓缓打开，八兽拉棺的幻影再一次驶入仙宫。

白玉门里仙气缭绕，谢明远本想独自一人进入这可怕的仙宫，没想到金眼男子提着青铜长矛跟着他一起走了进去。

谢明远心中焦急，祭天台上那些累累白骨都是仙宫之中神秘红爪杀死的人，他不知道他能不能找到还活着的学生，更不知道自己能不能活下来。

金眼男子淡漠地扫了一眼四周的白玉柱，他的视线落在了前殿尽头的七条通道上，通道入口上方，红色弯月迷离。

谢明远的手里紧紧捏着在祭天台里找到的笔记本，那是爷爷的笔记本。笔记本是二十世纪五六十年代流行的样式，红色塑料皮的封面上印着雷锋像。笔记本里是工整有力的钢笔字，记录着谢明远爷爷的日记。笔记本的最后一页还夹着爷爷和奶奶的合影，年轻时候的爷爷和他有七分相似。

仙宫前殿，光雾缭绕，谢明远靠着柱子细读爷爷的笔记。

这个西周大墓被发现是因为军队当时想在山腹中修建防空工程。没想到，山腹之中另有玄机，前往探索的分队无人生还，引起军方重视。代号“271”的项目正式成立，项目负责人就是谢明远的爷爷。

最初因为“星虫”就损失了一大批人手，而蜕生花的袭击也令人头疼。若不是蜕生花无意中吐出的石环，被爷爷研究发现可以令“星虫”沉眠，秘密项目很可能早就结束了。这个西周大墓神秘诡异，拥有无法估量的考古价值，所以禁用热武器，却也因此举步维艰。而时不时发生的时光乱流现象，总是令项目所有的金属仪器都瞬间腐朽。光雾笼罩的深渊里，时空割裂现象尤为严重。有时候工作人员刚走进去不久，那个深渊就化为虚影，而工作人员就此失踪。

耗时五年，谢明远的爷爷只清理出了大墓的外围，得到了深渊石阶的大部分拓印图和大量殉葬的青铜器和陶器。初步确认大墓的主人是传说中的西王母。没有人知道为什么西王母会远离故土在中原埋葬自己。

军方的重视让冷光能源问题取得了进展，但对深渊底的探索才刚开始。罕有的生物体系令人着迷，不忍破坏。深渊底危机重重，损失不少人才。谢明远的爷爷知道就在深渊底的天宫里一定藏着惊天的秘密。他无数次梦到在旋涡上飘浮着的玉棺，梦到玉棺里沉睡着千年前的西王母，她栩栩如生，仿佛随时会睁开双眼。

谢明远的爷爷用仪器记录了黑色石环的波动，他把石环留给了儿子，然后独自一人在深夜走下了光雾缭绕的深渊。就在谢明远的爷爷进入深渊的那夜，突发地震。数百吨的岩石坍塌让军方挖掘的通道被封死，所有的秘密都被埋葬。

“我惊醒了原本沉睡在祭天台里的人……真是不可思议，他是依靠什么活了这么多年？他记不得所有的过去……当我想要带着这个人离开这里的时候，我发现，时光乱流原来不是无序的，所有进入深渊的人都无法顺着来时的路离开，而是不断重复着死循环……我决定冒险进入仙宫，那个人阻止了我，他比

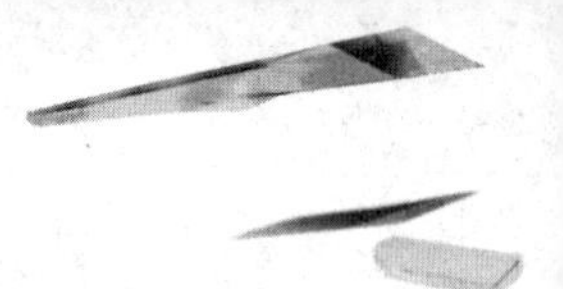

画着告诉我，仙宫里藏着魔鬼……”谢明远爷爷的钢笔字有些凌乱。

谢明远飞快地看着爷爷的笔记，感觉到心中的谜团即将解开。

“我精疲力竭，又饿又冷，这里没有任何食物。然后……我看到原本活生生的那个人开始腐烂，散发着尸臭。蜕生花再次出现，吞掉了‘他’，然后离开了。我瑟瑟发抖，绝望地等待着死亡的来到。八小时后，我再度看到了活生生的‘他’。他金色的眼睛仿佛莎士比亚小说中的魔鬼。原来，蜕生花居然能够令人游走在死亡和新生的边缘。紧接着，我发现另外两朵蜕生花也在吞吐着尸体，是之前失踪的两名士兵。但是，它们只是没有意识的行尸，根本不像我认识的‘他’那样在生死之间摇摆。我观察到仙宫的门会不定时打开，只有在短暂的时间里，热湖的水不会漫过浮桥。我要跟着八兽拉棺的幻影冲入仙宫，我的坟墓应该在那里！”

谢明远长舒了一口气。他抬头看了一眼静默的金眼男子，爷爷口中的“那个人”应该就是他了。

第二个通道的深处。

通道在深深的地下，没有阳光也没有月光。雪琪跟着薛夜在黑暗中走着，她不在乎这条路是否通向地狱。苏莺的失踪令薛夜的四周仿佛有寒气缭绕，雪琪却不怕被那寒意冻伤。

“薛夜，我可不可以牵着你的手，我怕我们走散了。”雪琪的声音在黑暗中楚楚可怜。

薛夜没有说话。月光虫的力量在仙宫地下被极大地压制，他找不到苏莺的气息，他只能感觉到苏莺还活着。

“薛夜……”雪琪的声音带上了哭腔。

薛夜的声音清澈冰冷：“雪琪，你身上是不是戴着特别的东西？”

雪琪沉默了几秒，装作懵懂无知：“什么特别的东西？嗯，我戴着祖传的宝玉。我爸说好玉能庇护它的佩戴者。薛夜，我可不可以牵着你的衣角？我真的好害怕。”

薛夜冷淡地回答：“你有宝玉，通道玉墙里的异虫伤害不了你。”

雪琪垂下眼帘，惊慌地问：“什么异虫？”

薛夜的声音平静：“传说所有的异虫都来自天外。它们沉睡在陨石里抵达我们的世界。对它们来说，我们人类是食物或者寄主。”

就在这个时候，雪琪听到了窸窸窣窣的细碎声音，紧接着就看到了让她头皮发麻的一幕。不远处的玉墙上一个碗口大小的孔洞里有暗红色的虫子源源不断地爬出来，它们的个头与人的大拇指相当，甲壳上长着细毛。

薛夜虫师的灵觉一接触到这些暗红色甲虫，就感觉到了它们的饥渴。也许是活人的气息令沉睡了千年的它们醒来，发疯一般想要吞噬鲜美的血肉。

一年前，薛夜应邀往温哥华为一个神秘人士诊病。病人姓郑，居住的地方雕梁画栋，不经意的小摆设也价值千金。只是，薛夜才走进郑先生所在的卧室，就闻到了一股奇异的腥味。即使是上好的龙涎香也无法遮住这古怪的腥气。

郑先生躺在榉木攒海棠花围拔步床上，面色不错，双眼却透着死气。他盖着极轻薄的羊毛纱，那腥气就从羊毛纱下传来。

郑先生身旁站着一个穿唐装的老者，他的双手保养得极好，白皙滑腻如女子，指头根根如玉。薛夜从这老者的身上嗅到了阴冷的气息，这种人往往长年和坟墓打交道。

老者轻轻掀开了郑先生身上的羊毛纱，薛夜看到了郑先生的肚子。他的肚子极大，腹部的血管宛如蛛网，皮肤被撑得半透明，变得极薄，似乎一捅就破。

“他不小心在一个战国古墓里沾上了怪虫子，我用了秘药，又用金针封穴也没能逼出那虫子。现在……”老者低语。

薛夜记得，那个盗墓的郑先生肚子里的虫子就是如今玉墙里涌出的甲虫。一年前的满月之夜，他用月光虫将郑先生肚子里的三只甲虫逼出了他的

身体，那些虫在月光下化为乌有。而郑先生元气大伤，在八个月后去世。看来，这虫子并非战国时期才被人发现，早在西周就已经被巫者驯养，陪着帝王贵族，葬入地底，守护着墓穴的安宁。

玉墙上，碗口大的孔洞还在扩大，暗红甲虫宛如瀑布一般泻了下来。薛夜心口处的月光虫躁动了起来。

“别动，前面不能过去，有虫子。”薛夜对雪琪说。

雪琪嗅到了薛夜身上一丝冷香。她毛骨悚然地僵着身子，耳边是窸窸窣窣的响声。他们的后方有青蒙蒙的光亮了起来，薛夜回过头，再度看到了八兽拉棺的幻影！

披着深青色鳞甲戴着狰狞面具的八匹异兽拉着一具青铜棺在通道中奔跑。青铜棺上有着金色光线游走，诡异美丽。异兽面具下那燃着青色火焰的双瞳仿佛魔鬼的眼睛。这幻影几乎占据了整个通道，离他们越来越近。

八兽在通道中奔跑，马蹄声清脆，回音悠远。薛夜发现八兽拉棺的幻影居然已经成为实体！青铜棺里的抓挠声刺耳，薛夜定定地看着青铜棺，眼中有幽光闪过。

薛夜握住了雪琪的手，拖着她跃上了呼啸而至的青铜棺。青蒙蒙的光罩住了他们。雪琪如坠冰窟，头发和眉毛在瞬间凝结出了白霜。她哆嗦着，眼中全是惊恐，就在她的脚下，隔着青铜棺也能感受到无法形容的可怕的凶煞气息。

那些暗红甲虫似乎很惧怕青铜棺，纷纷后退。薛夜和雪琪得以避过这可怕的虫潮。月光虫的力量将薛夜和雪琪全身护住。薛夜和雪琪站在青铜棺上，八兽拉着青铜棺飞驰向前。青蒙蒙的光照着通道两侧的墙，原本晶莹的玉墙里每隔一段路就有血红的虫巢在墙中蠕动。薛夜这才知道自己冒险跃上青铜棺的决策无比正确。这七条通道杀机重重，进入这里的人没有活路。薛夜心中一紧，不知道苏莺怎么样了？

第十七章
魔域桃源

藏尸道中，暗红色布幔飘荡。苏莺看到，这群巫的头发纷纷嵌入了通道的玉墙里，他们像是某种从通道里长出的植物。

苏莺僵硬地站着，视线仿佛被吸住。她看着巫那细长的双眼，整个灵魂仿佛都被吸入了他的瞳孔之中。这是幻觉，苏莺对自己说。数千年前殉葬的巫怎么可能还活着？他们都只是暗红色的布幔，一切不过是她内心的幻想。青色铜灯里，火焰幽幽，苏莺举起铜灯想点燃那些古怪的布幔，却发现火舌根本没有温度。

林熙染握紧苏莺的手，眼底有着担忧："你怎么了？"他看见苏莺的视线一直落在眼前的布幔上，眼中尽是恐惧挣扎。她拿着一盏青色铜灯要去烧那布幔，问题是这铜灯根本没被点燃，历经千年，没有火种的铜灯怎么会亮？

苏莺没有听到林熙染的话，她专注地看着布幔上方，视线仿佛穿透布幔看到了另一个世界。奴隶工匠们仿佛蚂蚁一般修建着美轮美奂的仙宫。祭天台上，士兵抬着尸骨，一层一层地码放，再用加了糯米汁的垒土压实。一辆华美宽大的青铜马车停在仙宫外寂静无声，却带着无法言喻的威压。透过珍珠的帘子，苏莺隐约看到了美人的红唇。西王母在传说中豹尾蓬发，而车中的女人只是看到她尖尖的下巴和柔美的唇也知道她是难得的美人儿。

童话里总是这样的结尾：从此，幸福的他和她永远在一起。

而西王母不过是和中原帝王春风一度的情人关系，他回到他的国，不久就病逝，而她在万里之外的昆仑之巅，连思念都无法用风传递。数千年的时光，所有的爱恋都化作尘埃，西王母为什么要不远万里来中原找她的情人？

林熙染唤不醒苏莺，却发现整个通道震动了起来，他和苏莺的脚下一空，就这么坠入了突然出现的深洞之中。

林熙染拧亮了手电筒，他着急地问苏莺："你有没有摔着？"

苏莺晃了晃沉重的头："我……我没事，这里……"这里像是一个密室。密室的四面都是玉墙，每一面玉墙的四条壁边都刻着奇异的符号，在手电筒的灯光下越来越亮。笔法简单传神的壁画布满四面墙，而地板上则是一幅抽象的线条画。密室的角落里放着不起眼的灰陶罐子。

林熙染看着壁画，被壁画里描述的故事震惊，道："这里……这里是那些顶尖的奴隶工匠头子为了逃生设下的密室。"顶尖的工匠头子们技艺精湛甚至到了出神入化的地步，他们用毕生心血修建了这地下仙宫，却也知道难逃一死。这玉矿之中生活着"红色爪子"和其他西王母的"爱宠"。只有藏尸道这一段，因为是巫的殉葬之地，"魔物"们无法进入，所以工匠们在最危险的地方设下了逃生密室。工匠们用巫文在四壁镂刻，将这个密室固定住，瞒过西王母的眼睛。

"在最后关头似乎出了问题，这密室里空无一人，而藏尸道的玉墙里却全是工匠的尸体。"苏莺的指尖掠过壁画，她的视线停在了单独的一幅画上，"林熙染，通道的尽头似乎是西王母的陵寝。只是为什么这座陵寝用虚线来表示？"

林熙染抬起头来，眼神略微晦暗："我也不知道。"掬柔会不会已经被那些西王母的宠物拖走了？所以，他只捡到了染血的手电筒。谢明远教官将他和掬柔推入白玉门之中独自面对蜕生花，也很可能已经死去。这座仙宫的力量，令林熙染心惊。

他握紧了苏莺的手，眼神坚定："苏莺，我不会让你死在我的前面。"

苏莺看着林熙染，心中感动：“……我们都会活着离开这里，一定会！”

林熙染的脚碰到了苏莺刚才跌落时脱手扔出的青铜灯，他问：“你刚才为什么一直举着这青铜灯？”

苏莺愣了愣道：“我要靠这盏灯照明。你没带着手电筒来之前，我在墙壁上摸索的时候，这盏灯就亮了，我把它从墙上取下来，然后靠着它一直往前走。也是因为这盏灯，我才能看到第一个被玉墙裹住的奴隶工匠。”

林熙染愣了愣：“可是，我看到你的时候，这盏灯就是熄灭的……这座玉矿真是邪门儿，它似乎能够让人产生各种幻觉，虽然我不明白我为什么没有产生幻觉……”

苏莺愣住，她的身体无法抑制地颤抖着。良久，她问：“那么玉墙里的那些工匠的尸体，还有这密室墙上的壁画到底是真实存在的还是我们幻想出来的？”苏莺还记得幻觉中，她和薛夜拥抱在一起的感觉。这玉矿仿佛能够引出人心底的渴望幻化为现实，令人沉溺其中，步入死途。

林熙染没有回答她的问题，指尖点在了七条通道的终点：“藏尸道距离西王母陵寝已经不远，不管怎么样，我们都要去那里，置之死地而后生。”其他同伴生死未卜，他无论如何都要护住苏莺。

薛夜和雪琪踩着青铜棺，在通道中呼啸而过。青铜棺传来的阵阵寒意让他们即使在月光虫的保护下，依然差点连身体和灵魂都被冻结住。

雪琪的心中恐惧而甜蜜。她隐隐感觉到薛夜的身上传来一股暖意护住了她，所以她才没有被青铜棺散发出的可怕冰寒气息杀死。薛夜果然不是普通人，他拥有奇异的能力，细细回想和薛夜认识以来的相处，雪琪的目光越来越亮。

不一会儿，八兽拉着青铜棺就冲入了谢明远心目中的魔域桃源里。月光无处不在，令薛夜心口处的月光虫喜悦万分。这充满能量的光是月光虫变强的关键。

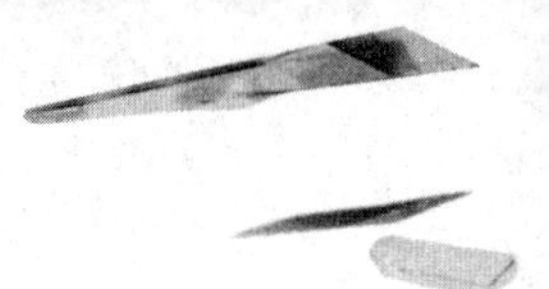

微风不知从何处吹来，卷着花瓣盘旋，青铜棺载着薛夜和雪琪在这如梦似幻的月光世界中掠过，直冲西王母的陵寝。一路上，似乎畏惧于青铜棺里可怕的生物，植物和动物们都寂静无声。

薛夜心中震荡，这里有着太多的已经灭绝的植物，它们在独特的封闭环境里不断变异进化。这宛如月光的光线里藏着奇异的能量。最神奇的还是这月光的来源，在深深的玉矿底层绝不可能有月光能照进来。

山腹之中的亮光是由上古异虫“星虫”造成的，它不具备特殊的能量波动。而这里的月光分明每时每刻都在散发着奇异的光能，比那座活玉矿更为神秘，已经超出了薛夜认知的范畴。

一条顶棚攀爬着花藤的灰白色车马道出现在了薛夜的视线中，而原本宛如实质的八兽拉棺再度化为虚影，薛夜和雪琪就这么直接落在了车马道上。灰白色的粉末四处飞扬，雪琪这才发现这条车马道居然是由骨骸铺成！

雪琪哆嗦着站了起来，胸口处祖传宝玉涌出暖流将青铜棺带来的寒意驱除。

薛夜在月光下眉眼幽深：“你待在这里，我去找苏莺。”恢复了活力的月光虫感觉到了苏莺的存在，他要去找她。

“你怎么知道她在哪里？通道里面那么可怕，我们好不容易才出来。”雪琪急急地说。

“我刚才感觉到了她就在离我不远的地方。我要回去找她。”薛夜转过身走向来时的路，却被雪琪拉住了衣袖。

“你不要丢下我，我害怕……”雪琪的眼中有泪光闪烁。

薛夜凝视着雪琪。他和雪琪跃上青铜棺后，他用月光虫的力量保护他自己和雪琪，却惊讶地在雪琪的身上感觉到了一股不弱的精神力。雪琪不是普通人。她的变化是从什么时候开始的呢？在天坑底的时候，他并没有察觉到雪琪异于常人。是她太会隐藏自己还是她的变化是之后发生的？

雪琪只觉得薛夜的目光仿佛能穿透她的灵魂，她微微有些忐忑和羞涩地抬头看着薛夜："薛夜，我想和你一起去找苏莺。"

薛夜摇头："如果遇到危险，我没办法护住你们两个人。"他性子极冷，这一次在青铜棺上护住雪琪也只是因为雪琪是苏莺的好友。

雪琪咬牙，勉强微笑："可是如果我在这里遇到危险怎么办？"

薛夜抬头看着极低的云层，双眼被月光映得微微发亮，只道："你站在这里，不要走动，短时间里应该没事。"这条人骨道专为八兽拉棺所设，数千年间其他植物也没有在人骨道上生长，短时间内应该是这个空间里最安全的所在。

雪琪心中悲愤莫名，她低头沉默了几秒，再度抬头时露出微笑："我在这里等着你带苏莺回来。你……你要小心。"薛夜的心冷漠如冰，偏偏对苏莺带着异样的温柔，她不是不嫉妒的。要得到仿佛月光一样优雅冰冷的他，她需要更多的耐心。

就在这个时候，异变突起！

薛夜和雪琪的脚下，那些骨灰上有一层光荡开，笼罩住了薛夜和雪琪的全身！原本空无一物的人骨道上瞬间多了四道身影。

穿着暗红色衣袍的四道身影在前方缓步而行，走向人骨道深处。他们戴着式样古怪的头饰，长发蓬乱，暗红衣袍的下摆长长地拖在地上。

最令雪琪惊骇的是，她和薛夜的灵魂仿佛被那四道背影吸住，无法自控地跟着他们走向人骨道深处。他们行走间，人骨道顶棚的花藤在时光逆流中纷纷枯萎倒退，露出被遮蔽住的事物。

整个人骨道居然是建立在巨大的骨骸之中！曾经攀爬着花藤的顶棚是白森森的骨骸，有着优雅冰冷的弧度，在月光下述说着这巨兽生前是怎样的辉煌。那四道暗红色的身影是要带着他们前往哪里？

顺着巨兽的骨骸，薛夜和雪琪爬上骨坡，然后他们看到了巨兽的上半截骨骸，也明白了此行的终点——巨兽的头部。这巨兽的头顶长着白色尖刺，尖刺的顶端隐藏在厚厚的云层之中，它巨大的头颅成了西王母的陵寝，莹白

如玉的头骨笼罩在白雾之中，在月光下神秘莫测！

薛夜曾经无数次猜想过西王母的陵寝的样子，却没想到西王母不知用什么手段杀死了史前巨兽，将它的头颅作为自己最后的归宿。

四道暗红色身影即将迈入白雾之中，薛夜觉得自己的意识仿佛要离开身体一般，飘然欲仙。他知道如果再不停下脚步，他很可能就会成为西王母的祭品。

月光虫爆发出了强烈的波动，宛如实质的月光将薛夜裹住。他从印加丛林古神庙里得到的异虫紫藤宛如发丝一般暴涨，袭向那四道身影，发丝上暗淡的火焰变得明亮。

发丝穿透了那四道身影，仿佛穿过了虚无的雾气，不过那火焰一触及暗红色的身影，就剧烈地燃烧了起来。凄厉的尖啸声响起，刺入薛夜和雪琪的耳膜，痛得雪琪抱住了头。

薛夜的耳膜渐渐渗出血丝，他却冷冷地看着燃烧的暗红色背影。他以自己的精神力量维持着异虫燃烧火焰，借此杀死千年虚影。西周时期，巫的身影遍布王朝上下，精神力量不仅能够治愈疾病，甚至能操纵王朝的走向。如今，薛夜惊讶地发现，所谓的巫根本就是被高阶异虫寄生的人类。这四个曾经的巫，即使已经死亡依然能依靠已经休眠的异虫的力量杀死入侵仙宫的人。桃源之中，杀机重重。

雪琪睁开眼，这才发现她和薛夜站在截断白骨道的一条沟壑前，深深的沟壑里，是密密麻麻的青铜刺。青铜光亮如昔，刺上还镂刻着诡异的符号。仅仅是看着这符号，雪琪就觉得眩晕。

“别看。”薛夜的手掌挡在了雪琪的眼前。

雪琪感觉着那淡淡的暖意，眼睛一酸。她忍住突如其来的泪意，温柔地应了一声。

“你去找苏莺吧，我会在这里等你。”雪琪轻声说。

薛夜盯着前方，声音凝重：“来不及了。”

白雾渐渐散去，露出了西王母陵寝的入口。雷霆自天而降，闪电沿着巨兽额头上的尖角劈了下来，紫色的闪电在巨兽的头骨上翻滚，令薛夜觉得它随时会随着闪电腾空而去。闪电从头骨中分出两丝细线，黏在了薛夜和雪琪的身上，一瞬间，他们的身影消失在了原地。

那是一种极其古怪的感觉，仿佛身体在瞬间化为尘埃，又在瞬间被拼接完整，薛夜发现自己已经站在了巨兽的头骨之中。八兽拉棺静静矗立在侧，仿佛千百年没有移动过，连一直在青铜棺里抓挠的声音也静默了。

不远处，池塘大小的旋涡上居然飘浮着一个玉棺。八根粗大的青铜锁链系着玉棺的八处承力点，它就这么被青铜锁链悬挂在金色旋涡的上空，一如浮动在幽冥之河上的白莲。

薛夜看着玉棺，心中震荡，很可能玉棺之中葬着西王母，也藏着离开这绝地的方法!

心情激荡的薛夜并没有发现，雪琪进入这里后的神态就变得有些古怪。她的手悄悄地从墙上拔出一把莹白的骨刃，然后缓缓靠近薛夜。

薛夜打量着在旋涡上微微晃动的玉棺道："我闻到了异类的气味。"巨兽很可能是传说中的独角蛟龙，《山海经》中曾经说独角蛟龙"生于东海之末，能往过去未来"。西王母以逆天之能移动昆仑玉矿，找到这奇异空间，将仙宫建在玉矿之上，由"星虫"和蜕生花守护，又将陵寝藏于蛟龙头骨之中。西王母根本不是人类，而是来自遥远星空深处的异虫。她的气息让寄生在薛夜身体里的月光虫都不安起来。身为异虫中最高阶的王虫，西王母很难找到可以寄生的皮囊，在皮囊不能使用后，王虫会异常虚弱一段时间，很可能会被其他异虫吞噬。所以，西王母杀死了身边所有寄生了高阶异虫的巫。最后利用这特别的陵墓休眠，蛰伏等待。

就在薛夜思考之时，雪琪不动声色地靠近他，双眼变成了金色，她握着骨刀刺向薛夜!

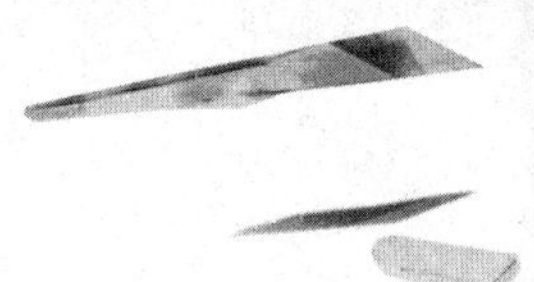

谢明远在衣袋角落里找到一个廉价打火机，按下后，温热的火给冰冷的仙宫带来了一丝暖意。小小的火焰照亮了他的四周，令他附近的通道亮了起来，玉石壁中仿佛有光雾飞舞。他和金眼男子已经在通道里走了大约两个小时。玉石奇特的射线令磁场改变，他的手表也走得时快时慢。

金眼男子面无表情地站在通道里，侧耳倾听着幽冥深处传来的声音。他凭借直觉选择的这条通道似乎一直很安静，可是他却在死寂中听到了许多细微的声音——机关滑动声，又或者玉矿蠕动声。这绝地仙宫凶险无比，他虽然并不想活着，却也不想被囚禁在仙宫之中，承受永远的绝望。

就在这个时候，金眼男子的视线落在了通道深处，皱了皱眉，他居然听到了呼吸声。通道深处有人。他戒备地走了过去，发现通道被密密麻麻的白色带着紫纹的枝条挡住。生活在地下的植物并不能进行光合作用，一些地下植物依赖根部寄生的真菌来获取营养，维持生存。

金眼男子谨慎地用长矛拨开了那些枝条，原来这里居然是通道的尽头。七条通道里唯一的生路。谢明远跟着金眼男子穿过那些枝条，一个他从未想象过的世界撞入了他的眼中！

温润的月光从高处泻了下来，如果没有之前的经历，谢明远根本想不到这里是地下。他好似误入桃花源的山客，惊喜又不知所措。

缭绕的云气遮蔽整个天空，而月光却无处不在。靠近谢明远和金眼男子的那片土地上，罕有的地底兰成片绽放，幽香扑鼻。古怪的植物在这充满月光的世界里生机盎然地生长着。谢明远回过头，发现通道的出口是在一片白玉峭壁的底部，另外六个通道的出口幽深寂静。

谢明远想象不出，数千年前的西王母如何能找到这样一处不可思议的埋葬地？又或者，是西王母用了什么办法在地底创造出了这样一个世外桃源？

金眼男子的长矛挑开了层层的白色树枝，他看到了树根处被真菌裹着的少女。少女在沉睡，呼吸悠长。白纱一般的真菌爬满了她的全身。是掬柔！

谢明远惊讶地走过去，伸手去拉掬柔的右手，想要把她从层层白纱般的真菌巢中拉出来。他手上一轻，骇然看到自己拉断了掬柔的手。掬柔的身体脆弱得仿佛乳酪。更令谢明远惊骇的是，掬柔的断腕处有着丝丝缕缕的根系正在蠕动。

金眼男子用矛将谢明远手中的断手敲掉，拉着他倒退了好几步。

“怎……怎么会这样？”谢明远惊骇地看着掬柔的断腕处并没有血液渗出，反而有乳白色的液体缓缓流淌出来。而落在地上的那截断手上的根系正缓缓蠕动着伸向掬柔断腕的方向。

金眼男子缓缓摇头，戒备地指了指那些不起眼的白纱状真菌，小心翼翼地远离。谢明远已经明白，这里并不是桃源，而是魔窟。

谢明远心中沉重。掬柔变成了这样，那其他的人到底怎么样了？

“……教……教官？”苏莺的声音在谢明远身后不远处响起。她和林熙染瞪大眼睛看着谢明远身侧的金眼男子。

谢明远讪讪解释：“他是我的朋友，没有他，我也没办法这么顺利进入这里。”金眼男子来历诡异，还曾经以行尸状态在他们的面前出现过。这样的朋友令人心情复杂。

金眼男子高傲地看了苏莺和林熙染一眼，他的眼中有瞬间的疑惑，然后就转身走向更深处。

谢明远对林熙染低声说了掬柔的事情：“她应该是被真菌寄生了，所幸还活着，也许我们能从西王母的陵寝中找到方法救她。”

林熙染站在树前，看着掬柔静谧的睡颜，眼中是愧疚与难过：“我……我本该早一点找到她。”

就在这个时候，他们听见远处传来雷声！

苏莺若有所觉，她的脑海里浮现出薛夜那双宁静深邃的双眼，轻声道：“薛夜……”

第十八章 爱煞人

七条通道之中有风吹过，风声仿佛鬼魂在哭泣。赤色的潮水从数个通道里涌了出来。密密麻麻的暗红甲虫们个头虽小，速度却不慢，它们嗅到了风里的血肉气息，径直向谢明远一行奔来。虫潮似乎对白树下被真菌包裹的掬柔丝毫不感兴趣，它们避过白树的区域直扑过来。

谢明远盯着这些躁动的暗红甲虫，喉咙有些发干。他见过这些虫子的照片。好几年前，在城郊的一个建筑工地里发生了好几起命案，是他退伍转业当警察的兄弟负责的。原来，那个黄昏，挖地基的工人发现了一座小小的古墓，工人们原本想偷偷拿了墓里的陶罐去卖，却没想到，那陶罐里居然封存着几只活生生的虫子。虫子钻进了好几个工人的身体里，后来这些工人都死了。

林熙染握住苏莺的手腕道："快跑！"

月光幽冷，谢明远和林熙染拖着苏莺的手一路狂奔，身后令人发麻的沙沙声不绝于耳。他们奔进了人骨道，身后的沙沙声安静了下来。

谢明远回过头，发现虫潮停在了这条灰白色的通道前，不敢踏入也不肯离开。

金眼男子愣愣地看着眼前这条灰白的路以及巨兽的骨骸，他总觉得眼前的一切似曾相识。在生与死的边缘，在模糊的梦里，他曾经来过这里。

虫潮不甘心就这么放过美食，它们开始攀爬白色的巨兽骨架。骨架上似乎没有它们惧怕的东西。不畏死亡的暗红甲虫有数只落在了众人的身上。它们对苏莺和金眼男子没有兴趣，纷纷扑向谢明远和林熙染。谢明远眼疾手快用匕首将身上的甲虫挑飞。甲虫一落入人骨道就蛰伏不动。

苏莺看到林熙染的头上有一只肥大的甲虫正冲向他的耳朵，想要钻进他的耳道。情急之下，苏莺飞快地伸手捏住了甲虫。剧痛从指间传来，苏莺知道自己被甲虫咬了。

金眼男子用青铜长矛挥开如雨而下的甲虫。一群人飞快地跑向人骨道的更深处。他们的身后，虫潮把原本莹白的巨兽骨架“染”成了血红色。

一条深深的沟壑横在人骨道前，金眼男子抓住了险些刹不住脚步的林熙染。他盯着沟壑里的青铜刺，眼睛在月光下越发妖异。

“过不去……”谢明远看了看沟壑的宽度。除非他把同伴抛入沟壑里，踩着他们的尸体通过。

虫潮蔓延而至，爬满暗红甲虫的巨兽骨骸变得妖异邪恶。

谢明远握紧匕首，他可不想被恶心的甲虫钻进身体里，那感觉比死还要惨。

苏莺看了一眼自己被甲虫咬伤的右手食指，伤口是两个黑色的小点，剧痛已经消失，食指却渐渐麻木。这甲虫有毒。这一夜，死神一直跟随在她左右，现在她的耳边似乎都能听到死神的叹息声。

就在这个时候，苏莺陷入了一个熟悉又陌生的怀抱里，冷冷的香气萦绕在她的鼻端。

“没事了……”薛夜的声音清澈中带着一丝倦意。

苏莺的耳边有一道光掠过。

那光点在半空中绽放出了极亮的光，落在了巨兽的骨骸上。下一秒，整个虫潮都燃烧了起来！每一只暗红甲虫的身体里仿佛都藏着燃料，一旦沾上火星就疯狂地燃烧。空气中充满说不出的恶臭味。

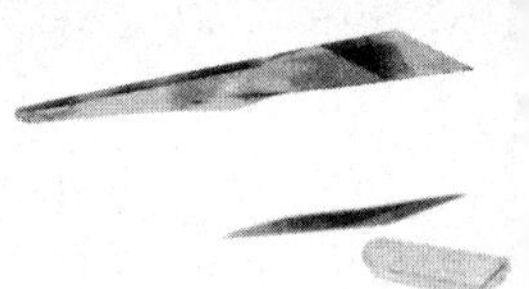

“是‘星虫’！”谢明远死里逃生，心中喜悦。

薛夜从苏莺身后紧紧抱着她，嗅着她的发香，仿佛抱着失而复得的宝物，低声道：“对不起，我不该放开你的手。”他用虫术收下的“星虫”终于起到了作用。西王母在仙宫外布置了尸蚤的天敌“星虫”。只要“星虫”存在，尸蚤就无法离开仙宫，只能永生永世守护着仙宫的秘密。他令月光虫吞噬了“星虫”，然后以“星虫”的能量波动释放出了所有的力量。

这真实的拥抱让苏莺眼底泪光闪烁。在那个孤独黑暗的通道里，她在幻觉中和薛夜相拥，沉迷却惶恐。而这一刻，所有的不安和恐惧都消失了。

脖子上突然传来一阵黏腻温热的触感，苏莺闻到了血腥味！在史前巨兽的骨骸中，在漫天火焰下，她很心慌，叫道：“薛夜……”

谢明远扶住薛夜，视线落在了薛夜的背上，惊见他的背上插着一把骨刀！

薛夜的脸色苍白，双眼却明亮如星，他的生命力仿佛在他的眼底燃烧，平静说道：“我没事，雪琪的心智被控制，刺伤了我。我们离开这里的契机就在巨兽头骨里。”虫师最擅长的就是嫁接伤害，他在骨刀刺入心脏前将心脏挪动了半寸，而月光虫则挡住了骨刀中的神秘力量对他的伤害。所以他活了下来。但受了重伤的他为了烧死所有的尸虱解救苏莺，耗尽了所有的力量。

月光迷蒙，云层低垂。雷电沿着头骨上的尖角落了下来。刹那间，天空中出现了幻象。远古时期，一颗旅行了一千光年的陨石进入了太阳系，它掠过冥王星，躲过了土星的可怕引力，经过火星，冲向蔚蓝色的生机勃勃的地球。它在大气层的高温摩擦下燃烧，然后坠入了一片广漠的沼泽，杀死了原本在沼泽中游弋的独角蛟龙。它瞬间吞噬了蛟龙和它附近的动植物，将它们摄入了陨石内部，然后冲入了数千米深的地底。

黑暗寂静的地底，蛟龙在陨石里的奇异射线中不断长大，然后在接近永恒的时光里死亡，血肉消失。植物们在陨石中变异，生长，死亡，复苏。

有一天，一个女人找到了它。她也许是那个时代最有智慧的生物之一。

女人打开了尘封万年的陨石，得到了神启。但是，不久后，她的帝王情人的死讯传遍天下。她去了他的墓穴之中，带走了他的尸体。

西王母将她的情人的八匹骏马变成了异兽，在仙宫修建好之前，它们负责守护西王母的情人的尸体。西王母将情人的尸体放进青铜棺，然后在棺中放满东海鲛人的眼珠，这些眼珠可以令尸体千年不腐。

陨石见证了仙宫的修建，见证了祭天台上万名生灵的血祭。西王母准备好了一切，她打造了她和情人的玉棺，她会拥抱着她的情人，等待千年后复活的那一天。

幻象冲击着每个人的脑神经，无数画面蜂拥而至。电磁场的作用下，每个人的头发都像水草一般浮动着。月光比之前明亮得多，薛夜心口处原本奄奄一息的月光虫得到了月光的滋润，渐渐恢复了活力。它第一时间开始修复宿主的伤口，将薛夜背上刺着的骨刀一分一分地推出他的身体，修复着伤口处的血管和肌肉。

薛夜从画面中抓到了令他疑惑的片段——如果西王母和她的情人已经在玉棺中沉眠。那么，青铜棺里是谁在抓挠，想要出来？

苏莺看到的却是西王母灵魂烙印里的私密画面。西王母深爱着她的帝王情人，却不愿意放弃自己的子民，跟着情人回中原。

两人分别时，帝王情人对西王母发誓说会永远爱着她。她在他体内种下异虫。那是宛如蓝蜻蜓一般的虫子，在她和他相拥的最后一夜，悄悄爬进了他的口中。如果情人的心背叛了她，他会死。

帝王情人离开后，西王母发现他偷走了昆仑至宝。西王母离开了昆仑山，前往万里之遥的中原寻找她的情人，想要问清楚一切。她途经茫茫深山，无意间发现了月夜下奇异的画面。一群蛇在山坳上拜月，月光却不是来自天空而是来自地下。西王母原本就是实力高强的王虫，她发现了那颗巨大而神奇的天外来石。

这颗天外来石藏着永生的秘密，西王母相信，这比权势更吸引她的情

人。她觉得也许她可以努力让他和她永远在一起。

西王母带着这个秘密去了中原，在那个华美宏大的宫殿里，她看到了她满脸欢愉的情人。他娇宠着其他女人，轻慢地述说着他和她之间的一切。原来，他不爱她，他只是很乐于在万里之外征服一个女王。帝王不会去爱，他要的只是臣服。西王母布下的异虫杀死了她的情人。情人死去的那个长夜，对她来说似乎永无尽头。

苏莺不明白。如果爱，为什么会杀死他？如果不爱，为什么要带走他的尸体？

金眼男子迷惘地看着幻象，他的表情渐渐变得痛苦。那些失去的记忆正一丝一缕被找回。

就在这个时候，六道细细的闪电包裹住了六个人，包括在白树下沉眠的掬柔。他们被闪电扯入了巨兽的头骨内！

掬柔安静地沉睡着，皮肤上长着的真菌已经消失无踪。原本被扯断的手也安然无恙地长在手腕上。她的身边是矗立如雕像一般的雪琪，雪琪似乎陷入了梦境，对大家的呼唤无动于衷。

金眼男子打量着陵寝里的一切，他的视线落在了不远处的青铜棺上。他缓缓走了过去，青铜棺里的抓挠声再一次出现。尖锐的声音似乎挠在每一个人的心脏上。

谢明远握住金眼男子的手腕，摇头："不要打开青铜棺。"

金眼男子侧过头看着谢明远，不再走过去。

薛夜盯着旋涡上空浮动的玉棺："我们必须打开它，才能找到回去的路。"

苏莺忍不住出声："你受伤了……"

薛夜笑笑："青铜锁链上抹了剧毒，除了我，没人能爬过去打开玉棺。"

金眼男子看着玉棺，眼中有幽光闪过。

薛夜攀在粗大的青铜锁链上，缓缓挪向玉棺。青铜锁链上有着奇异的毒素，若是一般人触碰，也许只要短短一分钟，就可以让人骨肉分离。

汗水从薛夜的额头滴落，他只是盯着玉棺，慢慢爬了过去。金色旋涡里不时有蒸腾的云霞飘荡而上，那云霞被薛夜吸入肺中，令他产生飘然欲仙的感觉。

怪不得西王母会选择把她和帝王情人合葬在这里，任何人都会觉得金色旋涡后面就是通往仙界的道路。

旋涡微晃，青铜锁链和玉棺跟着荡了起来。薛夜险些滑落，他倒吊在青铜锁链上，控制住心神，不去看那七彩旋涡。

终于，薛夜爬到了玉棺上，他用他的精神力“望”进了玉棺内部，整个人愣住了。玉棺里只有浅浅一层清水，却没有任何尸体！

薛夜的额头上有冷汗冒出，难道西王母和她的情人真的已经羽化成仙了？那么，他们一行人又该怎么做才能离开这里？

薛夜的声音变得艰涩，低声道：“玉棺……是空的……”

金眼男子的眼神变得悲哀，他径直走向了抓挠声不断的青铜棺。他伸手在青铜棺四个角的花纹处按了下去。机栝声响起，青铜棺的盖子被猛地顶开，一道黑色的身影扑了出来！

它青黑的肌肉附着在它的骨架上，双眼里是几乎枯萎的眼珠，它长长的指甲锋利幽蓝，身后居然拖着一截细细的骨尾！

谢明远愣住了：“不会是异形吧？”

林熙染看到青铜棺的棺盖上全是深深的抓痕。什么怪物能够被封在青铜棺里数千年都不死？

怪物冲向了金眼男子，它的利爪狠狠地刺入了男子的胸膛！

金眼男子抱住了怪物，眼神温柔，他低低地在怪物的耳边说了一句什么。这句话低柔如微风，却令怪物如遭雷击。

谢明远冲了过去，想要阻止怪物继续伤害金眼男子。金眼男子却将长矛的矛尖对准了谢明远。

苏莺对谢明远低声说：“他们是认识的，不要打扰他们。”她想起了关于西王母的传说。传说里，西王母本来就是人身豹尾的人神。眼前的怪物很可能就是那个拥有强大精神力的西王母。也只有她，即使被关入青铜棺也能存活数千年。但是，是谁将她关进了青铜棺？

金眼男子看着怪物，他的眼神温柔如春风，唇边的微笑似乎能融化冰雪。

怪物的手缓缓地从金眼男子的胸口处抽出，没有一滴血从他的伤口流出来。他握着怪物的手，缓缓走向旋涡，像是牵着自己深爱的人走向幸福的归处。然后，他们跳入了旋涡之中。

两个人在光雾中浮动，有无数的光点从他们的身上涌出。

有些光点飘了上来，落在了苏莺和薛夜的额头上，消失不见。

薛夜看到了金眼男子的记忆——他从玉棺中醒来，发现自己无论如何也无法离开这个大墓，他的王朝还在等待着他的统治，他却被该死的女人困在了这里。

他愤怒地将无法唤醒的女人丢进了青铜棺，穿过玉矿的通道，来到了祭天台。在祭天台里，他看到了那些壁画，知道除非自己和西王母成仙或者死亡才能离开这里！他愤怒地划破最后一幅壁画，打算返回陵寝用所有的方法叫醒西王母，却发现自己开始腐烂。他被蜕生花吞吃，再度吐出时却忘记了过往的一切。那个神秘的黑色石环是昆仑至宝，也是西王母控制星虫的法宝。

苏莺听到的却是西王母的心声。她下的异虫杀死情人的那一刻，她就后悔了。她在这个天外飞石上建立仙宫，都是为了有朝一日能令情人苏醒。当他和她一起醒来，他们可以重新开始。而要叫醒她，其实非常简单，只需要一个吻。

苏莺不知道金眼男子到底在西王母的耳边说了什么。也许是说他并不想将沉睡的她关在棺中数千年，也许是说他其实是爱她的，又或者他只是厌倦生命，想要和她一起死。

当金眼男子和西王母在旋涡中彻底消失的那一瞬，谢明远胸前挂着的黑色石环发出了耀眼的光芒！

时间再度流转倒回！

对讲机接通后只传来了沙沙声，像是从遥远异世界传来的杂音。风大了起来，云层遮住了月亮，山坳变得阴森了几分。

明月被乌云遮盖，大风吹得荒草乱舞。大雨突然而至，瞬间就密密麻麻布满了整个天地。无边无际的黑夜里，闪电是唯一的亮色。谢明远领着队伍跑进了荒草深处的无名山谷。雨点打在草叶上的噼啪声，风的呼啸声，混合着学生们的惊呼声令沉睡的山谷渐渐苏醒。

山谷里的植物茂密，特有的紫藤类植物攀爬满整个山壁。

谢明远站在锈迹斑斑的铁栅栏前，看着废弃防空洞的入口。这里已经很久没有人进出，铁栅栏上也都攀爬着紫藤，死死纠缠着，开出淡紫色的芬芳小花。他猛地转过身，在队伍中寻找到了林熙染和薛夜的身影。

谢明远长长地舒了一口气，他没有试图打开铁栅栏，而是吩咐军训的学生："我们冒雨赶回营地。"

女生队伍里，苏莺和雪琪牵着手在雨中走着。两个人都没有说话。雨水沿着她们的帽檐滴落。苏莺不知道在西周大墓里的一切到底是幻觉还是真实。

林悦心看了一眼雪琪，心中害怕，她对身边的蔡绿猗抱怨："我们真倒霉，居然要冒雨赶回营地。"

雪琪转过头，幽幽地看了林悦心一眼："能够冒雨赶路，你已经很幸运了，因为那说明你还活着，而且活蹦乱跳很健康。"

林悦心想要发脾气，却想起了那些飞蛾，她忍了下来，恨恨地瞪了雪琪一眼。

雨水淋漓，夜风微冷，在这仲夏夜。

良久，苏莺对雪琪轻声说：“我也喜欢薛夜……”

雪琪侧过头，盯着苏莺，雨水令她的神色模糊不清。

她慢慢地松开了苏莺的手，声音幽深，只道：“是吗？”

第十九章
来自阴间的短信

有时候，秘密能令人变得亲密，也能令人渐行渐远。

苏莺最近很郁闷。雪琪依然开朗大方，对她也一如既往，但是，她总觉得她和雪琪成了镁光灯下一对貌合神离的夫妻，那种微妙的小默契已经一去不复返。

一切都是因为薛夜。即使再亲密的闺蜜，如果喜欢上同一个男人，也会产生裂痕。

剩下的日子平淡无奇，令苏莺十分心安，经历了西王母墓中的惊心动魄，她只想岁月静好。还有……能看到薛夜。偶尔，她会在人群中看到他，视线不动声色地交汇一秒，心里却可以喜悦很久。

在幽深的玉矿通道里，她沉溺在自己的幻觉里，拥抱着那个温柔的薛夜。她永远不会告诉薛夜，在她最孤单无助的时候，她想到的是他。

军训结束，从基地返回京城的日子到来。军训的大学生们朝思暮想盼着这一天，却不由得心生惆怅。不同的生活就像是不同的河流，你只要涉入过就无法忘记它的美。

和来时一样，苏莺坐在车窗边，雪琪坐在她身旁。巍巍青山，萋萋碧草，在蓝天下越来越远。

“谢明远教官没有找过我们，但是也没其他人找过我们。所以，我想这

件事会变成一个永远的秘密。”雪琪在苏莺耳边低声说。

苏莺叹息，她侧过头看着雪琪越发晶莹的眼睛，叹道：“有时候觉得那只是一个梦。”

雪琪想起了她和薛夜站在虚影异兽拉着的青铜棺上的时光，心情甜蜜又酸涩。

这时候，她的手机响了。

雪琪摸出手机看了一眼：“是李翔这小子。”

她接通来电，神色随着电话里的声音变得越来越凝重：“你说什么？曦蕾死了？！”

苏莺坐直了身子。曦蕾和她们同学多年，虽然上次在天坑底她和李翔抛下大家逃命，但她没想到分离不到一个月，曦蕾居然死在了京城。

“好，我和苏莺今晚就来你们学校。见面再说。”雪琪终止了通话，她的眼中还有着惊愕。她还记得上小学第一天，曦蕾扎着羊角辫坐在靠窗的座位上，眼珠黑得像琉璃，皮肤雪白，可爱得像年画上的娃娃。

苏莺问：“曦蕾死了？”

雪琪缓缓点头：“曦蕾昨晚死了。她的尸体在医院的停尸房，曦蕾的爸妈已经连夜从夕城赶到了京城。”电话里，李翔的声音里充满了恐惧，她觉得事情不是那么简单。李翔在大坑底不知道沾染了什么，整个人变得阴气森森，却因为触动了古庙墙壁上的金色符文，才恢复成了正常人，这也是他的运气。只是没想到最后出事的是曦蕾。

苏莺知道曦蕾的爸妈一定悲痛万分，说道：“我们回学校报到之后，是找林熙染和掬柔一起过去，还是直接和李翔会合？”林熙染和掬柔应该也知道曦蕾的事情，李翔应该给他们打过电话了。

雪琪目光微动：“当然是一起过去。这些天我都没怎么看到林熙染和掬柔呢。”苏莺的性格她很了解，如果不是很喜欢薛夜，她不会说出来，而会选择沉默退让，眼睁睁看着自己和薛夜在一起。薛夜对苏莺态度很特别，她不敢在薛夜面前耍小手段，唯一能够扭转败局的就是釜底抽薪，让苏莺和林熙染在一起。

苏莺的脑海里是和林熙染在玉矿通道中相处的画面。林熙染的好，她明白，但是不知不觉中，薛夜的身影已经走进了她的心。

雪琪拨了林熙染的手机号码，和他约好时间地点。她挽着苏莺的手臂说："下午一点，林家派车到学校门口接我们。"

苏莺的手机短信提示音响起，她拿起手机，发现发件人居然是曦蕾！

苏莺皱了皱眉，是谁在恶作剧？她打开了彩信，脸上的血色在瞬间消失。彩信里是一张手机拍摄的照片，看样子是一个不大的房间，放着一排钢架床，有几张钢架床上蒙着白布，白布末端可以看到伸出来的蜡黄色的人脚，人脚上还挂着白色标签。

照片上离镜头最近的地方是一双小巧白净的人脚，脚指甲的缝隙里是暗红的血色。

雪琪发现苏莺脸色不对，探头看了过去，看清之后，她眯了眯眼，脸色有些发白。

阴冷的气息透过照片直扑而来，苏莺无法抑制地颤抖起来。她关掉手机，把它塞进包的最深处。

雪琪语气森冷，垂着的左手捏出破除阴邪的手印："把手机给我，我打过去。"

苏莺摇头："如果是恶作剧，没人会接。如果不是……"窗外风光明媚，手机上的照片却仿佛在描述另一个世界。

回到京城大学已经接近中午，雪琪和苏莺匆匆洗漱，穿了黑裙，到食堂吃饭。军训归来，吃食堂的红烧肉都觉得舌头要融化了，由此可见军训伙食多么缺乏油水。

薛夜走进食堂，他出现在众人视线中时，原本喧闹的食堂安静了一会儿。刚刚洗过澡的薛夜头发湿漉漉的，一双眼睛如子夜一般深邃幽静，这是

一个无论出现在哪里都会令人心生赞叹的男人。

薛夜只要了素菜和米饭。食堂阿姨见猎心喜，给了他超大份。薛夜端着午餐，径直走向了苏莺和雪琪那一桌。

苏莺背对着薛夜，对一切茫然无知。而雪琪已经露出了如花笑靥。她看着薛夜走来，心中柔软。

薛夜在苏莺的身边坐下，苏莺侧过头，发现是薛夜，眼中闪过一丝慌乱。她的唇上还沾着饭粒，有些尴尬地招手："啊……薛夜……"

薛夜淡淡一笑，自然地伸出手拂去苏莺唇边的饭粒，微笑道："怎么吃饭像小朋友，嘴上还沾饭粒。"

苏莺的耳朵瞬间红了，薛夜微凉的指尖仿佛带着电流。

雪琪垂下眼帘，掩住眼底的怨念。什么时候薛夜和苏莺已经这么熟了？

雪琪抬起头来，笑问薛夜："你怎么没和林熙染一起？"

薛夜回答："林熙染有些发烧，不想吃饭。"

苏莺愣了愣，问："林熙染烧得厉害吗？"记忆里，林熙染很少生病。唯一一次是在高二的时候，也是发烧，后来，林熙染住进了医院。

薛夜将盒子里的素菜拨了一些给苏莺："只是低烧，没什么大问题。大概是回到学校，整个人放松下来了。有时候，人生病只是因为需要舒缓精神上的压力。"

苏莺放下心来："最近几个月发生了很多让人精神紧张的事情。"

她想起了上午的那条彩信，低声道："和我们一起去天坑探险的高中同学曦蕾昨晚死了。但是我今天上午收到了她的手机发来的彩信。彩信里是一张停尸房的照片。"

薛夜目光微动："把手机给我。"

苏莺把手机递给薛夜，薛夜翻出了彩信，端详照片："的确是停尸房。这看起来不太像是一般的恶作剧。只有你收到了彩信？"

雪琪耸耸肩："我没收到，还没来得及问林熙染和掬柔。不知道曦蕾的男友李翔有没有收到这样的彩信。”

薛夜将照片转发到了自己的手机上，删除了苏莺手机上的彩信。他侧过头，望着苏莺的眼睛，声音清澈舒缓：“别担心。”

苏莺原本有些焦躁的心突然安静了下来。从地铁初遇开始，薛夜就给她莫名的安全感。

雪琪发现，苏莺和薛夜之间的微妙氛围，她根本无法介入。她低头吃着土豆丝，却根本尝不出味道。心底的挫败感令她握紧了筷子。

下午一点。

苏莺和雪琪刚刚走出京城大学的校门，就看到林熙染站在一辆黑色宾利边等着她们。他穿着黑色的修身西装，优雅内敛，略显苍白的脸在日光下宛如名贵的瓷器。

掬柔坐在车里，安静得像一个影子。她已经和林熙染冷战好些天了。从西王母大墓活着回来后，林熙染就越来越沉默。掬柔和他说话，他总是疏离而客气，他甚至不再牵她的手。掬柔软硬兼施，甚至搬出了林熙染的母亲，依然得到的只是他的冷漠。

林熙染看到了苏莺和雪琪，他露出淡淡的微笑，替女士们打开了车门。

宾利车平稳地前进着。

苏莺从包里拿出了温热的粥。白粥放在塑料杯子里，温度刚刚好。

苏莺把白粥递给林熙染：“薛夜说你没吃午饭，还是吃点粥垫一下肚子吧。”

林熙染接过粥，灼热的指尖令苏莺心中一惊。林熙染还在发烧。

林熙染轻声说了谢谢。他的眼底多了一丝亮光，一口一口吃着粥。

司机老王欲言又止。在后车厢里放着夫人煲好的瑶柱海鲜粥，熙染少爷说没胃口，让他把粥搁着。装在塑料杯子里的便宜白粥会更好吃吗？

掬柔看在眼里，心中刺痛。林熙染根本没告诉她，他没吃午饭。他是想把她排除在他的世界之外吗？

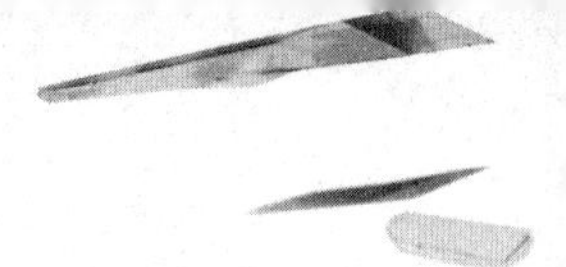

“曦蕾到底怎么死的？”雪琪问掬柔。

掬柔眼中闪过一丝凝重：“说起来，还真是诡异。曦蕾是死在和李翔同居的公寓里。我有一个朋友是那个公寓楼辖区派出所的，他说，曦蕾穿着睡衣挂在风扇吊灯上，天花板和四面墙壁上全是沾血的小脚印。李翔和朋友在酒吧喝酒到凌晨一点，他回家打开门，就发现曦蕾挂在那里，一直在滴血。”

一股寒意从苏莺的脚尖直达她的头顶。

雪琪的脸色也变了：“这么说是他杀？”

掬柔摇头：“警察勘察了现场后，说掬柔是自杀。那些布满墙壁和天花板的小脚印经过对比，应该是掬柔踮着脚尖踩出来的。这一点，无法找到解释。”

车里的四个年轻人也算是经历了多次诡异事件，承受力比常人高出许多。

雪琪看了苏莺一眼：“今天上午，我和苏莺在回京城的车里收到了曦蕾手机发来的彩信。彩信上的照片很诡异。我怀疑照片拍的是曦蕾在停尸房的样子。照片已经被薛夜删除了。”

掬柔说：“也许是有人故弄玄虚，曦蕾没有自杀的理由，她那么喜欢李翔。我觉得是他杀。”

林熙染因为发烧精神不济，他靠着椅背，双眼雾气蒙蒙。最近几个月发生了太多事情。他从天坑探险回来后总是梦到自己站在花树下对苏莺表白，那种感觉真实得仿佛真正发生过。他怎么就突然在爷爷的葬礼上爱上了掬柔？他觉得迷惑不解，心中对苏莺的感觉越来越强烈，却只能眼睁睁看着她离自己越来越远。

盛夏的阳光酷热，林熙染却觉得自己被埋在深深的海底，渐渐腐朽，一日比一日寒冷。

曦蕾和李翔考上了西京医大，他们在西京医大的后门附近租了一处公寓。公寓建成没几年，明亮雅致，公寓楼下的花园草木繁盛。

曦蕾的爸爸妈妈在女儿死亡的公寓里收拾她的遗物。宾利车停在了公寓的露天停车位上。李翔已经等在公寓楼外。

李翔面色发青，下巴尖了不少，他看着老同学们，勉强笑笑："谢谢你们来。曦蕾她爸妈怨我，看到我就骂，你们帮我安慰安慰他们。"

苏莺看着李翔，心中隐隐觉得不对。玉矿里的那段记忆浮现在脑海，眼前的李翔整个人散发着阴郁的气息，就像是玉矿里的植物，缺乏阳气。

"警察说曦蕾是自杀的，你和曦蕾吵架了？"雪琪问李翔。

李翔的脸色更加灰败："我……学校有女生追我，曦蕾不高兴。"

雪琪冷笑："昨晚你和同学在酒吧喝酒喝到凌晨一点，丢下曦蕾一个人。你对得起曦蕾吗？"

李翔垂着肩，低声说："这阵子，曦蕾每天都找着我闹，半夜还会叫醒我，逼问我还爱不爱她，有多爱。我都要疯了！"

苏莺说："先去看看曦蕾的爸妈，其他事情，我们晚上找地方详谈。"

李翔和曦蕾租的房子在十三楼，苏莺一行还没进门就听到屋子里传来争吵声。

"老娘真是倒了八辈子血霉，把房子租出去，居然租客在屋子里自杀！"尖锐的中年妇女的声音几乎能刺穿防盗门。

"押金和剩下的租金，你们就别想了，你们还要赔偿我的损失！"声浪震得玻璃都在颤抖。

李翔用钥匙打开门，发现曦蕾的父母站在客厅里眼睛发红，而中年女房东面目狰狞，仿佛随时会扑上来咬人。

女房东看到了李翔，她大步冲了过来，拧着李翔的衣领摇晃着大吼："你要给我赔钱！"

林熙染上前抓住女房东的手腕，将李翔解救开道："赔钱的事情找我谈，

安静一点。”

女房东手腕吃痛，正想破口大骂，看到林熙染玉树临风，很像有钱人家的公子，脸上怒意瞬间消散，说道：“那我们去走廊谈。”

林熙染和女房东出去后，李翔松了一口气，曦蕾的爸妈坐在沙发上，神色悲哀。

“我的曦蕾是作了什么孽啊……”曦蕾的妈妈哭了起来。她从夕城赶到这里，推开门的一瞬间满屋子的血迹就铺天盖地向她压了下来。连吊扇式田园灯上都还有着斑斑血迹。她头晕目眩，想着曦蕾一个月前还在她身边撒娇，顿时痛彻心扉。

雪琪和苏莺对曦蕾爸妈说，节哀顺变。只是，她们也知道白发人送黑发人的伤痛不是几句话就可以慰藉的。

苏莺打量着公寓，淡淡的药香在她的鼻端萦绕，她狐疑地顺着药香走了过去，发现发出奇异香味的是放在厨房小窗台上的一盆植物。它看起来像是一盆米兰，香气却有些特别。

苏莺转身看到了李翔，问：“这盆花是谁送的？”

李翔茫然地摇了摇头：“搬进来的时候，玩得好的同学们送了好几盆植物还有摆件什么的。而且这些花花草草都是曦蕾在照料。”

苏莺伸手摘下了几朵小小的米色花蕾，她将花放在掌心，原本打算闻闻，却发现花朵里钻出了极小的黑色虫子。那些虫子似乎受不了她手掌的温度或者气息，跳到了地上，不知道钻到哪里去了。

苏莺心中隐隐觉得不舒服，她把那几朵米兰小心地放进衣袋，然后走回到客厅里。林熙染已经和女房东谈妥，女房东干净利落地消失不见。

下午的阳光从客厅的落地窗照了进来，公寓里却依然有说不出的凄冷。

李翔带着苏莺一行去了附近的咖啡馆。

他要了黑咖啡，神色惨然：“我真不知道曦蕾为什么会自杀。”

掬柔冷笑：“女孩子自杀往往是因为男友忘恩负义。”

李翔微变的脸色被苏莺看了出来。

苏莺想起了那盆散发着奇异药香的米兰，问："李翔，你说是有女同学追你啊？"

李翔垂下头："……有。可是我只是把她当一般朋友。"李翔的脑海浮现出穗穗可爱开朗的脸。

雪琪冷冷地盯着李翔："你也很享受被女孩子追逐的感觉吧？你说曦蕾半夜叫醒你，问你爱不爱她，说明她非常没有安全感。"

李翔的眼神里充满了痛苦和悔恨，低声道："我和穗穗真没什么！我和曦蕾在天坑底生死与共过，我怎么可能短短几周就爱上其他女孩子？"

苏莺问："我真不相信曦蕾会自杀，那些小脚印也不可能是曦蕾的。曦蕾自杀前几天，有没有发生什么奇怪的事情？"

李翔的眼神变了："真有奇怪的事情。那个公寓虽然楼层高，却也有老鼠。连着一周，每天早上厨房里都有死老鼠。我问了物管，说是前几天在小区有投放鼠药。"

他拿出了手机："还有今天上午，我收到了一条曦蕾手机发来的彩信。曦蕾死后，我没找到她的手机。彩信里是一张照片，拍的是一间屋子里放了好几具盖着白布的尸体。我……我觉得里面有一双脚是曦蕾的……"

苏莺感觉到了一道视线，那视线冰冷犀利。她侧过头望了出去，见咖啡馆外，街对面站着一个女孩子。女孩子穿着蓝色连衣裙，长长的头发又黑又亮，宛如上好的丝绸。

苏莺的视线和蓝裙女孩儿的视线交错。那个女孩儿的气场很奇怪，令人觉得萧索而寒冷。

林熙染的声音在苏莺的耳边响了起来——"苏莺，曦蕾的爸妈打算明天一早就带着曦蕾回夕城，我们想一起回去参加她的葬礼。"

苏莺点头："没问题。"她又看了看街对面，那个蓝裙女孩儿已经不见了。

苏莺问李翔："你有那个追你的女孩儿的照片吗？"

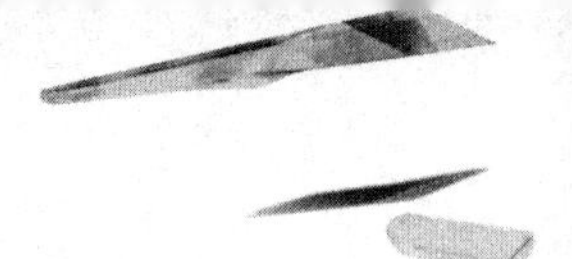

李翔在手机上找出了一张合影，道：“这是上次一群人去酒吧照的，最右边那个女孩儿就是穗穗。”

苏莺看了看，穗穗是一个可爱的女孩儿，黑发乌眸，笑容甜美，清秀开朗。

林熙染说：“明天一起回夕城，可能要耽搁一两天。我和李翔现在就去停尸房看看，证实一下曦蕾手机发来的照片是不是在停尸房拍的。这件事情很诡异，我觉得远远没到结束的时候。”

李翔的手抑制不住地颤抖：“我一晚都没睡，闭上眼睛就是曦蕾血淋淋吊在那里的样子。”

雪琪的脸色阴沉：“我怎么想都觉得曦蕾死得蹊跷。李翔你再回忆回忆，曦蕾最近是不是得罪了什么人。”

李翔的声音里带着哭腔：“她最近都很神经质，前几天，她还在学校里打了穗穗一耳光。但是，穗穗一个女孩子怎么可能让曦蕾自杀？”

雪琪垂下眼帘。她手中那本笔记里很隐晦地提过用异能杀人的方法。她如果愿意也可以将人逼入绝境，然后令人自杀。

掬柔站了起来道：“我找人查查穗穗的底。”

苏莺也想把她摘下的米兰拿给薛夜看，于是说道：“那我们散了吧，明天早晨一起回夕城。”

就在这个时候，李翔的手机又响了一声，是短信提示音。

李翔看到发件人是曦蕾，他的手抖了抖，还是打开了彩信。光线模糊，一尊雕像在照片里散发着幽幽寒气。这是一尊三眼六手的神像。神像的五官清晰，神色痛苦，像是在地狱之火中备受煎熬。

第二十章
三眼六手神像

窗外阳光充沛，李翔却觉得自己在冰窖之中，冷得全身血液都凝固了。他狠狠地揪着头发问："这到底是怎么回事？！"

林熙染看了看疑惑地问："你见过这个神像吗？"

李翔颤抖了起来："我在云南好像见过这个神像……那是天坑旅游后不久……"

那时候，李翔喜欢在论坛上消磨时光。他把自己在天坑底遇到巨蟒的事情在论坛上连载，引起了不少读者的追捧。当然，偷溜的情侣变成了别人，而他却是勇斗巨蟒的孤胆英雄。

网名"穗穗"的女孩儿每天都会在李翔贴的小说下面留言，十分仰慕他。小说完结的时候，穗穗邀请李翔到她家乡玩。穗穗是苗女，在李翔的认知里，苗女美丽多情。

"你不会是那种会下蛊的苗女吧？"李翔开玩笑地问。

穗穗打出了一连串笑脸："哈哈哈，你以为会下蛊的苗女到处都是？蛊苗不和一般的苗人来往，住在好深的山里，我家住在镇上。我从小到大就只有一次见过蛊苗，看都不敢多看他一眼呢。"

李翔深表遗憾："还以为可以见识见识。"

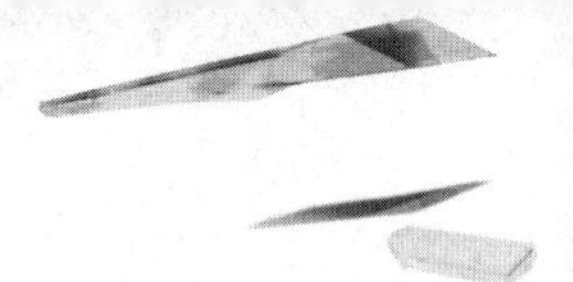

穗穗说："我的家乡风景很不错，有一条清亮的河穿过小镇，我可以请你喝自家酿的米酒。我酒量不错哦，可以陪你喝。"

李翔那文艺小清新的情怀被打动，他告诉曦蕾要去老家看外公外婆，就坐上了去云南的火车。他买的是卧铺票，所以在手机里下载了好几部小说，来度过火车上的时光。

苗族的历史悠久，在古代典籍中，早就有关于五千多年前苗族先民的记载，苗族的先祖可追溯到原始社会时期活跃于中原地区的蚩尤部落。苗民精通药草，善于运用草药治病救人。苗族在历史上多次迁徙，由黄河流域迁至湘、黔、滇。云南在古时候被称为滇，意为真正的蛮荒之地，但这片神奇的土地似乎蕴藏着奇异的生机和力量，苗族人在这里定居了下来，世代繁衍。

李翔在昆明下了火车，就拨通了穗穗的号码。穗穗的声音清甜动人："我就在出站口等你。"

李翔没能看到盛装打扮的苗女。穗穗长发齐肩，眉清目秀，她穿着淡蓝色连衣裙，白色凉鞋，皮肤是健康的蜜色。

"李翔，走吧。"穗穗站在李翔的面前，带着少女的妩媚可爱，笑眯眯地说。

李翔的心被小鹿乱撞了几下，道："穗穗，你们云南真美，人更美。"

穗穗一笑就露出酒窝："别贫嘴了，我带你去坐中巴，到我家乡还有几百公里路呢。今天中午先带你在文山转一转，下午再带你去我住的锦里县。"

几小时后，中巴到达了文山市。

文山壮族苗族自治州，位于云南省的东南部，与越南接壤，辖八个县，州府在文山县。全州地势西北高而东南低。境内山峰较多，但也有海拔较低的谷地。

文山市位于滇东南偏西，县城状如葫芦，盘龙河自西北入境，绕城向东南而去。文山有许多桥，岸边杨柳依依，有几分江南水乡的韵致。湛蓝的天，碧绿的水，颜色明艳动人。

穗穗有些惆怅地说："九月开学，我就要离开家了，以后也就暑假寒假才能回来。" 穗穗高中在文山一中住校，高考成绩还算不错，她奶奶在她拿到录取通知书的那晚喝了三碗酒。

李翔安慰穗穗："外面的世界也很精彩。你考上哪所大学？"

穗穗笑笑："保密。"李翔在论坛上贴的小说连载，她很喜欢。李翔有一次回复别人的留言说，他要去京城读大学，要成为风流帅气的医生，她就猜李翔很可能去西京医大读书。她其实考上的也是西京医大，从小就对药草感兴趣的她一直立志成为医生。

李翔笑说："穗穗一定考的是艺术大学。"听说苗女大多能歌善舞。

穗穗没有回答。她带着李翔吃了文山米线。李翔被香气浓郁的文山米线征服，赞不绝口。

穗穗说："文山过去有一种黑鱼米线，把在深山暗河里长大的黑鱼切成纸那么薄的肉片烫进汤里。好吃到你会把舌头吞下去。"

李翔愣了愣，想起了那几条他在天坑底溶洞吃掉的暗河里的鱼。那种令人灵魂堕落的腥甜至今还在他舌尖回荡。

穗穗踮起脚尖挥手，一辆依维柯停在了她和李翔的面前。

"穗穗，要回镇上？上来吧。"司机是一个中年黑胖子，头顶有些秃。

穗穗小鹿一般跳上了车，李翔跟上去，把旅行包放在了行李架上。依维柯开足了冷气，在这盛夏里带来丝丝凉意。

锦里县位于蜿蜒的群山之间，山势平缓，绿意盎然。不少当地人种植三七，以卖药材为生。这里民风淳朴。风景宜人，李翔坐着木船，漂荡在碧水上，看着两岸古朴的民居，恍然觉得也许自己上辈子就住在这里。

"穗穗，我上辈子肯定是一个苗人。"李翔仰头对站在船尾的穗穗说。

穗穗浅浅一笑，比夏日繁花更美，柔声道："那我带你去问问我们镇上的神婆，看看你的上辈子。"

李翔眼睛一亮：“你们这里还有神婆啊？”

穗穗恐吓李翔：“神婆虽然不是深山里的蛊苗，却也是有蛊虫的哦。我们镇上的人想见地下的亲人了，或者遇到不好的事情，都会找神婆问问。”

李翔点头：“这样说来，神婆应该算是古代的心理医生。”

穗穗目不转睛地看着李翔轻笑：“那我们现在就去找心理医生问问前世。”

她对划船的大叔笑着说了几句，大叔就把船划进了一条小小的支流。没多久，李翔就看到了开满荷花的碧绿荷塘，荷塘中央隆起的小岛上建着一栋吊脚楼。

李翔看着这重檐翘角的吊脚楼，不由幻想穗穗口中的神婆是美丽得猜不出年龄的苗家美女。所以，当他真正看到神婆的时候，心中不免失望。神婆看起来四十多岁，短发，微胖，五官平淡，和他家附近菜市场里的大婶没有区别。

只是这屋子里有着淡淡的奇怪的味道，说不上好不好闻。

神婆的目光在穗穗和李翔的身上转了转，她问穗穗：“今天怎么想着来看我了。”

穗穗娇俏地说：“我朋友来镇上，他说觉得对这个镇子很熟悉，好像上辈子就住在这里。”

神婆的视线落在李翔的脸上，李翔觉得那视线仿佛拥有实质，令他的脸微微刺痛。

神婆笑笑：“那要问问才晓得。”她站起身来，在屋子的角落里从一个陶罐里倒出了一些蜂蜜色的水洗了手，然后从柜子里拿出了一张绣工精美的天青色大手帕。

李翔抖了抖。不知道什么时候，神婆的右手手背上停了一只红色的蟋蟀。

神婆让李翔在乌木椅子上坐下，她也坐在了李翔对面的椅子上。

神婆将大手帕盖在脸上，声音隔着手帕，仿佛在另一个世界响了起来：

"小伙子不错，考上了和穗穗丫头一样的西京医大。"

李翔震惊地看了站在一旁的穗穗一眼。神婆怎么知道他和穗穗都考上了西京医大?

神婆右手手背上的虫子动了动，继续说道:"前阵子遇到危险，还好平安度过。那么大的蛇把你给吞了，你居然没死。"

穗穗听神婆这么一说，嘴角微弯。李翔小说里那个被蛇吞了却又奇迹般回到悬石古庙的倒霉鬼原来就是他本人。

良久，神婆右手手背上的红色蟋蟀变成了黑色。神婆将脸上的大手帕揭开。她的神色有些委顿，沉声道:"他上辈子死在这个镇上。穗穗，带着你的朋友离开这里。"

神婆冷着脸去洗手，手背上的蟋蟀不知道什么时候不见了。

李翔脸色不太好，跟着穗穗离开了吊脚楼，上了他们来时坐的木船。

穗穗也没想到神婆居然真说出了李翔的前世，她安慰李翔:"上辈子的事情，谁也不知道。我一直觉得神婆之所以可以说出许多人的秘密，是因为她养的虫子可以捕捉到人的脑电波或者记忆碎片。"

李翔看着穗穗:"你是说，她并不能真正接触到去世的人，而是能够利用蛊虫捕捉信息?"

穗穗耸耸肩:"蛊是存在的，但是我觉得很多蛊都可以用科学来解释。"

李翔缓缓吐出一口气:"我没想到，你和我居然会读同一所大学。"

穗穗伸手触摸身边的一朵白荷，认真地说道:"我想发扬苗家的药草学。我奶奶有好几个验方很是神奇。其实，深山里的蛊苗神乎其神的蛊术里也掺杂了药学的精粹。"

李翔佩服地说:"穗穗，你会成为一个很好的医生。"穗穗比曦蕾成熟很多，她和曦蕾是不一样的女孩子。

穗穗看着李翔笑:"你却不是你小说里智勇双全的男主角，反而是倒霉的路人甲。"

李翔垂头丧气："京城天桥下算命的十个就有十个是假的，个个说我八字好，吃穿不愁，桃花多得要命。没想到在你们锦里镇我仅仅遇到一个就是真正的神婆。"

穗穗甜甜一笑："草娘人很好的，她没结婚，十多年前收养了一个被人丢弃的女婴。现在她女儿在外地读书，每周都要打电话给草娘呢。"

两个年轻人是朋友，又要在同一所大学就读，交谈起来分外投缘。不知不觉间，船已经到了锦里镇最繁华的地带。

穗穗让船靠了岸，轻捷地跃上岸边长着绿苔的台阶。

李翔小心翼翼地上了岸，看着眼神清亮的穗穗，不知道为什么突然有些害羞，支吾着问："我……我今晚住你家合适吗？孤男寡女不大好吧？"他一贯没心没肺没脸没皮，和曦蕾是真正的青梅竹马，打打闹闹自然而然成了男女朋友，却没想到在这彩云之南，突然对一个女孩儿心动忐忑了起来。

穗穗扑哧笑了："我已经让我妈把客房收拾干净了。"

李翔"哦"了一声，心情有一点低落。

暮色之中，李翔跟随穗穗到了她家。穗穗爸是小镇派出所的所长，穗穗妈则是家庭妇女。穗穗的奶奶回寨子去看老姐妹，并不在家。

李翔受到了热情的招待，却在穗穗爸那雪亮的目光下有些狼狈。事实是，他其实并不介意和可爱的女孩子有一段美好的暧昧时光，却越了解穗穗越自惭形秽，不敢造次。

那一晚，李翔并没有失眠，喝了好几碗米酒的他躺在凉爽的草席上不一会儿就沉沉睡去。

之后的几天，穗穗带着李翔游走在锦里镇的每一个角落，这宛如露珠般清澈可爱的小镇令李翔流连忘返。

突发的一件事令李翔匆匆结束了小镇之旅，也令他见到了可怕诡异的一幕。

那是他到锦里镇的第三天，穗穗和他在外面吃三七汽锅鸡的时候，接到了电话。原来前一天，附近的山上有人偷猎，穗穗爸带队去抓人，没想到，偷猎的那两个人惨死在了树林里。而且今天早晨起来，去过树林的警员全部病了。

法医早晨在解剖室详细检验了偷猎者的尸体，他发现死者心脏中的血液是棕色的，而且已经液化。而通常尸体中的血液在死亡十几个小时之后就应该完全凝固。内脏外观并没有明显伤痕，只有肺中充满血液。法医判断这是一种罕有的病毒感染。没过多久，法医在休息室晕倒，高烧不退。

李翔跟着穗穗回家时，穗穗的奶奶已经把穗穗爸接了回来。皮肤黝黑的苗家汉子在卧室里一声一声惨叫。穗穗妈心神不宁地坐在客厅里。

穗穗要进她爸的房间却被穗穗妈拉住道："你奶奶请了寨子里的神婆给你爸驱虫。"

穗穗愣住："驱虫？"

穗穗妈忧心忡忡："你奶奶说你爸是被人下了蛊，去医院根本没用，她回寨子请了寨子里的神婆。穗穗，我从来没听你爸这样叫过，他十年前追捕犯人的时候被枪打了，醒来也没吭一声。"

李翔站在卧室外，从门缝里看了进去，看到了令他血液逆流的画面。

穗穗爸赤裸着上身，皮肤下有很多东西在钻动，波浪般起伏不定。他的眼神绝望而痛苦，肚脐处有一个血洞，正有蚯蚓一般的东西从里面蠕动着爬出。

血洞的上方趴着只绿色的蟾蜍，一动不动。每出来一只虫子，它就伸出细长分叉的紫黑色舌头将虫子卷入口中。

就在这个时候，李翔听到身后有人用苍老而沙哑的声音说："你在干什么？"

他回过头看到一张布满了皱纹的老女人的脸。那老女人眼神冰冷地看着他，仿佛是在看没有生命的一件器物。

穗穗将门带上，她站在李翔身前，对着老女人微笑："奶奶，李翔是我朋友，你别吓他。"

穗穗奶奶盯着李翔看了很久，像是毒蛇正在盯着它的猎物，最后，她干

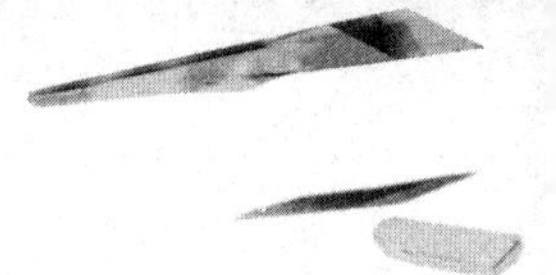

瘪的嘴笑了笑："倒是个好小伙子。"

李翔已经害怕得说不出话来。卧室里的那一幕诡异可怕，令他想呕吐想逃走，却被蛊惑一般动弹不得。

这样的情绪一直积压在李翔心中，令他无法继续享受小镇的悠闲时光，他甚至开始失眠。

一周后，穗穗将李翔送上了来时的依维柯，他脸色苍白地坐在车子里，隔着车窗和穗穗道别："穗穗，谢谢你招待我。"

穗穗的微笑依然灿烂明朗："朋友之间别说谢谢。"她的语气里有一些遗憾，"还没带你去小镇附近玩儿呢。河的上游有一个很有意思的寨子，去那里要坐木船穿过山腹的岩洞。然后，你会看到陶渊明笔下的桃花源。"

依维柯发动了起来，李翔和穗穗挥手告别。他回想着来锦里镇的一幕幕，心中百感交集。从回忆里抽出神来，李翔突然发现，他能记得的行程和手机上显示的日期差了一天一夜！

在回夕城的火车上，李翔不停地回想着，他到底遗忘了什么？他的时间居然遗失了一天。他到底是怎么了？李翔拿出手机翻看着他在锦里镇拍的照片，只能看到自己站在繁花似锦的小镇里，笑得阳光灿烂。一切毫无破绽。

听着李翔讲完他在锦里镇的故事，雪琪冷笑："穗穗肯定有问题，你居然还敢和她继续来往，以至于害死了曦蕾！"

李翔苦笑："我还没把故事讲完。我回到夕城后，试着用一个软件恢复了手机里被删除的文件。然后，我发现了这张照片。"

李翔把手机里的照片打开，递给了雪琪。

雪琪看到了那个三眼六手的神像！只是，李翔拍到的神像眼睛是闭着的，而曦蕾手机刚刚发来的照片上神像的三只眼睛是睁开的！

恶魔刚刚苏醒，厄运就随风而至。

第二十一章
阴魂不散

暮色里，苏莺和雪琪回到学校。两个人都没有怎么说话。三眼六手神像带来的诡异气场，令她们的心情无比低落。

雪琪匆匆和苏莺告别：“我还有点事，就不和你吃晚饭了。”她看到照片上的神像，刹那之间心神受损，仿佛有一种诡异的波动正在入侵她的灵魂。她必须找一个僻静之处，利用祖先笔记里的方法来恢复受损的灵魂。

苏莺看着雪琪的背影消失在通往树林的小径深处，这时她的手机响了起来。铃声居然令她觉得不适，仿佛耳朵已经受不了大一些的声响。

苏莺皱眉接电话：“喂？”

薛夜的声音清澈，如碎玉撞击般悦耳：“苏莺，我想见你。”将那张诡异的停尸房照片发到自己的手机上，他也得到了苏莺的手机号码。

苏莺看了看四周：“我在第三教学楼背后。”

薛夜的声音里带着淡淡笑意：“我看到你了。”

苏莺若有所觉，她转过身看着不远处的薛夜，心在刹那间变得柔软。

薛夜拿着一本书，白衬衣深色长裤，清淡优雅，说道：“我在第三教学楼自习，离开教室后，突然想给你打个电话。没想到，原来你离我这么近。”

苏莺发现自己见到薛夜时越来越心慌意乱，不见的时候想念，见的时候却不知所措。

薛夜打量苏莺，皱眉问：“你的气色看起来不太好，刚刚从你那个死去的朋友家里出来？”苏莺倒是没有中蛊的迹象，只是去了充满阴性能量的地方，精神力轻微受损。

苏莺想到了那个神像，心中有古怪的郁闷涌出，皱眉说道：“曦蕾的死有蹊跷。曦蕾的男友李翔之前去过云南文山，在那里认识了一个女孩，那个女孩也是他们学校的新生。李翔在云南失去了一天的记忆，回来后发现手机里被删除的文件是一张闭眼的三眼六手神像照片。就在下午的时候，李翔收到了曦蕾的手机发来的第二张照片，也是那个神像，只不过，神像的眼睛睁开了。”

薛夜听得很仔细，他听到三眼六手神像的时候，眼中有幽光闪过：“你让李翔把那张照片发到我的手机上。我似乎听说过这个神像。”

然后他轻轻笑了，目光柔和：“我带你去学校外面的餐厅吃晚饭。”

两个人穿过寂静的花树林，从学校侧门出去，找了一间粥店。

薛夜点了鲫鱼粥给苏莺，粥熬得白白嫩嫩，香菜碧绿晶莹。薛夜将粥碗推到了苏莺面前，温言道：“粥最养人。”他不动声色地给鲫鱼粥下了一点点无根花的花粉，能够令苏莺轻微受损的灵魂恢复。

苏莺吃着粥，渐渐觉得心情轻松了起来。粥很香，她吃得有些急。

薛夜自己要了野菜粥。他边吃边想着苏莺遇到的事，深黑眼珠中，雾气蒙蒙。曦蕾的死八成和蛊有关。虫师和蛊师待在各自的地盘，一般互不来往。据说天下大乱时，有些蛊师远离故土流落到了东南亚，将蛊术与当地的虫术结合，才有了如今的东南亚降头术。

薛夜看着手机里李翔传来的神像图片，陷入了沉思。虫术和蛊术息息相关，却因为地域文化的差异，发展出了不同的流派。那个三眼六手神像，薛夜在师傅留下的古籍中见过它的图像。那似乎是蚩尤时候传下来的一种奇物。古籍上记载模糊，只有寥寥几句。

薛夜看着香甜地喝粥的苏莺，微笑叮咛：“慢点吃。”他对苏莺的感觉一直很复杂。苏莺和小樱长得一模一样，还有着小樱大部分的生命力。最初，他透过苏莺看到了小樱，可是渐渐地，他发现了苏莺的美好。在玉矿通道里，他放开了她的手。后悔的心情让他明白了他对她的在意。这样的自己真可笑。

苏莺满足地叹息，放下了空碗，抬头道："老板，再来一碗鲫鱼粥。"

薛夜看着可爱如猫的苏莺，眼神变得更加柔和："没想到你这么能吃。"

苏莺懒懒一笑："明天还要回夕城参加曦蕾的葬礼，当然要保持体力。"

薛夜有些迟疑地开口："曦蕾的死有问题，你和李翔收到的彩信也很邪门。我觉得还会有不好的事情发生。你真的要回夕城参加葬礼？"

苏莺点头，心情有些低落："已经约好了。我们这群人是认识多年的朋友，想送曦蕾最后一程。"

薛夜看着苏莺，目光沉郁："也许你们之中会有人和曦蕾同路，你难道不害怕吗？"

苏莺垂下头，久久没有回答。有时候，她不敢确定自己是否还活着，甚至觉得自己也许已经死在了玉矿通道里。她现在看到的、听到的、触摸到的一切，不过是在那盏人鱼蜡烛虚幻的光华里幻想出来的。

薛夜叹息："我陪你参加曦蕾的葬礼。"

苏莺惊讶地抬头。

薛夜的微笑清澈，在黄昏的阳光里分外灿烂："既然不能改变你的决定，那我只能跟在你的身边。"

苏莺的心很用力地跳了几下，她看着含笑的薛夜，心中似有藤蔓疯长。

"我想看看你读大学之前的生活。"薛夜把餐巾纸递给苏莺。

苏莺的耳朵染上了绯色，低低地道："……好。薛夜你的家乡在哪里？"她已经没有家了，但是，薛夜的话令她觉得温暖。

薛夜淡淡一笑："我是在马来西亚长大的。"

苏莺吃惊地看着薛夜："我还以为你是京城人。"

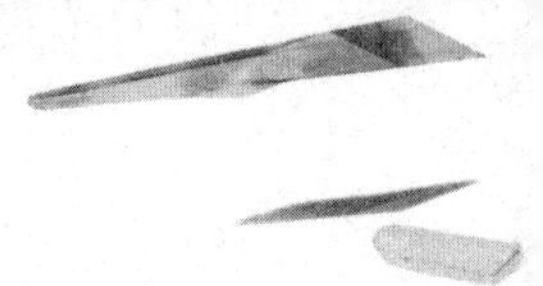

薛夜的声音清澈如晨光中的溪流："我孤单一个人，到了哪里就把哪里当作家。"

苏莺觉得心酸，她的眼底有雾气升起。原来，薛夜和她一样是没有家的人。

薛夜问："你怎么看起来像是要哭的样子？"

苏莺垂下眼帘："你看错了。"薛夜骨子里是那么高傲的人，他不需要别人的同情。只是，她却心疼他。

薛夜结账后，和苏莺一起离开了粥店。

他将苏莺一直送到了女生宿舍楼下，柔声道："好好睡一觉，明天我们一起走。"

苏莺点点头。

薛夜转身离开，苏莺看着他的背影渐渐消失在拐角处。

薛夜拿起手机，拨了李翔的号码："李翔，我是苏莺的朋友。你发给我的神像照片我见到过。曦蕾很可能是被异虫寄生才自杀的。我必须和你见一面，我怀疑曦蕾的死只是一个开始。"

李翔的声音惊慌失措："在哪里见？"

薛夜平静地回答："在曦蕾死的公寓里。"

李翔顿了顿："曦蕾的爸妈在。"

薛夜回答："不要紧，我只是想来看看。"看看那里到底有没有蛊出没的痕迹，看看异虫师的手段如何。

他在夜风中走出了校园，到了附近的停车场，上了一辆价值不菲的轿车，开车前往李翔住的公寓。财富对虫师来说唾手可得，薛夜出师后，很快就赚取了常人难以想象的金钱。他甚至投资了瑞士的医院和科研所，想在异虫术之外，通过现代医学的力量令小樱活更长的时间。

一切都是枉然，小樱清醒的时间越来越短。十年来，她在梦中度过的时间起码有九年。最后，她死在了他的怀中。

薛夜把车停在了公寓外。他下了车，抬头看着公寓楼顶上方的天空。月亮已经升起来了，可是公寓十三楼某个房间里，连月光也有些暗淡。薛夜心中疑惑。他感觉到了异常的念力波动，月光虫也在告诉他，那里非常不对劲。不过是一个普通少女的死亡，可那些怨恨的残念居然渐渐在变成诅咒。

薛夜走进了公寓，他站在电梯里，按了十三楼的按钮。

薛夜闭上眼，隐约闻到了血腥气。曦蕾的尸体应该是从这部电梯里抬下楼的。

电梯到了十三楼，却久久没有打开。薛夜没有动，他眼角的余光看到右侧清晰的金属墙面映出了一道模糊的身影。意外死亡的人因为执念，脑电波会留存在世间一段时光。曦蕾虽然死了，但是她的怨恨以奇异的方式在延续。什么蛊能做到这一点?

电梯门缓缓滑开，楼道里灯光昏暗。薛夜听到了一阵压抑的哭声在楼道里幽幽盘旋。空气变得冷了起来。一扇防盗门缓缓打开，哭声更为清晰。

薛夜缓缓走了过去，站在防盗门前，看着初形成的诅咒以奇异的方式，在他眼前再现曦蕾自杀前的那一幕。

客厅里的曦蕾反复拨着手机号码，歇斯底里地追问："李翔，你什么时候回来？我要你立刻回来！"

曦蕾将手机丢在了沙发上，哀哀地哭了起来。她抱着膝盖，缩在沙发的角落里，大颗的眼泪落了下来，在衣服上留下一点又一点湿痕。她脸色苍白，眉头紧锁，神经质地啃着指甲。她咬得极狠，连咬到了指甲根部的皮肉也恍然不觉。

曦蕾的手指在流血。她站了起来，幽魂一般走进卧室，没多久就拿了一截绳索出来。不知道什么时候，客厅的地板上多了一股小小的旋风，将客厅里的纸片吹得飞舞了起来。

薛夜看着小小的旋风，眼底的光更加明亮。他的视线落在了更远处的阳

台玻璃推拉门上。曦蕾的影子映在推拉门上，她的影子后面则是一尊三眼六手神像的幻影！

“祭品吗？”薛夜低声说。他心口处的月光虫感受到了神像的力量，有些不安。

就在这个时候，薛夜的手机铃声响起，所有的幻象就像被惊扰一般消失不见。薛夜眨了眨眼，发现自己站在公寓外，防盗门关得好好的。

他摸出手机，发现是李翔的号码，他接通电话，声音清澈平静：“我就在你家门口，开门。”

李翔打开门，眼前的美男子令他有些错愕，尤其是他深黑的眼睛，仿佛藏着无尽的秘密，像是一个深渊，让人不由恍惚深陷。

薛夜的视线在李翔的额头上顿了顿，微微一笑：“这里挺好找的，我就自己上来了。”李翔的眉心下有灰气涌动，他身上有蛊的气息，却不太明显。

李翔看了一眼紧闭的卧室门，小声说：“曦蕾爸妈在卧室里整理曦蕾的……遗物。你电话里说曦蕾可能是中了蛊？”

薛夜走进客厅，墙壁上和天花板上的血迹并没有令他动容。死亡对他来说已经司空见惯。他感兴趣的是，曦蕾为什么能阴魂不散？如果真是苗女爱慕李翔，所以下手杀死了曦蕾，为什么要采用这么恶毒张扬的方法？

一缕奇怪的香气随着夜风飘了进来，薛夜走进厨房，一眼就看到了厨房窗台上的那盆花。葱葱郁郁的植物里藏着米粒大小的花蕾，幽香正是从花里传出。

薛夜的神情复杂。这盆花并不是米兰，它的名字叫作阴魂。培养出这样一盆花很不容易。这是蛊苗的秘术之一。要选取孕妇怀孕六月时流产的胎儿，然后放入坛子里，种入“引魂蛊”，每日都要用孕妇的血液滴入坛子里。

四个月后，引魂蛊将胎儿的尸体吃空。里面仅剩一小张人皮的时候，就将这张人皮取出，扎成人偶，放入种子，塞回它母亲的身体里，令它汲取母体的营养。人偶开花的时候，就是它母亲死的时间。

这样培育出的充满怨恨的花儿，能够影响人的灵魂，散发出绝望的负面的气息。不知不觉间，那个人就会失去生的意志，动辄自残自杀。

薛夜站在花盆前低下头，伸出手指抚弄花朵，不少小小的虫子从花里钻了出来。薛夜心口处的月光虫动了动，那些虫子又退回了花里，继续蛰伏。

薛夜站直了，回过头问李翔："这花儿是什么时候摆在这里的？"

李翔没想到薛夜也对花儿感兴趣，说道："是我和曦蕾搬进来的时候，同学送的。"

薛夜从挎包里拿出一只黑色的口袋，把花盆装了进去，然后把口袋扎紧，提在手中道："我把它带走，不然这个屋子里还会死人。"

李翔脸色发白："这花儿就是你说的蛊吗？"

薛夜想了想说："它是曦蕾自杀的诱因。但是，这里不只曦蕾中了蛊，你也中了蛊。"

李翔脸上的血色消失得干干净净："你是说，我也会像曦蕾那样自杀？"

薛夜摇头："我不知道。你身上的气息有点儿奇怪。"李翔被死亡的阴冷气息包围着，可他偏偏又没有死，像是被什么保护着。

李翔运气不错，在天坑底的时候，他被巨蛇吞吃进去没几分钟，就被自己用蛊救了。原本他体内阴盛阳衰迟早会横死，却因为古庙里的法阵，他体内的阴性能量被驱逐，这才恢复了健康。这也让他在云南见到了三眼六手神像却没有死，只是失去了一段时间的记忆，甚至于天天对着"阴魂"也没事，反而是曦蕾绝望自杀。

李翔踌躇了很久："你说，曦蕾的死只是一个开始？"

薛夜淡淡回答："凡是在这个屋子里待过，又被花盆里的虫子咬过的人，都会出问题，只是大部分人可能不会死。"

花朵里栖息的蛊虫就像是跳蚤，会本能地寻找可供其吸血的活物，然后钻进宿主的身体。不过它们的存活期并不长，有的人身体好，也许只是有点

儿发烧，心情不好，睡一觉就康复了。而本来就内心脆弱或者压力过大的人则很可能会被蛊虫引诱出内心深处的黑暗情绪。

与此同时，负责解剖曦蕾尸体的女法医黎曼正在书房里写着报告。她已经连续加班三天了。黎曼快三十岁了，还没有结婚。别人不是觉得她工作忙，就是觉得她整天和尸体打交道不吉利。

黎曼已经习惯了一个人生活，她定期去流浪动物收养机构，免费为猫狗做绝育。她还收养了两只残疾的猫。搂着温软的猫咪，她紧抿着的唇总会放松下来，露出浅浅的微笑。

黎曼写完报告，揉了揉眼，发现已经八点了。她站起身来，打算去给猫碗添一些猫粮，却突然觉得耳膜刺痛。她叫了一声，跌坐回电脑椅上。她的手无意中按到了鼠标，在曦蕾家拍到的照片出现在电脑屏幕上！

曦蕾的脸部不断被放大，然后占据了整个屏幕。那是一张扭曲的带着怨恨和恶意的脸，光看着这样的脸，就觉得心都被冻结了。

黎曼怔怔地看着，意识有些模糊。她的脑海里是她解剖过的各种尸体，腐烂的气息在鼻端萦绕。她渐渐觉得生命就是痛苦，没有什么乐趣。

夜风吹拂着纱帘，黎曼站了起来，走到了窗边。如果她跃入那片温柔的夜色里，是不是就可以得到幸福？

就在这个时候，猫叫声响起，黎曼清醒了过来，发现两只猫正睁大眼睛站在她的脚边看着她。

黎曼望了望窗外，不寒而栗，自己刚才为什么会想自杀？

她蹲下身子，抚摸着猫咪柔顺的毛："饿了吧？"

黎曼回过头看着屏幕上曦蕾的脸，心中的异样更加分明。当法医七年，她还是第一次看到死得那么诡异的自杀者。

就在这个时候，黎曼的手机响了，她按了通话键。

电话那头响起了同事Ken的声音："黎曼，李哥在家里上吊死了。"

黎曼的瞳孔在刹那间收缩："什么？"李哥昨晚还在曦蕾的家勘查现场，今天下午她还在所里遇到过他，今晚，他和她就阴阳两隔。不知道为什么，黎曼的脑海里闪过了曦蕾自杀身亡后的画面。她吊在灯架上，手腕和脚腕上有着割痕，血一滴一滴地落在地板上……

黎明来临。黑夜里的一切都被埋葬。

李翔陪着曦蕾的爸妈，跟着灵车一起回夕城。曦蕾的爸妈坐在驾驶室，而李翔则待在后车厢里，坐在灵柩旁，陪着曦蕾。

林熙染一行也跟着灵车前往夕城。林熙染负责开车，掬柔坐副驾驶的位子，雪琪、苏莺、薛夜坐在后排。

快速路隔离带上繁花似锦，轿车里却安静得仿佛没有人。掬柔的双眼下有着青色的痕迹，很显然，她昨晚根本没睡好。她不想再这么下去了，她不想放弃林熙染，每次看到苏莺，她就心中憋闷得发疯。今天上午，看到苏莺带了薛夜一起，她在心中冷笑。林熙染，你不喜欢我，可惜的是苏莺现在喜欢的人也不是你了。

雪琪今天的话很少，一个人默默玩着手机游戏。今天早晨，薛夜站在楼下等着苏莺和她。清新的男子淡淡笑着，令她的心忍不住悸动。薛夜说，他和苏莺约好一起去夕城。他的话令她的心情灰暗了下来。什么时候苏莺和薛夜已经走到了这一步？

车子平稳而安静地行驶着，没多久就出了京城，再开一段就可以上高速了。

苏莺微微侧过头，看着车窗玻璃上薛夜的影子，心中甜蜜。虽然薛夜并没有表白，可是，她知道她在他的心底是特别的。他的眼神那么温柔，可以融化她的心。

林熙染从后视镜里看了一眼双眼闪烁着甜蜜的苏莺，他的心抽痛起来。苏莺对他来说近在咫尺，却也遥不可及。苏莺是不是已经喜欢上了薛夜？

雪琪脖子上挂着的宝玉突然热了起来，她诧异地抬起了头大声道：“林熙染，小心！”

只见前方的灵车被一辆斜斜开过来的大货车直接撞翻！

林熙染快速打着方向盘闪避货车。

薛夜抬头看着大货车，月光虫闪电一般冲出，撞入了宿醉的货车司机的眉心。货车司机拼死踩下了刹车的同时，也将方向盘扭向了右侧。

超载的货车几乎要翻倒，擦着林熙染的车滑向了车后。他们和死神擦肩而过。

林熙染将车停在路边，跑向灵车，见驾驶室的车门已经变形，根本打不开。林熙染只看到司机已经昏死过去，而曦蕾的爸妈也没有动静。

灵车后车厢的门被李翔推开，他爬了出来，居然没有受伤。

薛夜拿着扳手敲碎了车窗，将曦蕾的爸妈拖了出来。司机的前胸被变形的方向盘卡住，根本扯不出来。

薛夜摸了摸司机的脉搏：“他已经死了。”

林熙染和薛夜将重伤的曦蕾的爸妈拖到了安全的地方。仔细检查之后，林熙染的心越来越沉重。两位老人一个额头血肉模糊，一个胸骨断裂，很可能断骨已经戳入了内脏。不过短短一分钟，两位老人就停止了呼吸。

薛夜能够感觉到一股阴冷的气息正从灵车后车厢里曦蕾的灵柩之中涌出来，形成一个灰黑色的旋涡，汲取着消散的灵魂碎片。

短短几分钟，就死了三个人。苏莺的心底毛骨悚然。她觉得自己似乎站在万丈深渊边上，被人蒙住了眼睛，也许只是挪动一下脚步，就会万劫不复。

薛夜握住了苏莺的手，他在苏莺的耳边低语：“还好你没事。”

苏莺握紧薛夜的手：“薛夜，原来死亡这么近。”

薛夜在她的耳边轻声低语，冷香幽幽：“所以，我们不要再浪费时间了。苏莺，我喜欢你。”

世界晦暗，你就是我唯一的光明。

第二十二章
世界晦暗，你是唯一的光明

对于大多数人来说，死亡似乎是很久以后的事情，可有时候死亡却近在咫尺，你的耳边甚至会响起死神的呼吸声，那样近。

当世界末日来临，你想和谁一起度过？答案有时候令人吃惊。

你也许会突然想起五年前爱过又分开的那个人，他已经消失在了人海里。

你也许会想安静地和家人坐在沙发上，喝着热气腾腾的咖啡，静待结束的那一刻。

你也许会听从内心的黑暗呼唤，从一个无害的路人甲，变成嗜血的路人乙。

此时此刻，灵车还在冒烟，一切混乱不堪。

薛夜在苏莺的耳边轻声低语，冷香幽幽：“所以，我们不要再浪费时间了。苏莺，我喜欢你。”

世界晦暗，你就是我唯一的光明。

苏莺握着薛夜的手，看着薛夜，一秒的对视，已经千山万水。

苏莺的脸慢慢涨红，她低声问：“你……你是认真的？”

薛夜看着苏莺，微笑仿佛能融化她的心，他同样低声回答：“我是认真的。”

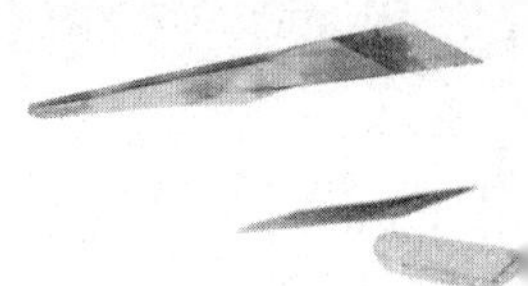

苏莺的心突然就这么平静了下来，喜悦从心底如同泉水一般涌出，变成清亮的小溪，抚慰着疲惫的心灵。

林熙染看着薛夜和苏莺在不远处絮语，转过身拿起手机拨打110和120。掬柔站在他身边，一直在发抖。

雪琪浑身颤抖，握紧了双拳。她服魂草果实之后，五感越来越敏锐，她分明听到了薛夜在对苏莺告白！

她才是最适合薛夜的那个人，她才是足以和薛夜匹配的那个人。她深知薛夜的神秘背后藏着什么，她才看得见薛夜眼神深处的落寞。苏莺不过是浮萍一样的普通人，她怎么配和薛夜在一起？

雪琪努力控制着自己的情绪，让自己不要冲动，她还有的是机会！雪琪走向更远处，发现自己还是无法完全控制住内心怒涛一般的情绪。

李翔站在车祸现场，茫然四顾，心中充斥着绝望和憋屈。曦蕾的爸爸妈妈死了，他们和自己坐在同一辆车上。然后，他们死了，而自己还活着，甚至只有一点点擦伤。在车翻滚的那一瞬间，他仿佛看到了一尊三眼六手的神像，那神像在虚空之中俯视着他，带着奇异的神威。

寒意一点一点从李翔的脚底升起，他想起了自己在云南失去的二十四小时，想起了曦蕾凄厉的死状，想起了薛夜装入黑色袋子里的那盆米兰。薛夜说，花里藏着蛊虫。曦蕾死了，曦蕾的父母也死了，他无法面对这一切，更不知道夕城的父母将如何面对曦家的其他人。

林熙染将黄色警示信号牌放到了距离车祸现场一百五十米远的地方。他的心中是无尽的疲惫。他还记得他第一次和李翔去曦蕾家玩的情景。曦蕾的爸爸妈妈都是极为和善的人，如今却就这么死于车祸。

猛烈的风吹过，附近的花木都在瑟瑟发抖。没有人发现，随着雪琪的移动，风也在缓慢地移动着。她眼神冰冷，内心的火焰郁郁地烧着，靠近她的风都变得猛烈起来，一如她的心情。

林熙染转过头，看到雪琪，说：“雪琪，我们要不要马上通知曦蕾的爷爷？可是我怕老爷子受不了这个噩耗。或者我们先通知曦蕾的二伯？”

雪琪回答：“就通知曦蕾的二伯吧。曦家的事情，你我最好不要掺和进去，免得招来无端的怨恨。”

林熙染点头：“掬柔一个人在那里哭，麻烦你去安慰一下她。我来处理这些事情。”

雪琪轻笑，口气里带着轻微的讽刺：“你不喜欢掬柔，为什么还要关心她？你总是这么绅士，所以你只能眼睁睁看着苏莺落入他人的怀抱。”

林熙染很少看到雪琪失控的神态，他以为雪琪是受了车祸的刺激，没有多想，只道：“现在不是说这些的时候。”

雪琪低低地笑了，她的心一直忍受着刺痛，痛苦到忍不住想要别人也和她一样痛。她尖锐地说：“就在刚才，薛夜对苏莺表白了。苏莺问薛夜是不是认真的，薛夜回答说，是的。”

林熙染站在那里，一动不动，他没有说话，脸上的神色甚至没有变化，他只是觉得心中的火焰一寸一寸地熄灭了下去。然后，他听到了心碎的声音。

林熙染的唇角勾了勾，原来，心碎的声音是这样的。

他定了定神，拨通了曦蕾二伯的电话，条理清楚地说明了车祸的事情。他终止了通话，对雪琪说：“我们一起回去吧，你听，警笛声在响。”

雪琪狐疑地打量着林熙染：“你……你怎么都不难过？”

林熙染没有回答，他走向远处的薛夜、苏莺和掬柔，背影修长挺拔，依然优雅。

雪琪看着远处的薛夜和苏莺，神经质地笑了。苏莺，你是我的好姐妹，我却绝不会眼睁睁地看着你和薛夜甜蜜幸福地在一起。

林熙染的脚步不快不慢，神色依然柔和，他的脑海里是过去和苏莺相处的片段。被母亲打伤的她固执地不肯言语，拥有野草一般的生命力；他带着转学到夕城的掬柔一起出现的时候，她只是有些疏离地笑着；她落进地下湖，他跳进湖里救出了她，她脸色苍白却并没有流泪；他和她在危机四伏的

玉矿通道里携手前行，最危险的时刻，他心中却觉得甜蜜。

现在，他失去了她，一切都成回忆。记忆深处，在花树下那个羞涩而甜蜜的她只是梦境。

警车在事故现场停了下来，勘查现场，询问林熙染事故发生的经过。

因为林家的关系，苏莺、雪琪、掬柔都坐掬柔家来接的车先离开了事故现场，林熙染、李翔和薛夜跟着警车去做笔录。

一路上，掬柔没有说话，而雪琪冷着脸沉默地看着窗外，似乎把苏莺当作空气。苏莺垂着头坐着，心中悲喜交加。悲伤是因为刚刚发生的惨烈车祸，而喜悦则是因为薛夜的告白。他说，他是认真的。

回到京城大学，雪琪和苏莺下了车，沿着绿树成荫的道路走向宿舍。

空气凝固一般沉重，苏莺看着沉默的雪琪，不知道该说什么。两个人甚至不再并肩走，而是一前一后。

就在这个时候，胖子师兄不知道从哪里冒了出来，笑嘻嘻地道：“两位师妹，我看你们眉头紧锁，是不是有什么困难需要师兄我给你们解决？”

雪琪挑眉：“你能令死人复生？”

胖子师兄挠了挠头：“这个有难度，可不可以换个简单点的？比如我请两位帅妹吃个午饭？”

雪琪冷冷一笑：“吃午饭？这个比令死人复生的难度更高。”

雪琪扬长而去，留下苏莺面对着胖子师兄，轻声解释：“师兄，雪琪和我的一位朋友去世了没两天，今天那个朋友的父母也出车祸死了。雪琪心情很不好，你别介意。”

胖子师兄惊诧莫名：“你不会说的就是那个著名的女生为情自杀，天花板和墙壁上都是血脚印的案件吧？师兄劝你一句，你千万不要再介入这件事，这个事儿太邪行了！”

苏莺愣了愣：“师兄，你的消息也太灵通了吧？”

胖子师兄嘿嘿一笑："今天出警的警察里有一个是我亲戚。他倒是没提名字，但是京城哪所高校发生了大点儿的事情，我都知道。"

苏莺顿时觉得胖子师兄高大威猛了不少，道："师兄不愧是师兄。"

说话间，她的手机传来了短信提示音。苏莺拿出手机，又看到了曦蕾手机发来的短信！

胖子师兄发现苏莺看了一眼手机，脸色就变得苍白了起来。

他开玩笑地说："难道是鬼发来的短信？你这么害怕。"

苏莺抬头定定地看着胖子师兄："你说对了。"

胖子师兄笑得有些僵硬："苏莺，今天又不是愚人节，你别开这种玩笑。"苏莺的双眼中隐藏着真实的恐惧，这令他几乎相信苏莺收到的真是来自阴间的短信。

苏莺不敢打开曦蕾手机发来的短信，她勉强笑笑："师兄，我骗你的啦。我还有事，再见了。"

她心事重重地走向女生宿舍，胖子师兄看着她单薄的背影若有所思："难道是真的？"

他寻思着打了个哆嗦："不行不行，越想越害怕。我中午必须多吃一个鸡腿压压惊。"

雪琪推开寝室的门，发现林悦心正坐在她的床上吃着爆米花，床单上还有着散落的碎屑。

林悦心没想到雪琪和苏莺请假回夕城，居然两个小时不到就回来了。她有些尴尬地站起来，却没想过和雪琪道歉。

雪琪走了过去，将整个床单都掀开，裹成一团扔进垃圾筐。她的举动令林悦心的脸一阵红一阵白。

她忍不住尖声问雪琪："你这是什么意思？"上一次的飞蛾事件，她事后细细回想，觉得那只是凑巧，之后也没发生过其他古怪的事情，因此她对雪

琪的畏惧之心渐渐淡去。

雪琪淡淡地看着林悦心，就像在看着一个小丑，冷冷地道："我觉得床单脏。"

林悦心的脸涨得通红，她没想到一个乡下土包子居然会嫌弃她，尖声道："你什么东西，也敢嫌弃我？"

雪琪笑了："你眼神不好，把别人的床当成自己的床，你那眼睛看来也没什么用。"她望向阳台，阳台的花盆里停着一只幽蓝色的蜻蜓，它的翅膀在阳光下发亮，如同天使之翼。

蓝蜻蜓似乎感应到了召唤，飞进了屋子里。

林悦心正在那里讽刺雪琪："你以为大白天的会有一群飞蛾再向我扑过来？"她的话音未落，只觉得蓝光一闪，眼珠子突然刀割一样痛，眼泪不由自主地落了下来。

林悦心眼前一片昏暗，她听到了雪琪的笑声。

雪琪的声音依然柔和动听，却令林悦心浑身发抖，她笑着说："林悦心，我心情不好，你不要惹我。"

林悦心瑟缩着不敢出声。

蓝蜻蜓停在了雪琪的指尖，雪琪专注地看着可爱的蜻蜓，脑海里无法抑制地升起一个念头：如果苏莺不在了，薛夜会不会喜欢自己？

就在这个时候，苏莺打开了寝室的门。那只蓝蜻蜓仿佛受到了极大的惊吓，不再被雪琪控制，逃命一般从阳台飞走。

雪琪的眼神一凝，也许薛夜在苏莺的身上留下了什么保护手段。西王母地下天宫里危险重重，她却安然无恙。

苏莺看着林悦心泪流满面站在那里发抖，不知道是出了什么事。她拿着手机走向雪琪，声音沉重："雪琪，我又收到了短信，还没打开看。"

雪琪似笑非笑地扬眉："哦？"曦蕾已经死了。她的手机不翼而飞，却会发短信给李翔和苏莺。李翔是曦蕾的男友，短信发给他很合理。可是，为什么会发给和曦蕾不是很要好的苏莺呢？

苏莺和雪琪一起看向手机，打开了彩信。一张恐怖的合照出现在了手机屏幕上。那是有李翔、林熙染、雪琪、苏莺、掬柔的照片，他们的背后是碧绿的荷塘，一如李翔口中描述的那个神婆居住的开满荷花的湖。照片里，每一个人的脸色都苍白泛青，就像睁着眼睛的死人。

苏莺和雪琪狐疑地对视。他们五个人里只有李翔去过云南锦里，怎么可能有这样一张合照？

林悦心的眼睛流泪了半天，终于能睁开了，她发现自己依然能看到东西，呜咽着冲出了寝室。雪琪太可怕了！

苏莺沉默了半晌道："看来要真正解决问题，必须去云南。"彩信被打开的瞬间，她仿佛看到另一个世界的门正在向她打开，门后是巨大的黑影。

雪琪冷笑："去云南之前，我们还得找一个人。"所有的人都被她玩弄于股掌之间，那些短信简直就是赤裸裸的挑衅。

苏莺点头："我也想见见穗穗。"一切的古怪都是从李翔去云南见到穗穗开始。虽然在李翔的口中，穗穗是一个爽朗可爱的女孩子。但是，那盆藏着奇怪虫子的"米兰"却出现在了曦蕾和李翔居住的地方。曦蕾因此中蛊自杀，拉开了系列死亡的序幕，刚刚的那条彩信甚至在暗示着新的死亡名单。

雪琪给李翔他们打了电话，手机关机，看来他们还在派出所。

她放下手机对苏莺说："我们现在就去找穗穗，她不是和李翔都读西京医大吗？"如果穗穗真是可怕的蛊苗，也许根本不用自己动手，苏莺就会在不知不觉间被穗穗下蛊。

西京医大。这里有许多古老的梧桐树，道路两旁的绿荫交接在一起，漏下星星点点的阳光，宛如童话。

雪琪找了在校学生会工作的学姐打听穗穗的事，毫不费劲地得到了她的寝室号码。

雪琪对苏莺的态度和以往一样热情，不再冷若冰霜。苏莺想，也许今天上午，雪琪只是因为车祸的事情心中难过。

两个人站在女生宿舍楼下，雪琪神色古怪地看着三楼一间女生宿舍的阳台——那儿摆满了密密麻麻的米兰。

苏莺的视线被一个从楼里走出的穿着蓝裙的长发女孩儿吸引住。那女孩儿仿佛带着奇异的磁力，紧紧攫住了苏莺的视线。女孩儿的头发又黑又亮，就像是洗发水广告里那些模特儿的头发，拥有丝缎一般的质感，顺滑得仿佛放上一只象牙梳子，那梳子就会顺着头发一直滑到发尾。

她跟着那个蓝裙女孩儿走了几步，手腕被雪琪抓住，沉声问："你要去哪里？"

苏莺迷迷糊糊回过头，看着雪琪的眼睛，突然回过神来："我……我刚刚走神了。"

雪琪握着苏莺的手腕，淡淡地说："我们上去吧。"三楼十三号。穗穗住的寝室的号码还真是不太吉利。

临近中午，许多女生拿着饭盒一边说笑一边爬着楼梯。她们经过雪琪和苏莺身边时，会忍不住多看几眼。眼前的两个女孩，一个皮肤晶莹剔透，双眼神采飞扬，如同盛世牡丹，另一个却幽静娴雅，像是空谷幽兰。西京医大什么时候多了这样两个美女？

雪琪和苏莺走到了三楼十三号寝室的门口。雪琪胸口的家传宝玉微微发热，她心中一凛，果然有古怪。

苏莺正要敲门，身后有女生问："你们找谁？"

雪琪回过头，微笑动人："我们找穗穗。"她含笑看着眼前的短发女生，她应该住在十三号寝室。

短发女生微笑了起来，手上捧着两个饭盒："你们是来探望穗穗的吗？她病了，我给她去食堂买了粥。"

雪琪目光一闪："穗穗病了？"

短发女生有些忧虑地点头，打开了房门：“今天上午，她突然在图书馆里晕倒了。”那时候，穗穗的脸色苍白得像死人，还隐隐发青。

阳光照得整个寝室温暖而明亮，靠着阳台的下铺，白色的蚊帐静静垂着。

苏莺若有所思：“她晕倒是几点的事情？”

短发女生想了想：“大概十点的样子。”

苏莺的脑海里有火花在闪动，那个时间正是发生车祸的时候！

雪琪和苏莺跟着短发女生走进了寝室。寝室里空气清爽，带着米兰幽幽的香气。

安静的蚊帐动了动，穗穗的声音微弱：“艾丽，你回来了？”

艾丽将粥放在了穗穗床前的桌上：“穗穗，有人来看你。”

穗穗的声音听起来有气无力：“谁来看我？”

雪琪牵着苏莺的手走了过去，声音圆润悦耳：“穗穗，我们是李翔的朋友。”

艾丽将蚊帐撩了起来，用夹子夹好。穗穗半躺在床上，小脸血色全无，楚楚可怜。

她的眼神有些复杂，轻声问：“你们有什么事吗？”

雪琪回答：“今天上午，我们和李翔一起回夕城，还没上高速，李翔坐着的车就出了严重的车祸。”

苏莺注意到穗穗的手指抓紧了被角。

穗穗垂下眼帘：“李翔……还好吗？”

雪琪叹息：“他还好。只不过曦蕾的爸爸妈妈当场死亡。司机也死了。”

穗穗颤抖了起来。她抖得如同寒风中的树叶，苏莺都可以听到她牙齿打架的声音。

苏莺实在无法想象穗穗会是冷血凶残的蛊苗，她脆弱得令人心疼。

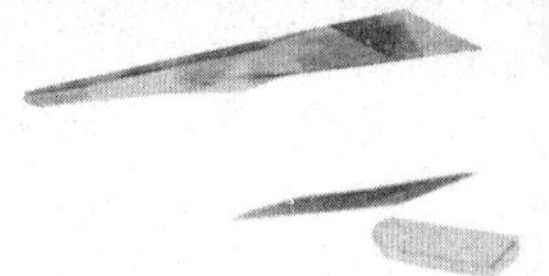

雪琪回过头道："苏莺，你把我们才收到的那个彩信给穗穗看，请她认一认那个背景是不是她家乡的那个荷塘。"

苏莺叹息，将手机彩信打开，放在了穗穗的面前。

穗穗的视线落在了那张合照上，她的瞳孔在瞬间收缩。然后尖叫了起来，一声又一声，仿佛受伤的小兽。

艾丽护住了穗穗，恼怒地对雪琪和苏莺说："穗穗本来就病了，你们怎么还刺激她？"早知道就不该带这两个女生进来。

雪琪冷笑："李翔和穗穗太过亲密，曦蕾才会因为绝望而自杀。你以为柔弱的穗穗会是什么好人？"

穗穗缩在床角低声啜泣了起来。

艾丽涨红了脸："穗穗和李翔……"穗穗看着李翔的眼神，的确和看其他人不一样。

就在这个时候，一阵冷风吹过。寝室的门被人无声无息地推开，苏莺见过的那个长发飘飘的女生走进了寝室。

她微微皱眉："穗穗，你怎么哭了？"

穗穗啜泣着不回答。

艾丽有些尴尬，她退到自己的床边道："阿依，穗穗只是病了。"

阿依缓缓走了过来，她的视线仿佛拥有实质一般扫过雪琪和苏莺，问："这两位是？"

艾丽说："她……她们是来探病的。"

阿依似笑非笑："穗穗，怎么回事？"

穗穗露出小兔子一般的红眼睛，她慌张地回答："我就是病得难受，所以哭了。"然后她对着雪琪和苏莺笑笑，"你们放心吧，我没事。我就不送你们了。"

雪琪却不想如穗穗的愿就这么离开，她转过身对着阿依笑笑，胸口处的宝玉越发温热。也许，危险人物不只是穗穗，还有眼前的阿依。

阿依盯着雪琪，眼神冰冷："这里不欢迎你们。"她闻到了雪琪和苏莺身上不祥的气息，她们已经被噩运缠上。

苏莺并不害怕阿依，她甚至对这个眼神冰冷言语直接的女孩有一种莫名的好感。

苏莺柔声说："雪琪，等穗穗好一些，我们再来看她。"穗穗仿佛随时都会昏过去，根本没有办法交谈。

雪琪冷冷地瞪了穗穗一眼："穗穗，我们下次再来看你。"她握着苏莺的手腕离开了寝室。穗穗不是她想象中的那样，那个阿依反而更可疑。阿依的气息凛冽而锋利，是个刀刃一般的女孩子。

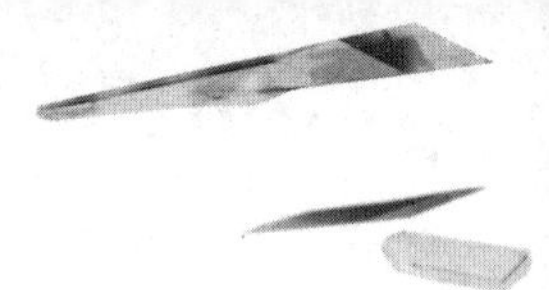

第二十三章
昏迷

十三号寝室里，风变得猛烈了起来，将窗户吹得啪的一声关上。

阿依看着脸色苍白的穗穗，她叹息着说：“穗穗，你怎么把自己搞成了这个模样？”

穗穗咳嗽了好几声：“阿依，我也是没办法。”她看了一眼艾丽，没有再说下去。

阿依从枕头边的木盒子里拿出一丸红色的药：“吃了它吧，你会好一些。”

穗穗摇头，神色黯然。

艾丽好奇地拿过药丸打量着道：“这药的颜色真漂亮，是苗药吗？”她手指一滑，药丸掉在地上摔裂了。药丸里居然爬出一只红色的怪模怪样的虫子，它发出刺耳的叫声，就要往床底下钻。

阿依一脚踩了过去。

艾丽脸色煞白：“你……你给穗穗吃……虫子？”还是活的虫子！

阿依叹息着挪开脚：“可惜了……”火灼被封在药丸里，它的元气充沛，化入肠胃能补气提神，延年益寿。可只要火灼暴露在了日光下，就没了那神奇的功效，甚至还会让人中毒。

艾丽拿着书结结巴巴地说：“我要去……图书馆，再……再见！”她逃跑一般离开了寝室。

阿依站在穗穗的床前，低头凝视着她："穗穗，有时候我也不知道你在想什么。"

穗穗的脸色依然苍白，轻声道："我也没想到会这样。刚才来的两个人是李翔的朋友，她们说曦蕾的父母也死了。"

阿依轻哼："她们被噩运缠上了。不过，那两个人都有些古怪，似乎对蛊有一定的抵抗力。如果她们是苗人，倒是弄蛊的好手。"

穗穗欲言又止："阿依……"

阿依神色冰冷："你已经自身难保，还要操心别人？神像里的虫灵已经开始自己寻找祭品了。曦蕾只是第一个。"

穗穗的眼泪落了下来："我该怎么办？"

阿依的声音清澈冰冷："对于自己管不了的事情，唯一能做的就是沉默。"小时候只有傻乎乎的穗穗会和她亲近，把她当作朋友。她不希望穗穗挡了虫灵的路，被虫灵杀死。

穗穗的眼泪宛如断线的珠子，哭泣道："我看到了那张照片，照片里的五个人都是被虫灵选中的祭品，他们……他们将会去锦里镇，然后死在那里……"

死亡并非遥不可及，就连遥远星空里那些存在活了亿万年的星球也会崩塌消亡，一切都有定数。彩信里的照片似乎预示着一个注定的结局。只是，照片里的人还懵懂无知。

掬柔拿了一本书坐在芬芳花树下的长椅上，心不在焉地翻着。她心烦意乱，一直在思考要不要再重金聘请那个东南亚的神秘虫师对熙染下异虫，令他再度爱上自己？

掬柔咬着唇，上一次是因为那个虫师欠掬柔的叔叔一个人情，好不容易才答应了掬柔的请求。这一次，也许她根本见不到那个虫师。

一阵眩晕占据了掬柔的头部，她的脑海里诡异地浮现出一片无边无际的碧绿色荷塘，荷塘深处，一栋吊脚楼若隐若现。

掬柔想要挣脱这诡异的幻觉，却仿佛黏在蛛网里无法动弹的昆虫，冷汗从她的额头上冒出，她觉得自己快要被这铺天盖地的碧色淹没。古怪的低喃在掬柔的耳边回荡，细细的如针一般，像是要钻入她的心脏。

派出所里，林熙染和李翔意外得知薛夜并不是中国国籍，而是马来西亚华裔。做完笔录，三个人离开了派出所。阳光依旧灿烂，他们心中的阴霾却无法散去。

李翔失魂落魄，林熙染默然无语。

薛夜拿出手机，看到了苏莺转发来的彩信。他黑幽的眼睛一凝，怒气从心中升起。这个拥有三眼六手神像的蛊苗也太嚣张了，不断设计杀人，得到祭品，甚至事先安排好了苏莺等五个人的必死结局。

这彩信也是蛊的一种，从精神层面消磨猎物的意志，将猎物引入布好的陷阱。薛夜并不在意其他人的死活，但是苏莺不能死。

就在这个时候，林熙染的手机响了起来。电话里是掬柔妈妈焦急的声音："熙染，掬柔在学校晕倒了，她现在在医院，情况不太好。"

林熙染说："我马上过来，是哪家医院，病房号是？"心里是无穷无尽的倦意，但是他不可能不管掬柔。而苏莺……苏莺喜欢的是薛夜。

林熙染结束了通话，对李翔说："曦蕾的二伯正在赶来的路上，你好好接待他。我要去医院看掬柔。"

李翔茫然地抬头，有些畏惧地说："我……我怕曦蕾的二伯打死我……"

林熙染神色严肃地看着李翔："李翔，我以为你已经是有担待的男人了。"

李翔烦躁不安地蹲了下来："曦蕾死了，她爸妈也死了，我该怎么向曦蕾的二伯交代？"

林熙染声音依然清澈，却带着浓浓的倦意：“那只是意外……”

薛夜摇头，声音凛冽：“那不是意外。曦蕾的死是因为中了蛊，而曦蕾父母和司机的死也和下蛊的人有关。”

李翔惊恐地追问：“为什么会有人对曦蕾下蛊？为什么连曦蕾的父母和开车的司机也不放过？”

此刻薛夜的语调里有着说不出的诡异：“我在马来西亚见识过虫术，通常虫师和蛊苗一样都是随心所欲，不把人命看在眼中的人。刚才曦蕾的手机又发了彩信给苏莺。那个隐藏的蛊术师已经把你们五个人当作了猎物。”

林熙染神色一动：“掬柔住进医院会不会也是……”

薛夜拍了拍林熙染的肩：“我和你一起去医院。”

林家的司机将车开到了林熙染身边，将车门打开。

林熙染和薛夜坐进车里。林熙染对司机说了地址，然后疲惫地闭上双眼。他心中无法遏制地想着，身边的薛夜对苏莺告白，苏莺并没有拒绝。从未有过的嫉妒感令林熙染无所适从。他很想笑笑放手，却怎么也做不到。

薛夜用手机给苏莺发微信。

薛夜：已经做完笔录了，我现在和林熙染一起去医院看掬柔，你要小心。

苏莺：掬柔怎么了？上午她还好好的。

薛夜：去了医院就知道了。

苏莺：我和雪琪刚才去西京医大拜访了穗穗，她上午晕倒在了图书馆里。奇怪的是，时间正好是出车祸的时候。

薛夜：你们不该去找穗穗，蛊往往能杀人于无形。今晚我们一起吃饭。

苏莺：穗穗和大家想的不太一样，倒是穗穗的室友阿依给我一种很奇怪的感觉。她不是平常人，但是我的心中却并没有真正恐惧她。我感觉她是一个好人。

薛夜：好人不一定就不会杀人。

苏莺：薛夜，不知道为什么我心里很害怕。比在那个诡异的西周大墓里还要害怕，仿佛有种力量要夺走我拥有的一切。

薛夜：我会保护你。你只需要相信我，然后安心地待在我的身边。

出租车上，苏莺看着薛夜发来的短信，露出甜蜜羞涩的微笑。

雪琪忍不住问："你在和谁发短信？"能令苏莺露出那么温柔幸福微笑的人，只有薛夜。

苏莺有些慌乱，她想起雪琪对她说过的话。雪琪也喜欢薛夜。

苏莺低声说："我告诉薛夜，我们已经去见过穗穗。他让我们小心。"

雪琪的眼前浮现出薛夜对苏莺告白的那一幕，她的心抽痛了好几下，那种尖锐的痛楚令她咬紧了牙。

雪琪问苏莺："为什么你明明知道我喜欢薛夜，却一定要和我争？以前，只要是我喜欢的东西，你都会让我。"苏莺甚至在看到掬柔出现在林熙染的身边时，也没有去争取，只是一个人默默地躲在暗处流泪疗伤。

苏莺声音温柔而坚定地说："薛夜是活生生的人，不是物品。"

雪琪的眼神锐利："薛夜不是普通人，他总有一天会厌倦你。他会比林熙染更让你伤心。"

苏莺的微笑依然温柔，却藏着一丝忧伤，淡然道："我知道薛夜不是普通人，我也没有幻想过我们可以在一起很久。但是我依然想和他在一起。"只要那一分那一秒，他是认真的，她就可以幸福那一分那一秒。

雪琪凝视着苏莺："我不会放弃的。就算你们是男女朋友，我也不会放弃。"

苏莺垂下眼帘，没有再说话。雪琪并不需要她的回答。她看着窗外，心中惆怅，突然想起天坑探险的那天，雪琪歪着头靠在自己肩上撒娇的模样。

明治私立医院。

VIP病房里，掬柔陷入昏迷之中，脸上的神色充满惊惧，似乎正陷入可怕的梦境，无法醒来。她梦到了那个开满了荷花的湖，她坐在一只木船上，孤单一人。碧绿的荷叶上是滚动着的血色露珠，她似乎能够听到荷叶下那些怨灵们的呻吟。她还听到了锐利的爪子抓挠船底的声响。

掬柔知道自己必须去湖心的那个小岛才有可能活下来。就在这个时候，木船的船底被爪子抓破，水汩汩地涌了进来！

掬柔惊慌失措，她看着船舷外的水面上那一张张怨灵的脸，抑制不住地歇斯底里地大叫了起来。

与此同时，薛夜和林熙染出现在了VIP病房外。

掬柔的妈妈保养得极好，看起来不过三十来岁，眉眼精致，皮肤白皙。她焦急地对林熙染说："熙染，掬柔会不会是被车祸吓着了？"三个人当场死亡，掬柔哪里见过这么血腥的事情。掬柔不过是去夕城读了一段时间书，和那个曦蕾也没多大交情。她执意要回夕城参加曦蕾的葬礼，不过是为了林熙染。

林熙染安抚掬柔的妈妈："伯母，掬柔不会有事的，我和薛夜进去看看她。"

掬柔的妈妈这才有心思打量林熙染身边的薛夜。她看到薛夜的第一眼就在心中暗自赞叹，薛夜有着少见的出色容貌，他的一双眼睛仿佛能看透人心。

薛夜才走进病房，就感觉到了诡异的波动。他双眼微眯，眼底有幽光一闪而过。掬柔去过曦蕾的家，所以被植物"阴魂"里的蛊虫沾染上了。只是，她沾染上的不止是令她精神委顿、灵魂黑暗的"阴魂"，那个蛊术高手已经在掬柔的灵魂里留下了诅咒性质的暗示。

掬柔额头上的头发已经被冷汗浸湿，她的眉心隐隐有一团青气凝聚。

薛夜的食指点在掬柔的眉心，那团青气立刻消散了许多。掬柔紧皱的眉

头松开，似乎舒服了很多。

薛夜侧过头，看了一眼走进病房的掬柔的妈妈。他不喜欢掬柔妈妈的眼神，她打量人的时候，眼底藏着不自觉的算计。

林熙染问薛夜："她什么时候会醒？"苏莺被这么有本事的薛夜保护着，他应该放心了。

薛夜回答："很快就会醒了。"

说话间，掬柔睁开了双眼，她看到了床边的林熙染，宛如溺水的人抓住了浮木："熙染，你果然来救我了！"

林熙染的声音柔和："你在学校晕倒了，现在你在医院里。"

掬柔紧紧抓着林熙染的手不肯放开，眼中有着惊惧："……那个梦太可怕了……"

掬柔的妈妈看到女儿醒来，欣喜万分："掬柔，你吓死妈妈了。之前怎么也没办法叫醒你。"

林熙染对掬柔说："你在医院里好好休养，我和薛夜还要去处理曦蕾父母的事情。"

掬柔拼命地摇着头，眼泪落了下来："我不要一个人待着！我怕我又睡着了！"

薛夜神色平静地看着宛如小白花一般凄楚动人的掬柔道："或者你跟我们一起出院，回学校。医院并不是一个适合你待的地方。"熙染已经中了诅咒，在医院这种地方过夜有害无益。

掬柔对俊美冷漠的薛夜有一种无法解释的畏惧，她擦干了眼泪，对妈妈说："我要出院，和林熙染一起回学校。"

掬柔的妈妈担忧地说："你才醒，是不是应该让医院给你做一个详细的检查？"

掬柔挣扎着下床："我不要检查身体，我要回学校！"那些可怕的梦境已经将她的耐心和风度磨光。她从噩梦中醒来，第一眼看到的就是熙染，她总觉得待在熙染的身边才会安全。

掬柔的妈妈没办法阻止掬柔出院，只能小心翼翼地将掬柔送上林熙染的车，她对着林熙染微笑："熙染，我们家掬柔就交给你了。"林家在京城实力雄厚，她很乐意将掬柔这个男友变成她的女婿。

林熙染淡淡一笑，礼貌却略显疏离地向掬柔的妈妈告别。

苏莺中午并没有吃饭，不知道为什么，她觉得困倦，就缩在床上沉沉睡去。她梦到了彩信里的那个荷塘。远处岛上的吊脚楼似乎新上了一层红漆，艳丽得仿佛要活过来。

苏莺独自一人站在木船上，恍惚间觉得自己似乎忘记了很重要的事情。她坐了下来，凝视着自己在湖水中的倒影，那张脸那么熟悉，却又那么陌生。她伸出手指，轻触水中的倒影，涟漪荡起，水面的影子越发虚幻。就在这个时候，水中伸出一只枯瘦的手抓住了她的手腕！

苏莺使劲把手往回拉，却无法挣脱那只枯瘦的手。水面上，她的倒影消失了，取而代之的是一个穿着黑袍的男人。他很瘦，仿佛毒蛇一般盯着她。最可怕的是，那个黑袍男人的脖子上停着一只血红色的大蜈蚣。

苏莺歇斯底里地尖叫了起来。原本被锁入心底最深处的可怕记忆露出了一点点。哈辛！她知道黑袍男人的名字叫作哈辛！她失去了抵抗的勇气，被哈辛拉入了湖中……

无边无际的湖水……阳光晦暗，冰冷的湖水里是被束缚在死之国度的魂灵们。苏莺被哈辛扯着沉入湖底，她模模糊糊地想起了在天坑地下湖的那一幕。

那个救她的人抱着她升向水面，却在她浮出水面前放开了她。水面有灯柱照耀，穿透湖水。昏暗的光线中，苏莺仿佛看到了水中妖精，妖精那双美丽的眼睛勾魂夺魄。他抓着蛇尾，飞翔一般姿态优雅地退入了远处的黑暗之中。

苏莺突然明白，那个人就是薛夜。原来，她和他第一次相遇并不是在地铁站。想到薛夜，苏莺原本要涣散的神志清醒了很多，她怎么能就这样认输？

苏莺思绪流转间，抓着她手腕的哈辛居然化为了点点光辉消失，苏莺这才发现自己依然坐在船里，手指尖点着湖面，激起涟漪。

自己为什么会在这里？苏莺问自己。她原本模糊的记忆渐渐变得清晰，她今天早晨还在京城大学，为什么现在就到了千里之外的锦里镇？如果这是梦境，为什么她无法醒过来？

雪琪站在苏莺的床前，看着昏睡不醒的苏莺。她的眼底闪过挣扎的神色。胸口处的宝玉温热，是在向她示警。看见苏莺睡得这么沉，叫都叫不醒，雪琪就知道，苏莺和掬柔一样出事了。掬柔是晕倒在图书馆，所以被人送进了医院。苏莺昏睡不醒却没有人知道。

就在这个时候，苏莺放在枕边的手机响了。雪琪心中一惊，望向苏莺，发现手机铃声根本不能令她醒来。雪琪放下心来拿起手机，看了一眼来电显示，是薛夜。

雪琪久久地凝视着屏幕上闪动着的薛夜的头像，眼中爱恋和哀伤交织。她无法忘记在青铜棺上握着薛夜的手逃命的感觉，那一刻，她一点也不恐惧死亡，心中只有甜蜜。

雪琪按了通话键："喂，薛夜？我和苏莺都挺好的，苏莺刚刚睡着了，她太累了。要我叫醒她吗？"

薛夜声音清澈，带着不经意的温柔："不用，让她好好休息。我一个小时之后再联络她。"他很期待他们的第一次约会，和其他男女朋友一样，一起吃饭一起看电影。

雪琪温柔地结束了通话，望着苏莺的眼神渐渐变得锐利。苏莺还在梦境里挣扎，皱着眉似乎很难受。

雪琪默默地坐在床边，拿着苏莺的电话翻看着她的短信。

一小时后，薛夜再度来电。

雪琪没有接，她只是看着苏莺的睡颜，将手机放在了她的枕边，轻声地道："苏莺，如果你就这么睡着了再也不醒过来就好了。可惜……"薛夜还是会找到苏莺，然后叫醒她。

雪琪拿着手包离开寝室，去了女生宿舍的顶楼。她从手包里掏出打火机，点燃了一支烟。心烦的时候，她会躲起来抽烟。看着指尖的袅袅青烟，雪琪烦躁地看向蔚蓝的天空，有那么一瞬间，突然有一种融入蓝天的冲动。

如果就这么融化在蓝天里，是不是所有的烦恼都会消失？

雪琪的手机响了起来，是薛夜的来电，她却听而不闻。

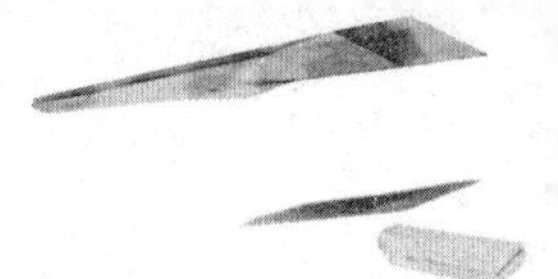

第二十四章 梦寻

梦境依然在继续，那个清醒的世界似乎已经越来越遥远。在希腊神话里，死神和睡神是两兄弟，也许梦境正是我们最接近死亡的地方。

苏莺坐着船抵达了湖心岛。她的脚踩在了碎石铺成的地面上，看着无人的木船径直滑入遮天蔽日的荷叶深处。

苏莺特别恐慌，她坚信，只要自己不在梦境里放弃，薛夜一定会来救她。而现在，她很想知道为什么会有人下蛊害了曦蕾，还要害他们这群曦蕾的朋友。也许答案就在那个漆着红漆的吊脚楼里。

吊脚楼虽然新漆了红漆，却散发着一种浓重的霉味。就像是深埋在地底、才被挖出不久的墓穴，晦暗而阴森。

苏莺站在吊脚楼前，看着刷着红漆的木梯，脑海里突然闪过模糊的记忆。在遥远的某个夜晚，她被人夹在腋下，宛如货物一般，头朝下带进一幢吊脚楼。不远处水光潋滟，月亮下的命运破碎如波光粼粼的湖面。

苏莺鼓起勇气踏上了木梯。恍惚间，她发现自己已经到了木梯的顶端，吊脚楼的地板就在离她不远处。

男女莫辨的奇异声音在回荡："没想到你是第一个进来的人。"

苏莺握紧了双手，警惕地问："你是谁？"

低低的笑声响起："你应该问的是，你自己是谁？"

苏莺不知道神秘人在说什么："我……是谁？"她站在灰扑扑的旧地板上，打量四周，这里看起来就是普通的苗家吊脚楼，只是没有人。

神秘人的声音似乎无处不在："你是我的祭品，非常重要的祭品。你的身上藏着非常隐秘的异虫，它能够让我得回我失去的力量。反正有了那种异虫，你也活不过一年，还会害死你身边的那个虫师。"

苏莺不安了起来："什么异虫？我身边的虫师？"她本能地不安，似乎某个她好奇已久的秘密就要被揭开。但是这个秘密却又如同潘多拉的匣子，一旦打开就会发生可怕的事情。

不知道什么时候，屋子角落的阴影里出现了裹着黑袍的人。他坐在阴影里，面目模糊，一双眼睛在幽暗处仿佛猫瞳一般微微发着暗红的光。

神秘人轻笑："薛夜就是虫师，你不知道吗？苏莺，你已经当养虫人很多年了，你忘记了？"

苏莺的头剧烈地疼痛起来。她蜷缩在地板上，痛得连呻吟声也无法发出。她全身都在抖动，耳边是自己的骨架咔咔作响的声音。"养虫人"这个词的意思，她似乎知道。脑海里是一连串可怕的画面。那些孩童被虫师在身体里种下异虫，然后被异虫吞噬，九死一生。他们有的变成一张干瘪的人皮，有的血肉腐烂，就算活下来的也饱受摧残，生不如死。

神秘人对着苏莺缓缓伸出了手，手掌白皙，手指宛如玉笋："你身体里的异虫要不了多久就要成熟了，只有我可以救你。"

剧烈的头痛来得宛如海啸，去得也如退潮一般迅捷。苏莺在地板上喘气："我才不信你有那么好心。你为什么说我会害死薛夜？"

神秘人的声音里藏着高傲与自信，他的手上悄无声息地出现了一只双尾红蝎："李翔已经见识过神婆的能耐，我比锦里镇的神婆要厉害得多。你的异虫成熟后，会害死薛夜，这是我的小红告诉我的。"

苏莺茫然无措，全身冰冷道："我不信……"但是她的心已经开始相信。她也不明白自己为什么会记得一个叫作哈辛的虫师，会记得什么叫作"养虫人"。

神秘人的笑声充满恶毒："我也不信。薛夜很强，他是我非常感兴趣的对手。我想知道到底是他的虫术厉害，还是我的蛊术厉害。掬柔昏倒不过是吸引他行动的一步棋，我和他第一次交锋的战场就在这里，就在我的梦中！"

薛夜拨打苏莺的手机一直无人接听。他心中隐隐觉得不对劲，又拨了雪琪的手机，依然无人接听。

薛夜决定去苏莺的宿舍确认苏莺的安全，于是走进了女生宿舍。宿舍门口的舍监阿姨走了过来，正要阻拦，她的视线就和薛夜的视线交错在一起，然后她就被薛夜眼睛里的一点亮光摄住了魂魄，看着薛夜走上了楼梯。

考古系的女生宿舍在五楼，苏莺所在的寝室是505号。俊美冷漠的薛夜一路上吸引了众多女生的注意，但是她们和薛夜擦身而过后，就忘记自己刚才看到了一个绝对不该出现在女生宿舍里的男生。

薛夜来到了505号寝室的门前，用一根铁丝在钥匙孔里轻轻一挑，锁着的门就被打开了。他推开门走了进去。

阳光从窗外照了进来，细小的尘埃在金色的阳光里浮动着。

薛夜将垂着的白色蚊帐拉开，看到了在噩梦中挣扎的苏莺。他神色微变，此时的苏莺比医院里的掬柔要危险得多。她的脸已经被一层青气笼罩，部分灵魂已经进入了蛊术师的梦境，生死被蛊术师左右。不过分开几个小时，苏莺居然已经生命垂危！

小心翼翼地坐在床边，薛夜的手指描摹着苏莺的脸，柔声道："我不该浪费时间去看掬柔。苏莺，别害怕，我来找你了。"

薛夜将白色蚊帐放了下来，他躺在苏莺的身边。空气中是淡淡的香气，薛夜的左手握住了苏莺的右手，右手手指按在了苏莺的眉心，缓缓闭上了眼睛。

吊脚楼里，神秘人的双眼在黑暗中越发闪亮："薛夜来了。他胆子还真大，居然敢进入蛊术师的梦境。”

苏莺躺在地板上已经冷得全身僵硬。她虚弱地睁开双眼，心中悲喜参半。她担心薛夜会被吊脚楼里的蛊术师伤害，心底却因为薛夜来救她而生出一丝说不出的甜蜜。薛夜是虫师也好，是普通人也好，她都喜欢他。

薛夜睁开双眼，发现自己坐在电影院里，四周坐满了人。他们吃着爆米花，看着电影银幕发出笑声。他坐在座位上，神色冷漠地思索着。一般的蛊苗也不过就是养蛊制蛊，只有极少数的蛊苗才有可能接触到本族传承，拥有在梦中杀人的本事。那尊三眼六手神像很可能就藏着类似的传承。

“薛夜，原来看电影的时候吃爆米花的味道是这样的。”薛夜的耳边传来他熟悉之极的声音。

薛夜侧过头，看着眼前的女孩子，眼中闪过瞬间的惊喜：“小樱？”眼前女孩的神态和说话的语气，和小樱一模一样。死去的小樱，是他心中永远的痛。

小樱握住了薛夜的手，柔声问他：“薛夜哥哥，你忘记我了吗？”

薛夜藏起眼中的苦涩，他温柔地笑着，小心翼翼地握着小樱的手：“我永远不会忘记你。没想到我还能用这种方式再见到你。”就算知道你是假的，我也很开心。

小樱轻轻摇头，眼中有着深深的悲哀：“骗人，你现在喜欢的是苏莺，不是我。”

薛夜缓缓开口：“我的确喜欢上了苏莺。我最开始只是在她的身上寻找你的影子，甚至有点恨她。我恨她分走了你的生命力，令你没能活过十六岁。”

小樱眨了眨眼，轻声问：“现在呢？”

薛夜回答：“我想要保护她，不知道为什么，这种感觉越来越强烈。”

他看着小樱的眼里涌出了清澈的泪水，落在了她拿着的爆米花上。

薛夜望着小樱：“对不起，我会一直把你记在心里。”

小樱摇头，微笑变得诡异：“你明明知道我是可以复活的，你明明可以让我和你继续在一起……”

薛夜垂下眼帘，他的手指在微微发光：“蛊术师的灵魂攻击果然厉害，居然利用了我的记忆！”如果他继续待在电影院里，灵魂会在不知不觉中衰弱。他必须尽快找到苏莺！

薛夜站起身来，走出了黑暗里的电影放映厅。电影院外的街道那样熟悉，那是他和小樱曾经住过的旧街。阳光灿烂，天空蔚蓝，街道拐角处的那家蛋糕店还开着。幼年时的小樱最喜欢那里的蛋糕，当时却没有钱买。

薛夜的心一阵抽痛。他望着街道上来来去去的人群，寻找着自己的目标。不管梦境多么奇幻，实质上依然是蛊术师用蛊来操控的。他一定能找到蛊术师的破绽。

要操纵这样的梦境攻击，蛊术师需要一缕精神分身存在于这个梦境之中。他只要找到这缕精神体，就可以循迹找到苏莺的灵魂。

薛夜站在路旁，看着车来车往。他的视线落在了街道拐角处，那里有个女孩子的背影那么熟悉——是苏莺！

薛夜穿过车流，跑向那个只看到背影的女孩子。他还记得第一次到夕城，他看到苏莺的时候，苏莺就穿着这样一条连衣裙。那一刻，他心中震惊，苏莺和小樱仿佛双胞胎一样。

薛夜跟着那道熟悉的身影，一路往前，穿过人群，终于出现在了苏莺的身后。

薛夜声音清澈，带着焦急之意：“苏莺，跟我走。”在蛊术师操纵的幻梦之中停留越久，苏莺就越有可能迷失，把虚幻当作现实。

苏莺没有回头，似乎并没有听到薛夜的声音。

薛夜伸手按在了苏莺的肩上：“苏莺……”

就在刹那之间，苏莺整个人化为一群有着鬼眼斑纹的飞蛾，铺天盖地向薛夜笼罩而来！

薛夜并没有躲闪，他的周身突然卷起花瓣形成的旋风把他包围了起来。那些飞蛾一旦被绯色的花瓣沾染，就会坠落在地上。不过短短一分钟，薛夜的脚边就积满了鬼眼飞蛾的尸体。他的眼神凛冽，神情平静。绯色花雨中，薛夜的气息变得越来越冰冷。

薛夜四周的街道幻影在消失，他发现自己站在一座吊脚楼里。不远处的角落里，裹着黑袍的神秘人正冷冷地盯着他，手指上的双尾红蝎妖异而美丽。

薛夜问："苏莺在哪里？"

神秘人轻笑："没有我的允许，就算你们近在咫尺，你也看不到她。"

薛夜冷冷一笑，妖精一般的双眼透着一丝邪气："你如果真想和我斗法，就不要把不相干的人牵涉其中。"

神秘人轻哼："我最喜欢玩这样的游戏。不过令我惊讶的是，身为虫师的你居然也有普通人的七情六欲。"

薛夜的眸子里流光潋滟："我讨厌一个人的时候，就会杀死他。你要不要试试？"

神秘人冷笑了起来，他的黑袍下爬出大量的黑色甲虫，宛如潮水一般向薛夜涌去。那只双尾红蝎站在神秘人的衣角，双尾摇晃，似乎随时会发起进攻。

薛夜的眼中闪过一丝幽光，他的指尖长出了"发丝"，将双尾红蝎缠绕起来。很快"发丝"上燃烧起了黑色的火焰。薛夜在印加丛林的古神庙里得到了这种发丝一般的异虫，对阴邪有很强的克制力量，燃烧的时候能够产生破邪的火焰。

"发丝"几乎笼罩住了吊脚楼里所有的空间。薛夜发现了被吊在半空中的"透明"的人形物体。

破邪的火焰将神秘人的障眼蛊术烧掉，露出苏莺苍白的脸。她对着薛夜

微微一笑："我就知道你会来救我。"

薛夜搂住了虚弱的苏莺，斜睨神秘人，冷哼："你果然把苏莺藏在你的眼皮子底下。"蛊术师和虫师一样，从来不会信任任何人，当然会把猎物放在自己能看到的地方才心安。

神秘人怒不可遏。他的双尾红蝎闪电一般跃出，高扬的蝎尾上闪烁着幽蓝的光。双尾红蝎是罕见的苗疆异蛊，能够释放出对灵魂和肉体都有侵蚀作用的毒素。

薛夜心口处的月光虫发出了柔和的光线，笼罩住了他和他怀中的苏莺。双尾红蝎仿佛陷入了月光织成的网里，挣扎了起来。

神秘人嘶声说："照片里的五个人已经中了诅咒，如果不去锦里镇就会死。"

薛夜轻笑："我会去锦里镇找你……"

女生宿舍。

505寝室。

苏莺睁开双眼，发现薛夜正躺在她的身边侧着头凝视着她。

苏莺吃惊地问："你……你怎么在这里？"

薛夜语调慵懒："大概是因为找你找得太久，所以困了。"

苏莺的心怦怦跳得极快，已经有些不堪重负。呼吸间是薛夜身上淡淡的冷香，却令她的脸发热。

薛夜坐了起来，慵懒的样子分外迷人："我们去约会吧，我想看电影。"

半小时后。苏莺穿着白色连衣裙，和薛夜坐在了学校附近的电影院里。

电影院里只有小猫两三只。毕竟在这样的下午，学生们更喜欢睡个午觉，或者在咖啡厅里消磨时光。

这是一部老旧的香港僵尸片，片中除魔道长的扮演者已经死于癌症。赶尸人在荒山里行走着，将死去的尸体带回他们的家乡。他摇着铜铃，洗得发白的青衫上是风雨沧桑。

薛夜饶有兴致地看着电影，在苏莺耳边低语："苏莺，其实赶尸是一种虫术。那些尸体都被一种低阶的异虫暂时控制。赶尸匠不管什么天气，都要穿着一双草鞋，身上穿一身青布长衫，腰间系一条黑色腰带，头上戴一顶青布帽，腰包里藏着一包符。其实这些都是他们驭使异虫的道具。"

苏莺无法将那些怪异恐怖的虫术和薛夜联系在一起，有点好奇地问："薛夜，你也赶过尸吗？"

薛夜淡淡一笑："现在交通发达，就算有人客死异乡，也可以用现代交通工具带他回家。只有在百年之前的湘西，还有死尸客店。这种死尸客店只住死尸和赶尸匠，一般人是不住的。它的大门一年到头都开着。因为两扇大门板后面，是尸体停歇之处。赶尸匠赶着尸体，天亮前就达到死尸客店，夜晚悄然离去。尸体都在门板后面整齐地倚墙而立。遇上大雨天不好走，他们就在店里停上几天几夜。"

苏莺不寒而栗，感慨道："真可怕。"

薛夜垂下眼帘，声音依然清澈柔和："这个世界上有太多东西比死尸客店还要可怕。"

苏莺低语："只要和你在一起，我就什么都不害怕。"

薛夜握住了苏莺的手，声音里带着笑意："你要记住你说的话。"

电影结束后，薛夜牵着苏莺的手走出了放映厅。

铺着厚厚地毯的走廊上，微笑甜美的女孩子牵着一个胖嘟嘟的小男生向薛夜问路："请问，你们知道卫生间在哪里吗？"

胖嘟嘟的小男生抱着薛夜的腿，笑得无比可爱："哥哥……"

薛夜弯下腰，轻抚小男生的头："真可爱……"

他的手上不知道什么时候多了一把寒光四射的匕首，轻易地将匕首刺入了微笑甜美的女孩子的心脏处。

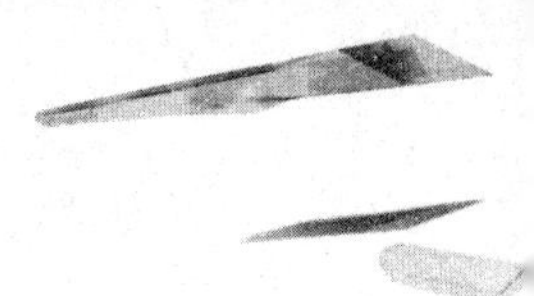

苏莺瞪大了眼睛："薛夜……"

就在这个时候，整个电影院都模糊了起来，所有的景物都在旋转。苏莺吃惊地看到那个胖嘟嘟的小男生变成了一株长满了尖刺的爬藤，而笑容甜美的女孩子变成了可怕的神秘人！

薛夜微笑着凝视着神秘人道："感觉如何？"

神秘人不敢相信薛夜居然会识破自己的伪装："你……你怎么知道其实你们还在我的梦境里？"他的身影也开始模糊，在实体和虚影之间转换。

薛夜的微笑明媚："因为我能闻到你身上的那股臭味。"

神秘人知道自己和薛夜的第一次面对面的交锋已经完败，他恨声说："我在锦里镇等着你。"

他的视线落在了苏莺的脸上："苏莺，记住我对你说过的话……"薛夜果然是天才虫师，他不得不承认薛夜的实力。

世界破碎。

薛夜在萤火飞舞的梦境里轻声问苏莺："他对你说过什么话？"

苏莺深深地凝视着薛夜："没什么。"神秘人说，她是一个养虫人，她会害死薛夜。她心里其实是恐惧着的，因为她觉得神秘人说的是真的！

第二十五章
口是心非

雪琪清醒过来的时候，发现自己站在楼顶的边沿，一直戴着的宝玉已经有了深深的裂痕。她心中后怕，拿起手机发现有很多薛夜打来的电话。

她露出近似甜蜜的微笑，幻想着薛夜是在担心自己。但是很快，明媚的心情就被阴暗的情绪覆盖。苏莺现在怎么样了？是不是已经在寂静的宿舍里永恒地沉睡在了梦的最深处？她的心中不是不遗憾的，毕竟她和苏莺曾经很要好，曾经她甚至打算保护苏莺一辈子。如果没有遇到薛夜，她和苏莺会是一辈子的朋友。

楼顶是看风景的好地方。雪琪点燃了最后一支烟，青色的烟雾仿佛让人迷惘的命运。也许她应该想想怎么接近薛夜那颗幽暗的心。苏莺根本不了解薛夜这样的人，她看到的薛夜和真实的薛夜截然不同。

雪琪的手机铃声响起，是苏莺的来电。

雪琪扬眉，心中有些慌乱。她接通了电话，听到彼端传来了苏莺的声音："雪琪，你在哪里？薛夜说你的电话打不通，我很担心你。"

雪琪讽刺地笑笑，声音却带着明显的惊慌："我在楼顶。我刚才差点儿掉下楼，我马上下来。"蛊的事情一定要想办法解决，她明显感觉到他们已经被下蛊的人盯上了。曦蕾的自杀只是一个开始，之后的一系列死亡事件也不过是序曲。掬柔、苏莺和她自己，都是蛊术师的猎物。而林熙染和李翔之所

以目前还安然无恙，很可能是因为他们的阳气更足。

雪琪的双眼闪过幽暗的光。她也很想成为厉害的蛊术师，能够杀人于无形。只是祖传笔记里的记载太少，她需要师傅带领。如果薛夜愿意教她，她一定会进步得很快。

雪琪轻盈地走下楼梯，穿过走廊，推开了505寝室的门。她的呼吸在刹那之间停滞了。

寝室里，薛夜和苏莺坐在椅子上，望着彼此的眼神那样柔和。

雪琪勉强笑笑："苏莺、薛夜，你们怎么……"

午后的阳光穿过玻璃窗，照耀着薛夜。他神色安然，美丽的双眼仿佛盛夏里清凉的泉水，清澈幽冷。

薛夜问："雪琪，你怎么了？"雪琪的脸色苍白，似乎受到了极大的惊吓。

雪琪拿出带着自己体温的宝玉，递给薛夜："我刚才站在楼顶上散心，突然迷糊了起来。后来我突然清醒了，才发现我祖传的宝玉裂了好多裂缝。"

薛夜摩挲着冰裂的宝玉，心中的疑问得到了解答。原来，在天坑和西周大墓里，保护雪琪免受异虫侵扰的就是这块宝玉。这宝玉里蕴藏着极强的念力，能够庇佑施法者的血脉。

薛夜的手指摩挲着宝玉，那些细小的裂缝居然在慢慢地消失！他垂着眼帘，长长的眼睫毛仿佛雀鸟的翎毛，黑曜石一般的眼珠里是宝玉的倒影。

雪琪望着薛夜，心中有温柔的涟漪荡漾，口中却是苦涩的滋味。薛夜不属于她。

苏莺有些心不在焉，她的脑海里还回荡着那个神秘蛊术师的话。他说她是养虫人，活不过一年，而且她体内异虫成熟的时候会害死薛夜。在被荷叶包围的湖心岛上，血色的吊脚楼里，她发现自己的脑海深处似乎隐藏了一段诡异的记忆，却怎么都无法找到记忆的出处。那个神秘人说，照片里的五个人已经中了诅咒，如果不去锦里镇就会死。恍惚间，苏莺觉得，死亡也许不是那么可怕的事情。

薛夜将宝玉还给雪琪："你去通知掬柔、林熙染和李翔。照片里的五个人必须去锦里镇，不然就会死在梦里。"

雪琪的手颤抖了一下，她握紧宝玉，紧张地问："薛夜……你……你会陪我们去吗？"

薛夜回答："我也想看看三眼六手神像的背后藏着的那个蛊术师。"虫师和蛊术师都以追求强大的力量为毕生的目标，他们彼此都是天生的对手。

苏莺欲言又止。

雪琪的笑容灿烂："薛夜，你是不是马来西亚的虫师？我听说，虫术其实和蛊术很相似，但更加神秘。马来西亚的权贵也对虫师毕恭毕敬。"

薛夜看着雪琪漫不经心地回答："更多的是畏惧。人人都害怕死亡，尤其是突如其来的死亡。"

苏莺想到了林熙染，突然开口问道："不知道林熙染会不会有事？"

薛夜幽深的眼底有一点亮光划过："他不会有事。因为他依靠自己的力量破除了忘情虫，他这一辈子都不会被幻觉控制。"林熙染对苏莺的心始终没有改变过。虽然掬柔令林熙染忘记了对苏莺的表白，把林熙染对苏莺的情转移到了自己身上，但是林熙染的心一直在挣扎。当他在天坑底跳入冰冷的地下湖救苏莺的时候，薛夜就知道忘情虫已经失效了。

苏莺怔怔地看着薛夜："什么忘情虫？"

薛夜回答："林熙染应该在半年前就中了忘情虫，忘记了他对某个人的感情。"

雪琪的声线微扬："你是说，林熙染之所以爱上掬柔是因为忘情虫？！"

薛夜深深地凝视着苏莺，声音清澈而平静："是的。其实掬柔早就喜欢上了林熙染，当时她辗转托关系找到了我，希望我能帮她令林熙染对她动心。不过，她并不知道我就是那个被委托的虫师。"苏莺，我想知道在你的心底，林熙染到底占据着什么样的位置。这种酸涩的情绪连我自己都很陌生。

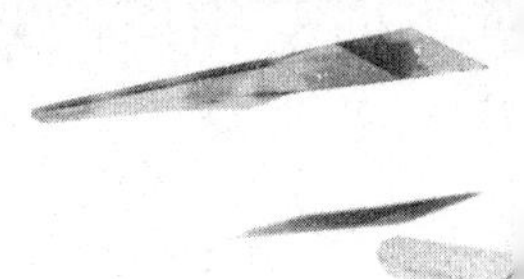

苏莺的眼睫毛颤抖了起来，她苦涩地笑笑："原来是这样……"心中对林熙染的怨恨早就在他救她的时候消失了，只是曾经的那份感情，似乎也在薛夜出现之后不知不觉地消散了。她和林熙染大概注定无法在一起。

苏莺抬起头来，发现薛夜的眼中有着复杂的情绪，她心中一动。如果她如神秘人所说会害死薛夜，那她是不是应该结束这段刚刚开始的恋情？

苏莺的心中一阵闷痛，她低下头，佯装懊悔："我早该知道熙染不是那样的人。"

薛夜的声音依然清澈，幽深如子夜的眸子里有着沉沉的涩意："苏莺，如果你还喜欢着林熙染，你可以告诉他这个真相。"

苏莺站了起来："薛夜，对不起，我要去找熙染。"

薛夜没有说话，只是看着苏莺奔出了寝室，就像一只蝴蝶飞出了他的手心。今天早晨，苏莺还在问他是不是认真的。在虫师的梦里，他们第一次约会、第一次看电影。她说只要和他在一起，她就什么都不会害怕。

可是最后，她对他说：薛夜，对不起，我要去找熙染。

雪琪的心中狂喜，她看着苏莺离开，根本没有劝一句。

雪琪低声说："薛夜，苏莺一直喜欢着林熙染。我记得三年前，苏莺被她妈妈打了一顿，离家出走的时候是林熙染陪着她在公园里坐了一夜。苏莺一直喜欢的就是林熙染那样温柔光明的男生。"

薛夜的心中有一股戾气升起。温柔光明？和他正好相反。他站起身来，声音依然平静："你们联系好其他人，确定了去锦里镇的时间就通知我。"

雪琪情急之下抓着薛夜的胳膊："薛夜，你……你不会抛下我……我们吧？"

薛夜的眼神在阳光里那样幽暗，仿佛夜海中星星的倒影，回答道："我去，是因为我觉得这场对决很有趣。雪琪，我不能保证你们五个人都能活下来。有时候，命运决定一切。"

雪琪在薛夜的视线里松开了他的胳膊，看着他淡然离去。望着被薛夜关上的门，雪琪的嘴角微弯，笑了起来。薛夜以前大概没有喜欢过女孩子，他居然没有看出苏莺的口是心非。苏莺现在喜欢的是薛夜，不是林熙染。她非常好奇是什么样的理由让苏莺对薛夜说谎。

苏莺沉默地走在街上，她没有流泪。阳光灿烂，她全身却在发冷。她一直记不清五岁之前的事情，但是从下午醒来开始，却不断有回忆的画面在脑海里掠过。其中部分画面恐怖而诡异——在吊脚楼里，她和其他孩子被披着黑袍的男人种下各种异虫。她记得那个男人的名字：哈辛。

这是一段绝对不会属于她的记忆。

苏莺思索了很久，终于鼓起勇气拨了一个手机号码。手机接通，传来一个女人有些不耐烦的声音："你是打电话来要钱的吗？"

苏莺沉默了一秒："不是，我可以养活自己。我只是想知道，我到底是不是你的亲生女儿？"

彼端响起了沉重的呼吸声，良久才回答道："你是在讽刺我吗？如果你不是我的亲生女儿，养你到这么大？小莺，我也没办法，如果你真的缺钱，我会往你的卡上打一点钱，但是你以后就不要来找我了。"

苏莺还想说话，但对方已经终止了通话。她露出一丝苦笑，握紧手机，眼中的伤痛渐渐沉淀为化不开的阴霾。她坐在街边的花坛边上，瘦弱的双肩在颤抖。此时此刻她无比清晰地知道，自己已经被亲人当作了麻烦。她是一个被抛弃的人。

就在这个时候，苏莺的手机响了起来，她发现是林熙染的来电："喂，林熙染……"

午后明媚的阳光在法国梧桐上跳跃，在行人的发梢滑翔。林熙染隔着一条不算宽阔的马路，望着苏莺，眼神复杂，他在手机里问："你怎么了？"

苏莺努力让自己的声音变得轻快："我没事。掬柔还好吗？"

林熙染望着街对面疲惫而悲伤的苏莺，回答："她还好。"不久以前，

雪琪打过电话给他，告诉他关于忘情虫的事情。他心中一直以来的疑问被揭开，被禁锢的心在刹那间自由了。那一刻，他很想找到苏莺，很想告诉她，他没有背叛他对她的表白。

只是，他看着苏莺的手机号码却害怕了。今天早晨，薛夜对苏莺表白了，苏莺没有拒绝。他知道，苏莺喜欢上了薛夜。他清楚苏莺的每一个眼神，每一个神情，她对薛夜的喜欢是那么显而易见。

苏莺的心仿佛破了一个洞，心里冷得如同置身冰天雪地。她缩着身子，脑海里是薛夜听到她要去找林熙染时的神情。薛夜的心高傲而孤单，她伤害了他，更伤害了自己。

林熙染穿过斑马线，走到了低头坐着的苏莺面前，轻声唤她："苏莺……"

苏莺狼狈地抬头，就看见了林熙染的眼神里满是关心与温柔。

苏莺又一次低下头，不敢看林熙染的眼睛："我真的没事，大概……有些饿了。中午没吃饭就睡了。"

林熙染环顾四周，对苏莺伸出手，微笑道："我带你去吃饭。"

苏莺抬头看着林熙染温和的双眼，心中一酸，她默默握住林熙染的手。

林熙染带着苏莺走进了街道拐角处的餐厅，为苏莺点了爽口的瑶柱海鲜粥，对她说道："今天发生了太多事，喝粥更适合你。"

苏莺的眼泪落进了粥里。昨天傍晚，薛夜带着她去了学校后门的粥店，为她点了一碗鲫鱼粥，她吃得分外安心和香甜。只要薛夜在她的身边，她就不会害怕和彷徨。而如今，她推开了他，这种感觉痛彻心扉。

林熙染没有说话，也没有追问。他想将眼前的女孩子拥入怀中安慰，却知道自己没有这个资格。

苏莺擦干了眼泪，她的鼻尖发红，可怜巴巴地抬头对林熙染说："林熙染，我求你一件事。"

林熙染将雪白的手帕递给苏莺："你说。"

苏莺抓紧手帕，心中忐忑：“你……你可不可以在薛夜面前假装和掬柔分手，假装和我在一起？”

林熙染凝视着苏莺，认真道：“我不用假装和掬柔分手，我们已经分手了。”雪琪说了忘情虫的事情后，他就找到掬柔，提出了分手。掬柔说，早在他在葬礼上第一次见到她之前，她就见过他，爱上了他。她给他下虫只是因为她无法自拔地迷恋着他，而他却喜欢苏莺。

苏莺低喃：“我没想到事情会是这样的。”当初她只是以为林熙染不喜欢她，所以默默离开，退回了安全的距离。

林熙染的微笑比月光还要温柔：“我答应假装和你在一起。先把粥喝了。”他的心，甜蜜而酸涩。他永远无法拒绝眼前女孩的任何要求。

苏莺食不知味地喝着粥。她知道，她的世界的黄昏到来了，而黑夜将永无尽头。

黄昏。

薛夜坐在湖边的草地上，看着夕阳的光线慢慢坠入湖中。他的手指轻轻撩着湖水，密密麻麻的鱼静默地聚集在水下，似乎在陪伴着他。

随手将一片树叶含在唇中，薛夜吹起了流传在马来西亚的民谣。他坐在微风与暮色里，瞳孔染上了夕阳的橘色，仿佛有火焰在其中静静燃烧。

小时候，每当他心情不好的时候就会到河边，小樱会陪着他。虽然小樱有些耐不住性子，总是拔根草玩儿，或者是叽叽喳喳地跟他说话。但是那个时候，也只有小樱会陪着他了。当时，他最大的梦想就是活下来，长大以后出人头地，让小樱过上好日子。

薛夜轻抚手腕上的骨片手链，呢喃道：“小樱，我知道你在怪我不该喜欢上别人。还好，我只是喜欢而已。”

同样的黄昏。

林熙染和苏莺在图书馆里翻查着和蛊苗有关的资料。只可惜，记载蛊术的资料往往是小说。就在这个时候，苏莺看到了一个长发女孩的背影。异样的感觉从她的心底升起。阿依……

苏莺从未看到过那么黑那么滑的长发，宛如最上等的丝绸，甚至拥有着奇特的生命力，令人忍不住想伸手去触摸那美丽的长发。

阿依回过头，对着苏莺微微一笑："没想到在这里遇到你。"

苏莺对阿依有一丝说不出的好感，她也笑了："你怎么会来我们学校？"

阿依的瞳孔极黑，盯着人的时候，令人觉得她非常专注："我是来找你的。穗穗让我带你们去锦里镇。"

苏莺错愕，她和林熙染交换眼神，惊奇地问道："穗穗怎么知道我们要去锦里镇？"

图书馆里的光线柔和，阿依声音平静地说道："照片上的五个人已经被诅咒，你们只有去锦里镇才能求得一线生机。穗穗为了保住李翔的命已经心力衰竭。所以，由我带你们去锦里镇。"

苏莺一直奇怪，为什么灵车上的司机和曦蕾父母都车祸身亡，李翔却安然无恙？原来是穗穗保住了李翔的命。怪不得今天上午看到穗穗的时候，她躺在床上，气色很不好。蛊，奇异而令人生畏。苏莺不明白，灾难这种无形的存在怎么能够通过蛊来分担。

林熙染问阿依："我们被什么人诅咒？为什么会被那个人诅咒？"

阿依的声音清冷："我只知道你们是被虫灵选中的祭品。本来我不想多事，但是穗穗苦苦哀求我。"即使在锦里镇，苗人也很畏惧蛊苗一族。阿依是被神婆收养的女儿，以后会成为锦里镇新的神婆。所以所有的小孩都不愿意和阿依玩，觉得她会用蛊术害人。只有穗穗不会害怕她，还和她一起玩。

苏莺望着阿依，她决定相信自己的直觉："谢谢你阿依，我们商定了出发的时间就联系你。你可以把你的手机号码给我吗？"

阿依能够感觉到苏莺的真诚，她露出一个清浅的微笑，长发在夕阳里闪闪动人："好啊。"

苏莺忍不住说："阿依，你的头发真美。"

阿依静默了几秒，低声说："有时候美丽的东西是有毒的。"她小时候也以为自己的头发很美。神婆很怜爱她这个孤儿，每天清晨都会给她洗头，然后用梳子为她梳理这美丽的长发。直到有一天……

苏莺目送着阿依离开。阿依的眼神，她曾经在镜子里看到过。那是一种没有依靠的孤独的眼神。

就在这个时候，有个尖锐的叫声在安静的图书馆里响起："熙染！你和我分手就是为了和苏莺在一起？"

掬柔眼中闪烁着泪光，她摇摇欲坠地站在楼梯上，仰望着林熙染。图书馆里其他的同学被这一幕吸引。美丽高雅的女生居然会被劈腿，还真是狗血。

众人的视线落在了苏莺身上。清秀沉默的女生看起来不太具备小三的本钱。当事人中唯一的男生温和雅致，长相和气质都是一流，难怪女友不肯放手。

林熙染没想到掬柔会失控地在图书馆里大叫，他歉意地看了苏莺一眼，然后走下楼对掬柔说："我要对你说的话，今天下午都已经说清楚了。你何必还要纠缠。"

掬柔扯着林熙染的衣袖，眼泪流了下来："熙染，我不能失去你。"

苏莺心中尴尬，她低着头想一个人先离开，却被掬柔抓住了手腕。

掬柔的眼中是深深的怨恨："苏莺，你都有薛夜了，为什么还要和我抢熙染？"

苏莺心中一痛，她欲言又止："掬柔，事情不是你想的那样。"

身后传来窃窃私语声，围观人群对于复杂的四角恋情纷纷猜测，并对清

秀的小三的魅力景仰不已。

掬柔泪光晶莹，楚楚动人：“熙染的妈妈是不会允许你和熙染在一起的。你爸妈离婚，你连生活费都拮据，怎么配得上林家？”

林熙染担忧地看了看苏莺，回过头对掬柔说：“你已经失控了。这里是图书馆，不要在这里吵闹。”

掬柔摇头，小脸苍白，泪眼里充满渴求：“熙染，没有你，我会死。”

苏莺挣开掬柔的手，冷静地对林熙染说：“你们慢慢谈，我先走了。”今天下午，她内心凄惶，居然向林熙染提出那样的要求，现在她后悔了。

林熙染看出了苏莺眼底的动摇，握住了她的手，然后回头对掬柔说：“对不起，我喜欢的人一直都是苏莺。你应该比我更明白。”苏莺的手柔软冰凉，他的心却灼热了起来。隐隐的悲哀与幸福在心底涌动。

掬柔在林熙染的眼底看到了无法动摇的坚持，她的心坠入绝望的深渊。她盯着苏莺，恨意在心中凝聚：“苏莺，都怪你。”

苏莺保持沉默。她挣了挣，却无法挣脱林熙染的手。她的视线和林熙染的视线交错，她在林熙染的眼中看到了不舍。

林熙染牵着苏莺的手，和掬柔擦肩而过。空气凝固，四周寂静无声。

苏莺用力抽出了自己的手，她低声说：“林熙染，掬柔的性格很极端，我担心她……”

苏莺的身后，掬柔神色狰狞地猛推了苏莺一把，把她推下了楼梯。苏莺猝不及防摔下了楼梯，她的头撞在了坚硬的台阶转角处，剧烈的疼痛令她缩紧了身子。

后脑勺针刺一般疼痛，苏莺的眼前出现了白光，脑海中浮现出许多画面。杂乱肮脏的街道，蛋糕店里漂亮的草莓蛋糕，黑沉沉的夜空上那一弯清凉的月亮……最后她好像看见一个面目模糊的小男生牵着她的手在荒野里狂奔。夜风轻柔，他们跑得上气不接下气，却不敢停下来。

小男生在说，小樱，不要回头看，快跑！苏莺没有听话，她偷偷回头看了一眼，只见他们的身后不远处的荒草里是蛇群，嘶嘶作响的蛇群正在追着他们的脚步，等待着他们力竭倒下。

苏莺蜷缩着躺在地板上，她喃喃地说：“薛夜……小樱跑不动了……”

有人将她抱了起来，她听到林熙染充满恐惧的声音：“苏莺，别怕……”

黏腻的血从苏莺的后脑勺流淌而下，她紧闭着双眼，嘴里的低喃没有人听见：“薛夜……别管我……”

第二十六章 痂

深夜里醒来，苏莺发现自己躺在陌生的病房里，一时之间记不起发生了什么事。她动了动，后脑勺一阵闷痛。回忆如潮水一般涌来，她想起了图书馆里发生的一切。

在昏迷之前，她似乎记起了一些非常重要的事情，现在却再度忘记。她只记得荒野上空弯弯的月，似乎可以勾住人的魂魄。

忽然，苏莺觉得后脑勺的伤口有些发痒，似乎有小虫子在爬。她挣扎着想要坐起来，却全身无力。脑海里有个沙哑的男声在反反复复念着奇怪的咒语。这声音在苏莺的脑海里回荡着，就像是一个诅咒，令她的灵魂滑入看不见底的深渊。

苏莺一阵眩晕，全身都在冒冷汗。她咬紧了牙，就像是溺水的人，近乎贪婪地呼吸着。她不知道自己是怎么了，这种濒临死亡的窒息感让她感到绝望无助。霎时间，苏莺的脑海里划过了薛夜的身影。她的眼泪无声无息地滑落，将白色的枕头沾湿了一小块。

苏莺，你是我的祭品，非常重要的祭品。你的身上藏着非常隐秘的异虫，它能够让我得回我失去的力量。反正有了那种异虫，你也活不过一年。

你已经当养虫人很多年了，你忘记了？

你身体里的异虫要不了多久就要成熟了，只有我可以救你。

你的异虫成熟后，会害死薛夜，这是我的小红告诉我的。

神秘人在梦境中对苏莺说过的话在苏莺的心底一再反复。苏莺问自己，她对这个世界是否还有牵挂？如果她活着带来的是一连串的麻烦以及喜欢的人的悲剧，她是不是应该去死？

苏莺发现自己对死亡不再那么恐惧。在这样孤独的深夜，在陌生的病房里，她更害怕的不是死亡，而是自己。她的身体里养着什么样的异虫，连虫师薛夜也无法察觉？原来，她从来不被蚊蝇叮咬只不过是因为她身体里隐藏着异虫。

黑夜似乎永无尽头。

薛夜盘腿坐在地板上冥想，心口处的月光虫静静蛰伏着。他知道锦里镇的神秘蛊术师很强，这并没有令他害怕，反而令他兴奋。蛊术师有一种罕有的蛊，能够令人入梦。这个蛊术师的精神力量比常人强大百倍，但是脆弱的肉体无法长期负荷这样的精神力量。这意味着这个蛊术师即使用蛊术来续命，也活不过三十岁。

蛊术师通过三眼六手神像将李翔变成活蛊，然后捕捉他身边特定的五个人作为祭品。他的选择标准到底是什么？曦蕾自杀了，而李翔、掬柔、林熙染、雪琪、苏莺，这五个人的共同之处仅仅是他们是同一所中学的朋友。

苏莺是小樱留在这个世界上的唯一印记，他不会允许别人杀死苏莺。

薛夜的心情有些烦躁，他的眼前浮现出苏莺说要去找林熙染的那一幕。苏莺和林熙染一直彼此喜欢。林熙染向苏莺表白后却因为外公去世，在葬礼上中了忘情虫，对掬柔一见钟情，忘记了对苏莺的感情。苏莺也沉默地退回了自己的壳里。现在真相大白，苏莺和林熙染终于可以在一起了。

薛夜心口处的月光虫感应到了主人的烦躁，它释放出了月光般温柔的波动，安抚着主人的心。薛夜轻抚骨片手链，眼中是氤氲的幽光，他打算锦里镇之行后就离开京城。

晨曦来临的时候，林熙染推开病房的门，发现苏莺站在窗边，望着澄明清澈的天空发呆。

“苏莺，你怎么起来了？”林熙染将饭盒放在床头柜上，他心有余悸地说：“医生说你有轻微的脑震荡。”

苏莺浅浅一笑，回答道：“我没事了。”后脑勺的伤口在下半夜一直发痒，却不再疼痛了。

林熙染叫了医生为苏莺检查。苏莺的伤口已经愈合了，这样的恢复速度令医生都感到吃惊。苏莺却一点儿也不惊奇。应该是那只即将成熟的异虫将她这个宿主的身体修复了。

林熙染让苏莺在这家私立医院做详细的身体检查，他略带歉意地对苏莺道：“我没想到掬柔会这么疯狂，这次的事情我已经去掬柔家和掬柔的家人说清楚了。”对林家的嫡系下异虫，这样的行为会被认为是图谋不轨。

苏莺拒绝了林熙染的提议，虽然不知道那只异虫会不会被医学仪器检查出来，但是她不想在去锦里镇的前夕惹出更多麻烦。

苏莺的微笑平静：“我没事。掬柔也只是太在乎你了。林熙染，我昨天的提议你就当作什么都没发生。我当时失去了理智。”这一夜，她想了很久，回想着自己这短暂的一生，她不想再给身边的朋友带来任何麻烦。如果死亡不可避免，就让她静静离开。

晨曦的阳光笼罩着窗边的男子，他的眼神柔和，侧脸的轮廓无懈可击。温雅的男子侧过头凝视着苏莺，眼中波光潋滟：“我答应过的事情，就一定会做到。”

苏莺没想到平时温雅谦和的男子居然会耍赖，她急急地说：“我不想利用你。”利用你让薛夜以为我选择了你，利用你的温柔让我忘记痛苦的一切。

林熙染专注地看着苏莺，耳朵有一点点红，眼底是微微的羞涩。他的声音低低的，仿佛微风拂过树梢：“我愿意。”

苏莺的头又痛了起来。

林熙染目光清澈如水："我不知道你为什么喜欢薛夜却要我假装和你在一起，但是我知道你很伤心。"

苏莺眼中有泪意，她低下头，小声道："我只是觉得我和薛夜在一起会拖累他。"

林熙染低声说："照片里的五个人也许根本不能活着离开锦里镇。无论如何，我都会陪在你的身边。"直到……你再度和薛夜在一起。

上午。

学校附近的咖啡馆里，雪琪在手机上看着学校论坛一个置顶的帖子。她的唇边是玩味的微笑。苏莺、林熙染、掬柔在图书馆里发生的事被好事者用手机拍了下来，还上传到了学校的论坛上。标题耸人听闻：两女夺一男，正宫PK小三。

雪琪看到林熙染握住苏莺的手腕，唇边的笑意更明显。不管苏莺心里到底喜欢的是薛夜还是林熙染，图书馆的事情只要被薛夜知道，薛夜应该就不会再对苏莺有留恋。薛夜就像是荒原里高傲神秘的猫科动物，他不会去挽留和林熙染在一起的苏莺。

她想了想，给薛夜发了一条带网址的短信：昨天黄昏，掬柔因为林熙染和苏莺在一起，失去理智把苏莺推下了楼梯。

此时此刻，薛夜正坐在湖边发呆。他收到了雪琪的短信，漫不经心地看了一眼，眉头微皱。苏莺被推下了楼梯？他点开网址，看到了图书馆里发生的那一幕。镜头最后拍到的是林熙染抱着苏莺跑出图书馆的背影。

薛夜拨通了雪琪的手机，问道："她没事吧？"

雪琪没想到薛夜在第一时间关心的是苏莺的安危，她回答："林熙染给我打了电话，苏莺有轻微的脑震荡，后脑勺有伤口，昨晚就住进了医院里。有

林熙染照顾她，应该不会有事。”

薛夜挂断了电话。他望着映着蓝天白云的清澈湖水，右手放在了心脏处，这样的闷痛……从未有过。他不明白自己为什么会说出他给林熙染下异虫的真相，也许他想知道自己和林熙染在苏莺心中的分量。那个孤独倔强的女孩子望着他的眼睛里渐渐有了令他迷惑而喜悦的光芒。可是他害怕那光芒会很快消失，所以他说出了林熙染中了忘情虫的真相。苏莺和林熙染认识三年，那一段时光的力量连忘情虫都无法摧毁。所以，苏莺选择了林熙染。

她在医院，他……要不要去看她？

雪琪的话在薛夜的耳边回荡。有林熙染照顾苏莺，应该不会有事。

薛夜的双眸在阳光下宛如黑琉璃，他的骄傲不允许他去医院探望苏莺，他的心中也有一种近似被背叛的感觉。他久久地站在湖畔，一动不动。

咖啡馆里，雪琪等来了她约的掬柔。掬柔戴着大墨镜，几乎遮住了她大半张脸。

她失魂落魄地在雪琪面前坐下，取下墨镜，露出哭得红肿的双眼，问道：“雪琪，你说你有办法让林熙染回心转意，到底是什么办法？”她一直假装林熙染深爱着她，她清晰地知道，林熙染对她的喜欢其实是对苏莺的喜欢。是虫术令林熙染忘记了苏莺的感情，转而迷恋自己。她原本以为可以隐瞒林熙染一辈子，却没想到只隐瞒了林熙染半年。

雪琪笑笑，双眼闪闪动人：“可能我们明天就要启程去云南，想办法解除我们身上的诅咒。”

掬柔嘶声说：“我才不要再见到苏莺那个贱人。”

雪琪的声音柔和：“掬柔，你可不可以收起你的大小姐脾气，你真的不怕死？”

掬柔黯然地说：“林熙染不要我了，活着也没什么意思。”

雪琪并没有劝掬柔，她只是耸耸肩，微笑可爱明丽：“就算你死了，林熙染也不会为你流泪，他会和苏莺好好地在一起。”

掬柔抬起头来，恶狠狠地说：“我才不会让苏莺如意。”

雪琪白皙娇嫩的手指捏着银勺轻轻搅动着咖啡：“照片上的五个人如果不去云南就会死，而薛夜也会和我们一起去云南锦里镇。你先收着你的脾气，说不定……苏莺死在了锦里镇，你就可以不用和死人争林熙染了。”薛夜电话里对苏莺的紧张令雪琪意识到，苏莺只要活着就有可能阻碍她和薛夜在一起。

掬柔的眼睛亮了亮：“你是说……你不是苏莺的好朋友吗？”

雪琪凝视着掬柔：“我什么也没说。我只是劝你在去云南的路上不要动辄发火，那会让你离林熙染越来越远。什么事情都等我们破解了诅咒再说。”

掬柔想起那个可怕的梦，她声音颤抖：“都是李翔惹的祸！是他把诅咒从那里带回来的！”

雪琪隔着衣服轻按她那被薛夜修复的宝玉，若有所思道：“蛊术师的力量非常神奇可怕。”

掬柔仿佛溺水的人抓住救命稻草一般渴望地看着雪琪：“你说，我们能活下来吗？”

雪琪沉默了几秒，才回答道：“你只需要记得，只有活下来，你才可能和林熙染在一起。”祭品到了云南锦里镇很可能会开始相继死去，她觉得没用的掬柔很可能是第一个死的人。

掬柔站了起来：“我回去准备。”只要她活着而苏莺死了，她就有漫长的时间可以令林熙染回心转意。她虽然任性，却并不蠢。雪琪到底藏着什么心思，她也不会去计较。雪琪并不知道掬家在京城繁衍数百年，虽然她不是其中最核心的嫡系，却也知道很多常人不知道的事情。

一小时后，掬柔家驶出了一辆银灰色轿车，车后座上坐着掬柔和她的父亲掬承家。他们要去的是掬家老宅。掬家老宅原本在京城城内，数百年前战

火纷飞，掬家人搬迁到了盈山山腰上。拥有温泉和枫叶美景的盈山如今寸土寸金。

中午阳光最烈的时候，盈山依然清幽静美。掬柔跟着掬承家穿过长长的回廊，在如画园林里逶迤而行，找到了掬家的长老之一——掬业志。

掬业志是上任家主的弟弟，生性懒散，不喜欢争权夺利，一心精研玄学。年近九十的掬业志看起来不过六七十岁。掬家藏书阁里的玄门书卷令掬业志踏入了另一个世界。他年轻的时候就离开家族，踏遍名山，拜师学玄。恰逢整个中国陷入战火，掬业志也加入到了抗日救亡的行列里。年轻时的掬业志在战火中死里逃生回到掬家养伤养了三年，似乎伤了根本，至今也没有子嗣。

在茶室里听了掬柔讲述最近遇到的事情，掬业志的神情有些恍惚。云南，锦里镇，他原本以为自己一辈子也不会听到这些噩梦里出现的词汇。他从书架上拿出一只雕着古怪花纹的竹筒，小心翼翼地将竹筒打开。一股难以言语的清香在茶室里蔓延。掬业志从竹筒里拿出了一枚小拇指长的银白色叶子。叶子上长着绒毛，如刚刚才从树上摘下一般新鲜。

掬业志将叶子放进洁白的茶盅里，将烧沸的山泉水倒进茶盅。茶盅里的水在瞬间变成了乳白色。

掬柔大气也不敢出。虽然不懂叔爷在做什么，但是她能感受到叔爷的郑重其事。

片刻之后，掬业志将茶盅推到掬柔的面前，沉声道："柔儿，喝了它。"

掬柔愣了愣，将茶盅里的水喝下。这乳白色的汁液非常甜美，令人的心神都放松了下来。奇怪的是，直到茶盅见底，掬柔也没看到那片小拇指长的叶子。

掬业志凝视着掬柔，长叹一声："果然是中了虫灵的诅咒……"

掬柔的眉心有拇指指甲盖大小的黑印显现了出来。

掬承家只有这么一个女儿，自然心疼万分，焦灼地问道："您有没有什么方法能够破除柔儿的诅咒？我真不放心她去云南。”

掬业志叹息：“如果是一般的蛊苗下的蛊，我可以保住柔儿。只是，如果是虫灵作祟，柔儿只有去了她梦里见过的那栋血色吊脚楼才有一线生机。那尊三眼六手神像每几十年就会复苏一次，每次它睁眼就会寻找祭品，举行血祭。”

掬柔越听越害怕：“叔爷，什么血祭？”

掬业志仿佛陷入了回忆的旋涡，思索着回答：“六十九年前，我在云南锦里镇也遇到了三眼六手神像显灵，那一次血祭的祭品是那些日本军人。当时虫灵进入了一个苗女的身体里，以她为媒介护住了世世代代供奉它的苗人，将上千凶残的侵略者杀死在了密林之中。”没有亲眼见到当时情景的人根本无法想象，一个活生生的人在不到一分钟的时间里就被神秘的力量吸成了干尸。

掬承家忍不住问：“那虫灵为什么会找远在京城的普通人作祭品？”

掬业志闭了闭眼，即使六十多年过去，阿茶的笑靥依然那么清晰，他回忆道：“虫灵只是一种神秘的、拥有灵智的力量。它选择依附的人不同，性格自然也不同。这一次虫灵依附的蛊术师很显然要寻找某些特定的祭品来延长自己的寿命。他利用虫灵的力量找到了他需要的祭品。”

掬柔怯生生地问：“叔爷，那林熙染会不会有事？”

掬业志的目光柔和：“柔儿，你对林熙染下忘情虫是一个错误的决定，但也因为他凭借自己的意志破除了忘情虫的力量，反而拥有了对抗幻觉的能力。林熙染很可能会破除诅咒活下来。”

掬柔露出欣喜的微笑：“那就好。”

掬业志轻叹：“感情的事是不可以勉强的，柔儿，你该学会的是放手。”

掬柔摇头，泪光盈盈：“我做不到。我喜欢林熙染喜欢得不知道如何是好。我没有他会活不下去的。”

掬业志伸手轻抚掬柔的发顶，叹气道：“痴儿。”

掬柔潸然泪下。在林熙染的眼中，她任性恶毒，从不考虑他人的感受。其实，她从小到大没吃过一点苦受过一点气，她为林熙染做的所有的事都是因为她喜欢他喜欢到无法自拔。

掬业志将竹筒递给了掬柔，叮嘱道："这茶来之不易，能显蛊避蛊。你到了锦里镇，要是觉得不对，就含上一片。制这茶的人是锦里镇的蛊术师，若是有人认得这竹筒也许会留你一条生路。"

掬柔如获至宝，抱紧竹筒，感激道："叔爷，我替熙染谢谢您。"

掬业志看着楚楚动人的侄孙女，喟然长叹："叔爷老了，不能陪你去锦里镇，不过，叔爷有一样东西是从锦里镇的一个人手中得来。叔爷把它给你，也许关键时刻，它能救你和你的熙染一命。你不要挣扎抗拒。"

掬业志握住了掬柔的右手，用一柄小刀割破了他的食指和掬柔的食指，然后将两道伤口重叠在一起。他微微闭上眼，脸色渐渐变得苍白。掬柔只觉得食指伤口处一痒，身体突然多了一种说不出的暖洋洋的舒服。

掬业志挪开了食指，似乎苍老了一些。苗疆蛊术并不仅仅是用来害人的，蛊术其实也可以用来救人。蛊术师原本也是极其优秀的苗医。阿茶在六十九年前送了一只福蛊给他，他因为这福蛊从锦里镇死里逃生，一生顺遂安康。现在，他把这只福蛊送给柔儿，希望柔儿能解开诅咒，不再因为得不到熙染的心而落泪。

掬柔用雪白的手帕擦去了食指上的血迹，惊讶地发现自己的伤口已经消失了。

掬业志颤巍巍地站起身来："你们走吧，我需要静养。"

掬承家感激地谢过掬业志，带着女儿离开了茶室。他的眼中有隐约的泪光。冥冥之中，他知道叔叔为了柔儿的安危付出了极大的代价。

第二十七章
我已经死了

从京城到云南，飞机的飞行时间是三个小时。

清冷的阿依第一眼看到薛夜的时候就知道了他的身份。她身上的本命蛊在害怕薛夜，就好像遇到了此生的天敌。

阿依被神婆称为蛊术天才，比她年长的蛊苗也不一定能胜过她。没想到薛夜这样清澈冷漠的男子居然有着克制她本命蛊的能力。

阿依看得出，那个叫雪琪的女孩很喜欢薛夜。而薛夜却对谁也不多话，默默坐在座位上闭目养神。一看就是千金大小姐的掬柔总是泫然欲泣地望着林熙染。林熙染却和苏莺坐在一起，神色温柔。这让掬柔盯着苏莺的时候，眼中尽是愤怒和嫉恨。而穗穗喜欢的李翔却暮气沉沉，望着自己的双手发呆。

在高空之上俯瞰这美丽的彩云之地，每个游客都发出赞叹声。随着飞机降落在跑道上，一种难以言喻的紧绷感出现在了照片里的五个人身上。飞机停稳后，他们背着简单的旅行包缓缓走出飞机。

苏莺的旅行包被林熙染提着，惹得掬柔露出怨恨的神情。她低着头努力克制着自己的情绪。

薛夜看了苏莺一眼，眼神平静而陌生。苏莺垂下眼帘，不敢再看薛夜，心中酸涩。

天空澄澈蔚蓝。和京城不同，那一抹蓝带着旖旎与自由，就像是梦境里的天空。

林熙染说：“车已经在机场外等着了，我们需要坐车前往锦里镇。”

七人座银色商务车宛如某种甲虫。

林熙染将靠窗的位子留给了苏莺，然后坐在了苏莺的身边。

掬柔隔着一条过道坐在单人座位上，瞟了林熙染一眼。

薛夜上了车，苏莺的视线和薛夜的视线交错，她不自觉地低下头。薛夜的双眼在地下湖的深处给她留下了无法磨灭的印象。每次看到薛夜的双眼，她就怦然心动，仿佛要溺死在那双幽深美丽的眼中。

薛夜坐在最后一排的单人座位上，雪琪也选择了最后一排。她闻到了薛夜身上淡淡的冷香，露出了一个微笑。

李翔无精打采地坐在薛夜身边。临行前，他去探望了穗穗，穗穗的脸色苍白得像个死人，瘦了许多。穗穗说她求了阿依一定保住他的命。李翔心中复杂，他追问穗穗他失忆的二十四小时到底发生了什么，穗穗却沉默不语。李翔觉得自己该恨穗穗，心中却怎么也恨不起来。

阿依坐在副驾驶座上，一言不发。不知道为什么，她心中有不祥的预感，仿佛她亲近的人出事了。

商务车在公路上行驶着，从昆明到文山市再到锦里镇还有几百公里的路程。苏莺望着窗外明媚热烈的夏日风景，心却仿佛在秋风中瑟缩。她昨晚在网上搜索，发现哈辛很可能是马来西亚的男人的名字，而在马来西亚，有些恶毒的虫师会拐走贫民窟里的小孩，用来炼制恶毒的异虫。她在夕城出生长大，为什么会知道一个马来西亚的男人的名字？而那些小孩被喂虫的恐怖场景更是历历在目。五岁前的一切仿佛笼罩在迷雾里，只有一些片段若隐若现。苏莺记得，家人曾经说过，她的叔叔苏明曾经去过马来西亚，却在回国后不久失踪。苏莺开始怀疑自己的身世。也许她并不是爸爸妈妈的亲生女儿。

就在这个时候，苏莺的眼白上有一根黑色的细线出现，她却恍然不觉。突然而至的睡意笼罩住了她。她眼皮一沉，坠入了梦乡。

梦里的水乡仿佛被时光遗忘的乐土。苏莺坐在船上，顺着水道来到了广袤的湖上，层层叠叠的荷叶如同碧玉，荷花幽香。荷塘中央隆起的小岛上建着一栋吊脚楼。这栋吊脚楼和苏莺之前梦到的吊脚楼不同，它不是血红色的，也没有令苏莺觉得害怕。

苏莺走进了吊脚楼，看到一个中年女人坐在椅子上平静地望着她。

神婆看起来四十多岁，短发、微胖、五官平淡，就像是在超市抢购特价商品的大婶。她的右手手背上停着一只红色的蟋蟀。

神婆的声音仿佛在苏莺的心底回荡："没想到是你。"

苏莺愣了愣，她不明白神婆的意思。

神婆伸手轻抚着红色蟋蟀，说道："我的乖女儿阿依今天黄昏会带你们来这里看我。你要记住，那时的我已经不是我了。"

苏莺的背脊一阵发麻，莫名的恐惧在她的心底涌动。

神婆喃喃说："我就知道会出事。穗穗带着李翔来我这里看前世的时候，我看到了李翔的前世。他曾经是这个镇子上的人，却抛弃了他的妻子远走他乡，最后死得很惨。"

苏莺安静地听神婆说话。

神婆挥手让苏莺坐在她身边的椅子上，怜爱道："你也是一个可怜的孩子。苏莺，我已经死了。人死了，就会明白很多事情，看到更多的东西，却有很多话已经不能说。你要想办法阻止那个人得到你养的异虫，这样才可以救你和你的朋友。"

苏莺的全身都在颤抖，她不明白神婆的话。神婆为什么会说自己已经死了？

神婆当着苏莺的面拿出两块花色不同的天青色手帕。她把其中一块绣着山茶花的大手帕放回柜子里，却把另一块绣着蟋蟀的大手帕放在了桌子的暗

格里。

神婆说："你记得告诉阿依，那块绣着蟋蟀的手帕是留给她的。我在她很小的时候就在她的头发里养蛊，这样做并不是要害她。她注定会成为锦里镇的下一任神婆，不可能过普通女人的生活，结婚生子。头发蛊能够增强她的力量。"

苏莺点头，疑惑道："您……您为什么会让我转告阿依？"

神婆坐在那里，她手背上的红色蟋蟀渐渐变成了黑色蟋蟀，回答道："我只能联系上你。记住我的话，不要告诉任何人。你们车上有一个人已经是活死人，他……他是虫灵的影子……"

一股吸力将苏莺从梦境中扯了出来。她恍惚地睁开双眼，发现自己在薛夜的怀中。薛夜身上的冷香仿佛淹没了她。一时之间，苏莺分不清真实和虚幻。

薛夜放开她，声音清澈平静："她没事了。"

苏莺茫然四顾，发现自己半躺在最后一排座位上，窗外原本炽热的阳光变得柔和了许多。

雪琪递给苏莺一瓶矿泉水，微笑真诚："苏莺，你刚才怎么也叫不醒，我们都被吓住了。还是薛夜想办法叫醒了你。"

苏莺接过矿泉水瓶，然后望向薛夜，感激道："谢谢你。"

薛夜淡淡一笑："没什么。"他没有感觉到恶意的蛊术攻击，苏莺却莫名其妙沉睡了过去。看着在自己怀中昏睡不醒的苏莺，他的心那样焦灼。那一瞬间，他发现自己在害怕。

苏莺看到薛夜的微笑，欲言又止。最后沉默地坐回了座位。

阿依从自己带着的茶壶里倒出了一杯茶，转过身递给苏莺："这是安神茶，你喝了会好一些。"

苏莺接过阿依的茶，没有一丝犹豫就喝了下去。茶水苦涩，回味却甘甜。

阿依露出真心的微笑："还有一个小时就到锦里镇了，我先带你们去见我的养母。"她一直想过正常人的生活，和养母大吵了一架。虽然有许多的怨许多的恨，但她知道，养母才是她唯一的依靠。

苏莺想起梦境里见到的，心中忐忑。神婆为什么会突然死了？车里的活死人到底是谁？

林熙染将苏莺喝茶的一次性杯子拿走，扔进了垃圾袋里。

苏莺感激地笑笑，低下头想着心事。

林熙染侧过头凝望着坐在自己身侧的苏莺，心中欢喜。他甚至希望车永远不要停，就让他就这么守在她的身边。

掬柔看到这一幕，心中烦躁。

锦里镇山好水好，就像是檀香扇上那个小小的玉吊坠，晶莹可爱。司机将薛夜一行送到岸边就离开了。阿依叫了船，七个人坐在船上，顺着水流前往神婆住的地方。

苏莺望着清澈的河水，她不明白这静谧美丽的小镇为什么会藏着可怕的杀机。

掬柔觉得心中有一股郁气无法发泄，连视线都有些模糊。她从旅行包里拿出叔爷给她的竹筒，将竹筒打开，含了一片那银白色的叶子。清新甘甜的气息在掬柔的口中回荡。她觉得头脑清醒了许多，暖洋洋的气息驱走了身体里的寒气。

阿依看了一眼掬柔手中的竹筒，那竹筒上刻着的花纹有些眼熟。

掬柔将一片银白色的叶子放在手心递给林熙染，对他说："熙染，这叶子是我叔爷给我的，能够避蛊，你含一片在嘴里。"

林熙染知道掬柔是真的关心他，但是他不想再和掬柔有任何关系，冷淡地拒绝："谢谢你，我还好，不用了。"

掬柔的眼圈红了。她负气地将叶子随手一扔，赌气道："不要算了。"

那叶子落在了雪琪的脚边，雪琪没去捡叶子，只是低声咕哝了一句：“掬家果然底蕴深厚，连避蛊的东西也有。”

薛夜拾起银白色的叶子，仔细端详，然后收入囊中：“有意思，这叶子来自用蛊培植的植物，秘制以后却和蛊相克。”

船顺着支流进入了荷塘之中，这里的景物虽然美丽，但却和掬柔、苏莺、雪琪的噩梦重叠在了一起。临近黄昏，暗香浮动的荷塘宛如水墨画卷，却似乎藏着可怕杀机。

掬柔打了个寒战：“就是这里，我梦到水里面全都是幽灵的脸！”

阿依诧异地问：“你们梦到了这里？”她只是在穗穗的要求下将这群中了虫灵诅咒的人安全带到锦里镇，并没有详细了解这些人遇到的事情。

就在这个时候，苏莺的手机响了，显示有彩信。苏莺一看，是曦蕾的手机发来的彩信。她长长的眼睫毛轻颤，没有勇气打开彩信。

薛夜从苏莺的手中拿走了手机，打开了彩信。彩信的内容是一张室内照。一个女孩子坐在椅子上，脸上蒙着绣着山茶花的天青色大帕子。只是帕子上有血渗了出来。

薛夜将手机递给阿依，问道：“这个女孩子是不是你？”

阿依的视线刚落在手机的画面上，她的脸就变得苍白。画面中那个女孩子穿的那条裙子是她十五岁生日时穿的。那次她偷偷拿养母的帕子盖在脸上，用蛊虫看自己的未来，却什么也看不到。

阿依心中有些害怕：“衣服是我的，但是帕子盖着脸，我也不知道是不是我。”虫灵是在怪自己带着这群人来吊脚楼吗？

船靠在了小岛的栈道旁，阿依带着大家下船，走向绿树掩映的吊脚楼。她的旅行包里是一盒买给养母的糕点。虽然和养母还有心结没解开，却也无法不牵挂她。

吊脚楼近在咫尺，阿依却犹豫了。她带着这群人来找养母，会不会带给养母灾难？可是，穗穗再三恳求她一定要请神婆看看这群人是否有一线生机。

薛夜看着眼前的吊脚楼，唇边露出一丝神秘笑意。已是黄昏，四周却没有一声蛙鸣，到底是神婆的蛊太厉害，还是有什么可怕的事情已经发生？

一行人爬楼梯进了吊脚楼。

木楼梯陈旧却干净，没有任何蛇虫鼠蚁出没。这令女孩子们松了一口气。

阿依走进屋，看到养母坐在窗边的椅子上，静静地看着自己微笑。

神婆的声音平和而温柔："阿依……"

她的视线落在了薛夜等人身上，然后在李翔的脸上停了停，微笑道："小伙子，又见面了。"

李翔神色木讷地点头。

神婆也不和他计较，只是回头对阿依说："我这里的椅子不多。阿依，你去柜子里拿几个布垫，让客人坐。"

苏莺低垂着眼帘，掩饰眼中的震惊。神婆的长相居然真的和她梦见的女人一模一样。她在梦里说黄昏的时候，阿依会带着大家来这里，而她已经不是她了。

阿依从柜子里拿出了七个旧旧的布垫，让大家坐下。

薛夜打量着神婆，双眼被黄昏的光染上了橘色的碎影："我们的来意，想来您已经知道。"

神婆轻笑，平凡的五官多了一种说不出的神采："他们来的目的我知道，你来的目的我不清楚。"

她站起身来，从屋角的一个罐子里倒出褐色的水，洗了洗手。然后从柜子里拿出绣着山茶花的天青色大帕子，一只红色的蟋蟀不知道什么时候出现在了她的左手手背上："我可以帮你们看看未来。"

神婆端详着所有人，最后指了指苏莺："你先来。"

苏莺颤抖了一下，她看了看薛夜，然后坐在了神婆对面的椅子上。

神婆将大手帕盖在脸上，声音隔着手帕，仿佛从另一个世界传来："小丫头真可怜，你连谁是自己的亲生父母都不知道。"

苏莺震惊地看着神婆。

神婆左手手背上的虫子动了动，她继续说道："你会死，就算在锦里镇没有死，也会死在你爱的那个人的手上。"

苏莺小脸苍白，强忍住看薛夜的冲动。她默默退回到布垫上坐着。

神婆蒙着脸，伸手指向了林熙染："你来。"

林熙染虽然心中忐忑，却没有迟疑地在神婆对面的椅子上坐下。

屋子里非常安静，连呼吸都变得悠长。良久，神婆在帕子下面说："你最想得到的东西注定失去。"

林熙染黯然一笑，回到了布垫上坐好。

掬柔急急地追问："熙染会不会有事？"

神婆左手手背上的蟋蟀的壳已经由红转黑。她将帕子从脸上拿了下来，对其他人道："剩下的人我不会再看。阿依，你送客人们离开。"

薛夜站了起来，他坐过的那只布垫却突然燃烧起来。火焰之中，有着怪异的肉香。

薛夜问："神婆，我并没有得罪你，为什么向我下蛊？"

神婆盯着薛夜，冷声道："因为你是不祥的人，我可以从你的身上闻到血腥气。"

暮色已至，空气中有着剑拔弩张的意味。

阿依有些不知所措："他们是我带来的，您……"

晚风从窗外吹了进来，荷花的香气在屋中盘旋。

神婆指着薛夜，嘴里低喃。屋顶上传来沙沙的声响，然后密密麻麻的蛙群从柜子下面爬了出来，冲向了薛夜。这些蛙通体都是碧色，没有一丝花纹，金色的眼睛妖异而美丽。

薛夜冷冷一笑，冲向他的蛙群居然止步不前。

神婆的脸色铁青，她手背上的蟋蟀飞向了薛夜，快如闪电。薛夜心口处一点萤火一闪，蟋蟀在半空中化为灰烬落下。

神婆的双目有血渗出，她抽搐了一下，头一歪，坐在椅子上不再动弹。蛙群钻回了衣柜下面，窸窸窣窣离去。

阿依走到神婆身前，心中害怕，伸手去探了探她的鼻息。她神色大变，养母死了！

阿依抬头瞪着薛夜，长长的头发无风狂舞，双眼阴气森森，声音充满怨恨："你杀死了她！"

薛夜愣了愣，他没料到神婆居然死了！

第二十八章
夜宿吊脚楼

黄昏的最后一线阳光落入地平线。天空是忧郁的灰蓝色，无尽长夜即将到来。吊脚楼里，阿依的长发飞舞，宛如魔女。

薛夜神色清冷地站着，眼底是氤氲的雾气，冷静道："不是我杀死她的。"

阿依冷笑，她的头发在瞬间暴长，灵动如蛇般缠绕向薛夜。神婆的突然死亡令她失去了理智。

就在这个时候，苏莺挡在了薛夜身前，坚定道："阿依，神婆并不是薛夜杀死的，是那个蛊术师杀死的，你不要冲动！"

阿依的双眼里是浓烈的杀气，怒道："你以为我没长眼睛？让开！"

苏莺急急地说："在车上的时候我之所以会睡着，就是因为神婆托梦给我。她说她那时候就已经死了。她还说有一块绣着蟋蟀的手帕是留给你的，就在桌子的暗格里！"

阿依的长发垂落下来，她心中惊疑不定："你……你怎么知道桌子有暗格？"她手法巧妙地在大桌子的一侧轻按，一个隐藏的小抽屉弹了出来，抽屉里放着一块绣着蟋蟀的大手帕。

阿依拿起手帕，她眼中是深深的哀伤，痛苦道："苏莺，为什么我阿咪不和我说这些，却托梦给你这个陌生人？"她自从知道一件事之后就再也不叫神婆为阿咪。如今神婆死了，她内心的悲痛让她知道，她的心中一直把神婆当作自己的阿咪。

苏莺回答："我问了，神婆说她只能联系上我。神婆让我告诉你，她在你很小的时候就在你的头发里养蛊，并不是要害你。你注定会成为锦里镇的下一任神婆，不可能过普通女人的生活。头发蛊能够增强你的力量。"

阿依的眼泪落了下来，泪珠在暮色里无人看见，滚落在地板上，留下淡淡的一小块水渍。她握紧了手中的帕子。阿咪死了，她觉得仿佛自己的身体被生生割走了一部分，痛得她几乎无法呼吸。

剑拔弩张的气氛缓和了下来。暮色里，微风带来了荷花的香气。这样的夏夜，所有的温柔景致都杀机暗藏。

阿依将绣着山茶花的天青色帕子盖在了死去的神婆的脸上。她疲惫地轻声说："你们走吧，我还要料理阿咪的后事，我没有什么可以帮你们的了。"如果她不带这群人来这里，阿咪也许不会死。这样的念头如同毒蛇一样啃噬着她的心。

雪琪冷笑："载我们来的船都走了，你要我们游回去？手机在这里居然没信号了！"

阿依走到窗前，发现木船已经急匆匆离开。也许是荷塘里有什么异动令船夫害怕，慌张逃离。她拿出手机想打给熟悉的船夫，但是手机果然已经没有了信号。可是，就在半个小时前，她还在荷塘里收到了一条诡异的彩信！画面上是用绣着山茶花的大手帕蒙着脸，穿着自己的衣服的少女。

掬柔尖叫着指向神婆的尸体，那张盖在神婆脸上的绣着山茶花的大手帕上居然多了一团血渍。

阿依将帕子拿了起来，扔到地板上，然后望着阿咪蜡黄的脸痛哭了起来。阿咪死了，再也不会睁开眼，她甚至没来得及吃阿依买的糕点。

苏莺不知道该怎么安慰阿依。如果他们没有跟着阿依来拜访神婆，也许神婆不会死。

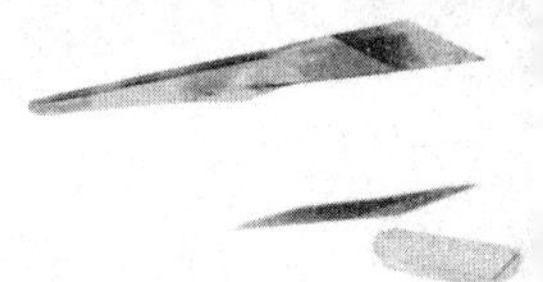

林熙染看到了苏莺眼底的内疚，他在苏莺耳边低语：“我觉得神婆的死不仅仅是一个警告。在京城，彩信里就出现了吊脚楼，仿佛那个神秘的蛊术师才是吊脚楼的主人。”

苏莺的耳朵洁白小巧，黑色的发丝带着幽香。林熙染不知道为什么，耳朵突然红了。

他不自在地望向了别处，不自然道：“你……你不要内疚。”

薛夜在一旁看着苏莺和林熙染亲密耳语，眼色沉沉。

雪琪将一切看在眼底，她问薛夜：“那我们今晚是不是要在吊脚楼里过夜？”

阿依神色冷淡地说：“你们在阁楼里过一夜，不要乱碰阁楼里的东西。”

掬柔低低地抱怨：“我才不想和死人一起住一晚。”阿依瞪了掬柔一眼，她的眼神令掬柔颤抖了起来。

阿依从柜子里拿出一盏油灯，用打火机点燃，油灯的火焰将阿依的脸照得诡异阴森：“你们现在就上阁楼去，我要为我阿咪换衣服。”

苏莺接过阿依的油灯：“阿依，你……节哀顺变……”她不知道该怎么安慰阿依，失去亲人的痛苦不是言语能够安慰的。

阿依冰冷的双眼中闪过一丝火焰燃烧般的痛楚，她垂下眼帘，没有说话。

薛夜拿过苏莺手里的油灯，对其他人说：“你们跟着我。”他担心阁楼里有古怪，所以打算第一个进阁楼。油灯的火焰的焰心是暖暖的橙色，火焰的外围是青紫色。一股淡淡的香气从油灯里传了出来。这是草药的气味。薛夜的眼中闪过一道幽光。蛊术师在他们之前赶到吊脚楼，杀死了神婆，然后对神婆的尸体下蛊，令她依然能走能动能说，企图让他被当成杀死神婆的人。除此之外，那个蛊术师还做了不少的手脚。

阁楼不大，还算干净。靠墙的柜子里放着几床被褥。苏莺和雪琪将被褥铺好，大家打算穿着身上的衣服，就这么凑合着过一晚。靠南的木窗外，月亮已经升起来了，树影婆娑。深蓝的夜幕上，群星璀璨。荷塘里传来蛙鸣，风中是荷花的香气。这样的田园风光本来会令人惬意而放松，如今却带着阴森诡异的感觉。

掬柔不安地扯了扯雪琪的衣角，小心道："我……我想上厕所……"

雪琪咬了咬娇嫩的唇，说道："我们女孩子一起出去吧，让苏莺问问阿依厕所在哪里。"这个吊脚楼在湖心岛上，连电也没有，厕所应该修建在吊脚楼附近。

林熙染说："我陪你们去，要是有事也可以照应。"

雪琪笑了，眼神仿佛能洞悉人心，她调侃道："林熙染，你是不放心苏莺吧？"

林熙染温和地笑笑，从旅行包里拿出了一只小电筒："我带了电筒，没想到会在这个时候派上用场。"

李翔问薛夜："要不我们一起去吧？这个小岛阴森森的，女孩子去，总觉得不太放心。"

薛夜点头。他的视线和苏莺的视线交汇，然后各自快速移开。

苏莺沿着梯子下了阁楼，她看到阿依已经给神婆换了一身衣服，把神婆放在屋子东南角的草席上。神婆的头顶附近点着了一支蜡烛，蜡烛的火焰却是绿色的。

"阿依……"苏莺低低地唤了一声，"我们想上厕所。"

阿依抬起头来，丝缎一般的长发在烛光里隐隐带着一抹幽蓝，她冷淡道："出了阁楼往右走一百米，就在你们下船的地方附近。"她小心翼翼地守着阿咪头顶的那支蜡烛。烛光下的阿咪仿佛还活着，似乎随时会睁开双眼。

当外人都离开吊脚楼之后，阿依握住了神婆的左手。神婆死亡已经好几个小时，她的四肢并没有僵硬，依然柔软，关节也可以屈折。

"阿咪，我会让你活过来的……"阿依用一柄黑色的小刀割破了神婆的

左手中指。黑色的血从伤口处缓慢地滴了出来，黏稠的黑血滴入了阿依拿出的一个灰白色的小碟子里。薛夜要是在这里，一眼就可以看出这个小碟子是人的头盖骨的一部分。

令死者复活是蛊术的禁忌。它干扰了天道的运行，强行将进入死之国的魂魄带回它的躯壳，黑暗与邪恶会借此滋生。但是，令阿咪醒来的念头已经占据了阿依整个大脑。

阿依将那碟黑血放进了柜子里。她走到窗前，看着虫灵的五个祭品以及薛夜走在月夜里。月光下行走的他们就像是走在前往地狱的路上。她不明白虫灵是用什么方式选择祭品。但是，虫灵选择了他们，就说明他们和普通人不同，可能他们的灵魂和肉体藏着延长蛊术师寿命的秘密。

手电筒的光在队伍的前端亮着，而薛夜走在队伍的最后。他似乎感应到了阿依的视线，微微转过身，抬头望向月色下的吊脚楼。他的嘴角露出了一丝冷笑。

苏莺紧跟在林熙染身后，她的声音低柔："林熙染，我觉得阿依在撒谎。这个岛上肯定还有一只小船。"冷漠却真诚的阿依似乎随着神婆的枉死变得古怪了起来。阿依在神婆尸体前点燃的那支蜡烛带着异香，香气浓郁，其他人似乎闻不到。这香气隐隐要将人的魂魄都吸过去。

林熙染目光一闪，说道："也许我们可以找到那只船，然后连夜离开这里，我总觉得住在这里会有不好的事情发生。"

苏莺点头。

雪琪听到了林熙染和苏莺的商议："如果我们在荷塘里遭到袭击该怎么办？天坑底的地下湖里有可怕的巨蛇，这个荷塘里还不知道有什么呢。"

掬柔赞同雪琪的话："要是那些恶心的怪蛙一群群往船上跳……"她说着说着，自己身上的寒毛都竖了起来。

雪琪转过头问薛夜："薛夜，你说我们今晚住在吊脚楼里会不会有事？"

薛夜在月光下神秘而优雅，他轻笑道："不会有事的。"他有一种奇异的感觉，还没有到结束的时候。

雪琪的心怦然而动。她的眼波流转，在心中对自己说：我一定不能错过薛夜。

薛夜的心中有恶魔蠢蠢欲动。阿依面临和他一年前一样的困境，她选择了复活神婆。阿依还没有见过足够的黑暗与血腥，所以触碰了最大的禁忌，但她却没有与之匹配的实力。神婆会回来，然后杀死阿依！

夜风微凉，苏莺看到薛夜和雪琪说话，心中黯然。她回过头跟着林熙染往前走，只觉得今夜的月光太亮，亮到她看清了薛夜唇边的微笑。

草丛里的虫子们鸣叫着，在盛夏的末端尽情欢呼。当秋风翩然而至，这些鸣唱过一个夏天的虫子们就会死在黑夜里。苏莺想，它们至少拥有一个疯狂燃烧的夏天。

吊脚楼里，阿依跪在地板上，将绣着蟋蟀的大手帕盖在了神婆的脸上。她的掌心里托着一只濒死的黑色蟋蟀。神婆死后，她的蛊虫被拥有虫灵的蛊术师操控，耗尽了几乎所有的生命力。阿依最终在柜子里一片干枯的药草上找到了它。

阿依将自己的血滴进了头盖骨碟子里，和阿咪的黑血混合，然后用一种味道古怪的草药沾着血涂满黑蟋蟀的全身。

阿依放下草药，右手手心向下盖住了托着黑蟋蟀的左手。她的嘴里呢喃着，黑色如瀑的长发直直垂在地板上。她的声音和吊脚楼起了某种共鸣，吊脚楼发出了奇异的咯吱声，仿佛有鬼魂要从墙壁里走出来。

阿依的额头上有细密的汗珠渗出，她移开了右手。阿咪的蟋蟀蛊动了，它的脚挠得她左手手心微微发痒。

看到恢复了精力的黑蟋蟀，阿依的眼中是喜悦与悲哀交织的神色："你要好好活着，等着阿咪回来。"

阿依听到了脚步声，她的手指动了动，蟋蟀蛊钻进了她的衣袖。她神色

冷漠地跪在神婆的身边，对苏莺一行置若罔闻。

他们从窄窄的梯子爬上了阁楼，在简陋的地铺上躺下。睡在陌生的地方，楼下还停着死尸，在油灯微弱闪烁的灯火中，他们居然很快就睡着了。

不知道什么时候，油灯里的油被烧尽，火焰在月光下越来越微弱，最终熄灭了。风从窗外吹了进来，一缕发光的烟雾乘着夜风翩然而至。它掠过油灯，然后仿佛拥有自己的意志一般飘向沉睡着的众人。它从雪琪的脸上滑过，在靠近掬柔的时候颤抖了一下，似乎不喜欢掬柔散发出的某种气息。它从李翔的鼻孔里钻了进去，不久后又钻了出来，亮度提升了不少，李翔的脸色却变得灰败了许多。然后，它出现在了苏莺的耳边。

苏莺靠墙睡着，蜷缩成一团。长长的眼睫毛，白皙的小脸。发光的烟雾在苏莺的耳边盘旋，它似乎想进入苏莺的身体，却又犹疑不定，忌惮着什么。

楼下传来了低低的铃声，发光的烟雾似乎被那铃声捉住了，倏地一下子被拉到了下一层停放着神婆尸体的地方。

月光从窗外照了进来，阿依站在窗边，手腕上挂着一串红线编织坠着三只银铃的手链。她的手有节奏地动着，银铃发出低低的脆响。阿依是医学院的学生，她在大学里学到的是如何维护人的肉体的健康，而灵魂学并不是医学院学生需要了解的范畴。灵魂从某种程度上讲也是一种阴性能量。

阿依的铃声似乎拥有牵引灵魂的力量，无数萤火一般的光点从屋外摇摇晃晃飞进了吊脚楼里。它们围绕着阿依旋转着，就像是发光的星云，诡异而玄妙。

阿依却只是盯着另一只手上的黑蟋蟀，她失魂落魄地低喃："不是……都不是……阿咪，您的魂魄怎么不回来？"如果阿咪回来，蟋蟀蛊的颜色就会由黑转红。

那缕发光的烟雾竭力想要脱离铃声的桎梏，却被阿依看到。阿依轻咦了一声，她摇铃的节奏变得密集了起来，那缕发光的烟雾被吸入了铃铛里。银色的铃铛在刹那间变成了黑色的！

阿依知道这缕发光的烟雾应该是蛊术师附着在动物灵上的一缕意识。那个拥有虫灵的蛊术师一直在吊脚楼外窥伺着！阿依的脑海里闪过苏莺手机里的那张照片。脸上蒙着手帕，穿着十五岁生日衣裙的自己。蛊术师在显示他的无所不能。阿依看着手腕上的黑色铃铛，眼中的恨意极深。对于一无所有的人来说，威胁是没用的。

阿依从柜子里拿出另外一盏油灯点燃，她端着油灯爬上梯子去了苏莺一行睡觉的阁楼。阁楼里很安静，所有的人都沉沉睡去。他们这些天饱受惊吓，一直被死亡的阴影笼罩着，却在这吊脚楼里得到了连梦境也没有的深度睡眠。

月光从窗外照了进来，油灯里升起一层淡淡的烟雾，散发着香气。阿依的头发在月光下似乎又长了三寸，她幽深的双眼紧盯着薛夜，想知道薛夜是否已经入睡。油灯里的安魂香并不是蛊，而是用锦里镇上游那个村子里的奇异植物果实炼制的一种特殊的香料。它对人没有丝毫的副作用，反而可以令人的精神和肉体都在它的香气里彻底放松。一觉醒来后，身体里的某些隐患也可以消除。

阿依心中极为忌惮薛夜，她摸不透薛夜的实力。他是来自马来西亚的虫师，却一再插手蛊术师得到祭品的事情。薛夜和阿咪在吊脚楼里短暂的交锋令阿依暗自心惊。但是她今晚必须为阿咪招魂，甚至需要用到祭品的一些力量，她知道自己在冒险。

阿依的视线落在了苏莺的脸上。苏莺说过，阿咪给她托梦告知她一切。阿咪说，她只能联系上苏莺。那么，苏莺的血可能是召唤阿咪魂魄的关键。阿依的袖口滑出一柄银色小刀，她拿着小刀走向靠墙深睡的苏莺。

将油灯放在地板上，阿依跪在苏莺身边，俯下身拿起苏莺的右手。苏莺的手掌心有一些薄茧，她应该是这群人里生活得最辛苦的。从京城到锦里镇这一路以来，阿依一直在冷眼旁观这行人的关系。她发现林熙染对苏莺关怀

备至，苏莺却喜欢着薛夜。掬柔却总是用幽怨的眼神看着林熙染，而雪琪对薛夜似乎有特别的感觉。

夜风吹拂着阿依的长发，吹拂着她心脏上的褶皱。她的手有些颤抖，深吸了一口气，握住了苏莺右手无名指，刀尖在月光下发亮。

一只尾指戴着骨戒的手握住了阿依的手腕。

薛夜的声音清澈而平静，他握着阿依的手腕问：“阿依，你要做什么？”

阿依眼底闪过一丝诧异，解释道：“……我没想伤害苏莺，我只是想要她一点血来召唤我阿咪的魂魄。”

薛夜没有松开阿依的手腕：“你可以在她清醒的时候询问她，而不是不告自取。”

阿依的眼珠墨黑，她轻声道：“你应该知道来不及了，今夜是召回阿咪魂魄的最佳时机。”

薛夜讽刺地看着阿依：“你以为凭借你的力量真的能令人死而复生？”

阿依的脸色发白，坚定道：“我想试一试。”眼前的男子不动声色地将她做的一切都看在眼里。

薛夜的眼里仿佛藏着璀璨的星子，他的头发在月光下泛着微微的银光，他说：“你还不知道你要付出什么样的代价。如果你成功了，死去的肉体也将成为灵魂的监牢，还是让你的阿咪安息吧。”

阿依在颤抖，她倔强地摇头：“你怎么知道这些？你用过禁术？”

薛夜松开了阿依的手腕，他望着窗外的月光陷入回忆：“我认识的一个虫师爱上了一个少女，那个少女病死了。虫师非常伤心，在一个雷雨之夜使用禁术召回了少女的灵魂。他为少女准备了新的健康的身体，这样他复活的爱人就不会受病痛的折磨。”

阿依忍不住追问：“后来呢？”

薛夜似笑非笑道：“最开始一切都很美好。后来那个少女的魂魄因为忍受不了痛苦，撕裂了自己的皮。再后来，那个虫师被他的爱人杀死了。”

阿依手中的银色小刀落在了地板上，她脸色煞白，哭泣道：“不可能……”

薛夜轻抚着自己手腕上的骨片手链，说道：“死而复生之所以是禁咒，在于从死亡中归来的灵魂会被染上邪恶与黑暗。”

第二十九章
虫灵附体

月光明亮，阿依的世界却无比晦暗。

阿依摇头，眼神宛如受伤绝望的小兽，她痛苦地对薛夜吼道：“你在骗我！”她一直认为，只要找到阿咪的魂魄，只要阿咪能够苏醒，一切就会好起来。但是现在，她的希望被薛夜的话彻底摧毁。

薛夜的眼神隐隐多了疯狂，冷笑道：“你以为只有你有想复活的人？”

阿依看着月光下俊美神秘的男子，心中却觉得害怕：“你说什么？”

薛夜垂下眼帘，微笑优雅却残忍：“一具和你想复活的人的灵魂契合的活着的身体，一个适合灵魂复活的天象，一个令你折寿的复活蛊术。这样才能复活你心爱的人。否则你复活的只不过是行尸走肉，或者复活了一个魔鬼。”

阿依怔怔地看着薛夜，她知道薛夜说的是对的。在大山深处的老洞苗寨里曾经发生过一件惨事。族长久病的妻子突然康复，却在不久后发狂，杀死了自己的三个孩子然后自杀。事后，在族长妻子自尽的房间里，人们发现她的尸体腐烂得就像是已经死了很长时间。

“你……”阿依的声音颤抖，“你可不可以帮我？”

薛夜冷酷地问：“我为什么要帮你？”

阿依委顿地站在原地，她的眼泪落了下来，心中是绝望与懊恼：“我只是想再听到阿咪对我说话，我对不起她……”

薛夜叹息：“你让她复活会害了她也害了你自己。”

薛夜神色一变，他望着窗外，唇角微弯，沉声道：“他来了！”月亮恰好在此时钻进了云层，吊脚楼外并没有什么动静，却有一种冰冷刺骨的寒意袭上薛夜的心。

阿依对薛夜说：“你要小心，被神像里的虫灵选中的蛊术师非常厉害。”

薛夜的微笑冷漠而高傲：“我想知道他有多厉害。”

薛夜走到窗边，他看到远处的荷塘仿佛有大风吹过，原本清淡的荷花香气变得浓郁了起来。

蛊术师今夜来访，应该是对他有挑战的意思。在京城，他在苏莺的梦里识破了蛊术师的伎俩，令蛊术师败退。蛊术师一定想在锦里镇扳回一局。他杀死神婆，在吊脚楼里布下了好几个陷阱，然后令阿依以为是他和神婆在对决中杀死了神婆，这一切都是蛊术师在心理上的攻击。而今夜的重头戏却是在夜色中袭来的寒意。

就在这个时候，阿依听到楼下传来了异响。原本躺在草席上的神婆的尸体动了！

神婆的尸体以诡异的姿态四肢着地，趴在草席上，她的双眼睁开，眼底是幽冷的绿火。她的头颅缓缓地转动着，望向了通往阁楼的梯子。她四肢着地奔向梯子，攀爬着梯子想要上阁楼。

薛夜的手中涌出奇异的黑色“发丝”，“发丝”上燃烧的火焰一触碰到神婆，神婆就发出了凄厉的嘶吼声。

阿依大惊失色，连忙阻止：“薛夜，你不要伤害她！”

薛夜冷冷地回答：“它已经不是神婆了。应该是一缕虫灵附着在了神婆的尸体上。我不阻止它，它可以杀光岛上所有的人。”薛夜神色凝重地看着神婆。那个蛊术师得到了虫灵后，拥有极强的精神力量，能够操控他人的梦境

和死尸。他到底要从祭品们的身上得到什么？

虫灵敏捷如山猫，它谨慎地盯着薛夜。眼前的男子释放出的蛊很特别，仿佛能够透过这沉死的躯壳，灼伤它的灵魂。

薛夜双眼微眯看着虫灵，他的脑海里掠过了那尊怪异的三眼六手神像。这吊脚楼里没有神像的踪迹，而吊脚楼的格局虽然和梦里的吊脚楼一模一样，却没有那种死气沉沉的气息。

与此同时，虫灵宛如疾风一般蹿了上来。薛夜疾退，翻窗而出。阁楼太小，其余五个人还在沉睡，安魂香的效果消退之前，他们不会醒来。如果在阁楼里和虫灵对决，沉睡的人很可能被误伤。

薛夜轻捷地落在了草地上，他往前奔跑，眼中平静无波。他必须将虫灵引得离吊脚楼远一些。

附在神婆尸体上的虫灵从楼上跃下，它四肢着地，追逐薛夜，动作迅疾如风。被它踏过的植物叶片上蒙了一层白霜。

薛夜的袖口滑出一把匕首，这把匕首曾经在天坑底的悬石古庙外刺破妖蚺坚硬的头骨。

他飞奔到了水边，缓缓转过身来，盯着虫灵，说道："我知道你能听到我说话，我很奇怪你为什么会杀死神婆。"

虫灵眼底的绿火在闪烁，它高昂着头，身子却贴着地面，四肢仿佛折断一般弯曲着。

薛夜站在暗淡的月色里，身后是静默的湖水，他淡淡地笑着说："我忍不住想，应该是神婆发现了你的秘密，所以你在我们来到这里之前杀死了她。也许，神婆发现了你是谁……"

虫灵扑了过来，它似乎抓破了薛夜的身躯，却很快发现自己只抓到了空气，原来它抓住的是薛夜的残影。薛夜的匕首顺势刺进了虫灵的背，却没有任何血液流出来。神婆死了快一天了，全身的血液也被虫灵彻底抽干。

薛夜邪气地微笑，就像是坠入人间的暗夜精灵，冷冷道："你在害怕什么？你没有杀死照片里的五个人，你非要他们来到这里，是因为你要的东西不是他们的命，却和他们密切相关？你要的东西不在李翔的身上，否则你不需要兴师动众地找来五个不相干的人。李翔一直活着真的是因为穗穗的蛊在保护着他吗？"

虫灵挣脱了薛夜的匕首，它发出野兽的嘶吼，指甲在快速变长，锋利如剃刀。

薛夜握紧了匕首，眼中是璀璨如星的光点，他继续分析："我并不觉得祭品的目的地是这里。李翔失去记忆的那一天一夜到底是去了哪里？"

虫灵锋利的指甲划破了薛夜的袖口。薛夜知道神秘蛊术师对他产生了杀心。如果不是薛夜的出现，五个祭品早就被蛊术师带到了他的目的地。而如今，蛊术师不仅忌惮薛夜的实力，更忌惮薛夜察觉了他的秘密。

薛夜想，他天亮后应该拜访的是穗穗的家人，他们很可能知道更多的事情。

月亮从云层中穿出，柔和明亮的月光笼罩住薛夜，他心脏处的月光虫亮了。柔和耀眼的光芒从薛夜的心口跃出，落在了虫灵操控的神婆的额头上。猛烈的撞击令虫灵斜斜地飞了出去，它骇然发现自己居然被撞离了神婆的躯壳！

吊脚楼。

苏莺在头痛中醒来却无法动弹，甚至连双眼也无法睁开。然后，她的左手无名指刺痛了起来。

她听到阿依喃喃说："苏莺，对不起，我需要你的血来招魂。"阿依取走了苏莺的一些血，然后抹了清凉的药膏在她的手指上。

苏莺终于睁开双眼，发现其他人都睡得死死的。苏莺长长的眼睫毛轻颤，她小心翼翼地打量四周。现在是半夜，月光暗淡，从窗外吹入阁楼里的

风带着荷花的香气。

阿依将苏莺的血涂在了蟋蟀蛊的头顶，然后摇晃着手腕上的铃铛。无数萤火从窗外飞了进来，将整个阁楼照得宛如梦境般魔幻。

那些美丽的萤火飞舞着，不时停在熟睡的人的脸上和头发上。

阿依低低地叹息："不是，都不是……"她颓然地停止了摇铃，脸上是绝望的神色。

苏莺心中一动。阿依是在召唤神婆的魂魄吗？想着梦里的神婆的模样，苏莺觉得意识有些恍惚。她看到了一截枯木，枯木里似乎是神婆那发亮的魂魄。枯木在苏莺的视线中裂开了，神婆的魂魄冲了出来。

阿依手腕上的银铃开始自己晃动，丁零，丁零。苏莺恍惚间想起了悬石古庙的飞檐上挂着的石铃。

阿依看到蟋蟀蛊的全身变得赤红。

一股发光的烟雾从窗外飘了进来，然后钻进了银铃里。

阿依喜极而泣，低低地说："阿咪，我终于找到了你的魂魄。我会想办法从薛夜那里得到那个复活的蛊术和复活魂魄的时刻。我会找到一个适合你的躯壳。阿咪，你一定会再度回到我的身边。"

苏莺第一次见到这种将死人的魂魄召回的秘术。她闭上双眼，努力令自己的呼吸保持平稳。薛夜为什么会和阿依说复活的秘术，难道他想复活什么人？

楼下响起了脚步声。薛夜回到了阁楼。

他对阿依说："神婆的尸体我放在了草席上，明天还要请你带我去拜访穗穗的家人。"

阿依望着薛夜，心中一阵发慌。她点了点头，径直离开了阁楼。

薛夜走向了苏莺，在她身边蹲下身去，手指掠过她的发梢，低低地叹息。他站了起来，靠着窗看着月色下的荷塘。

苏莺缓缓睁开双眼，她发现她是多么贪恋薛夜指尖的温暖。薛夜，我喜欢你，喜欢到不知如何是好，喜欢到害怕自己成为你的累赘。

清晨，一行人在鸟叫声中醒来。

手机恢复通讯后，阿依联系了船家，所有的人站在湖边简陋的小码头前等待着船来。

雪琪忍不住问阿依："难道神婆平时没有船出入？"

阿依冷漠地看着雪琪："那只船只有阿咪能坐，其他的人坐了会出事。"

雪琪不再询问。她不喜欢阿依，一个蛮夷之地的丫头有什么资格冷漠高傲？而且她那头秀美的黑发居然养着头发蛊。雪琪在祖传的笔记上看到过头发蛊的记载。这种头发蛊要从小养起，细小的头发蛊们平时藏在头皮下，能够加强寄主和灵体沟通，也能增加寄主的灵力。

雪琪眼底的不屑，阿依看得清清楚楚。她没心思和雪琪计较，心中想的全都是如何复活阿咪。阿咪的魂魄不能在铃铛里住太久，她需要寻找适合的人骨骨片给阿咪住，然后在一年之内寻找到适合阿咪灵魂的活人。如今阿咪的遗体被该死的蛊术师用一缕虫灵操控过，已经魔化，只能烧成灰烬。

林熙染问薛夜："我们离开这里之后要去哪里？"

薛夜想了想，沉思的样子在晨光里令人的视线无法移开，他说："大家先去镇上的旅馆洗漱，我会去穗穗家拜访，然后决定我们的去处。"阿依有事隐瞒着他，不过不要紧，他会知道阿依藏着什么秘密。

阿依神色复杂地对薛夜说："穗穗他们一家都是普通的苗人。我小时候，镇上的小孩都不肯和我玩儿，只有穗穗傻乎乎地和我在一起，不知道害怕。他们都是好人。"

李翔站在薛夜身侧，眼底的情绪复杂。从阿依那里，他知道他之所以大难不死，都是穗穗在保护着他，穗穗甚至因此身体越来越差。昨夜，他睡得很沉，连梦也没有做。他惶恐的灵魂仿佛也在沉睡里变得平静了下来。

今天早晨，他站在吊脚楼上，望着岛上郁郁葱葱的树林，突然回忆起了一些画面。

这里不是那里，他对自己说。在遗失的一天一夜里，他去的地方也有吊脚楼和荷塘，却不是神婆居住的这里。

掬柔喜滋滋地问雪琪：“我们来到了彩信里的吊脚楼，住了一晚，是不是说我们身上的诅咒被解除了？”

雪琪神色古怪地看着掬柔：“你……难道没发现吗？”

掬柔呆呆地问：“发现什么？”

雪琪的眼底深处是怜悯和鄙夷：“蛊术师并没有说这里就是终点。虽然和死人在一个吊脚楼里住了一晚，但是那并不能证明我们的诅咒解除了。”

掬柔的喜悦被浇熄，她快要抓狂了：“这样的日子什么时候能结束？”她站在湖边，想要用湖水洗脸，右手食指却痛了起来。她心烦意乱，气冲冲地离开了湖水。就在她离开后不到十秒，她刚才站的草地前的湖面开始冒出细密的气泡，仿佛水下有奇怪的东西潜伏在了那里。

雪琪站在不远处，总觉得后背发冷。她的视线追逐着薛夜，心底是越来越深的迷恋。她知道，总有一天，薛夜会属于她。

苏莺郁郁寡欢地站在一边，她的心在恐惧着。神秘人说，她身体里的那只蛊已经被她养了十年，她却一无所知。在西周大墓的栈道上，她没有被那些潮水一样的蜘蛛咬到大概也是因为这只蛊。还有后来她被掬柔推下楼梯，后脑勺上的伤口愈合得极快，这令她确切感受到了这只蛊的存在。而昨晚，除了薛夜和阿依，所有的人都在安魂香的作用下沉沉睡去，对发生的一切毫无知觉，只有她在头疼中醒过来。这是不是说明那只蛊越来越活跃了？它真的就要成熟了？

苏莺望着自己认识了很多年的朋友们，她的目光晦暗。到底谁是神婆说的，隐藏在他们中间的活死人？

第三十章
活死人

木船来了。

大家依次上了船，阿依站在岸边看着木船越来越远，它载着虫灵选中的祭品们，仿佛会带着他们前往冥河。

薛夜上船前回头看了她一眼，那清澈冰冷的眼神令她的心战栗，总觉得自己在薛夜的眼前无法隐藏任何秘密。

就在这个时候，阿依的身后传来了细微的脚步声，她的头发微扬，回过头来。

阿依看着来人，眼底是错愕与怀疑，讶异道：“穗穗？你怎么会在这里？你什么时候到岛上的？昨天？”

脸色苍白的穗穗对着阿依勉强笑笑：“是的，我昨天就来岛上了。”

阿依的眼神变得尖锐：“你为什么不和我说就回锦里镇？”

穗穗的眼泪落了下来，她似乎受到极大的惊吓，有些语无伦次：“我不知道，神婆让我藏起来。我很害怕。我是前晚坐夜班飞机回来的，我在学校里看到很多可怕的幻觉，我想我快死了，所以想回到家乡。昨天早上，阿婆让我来问神婆该怎么办。神婆对我很好，她还问了我许多你在学校里的情况。中午的时候，蛊术师要来拜访神婆，神婆预先知道了，就叫我藏在树林那边的小屋子里，她还让我必须要在第二天的早晨，只剩你一个人的时候再出来。”

穗穗怯生生地摊开了白嫩的小手，手心里是一块普通的灰色卵石，“这个东西，神婆让我一直捏着，可怕的蛊术师就不会发现我。”

阿依看着卵石，心中悲恸：“穗穗，我阿咪已经死了……”

穗穗低着头，她啜泣着说：“对不起，如果我不求着你带李翔他们来这里，神婆是不是就不会被蛊术师杀死？”

阿依摇头：“我觉得事情不对劲。穗穗，你带李翔去桃花寨到底在哪里看到了神像？那个寨子除了风景好，其他都很平常，也不是蛊苗住的寨子。”

穗穗露出恐惧的神色，怯懦道：“我不能说，我说了，我还有我家里的人都会被虫灵杀死。”

阿依扶住穗穗，不忍心看到好友濒临崩溃的模样：“我不问了。”

穗穗问阿依：“李翔还好吗？”

阿依叹气，不明白好友为什么就这么牵挂李翔，无奈地回答：“他还活着，只是脸色不大好。”

微风吹来，阿依的长发在风中轻扬：“穗穗，我要清理阿咪的遗物，然后把她葬在岛上。我替你叫船来载你。”

穗穗摇头，双眼晶莹而美丽：“阿依，我陪你。神婆看着我长大，我也想和她最后告别。今晚你不要再住在岛上，到我家里住。”

阿依低低地“嗯”了一声。

木船离那个开满了荷花的湖越来越远，四周是小镇风光，人来人往。

薛夜坐在船尾，视线掠过坐在船头的苏莺。他能够感觉到，苏莺的心情非常低落。她原本明亮倔强的双眼像是蒙了一层灰。苏莺和林熙染在一起为什么不开心？

如芒刺在背的感觉令薛夜侧过头看向岸边。在岸边的柳树下站着一个苍老瘦削的女人。她穿着普通，除了那犀利的眼神之外，和其他六七十岁的女人没有什么不同。薛夜发现，老女人一直盯着的是李翔。

薛夜推了推李翔的肩，问他：“李翔，你认识站在岸边的那个人吗？”

李翔如梦初醒，抬起头来望向岸边，他神色一变，惊讶道：“穗穗的阿婆？”

薛夜让船夫将船靠在岸边的石阶旁，然后回头道：“李翔，我和你上去和阿婆说说话。”

雪琪乖巧懂事地说：“薛夜，我们其他的人就近找旅馆洗漱，到时候电话联系。”

薛夜和李翔上了岸，走向穗穗的阿婆。

苏莺看着薛夜的背影，心中空荡荡的。她还能见到薛夜多久？她还能活多久？

薛夜若有所觉，他回过头看到了苏莺眼底的眷恋。薛夜在心中思忖：既然你已经选择，为什么露出那种不舍的、要哭出来的眼神？

苏莺低下头，双手紧握，指节发白。

雪琪在苏莺耳边低低地笑着：“苏莺，你到底喜欢的是林熙染还是薛夜？我觉得你好贪心。”

苏莺沉默，良久，她低低地说：“我也很讨厌我自己。”不过，很快一切都会结束的。命中注定。

掬柔愤懑地看了苏莺一眼，但是她按捺住了冲到喉咙的尖刻的嘲讽。她不想林熙染讨厌她。

雪琪看着穿着白衬衣深色裤子的薛夜的背影，突然觉得似曾相识。在很久以前，她看过这个背影，到底是在哪里呢？雪琪的眼中有一道幽光闪过，她想起来了。她一直以为，和薛夜的第一次邂逅是在地铁上，其实不是。在天坑底那个可怕的黑夜里，她从古庙的门缝里看到一个白衣男子的背影，他杀死了白色巨蛇，然后销声匿迹。那个白衣男子，应该就是薛夜。

薛夜为什么当时要帮他们，却不打照面就离开了？如果夕城的相遇是巧合，那么在京城地铁上的相遇呢？

雪琪的心中疑问重重，她却不打算告诉苏莺。这个秘密她要独享。一个东南亚的虫师不会无缘无故出现在夕城，他想要什么？

小河流淌，岸边的柳树碧绿，微风吹得柳絮四处飞扬。柳树下的薛夜微笑沉静，而李翔在阿婆的目光里不安地低下了头。阿婆请人给穗穗的阿爸驱蛊的画面一直在他的脑海里翻涌，他对阿婆很是畏惧。

阿婆盯着李翔，声音苍老而沙哑："穗穗人呢？"

李翔错愕："她不是在京城吗？"

阿婆叹息，看着李翔的视线里有着厌恶，她冷冷道："穗穗这丫头自从认识你以后就开始说谎。她昨天说神婆留她住一晚，为她驱除晦气。其实她是和你在一起？"

李翔呆若木鸡，他喃喃说："神婆昨天就死了，我们在吊脚楼没有看到穗穗……"

阿婆枯瘦的手抓住了李翔："你说什么？神婆昨天死了？！"

李翔点头："黄昏的时候，阿依带着我们去找神婆，但是神婆死了。昨夜神婆的尸体就放在吊脚楼里。"

阿婆嘶声问："我的穗穗呢？"

李翔只觉得自己的手腕要被阿婆捏碎，吃痛地回答道："我没看到穗穗，她没说她要从京城回锦里镇。"

薛夜对阿婆说："阿婆你先松开李翔的手，让他给穗穗打个电话。"

阿婆松开了李翔的手腕。

李翔顺利地打通了穗穗的手机："穗穗，你在哪儿？"

"……"

"嗯，你和阿依在一起？"

"……"

"你阿婆问你什么时候回家……"

“……”

“要晚上？”

李翔结束了和穗穗的通话，他对阿婆说：“穗穗要帮阿依料理神婆的后事。她说她回家吃晚饭。”

阿婆脸色好看了一些，她眯眼打量李翔，问道：“你来锦里镇是找穗穗？”

李翔摇头：“我一直以为穗穗在京城，我和我的朋友都被虫灵下了诅咒。我们是来锦里想办法解除诅咒的。阿依带我们去见神婆，想看看有什么法子，没想到神婆已经死了。”

阿婆的视线落在薛夜的脸上，她的护身蛊似乎在害怕着眼前的男子，皱眉道：“你这个朋友看起来很好，不像中了虫灵的诅咒。而且要真是被虫灵下咒，你们早就死在京城里了。”

李翔勉强笑笑：“被下咒的是船上的人。我们能活着来锦里都是薛夜的功劳。阿依说，我能活着都是因为穗穗的蛊在帮我挡灾。”

阿婆跺脚，眼中是化不开的阴霾：“穗穗真是个傻姑娘。虫灵对你们下诅咒的事情，我们管不了。”

她盯着薛夜，心中惊疑不定。眼前清澈优雅的男子替虫灵的祭品保住性命，还把他们带来了锦里镇。他到底是什么人？

薛夜微微一笑：“阿婆，我们只是想知道李翔和穗穗是在哪里看到了神像。李翔失去了记忆，可是他的手机里存着一张三眼六手神像的照片。”

阿婆哆嗦了一下，她脸上的皱纹在瞬间变得更深：“我不能说。虫灵会不高兴的，它不高兴的时候就会杀人。”虫灵庇佑着锦里镇，却也有着它残酷无情的一面。阿婆的心像是被放进了油里煎熬。她的穗穗这一次回到家是病恹恹的，她看到穗穗第一眼就知道穗穗出了大事，一不小心会没了性命。她知道一切都是从穗穗的和李翔去桃花寨开始的。她当年离开桃花寨嫁给了穗穗的外祖父，远离寨子生活，却没想到自己的外孙女会遇到桃花寨里深藏千年的神像。

薛夜知道当地人对虫灵的敬畏，于是道："阿婆，您只需要告诉我，李翔和穗穗去过哪个地方。至于我们能不能在那里找到神像，就看命运的安排。如果不能彻底解决这件事，不仅李翔他们会死，穗穗也会出事。"薛夜很好奇，神婆死的时候，穗穗在不在她的身边。穗穗如果在之前离开，为什么彻夜不归，还对家里人说谎？如果穗穗一直在小岛上，她是怎么活下来的？

阿婆踌躇，对穗穗的担心战胜了她对虫灵的恐惧："我晚上问问阿依和穗穗。我从小在桃花寨长大也没见过神像，不知道怎么就被穗穗和李翔撞上了……"

阿婆的话音还没落，就直挺挺地倒向了地面。薛夜匆忙间拽住了阿婆，他的手指翻了翻阿婆的眼皮，在阿婆瞳孔的上方眼白的位置，一道黑线触目惊心。

薛夜发现阿婆只是昏迷，呼吸和心跳都还正常。他能够感觉到阿婆的护身蛊正在护住她的心脉。神秘蛊术师对阿婆下了禁言咒，只要她说出关键的词汇，禁言咒就会令阿婆昏迷不醒。那个关键的词汇应该就是桃花寨。

李翔手足无措地问："薛夜，我们怎么办？"

薛夜轻松地抱起了阿婆，他吩咐李翔："我们现在就去穗穗家。"他心口处的月光虫在告诉他一些晦涩的信息。阿婆是普通的老人，可她的身体里游走着一丝奇异的力量。这力量非常微弱，却不是蛊的力量。

李翔在前面领路，薛夜紧跟其后。薛夜没能看到，李翔的瞳孔四周有黑色的细线在蔓延，就像是静脉曲张病人的皮肤上那些鼓胀发黑的血管。神婆曾经说过，他们之中藏着活死人，那个人是虫灵的影子。

那个人，就是李翔。

第三十一章
冻结灵魂的冷风

有时候，命运会猝不及防地将你带到那个十字路口，将你推入洪流之中，窒息或者死亡。

阿婆躺在草席上昏睡不醒。屋角里点着气味清冽的香。这个普通的民居里，薛夜看不到任何与蛊有关的迹象。

穗穗的妈妈看起来是个风韵犹存的中年女人，她并没有通知还在派出所上班的丈夫回来，神情镇定得出奇。她的手指熟练地按摩着阿婆头部的经络，双眼仿佛没有焦距一般凝视着虚无处。

李翔和薛夜一声不吭地坐在一旁，看着阿婆在穗穗的妈妈的按摩下，神色变得放松了许多。

穗穗的妈妈小心翼翼地为阿婆盖上薄毯。她回过头，视线落在李翔的脸上，目光复杂难解地说道："李翔，我就知道有一天你会回来。"

李翔嘴角微动，露出的微笑勉强而僵硬："伯母，我也没办法。我的朋友们都被虫灵下了诅咒。已经有人……死了。"

穗穗的妈妈长叹，那叹息声从她的肺部深处发出，带着沉重的倦意："虫灵醒了。在它再次睡去之前，希望你的朋友们不会都被它杀死。"

薛夜看着沮丧的李翔，心中有一丝古怪的感觉。李翔在整个事件里到底扮演着怎样的角色？他像是一种病毒携带者，将诅咒病毒带给了身边特定的

人，自己却安然无恙。

李翔问：“穗穗她怎么回来了？”

穗穗的妈妈闭了闭眼，说道：“她没说为什么回来。但是看到你们，我就知道她回来的原因了。一切都和虫灵的诅咒有关。”

薛夜突然问：“桃花寨在哪里？”

穗穗的妈妈侧过头，看着眼前俊美得出奇的薛夜：“你知道桃花寨？”李翔的这个朋友拥有一种清澈神秘的气质，而她却在他的瞳孔深处看到了无尽的黑暗。薛夜是行走在黑暗里的人类。

李翔扬了扬手，似乎想起了什么，突然说道：“等等，我……我知道桃花寨。”记忆混乱不堪，还有着被遗忘的片段，可是，“桃花寨”这个名字在灰色的记忆旋涡里闪闪发光。他记得穗穗在暑假送他离开的时候对他提过：还没带你去小镇附近玩儿呢。河的上游有一个很有意思的村子，去那里要坐木船穿过山腹的岩洞。然后，你会看到陶渊明笔下的桃花源。

穗穗说过，那个桃花源的名字就叫作桃花寨。

穗穗的妈妈的语气平淡：“那里不是蛊苗居住的寨子，只是一个平常的苗寨。我母亲就在那里出生长大。”

薛夜的微笑清澈却冰冷：“被虫师用禁言咒的方式来保密的寨子怎么可能是平常的苗寨？”阿婆因为担心穗穗的安危，说出了桃花寨的名字，如今昏迷不醒。不过，她的体内有一丝奇怪的力量保护着她，所以，她应该没有性命之忧。

就在这个时候，有人急匆匆地打开了门冲了进来，是穗穗。她脸色苍白，双眼含泪，跌跌撞撞地跑到了床前，焦急地问：“阿婆怎么了？”她的身后不远处，阿依沉默着站在那里。

穗穗的妈妈说：“你阿婆没什么事，就是说了不该说出的话，被虫灵惩罚了。一天一夜后，她就会醒来。”

穗穗回过头瞪着李翔：“你……你为什么要来我家。神婆已经死了，难道你还想我的家人也死？”

李翔的眼中是深深的内疚：“穗穗，对不起。我没想到事情会这样。”

穗穗垂下眼帘：“我原本担心神婆不肯帮你们，所以去找她，没想到，虫灵连神婆也不放过。”

薛夜的视线仿佛能看透穗穗的灵魂，他说：“我和李翔马上就走，只要你告诉我桃花寨在什么地方。”

穗穗看了阿依一眼，没有说话。

阿依声音冰冷：“桃花寨，我去了很多次，从来没看到神像，也没有接触到虫灵。如果你不死心，我可以带你们去。反正那里是很多当地人都知道的最平常普通的苗寨。”

薛夜站起身来说道：“不好意思，打扰了。李翔，我们走吧。不要再给伯母添麻烦。”

李翔看着低头不说话的穗穗，叹了一口气：“伯母，穗穗，我们走了。对不起，给你们带来这么多的麻烦。”

穗穗长长的眼睫毛颤了颤，她抬起头飞快地看了李翔一眼，又垂下了头。

阿依带着李翔和薛夜离开了穗穗家。

屋外的蓝天宛如水晶一般半透明，阳光璀璨。河水在不远处静静流淌。河的上游某处就是桃花寨。在穗穗的描述里，是陶渊明笔下静谧美好的桃花源。

就在这个时候，薛夜的手机响了，提示有一条彩信。而发件人是死去的曦蕾。薛夜打开彩信，看到了一张令他心神震动的照片：苏莺躺在地上，身上落满桃花花瓣，她闭着双眼，神色宁静，仿佛在小憩。可是，她放在胸前的双手已经异变，她的手指甲锋利如剃刀，足足有三寸长。

薛夜黑沉沉的眼珠里是幽暗的光，他微微一笑，冷酷而残忍，自言自语

道:“这是你的挑战书吗?”

古色古香的旅店就在河边，周围柳树依依。在夏日的尽头，这里就如同一个古老清新的梦。所有的人都恹恹地坐在河边院子里的藤椅上，等待着薛夜和李翔的消息。

雪琪的唇边带着一丝神秘的笑意。她知道了薛夜的一个秘密，连苏莺也不知道的秘密。那个在天坑底悬石古庙外杀死白色巨蟒的男子居然就是薛夜。他和苏莺在地铁上的邂逅根本不是他和她的初遇。一个虫师处心积虑接近苏莺，一定别有所图，而不是单纯的爱情。

苏莺的视线和雪琪的视线交错，她看到了雪琪眼底怜悯和得意交织的古怪情绪。苏莺愣了愣，她发现她和雪琪之间的关系不知道什么时候走到了这一步。中学时代亲密无间的她们渐行渐远，再也回不到从前。

掬柔右手食指微痒，她突然觉得口渴，于是将背包里的竹筒打开，从竹筒里拿出了一枚小拇指长的银白色茶叶。她将叶子放进玻璃杯里，将保温瓶里的水倒进玻璃杯。玻璃杯里的水在瞬间变成了乳白色。

清幽的香气，令坐在院子里的人都精神为之一振。

雪琪不知道为什么，并不喜欢这茶叶的香气。她下意识地避开茶香，走到了河边，望着碧绿的河水，神思恍惚。

原本坐在旅店柜台后看书的旅店老板——一个笑起来很和善的中年胖子闻到了这香气，神色一动。他站了起来，走到了院子里，视线落在乳白色的茶上，就无法移动。

旅店老板的声音带着一丝不易察觉的颤抖，他问到:“请问，这茶……”他看到了茶杯旁那个古色古香的竹筒，竹筒上的花纹古朴而美丽。

掬柔抬起头来，疑惑道:“这茶怎么了?”

旅店老板愣了愣之后回答她:“这茶很珍贵，我已经很多年没有见过了。”他不动声色地打量眼前的几个年轻人。原本以为这几个人是来此地旅行的驴友，可是他们居然带着失传已久的避蛊茶，而且这个竹筒上的花纹分明出自本地最厉害的蛊苗。

掬柔点头："我叔爷说这东西是他锦里镇本地的朋友送他的。"

旅店老板对着掬柔微笑："您一看就是很有福气的人，不过……"他的视线掠过和眼前女孩儿同行的年轻人。不过，其他人看起来都不太好。他舌头里养着的蛊在告诉他，不要接近这几个人。他们带着不祥的东西。

掬柔好奇地问："不过什么？"

旅店老板轻轻摇头："没什么。几位是来我们锦里镇旅游的吗？"

掬柔漫不经心地回答："这个鬼地方，我才不想来旅游呢。"

旅店老板愣了愣，没有再搭话。他又看了一眼竹筒才转身离开。

林熙染站起身来，走到了柜台前，他的微笑温润和煦，抱歉道："不好意思，我朋友说话太冲了。"

旅店老板抬眼看了看林熙染，笑着回答："没事儿，长得漂亮的小姑娘通常都很高傲。"

林熙染被旅店老板的回答逗乐："的确是这样。老板，不知道这锦里镇附近有没有什么厉害的蛊术师？"

旅店老板神色一变："这些事情，我不太清楚。年轻人，有时候不要好奇心太重。据说去年有什么记者为了猎奇花钱让人带他们去蛊苗住的寨子里偷拍。结果，死得非常凄惨。蛊苗居住的地方，除了本寨子的人，没有人敢进去。外人从寨头进去就已经中蛊，在那里死几个外人很容易。拍照的记者被拿来养蛊，哀号了七天七夜也没能死去。"

一阵冷风吹过柜台，旅店老板话也不敢再说，转身就离开了。他从未见过那样凛冽的风，充满着恶意，似乎要冻结人的灵魂。

林熙染恍然未觉，他目送着旅店老板远去，回到了座位上。他的手机"嘀"的一声，也收到了曦蕾发来的彩信。

那是一个有些模糊的画面，似乎在洞穴里拍摄的。一只木船的船头上坐着苏莺，她神色恐惧地盯着镜头所在。

短信提示音响个不停，林熙染骇然发现，这些静止的画面正在讲述着可怕的事情。一双影子一般的手臂正不断伸向苏莺，最后握住了她的脖子。

林熙染的心脏狂跳，他侧过头看着坐在院子里的苏莺，眼中染上了悲哀。苏莺坐在藤椅上，神色平静而寂寞，长长的柳树的枝条在她身边垂着。灾难瞬息将至，她一无所觉。即使察觉，也无法避免。林熙染握紧了手机。

苏莺有些恍惚，突然而至的冷风令她某些被遗忘的记忆从灵魂深处翻涌而起。那些画面都不美好——吊脚楼、披着黑斗篷的瘦削男人、撕心裂肺的孩子的尖叫声……

那尖叫声在苏莺的脑海里回荡着，仿佛要撕裂什么。苏莺的视线有些模糊，她控制住跟着那个声音尖叫的冲动。

掬柔喝掉了乳白色的避蛊茶，她全身暖洋洋的，就像泡在温泉里。她望向林熙染，发现他正握着手机发呆，于是关切地问他："林熙染，你怎么了？"

林熙染抬起头来："我没事。"

掬柔嘟囔："你的手机响了好多声。"

林熙染回答："全是垃圾短信。"

就在这个时候，林熙染的手机铃声响起，他吓了一跳，望向来电显示。是李翔。林熙染松了一口气，按下接听键。

李翔问了林熙染他们现在所在的地址，然后叮嘱他们待在那里，他和薛夜会马上过去和他们会合。

林熙染结束了和李翔的通话，他抬头告诉大家："薛夜和李翔很快会过来，他们已经问出了我们最终的目的地。"

雪琪心中一凛："我们要去哪里？"

林熙染回答："桃花寨。"桃花流水鳜鱼肥。桃花寨这个名字听起来没有一丝杀气，还带着无边无际的梦幻温柔。

河的上游，有山峦起伏，蜿蜒的河水从山腹下流出，清澈洁净。只有本地人才知道，坐着木船，穿过山腹里的岩洞，还有着一个隐秘的苗寨。苗寨里四季都开满了桃花。没有人记得这个寨子是什么时候建立的。老人们说，这里至少有几百年的历史。当时锦里镇的人遭遇战火，还集体躲进了桃花寨，才得以幸免于难。这样的地方怎么可能藏着诡异的神像?

阿依租了木船，掌舵的小伙子那普是桃花寨的人，他很熟悉去桃花寨的路。

那普皮肤黝黑，望着阿依的眼神带着一丝倾慕："阿依姐，你不是在外地读大学吗？怎么还没放假就回来了？"

阿依微微一笑："我带同学们来锦里旅游。"桃花寨的人绝大多数都不会蛊术，然而他们却并不排斥蛊苗。因为六十年前，桃花寨出了一个极其厉害的蛊术师阿茶，是阿茶保护了被战火殃及的无辜的人们。

那普自豪地说："他们到了桃花寨，一定会不想走了。"桃花寨是锦里最美的地方。

阿依的眼底有幽光闪过："也许。"也许不是不想走，而是走不了。

薛夜坐在船尾，苏莺坐在船头，其他的人坐在船腹。木船逆流而上，前往桃花寨。蓝天白云映在碧绿的河水上，偶尔有飞鸟从天空中掠过，也将影子留在了河水的倒影里。

两岸边的民居越来越少，被郁郁葱葱的丘陵替代。隐约可以见到烂漫山花在大片的绿意里绽放出绚烂色彩。没有人注意到，船尾附近的河水下始终跟随着一小片阴影。

薛夜静静看着苏莺的背影，右手按在左手戴着的骨片手链上。手链微微灼热，那温度提醒着他，小樱的魂魄碎片已经温养成形。他最初离开马来西亚，费尽心思找到苏莺，就是为了令小樱复活。后来他却情不自禁喜欢上了苏莺。他犹豫了。从死亡中归来的灵魂会被染上邪恶与黑暗，即使苏莺的身体和小樱的灵魂非常契合，他带回的那个小樱也不是昔日的小樱。

他原本打算和小樱一起坠入黑暗的深渊，而现在却不愿意苏莺成为孤魂

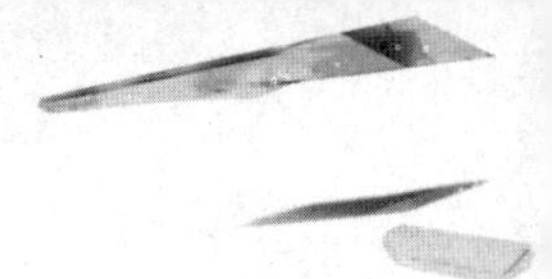

野鬼。那样的喜欢、忐忑和哀伤，他之前从未有过。薛夜在心底叹息。桃花寨的事情完结，他必须尽快离开。黑暗的诱惑从未停止过，死而复生的禁术对虫师来说也是一种令人心痒的挑战。没有人能对黑暗浅尝即止。

河面上有桃花的花瓣漂来，雪琪看到一尾肥鱼露出水面吞掉了一瓣桃花，惊讶地瞪大眼睛。

碧水青山，落花游鱼。如果不是背负着可怕的诅咒，这样的旅行足以迷醉所有人的心。

肥鱼含了桃花，心满意足地游过船底，却被船尾那片深绿色的影子网住，然后失去了生命。绿影蠕动，仿佛尝了美食，愉悦地战栗。

苏莺看到不远处就是河的尽头，一座巍峨青山坐落在河道前方，如同远古巨兽吞吐着河流。天然形成的巨大洞穴的洞口上长满了青苔和野花。浓郁的墨绿色充满了大山的生命能量。

那普露出朴实的笑容："穿过山腹，另一边就是我们寨子，大家可以到我家吃桃花鱼。"

掬柔难得见到这样充满野趣的风景，她问那普："从这里穿过山腹要多久？"

那普被美丽的女孩子看着，脸色有些发红："不到半个小时吧。岩洞里还有好吃的鱼呢。夏天的时候，我们会在里面的小岩洞里网鱼。"

雪琪望着清幽的巨大山洞，胸口处的宝玉正在发烫，她不安道："里面不会有什么蛇啊、蝙蝠之类的吧？"

那普从包里拿出了一块花纹奇异的卵石，自信道："只要把这块卵石放在船头，就不会有蛇虫鼠蚁袭击我们。放心吧，我进出这里上千次了，连蚊子都没叮过我。"小时候，他和哥哥姐姐们曾经点着火把探索整个山腹。在偏僻角落的那些小岩洞里，他们见过奇异的水老鼠、水蛇，还有头部隆起的怪鱼。但是，它们从来不会攻击桃花寨的人。

薛夜看着那花纹奇异的卵石，他知道卵石里封着凶猛的异虫的卵。就是这异虫的气息令蛇虫鼠蚁不敢靠近。

“坐稳了，我们进去了。里面有一段路比较矮，到时我会通知大家趴下。”那普对大家说。

薛夜的手机响了响，林熙染转发了一张图片给他。薛夜看了一眼图片，不动声色地站起来道:“等等，我要坐在船头的位置。”那张照片，也许普通人只是觉得是恐怖照片。他却明白，那是蛊术师养的阴性能量体在攻击猎物。

第三十二章
折寿

直到薛夜坐在苏莺的身边，苏莺还没有回过神来。身边的男子散发着凛冽的香气，令她心中忐忑，却暗自欢喜。

风寂寞地吹过山冈，没有人知道山冈下埋着黑色的坛子。坛子在七月十四日的那晚会窸窣作响，那是坛子里放着的骨骸想起了自己死亡的前因后果。

薛夜坐在苏莺的身边，看着天光在身后渐渐变得模糊，他们的船滑入了山腹之中。河水潺潺，空气清凉，水面渐渐变得漆黑。船头上的卵石微微散发着荧光。

苏莺打开手电筒，照了照头顶，头顶三米远的地方是参差不齐的钟乳石柱。洁白的钟乳石在手电筒雪白的灯光下散发着迷人的光辉。

掬柔怯生生地握住林熙染的手，小心翼翼道："熙染，我害怕。我可不可以牵着你的手？"

林熙染望着船头的苏莺的背影，他轻叹："别怕，不会有事的。"希望薛夜能够保护苏莺。

冷风从洞穴深处吹了出来，掠过苏莺的耳际。苏莺听到风里传来了孩子的笑声。嘻嘻嘻……姐姐……

苏莺觉得冷，那种冷意顺着她的右耳耳根处往脖子游移，就像是有鬼魂对着她吹气。苏莺强忍住心底的恐惧。她发现她的脑袋里有东西在移动，渐渐移向了右耳。

薛夜坐在船头，看着神秘蛊术师养的虚影落在了苏莺的右肩上。他并没有马上出手，他觉得蛊术师应该还有后手。在这黑暗的船上，时间变得虚无。就在这个时候，一股凶戾之气在苏莺的身上一闪即逝，薛夜听到了虚影的惨叫声。

苏莺僵硬地坐着，她清晰地感觉到了她身体里那只养了十年的异虫。它吞噬了那个站在她右肩上的东西。那一瞬间，她的心底涌起的是无尽的要吞噬一切的欲望，船上的每个人在她的眼底都是发光的食物。连薛夜也是。

原本要从船尾攀爬上木船的影子停住了，它蛰伏在水里，一动不动。

黑暗中，那普的声音响起："大家趴在船上不要乱动，前面一段的岩洞很窄，小心碰到头了。"

掬柔用手机照明，她看到前方不远处影影绰绰。密密麻麻的钟乳石宛如利剑一般悬着，人们必须俯下身子，才能通过这段狭窄低矮的洞穴。

木船猛地动了动，像是有东西在船底推着船走。

那普说："这一段水下有暗流，大家别担心。"

就在这个时候，远处传来了奇异的哨声。坐在船尾的那普露出了异样的神色。

雪琪和李翔并排坐着，雪琪发现李翔一直沉默不语，很是奇怪。她的宝玉一直在发烫，提醒着她周围存在危险。雪琪发现李翔的瞳孔在黑暗中微微发红，就像是狸猫的眼睛，再仔细一看，却和其他人一样。

李翔似乎察觉到了雪琪的目光，他在黑暗中侧过头，声音低低地问道："雪琪，你说这只船会把我们带向哪里？"

雪琪的声音轻柔悦耳："不是桃花寨吗？"

李翔的笑声奇异："是桃花寨也是地狱。我刚刚才想起来，我来过这里。"

李翔的笑声在狭窄的洞穴里回荡，空洞而虚无。恐惧从四周升起。

雪琪追问：“你在哪里见到了那个三眼六手神像？”

李翔的声音变得冰冷而诡异：“我记不得了。我们都会死在桃花寨。”

林熙染坐在李翔的身后，在手电筒的光线里，他惊讶地看到，李翔的后脑勺上趴着一只毛茸茸的大蜘蛛。蜘蛛仿佛整个镶嵌在李翔的后脑上。

林熙染举起手电筒敲向那只蜘蛛，蜘蛛被敲飞，落在了黑黢黢的水里。

李翔的头发上还挂着蜘蛛残缺的头，他如梦初醒，恍惚道：“我……我怎么了？”

林熙染看着手电筒上沾着的蜘蛛的绿心，心中发毛：“刚才有一只巴掌大的蜘蛛在你的后脑勺上。”

林熙染的话音未落，无数毛茸茸的蜘蛛从钟乳石的缝隙中落到了船上。不知道从什么时候开始，船头上的那枚鹅卵石不见了，那普也不见了。

林熙染的左手手背被蜘蛛咬了一口，那种剧痛令他想不顾一切跳入河中。阿依捏死了那只死死咬着林熙染的蜘蛛，沉声说道：“不要乱动。”

一点月光在薛夜的掌心绽放，船里的蜘蛛纷纷躲避着爬走。

薛夜目不转睛地看着苏莺，心中有惊涛骇浪在翻涌。苏莺的身体里居然藏着一只凶猛可怕的异虫！

这只异虫藏得极深，连他的月光虫也没有感应到。但是，这只异虫吞噬了蛊术师养的虚影，暴露了它的踪迹。

水底暗流带动着木船漂向前方，岩洞开阔高大了起来，隐隐有亮光在远处出现。

阿依有些疑惑，她曾经去过桃花寨，在穿过极其狭窄的河道后，明明还要转很大一个弯才会看到亮光，为什么……

水底暗流带着木船缓缓驶出洞穴，光线笼罩住了木船。河水碧绿，河岸上是盛开的桃花。微风徐来，落英缤纷，苗寨就在桃花林里若隐若现。

整个桃花寨藏在群山之中，有河水环绕而过。除了岩洞，四周都是陡峭的石壁，高达数百米，峭壁上是郁郁葱葱的植物。这样隐秘的福地洞天难怪可以成为六十多年前人们躲避战火的地方。

薛夜牵着苏莺的手，将她送上了岸。那只异虫果然藏得极深，即使他握着苏莺的手也无法感觉到异虫的存在。

掬柔小心翼翼地扶着林熙染上了岸，林熙染的额头上在冒冷汗。

苏莺连忙扶住林熙染的另外一只手臂，关心道："你怎么了？"

林熙染低声说："我没事，只是被蜘蛛咬了一口。"

苏莺看着林熙染左手手背上的赤红色伤口，她低下头用嘴吸出伤口里残余的毒液。她本能地知道，只有这样才能治好林熙染。

林熙染怔怔地看着苏莺，心中激荡。

苏莺抬起头来，坚定道："林熙染，你不会有事的。"异虫与异虫之间只有强弱之分，而她身体里养着的那只异虫足以杀死林熙染伤口里的异虫。

雪琪站在薛夜身侧低语："薛夜，苏莺对林熙染真好。"

薛夜眼色沉沉地看着苏莺。苏莺身体里的异虫是神秘蛊术师下的吗？那样深藏不露却可以直接吞噬虚影的异虫，甚至可以和月光虫媲美。从异虫的实力来讲，苏莺很可能就是那个神秘蛊术师！

仔细想想也不无可能，哈辛也许选择的并不是一个无辜的小女孩来放置影虫，而是选择了一个他的亲传弟子来植入影虫，分走小樱的生命力和灵魂力。哈辛甚至可以采用虫术中最神秘的移魂虫，将自己的灵魂移入苏莺的身体里，蛰伏至今，连苏莺自己都无法察觉。

苏莺感觉到了薛夜的视线，微微侧过头，发现薛夜用一种奇异的眼神看着自己。那眼神冰冷如雪，令她的心冻结。她心中有些不安，难道薛夜发现了她的身体里养着一只异虫？

薛夜移开视线，对阿依说："这里很干净，没有蛊的气息。"取而代之的是一种醇厚的生命能量弥漫在四周。

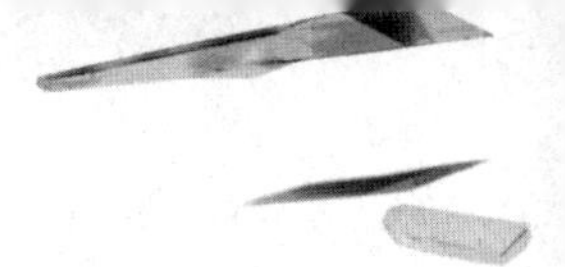

阿依却很是不安道："薛夜，这里不对劲儿。这里太安静了，而且没有人。"她来过桃花寨好几次，这个时候正是桃花寨最热闹的时候。如今，却连一个在河边洗衣服的人也没有。

薛夜也察觉出了异样，皱眉道："穿过狭窄水道前出现过奇异的哨声，很可能是那个哨声通知那普离开。那普失踪也算容易，譬如，他很可能躲在那段狭窄的岩壁的钟乳石空隙里，又或者，他无声无息地潜入水里。但是整整一个寨子的人都消失，除非是虫灵对这个寨子的族长下令。本地人似乎都很敬畏虫灵。"

阿依点头："虫灵在六十年前醒来过一次，保护过整个锦里镇的人。"六十年前，虫灵选择的蛊术师是善良的阿茶，而这一次虫灵选择的蛊术师却是一个邪恶的人。这个蛊术师杀死了神婆，阿依在这个世界上唯一的亲人。

雪琪问薛夜："我们现在该怎么办？"

薛夜打量四周，突然在南面看到有一角绯色的飞檐，指挥道："去那边看看。"神秘蛊术师布置好了一切，在桃花寨等着他们。

李翔恢复了活泼的本性，他和林熙染讨论着那只大蜘蛛的品种。那个在黑暗中的船上说着可怕话语的他似乎被遗忘了。

掬柔神色恹恹地跟在林熙染的身后，恨恨地盯着苏莺的背影。刚刚苏莺为林熙染吸取伤口毒液的时候，她恨不得把苏莺推下河。那个刹那，林熙染看着苏莺的眼神温柔得仿佛这个世界只有苏莺存在。

他们穿过桃花林，飞舞的落花偶尔有几瓣落在他们的头发上和肩上。阳光清澈却不刺眼，带着梦境般的虚无感。

雪琪指着不远处，对其他人说道："你看前面，那座是所有的人梦里出现过的吊脚楼。我原本以为我们梦里出现的吊脚楼是神婆住的吊脚楼。没想到，它居然在这个桃花寨里。"

穿过桃花林，河水的支流在这里汇聚成湖。湖水上是层层叠叠的荷叶，荷叶深处，血红色的吊脚楼矗立在那里，似乎已经建成百年。

阿依的神色变得激动了起来，不可思议道："不可能，我的记忆里，这里没有这栋楼！"

桃花寂静地开着，年复一年。此刻在绯色吊脚楼的映衬下，梦幻的桃林也显得妖异了起来。

寂静的山腹里一片黑暗，这黑暗仿佛天鹅绒一般笼罩下来，令人昏昏欲睡。河水里，一只木船静静地靠在岩壁旁，密密麻麻的钟乳石从洞顶往下延伸。船上的人都熟睡着，呼吸悠长。船头上的鹅卵石已经破裂，其中藏着的蛊也不见了。这群人想穿越山腹去桃花源，却在山腹里昏睡着，梦到了桃花源。

水里传来窸窸窣窣的声音，那块暗绿色的影子顺着船体爬上了甲板，它端详着船上的人，钻进了李翔的鼻孔里。几秒后，李翔睁开了眼睛，他的双眼在黑暗中宛如猫瞳，有着暗红色的光。

而船上的另外一个人也醒了过来，他拿起了两支木浆，分给了李翔一支木浆。李翔将昏睡的那普推到了一旁，然后划着木船进入了山腹的支流。黑暗越来越深，木船带着虫灵的祭品们驶向未知的地狱。

一条细细的木栈道通往绯红色的吊脚楼，薛夜感觉到了蛊的存在。它潜藏在吊脚楼里，凶猛刚烈。难道三眼六手神像就在吊脚楼里？而那个神秘蛊术师也在里面？

事情太过顺利，却令薛夜心中隐隐觉得不妥。

苏莺停住了脚步，看着吊脚楼。她身体深处的异虫在蠢蠢欲动，似乎想要吞噬吊脚楼里的某个东西。

林熙染问苏莺："你怎么了？"

苏莺指着吊脚楼："里面有东西。"

林熙染疑惑地问："为什么镇里神婆住的吊脚楼会和桃花寨里的吊脚楼一

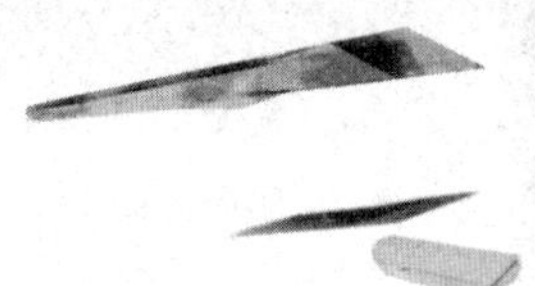

模一样？”

李翔耸耸肩：“吊脚楼本来就长得很相似，也许蛊术师都会选择类似的屋子。”

阿依眼神迷离地看着绯色吊脚楼，回想着说：“我听说附近深山蛊苗居住的寨子里，族长住的吊脚楼也是这种样式。千百年来，一直有这样的规矩。只是桃花寨不是蛊苗的居住地，以前并没有这样一栋屋子。”

薛夜微微一笑：“也许，神秘蛊术师就住在桃花寨，所以寨子里的人们就修了这栋吊脚楼。如果神秘蛊术师来自桃花寨，阿依，说不定你见过他呢。”

薛夜的话勾起了阿依的思绪，她皱眉想了很久之后道：“桃花寨里的人似乎对用蛊没什么兴趣。寨子里的神婆已经五十多岁了，她无儿无女，一个人住在西面一栋黑色的吊脚楼里，平时都没人去那里。苗人对精于用蛊的神婆，心中一直尊敬且畏惧着。”

薛夜说：“那个神秘蛊术师不会超过三十岁。他有一种罕有的蛊，能够令人入梦。他的精神力量比常人强大百倍，年纪过大的躯体无法承受这种力量，而年轻的躯壳也会被力量损坏。这意味着这个蛊术师即使用蛊来续命，也活不过三十岁。他一直隐藏在暗处没有直接攻击我们，也许是因为并不是杀死所有的祭品就能令他延长寿命。”

苏莺垂下眼帘，想起了神秘蛊术师在梦里对她说过的话。蛊术师说，她身体里养着的异虫能够令他得回他失去的力量。蛊术师选中的每一个祭品也许都有着特定的作用，死亡有时候并不能令蛊术师得到他想要的。

阿依想起了六十多年前被虫灵附体的蛊术师阿茶，阿茶也没有活过三十岁。被虫灵附体的蛊术师拥有强大的力量，却也因此折损了寿命。

第三十三章
诡命交易

木船在黑暗中航行了一刻钟，远处有一点红光蒙蒙地亮着。四周很安静，木浆划水的声音仿佛敲击在心脏的褶皱处。

一束光从黑暗的山腹上空照了进来，光中是宛如刚刚漆上了人血的吊脚楼。绯红的吊脚楼漂浮一般在光中轻摇。它修筑在露出水面的石台上，石台附近密密麻麻地挤满了白色的荷花。白色的荷花看起来圣洁出尘，仔细近看，却发现荷花的花蕊居然是一颗颗眼球一样的异物，而碧绿色的荷叶下有灰色的根须在蠕动着。这诡异的山腹红楼的主人到底是谁？

木船驶向红楼，荷叶和荷花缓缓动了动，分出了一条水道。

李翔双眼是诡异的红光，他定定地看着红楼，划桨的动作有些僵硬和机械。而他的同伴似乎神态清醒，但是因为恐惧，抓着桨的手连青筋都暴了起来。若不是神秘蛊术师许下的诱惑令他无法拒绝，他才不会来这么诡异的地方。他的眼力极好，发现通往红楼的水道两侧的岩壁上全是赤红色的壁画，描绘的是三眼六手神像的种种神迹。

蛊术的由来最早可以追溯到上古时代，操控花鸟虫鱼的异术在蚩尤与黄帝的战争中层出不穷。而最擅长这个异术的就是九黎一族，他们信奉的虫神就是三眼六手。后来蚩尤战败，残存的九黎一族逃至荒蛮之地，繁衍至今。神像也被暗中传承了下来。

隐藏在山腹中的红楼很可能就是逃至云南深山里的九黎一族搭建的，这红楼至少有数千年的历史。它没有在时光中腐朽，反而历久弥新。

木船停在了吊脚楼下的石阶旁。李翔将船上的缆绳在石头上捆绑好，然后和他的同伴将船上昏迷的人逐个抬到了石阶上。

李翔的同伴累得气喘吁吁，他抬头看着诡异的红楼，总觉得红楼似乎拥有生命。他低下头，视线掠过苏莺的脸。

李翔和他的同伴坐在台阶上，用衣袖擦了擦额头上的汗水。那普是最后被抬下船的，他的一只腿还浸在水里。那普的腿周围有小小的气泡冒出，紧接着，水下有什么东西拖住了那普的腿，将他缓缓拖进了黑暗的水里。

水下，无数灰色的根须缠绕着那普。有些深红色的根须伸进了那普的眼耳口鼻里，深入到了他的内脏，贪婪地吸取他的血肉。短短几分钟，那普就被吸得只剩下一层人皮。最后，发灰的骨骼碎片沉入了水底。

李翔的同伴看到那普被拖入水中，几分钟后，那普的衣服漂了上来。他紧紧抿着唇，将尖叫锁在喉咙深处。

李翔面无表情地看着眼前发生的一切，他对同伴说："主人还在楼里等着我们。"

李翔的同伴不敢说话，他和李翔将昏迷的人逐个抬进了吊脚楼里，累得近乎虚脱。他不敢伸手扶着红楼休息。因为他发现，所谓红漆居然是极其细小的红色蜘蛛。它们一动不动地趴在吊脚楼的外层，妖艳诡异的颜色述说着它们的毒性。

吊脚楼的第一层空荡荡的，一排蜡烛沿着墙壁点燃，照亮了这小小的空间。吊脚楼没有霉味和灰尘，而是散发着一股异香。这种香气令人联想到多雨的季节，大颗大颗的雨水敲打着窗外的芭蕉叶，大风吹开窗户，缠绵地吹过在床上吞金死去的女人。这是混杂着死亡的异香。

脚步声从第二层传来，李翔的同伴抬起头来盯着楼梯的方向。他惊讶地看着来人，声音里充满了震惊和疑惑："怎么会是你？！"神秘蛊术师居然会是眼前的这个人！

蛊术师制造的幻梦里，薛夜一行站在那条通往吊脚楼的长长的栈道一头。他们的身后，桃花璀璨如粉色的云。微风轻吹，花瓣如雨。

薛夜望着栈道对面的吊脚楼，心中异样的感觉更加清晰。他回过头，看了苏莺一眼。

苏莺站在林熙染的身侧，低头想着心事。李翔热络地和雪琪说着话。掬柔站在林熙染的身后看着他的背影发呆。而阿依则看起来神情恍惚。有什么不对劲，非常不对劲。薛夜发现自己的月光虫也有些迟钝，仿佛被什么力量压制住了。

薛夜走到了苏莺的面前，苏莺抬起头来。她不敢看薛夜的眼睛，总觉得只要看着他的眼睛，她就没有办法移开自己的视线，也没有办法隐藏心底的眷恋。

薛夜问苏莺："死去的神婆除了和你说她的遗嘱，还说了什么？"

苏莺回答："神婆说，穗穗带着李翔来她那里的时候，她看到了李翔的前世。李翔曾经是这个镇子上的人，却抛弃了他的妻子远走他乡，最后死得很惨。神婆说，她已经死了。人死了，就会明白很多事情，看到更多的东西，却有很多话已经不能说。"神婆还让她阻止神秘蛊术师得到她养的异虫。可是，神秘蛊术师说，她养的异虫会害死薛夜。

苏莺的视线在同行的其他人的身上扫过，她鼓起了勇气说道："神婆还说，我们之中，有一个人已经是活死人，他……他是虫灵的影子……"

薛夜对着苏莺微笑："我也觉得虫灵的影子混在了我们之中，悄无声息地将我们带入了危险的境地。"

李翔举起双手，苦笑着说："我可不是什么虫灵的影子。我承认，是我让大家陷入了这个破事儿里。如果我暑假不来锦里镇旅游，一切都不会发生。"

掬柔轻哼。李翔就是一个祸害，当初在天坑底的时候，李翔和曦蕾还关

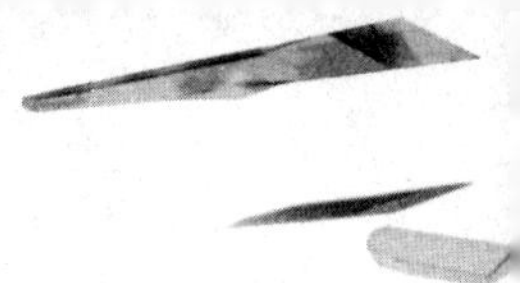

上悬石古庙的门，不让他们进去。要不是李翔是林熙染的老同学，她连看李翔一眼也觉得多余。

苏莺盯着李翔，眼底有奇异的神色：“李翔，我怎么觉得你和往常相比太过活泼了。”

雪琪站在李翔的身后，她的手中不知道什么时候握了一把暗红色的木匕首。她将木匕首狠狠地刺进了李翔的肩膀，阴狠道：“虫灵的影子就是你！”

李翔惊讶地看着雪琪：“你怎么会有桃木匕首？！”他的伤口处，黑色的血涌了出来，黏稠的黑血带着浓烈的腥臭味，就好像埋在地底很久的尸体突然接触到了阳光，散发着死亡的腐臭。

雪琪咬着唇，紧握着桃木匕首，愤恨道：“李翔，如果不是你，曦蕾也不会死。我们其他人也不会被下咒。”

李翔倒在了地上，一动不动。

雪琪握紧桃木匕首，走向长长的木栈道：“既然已经来到了这里，那就进吊脚楼看个清楚。”

苏莺跟着雪琪往前走，却被薛夜握住了手腕：“苏莺，不要动。”薛夜的手指温暖，令苏莺疲惫的心温暖了起来。

薛夜的脚下，一截紫红色的藤蔓在生长，它悄无声息地裹住了李翔的尸体，轻拉李翔的脚踝。紫藤的缠绕下，李翔的尸体变得若隐若现。

薛夜在苏莺的耳边低语：“李翔的确是虫灵的影子。但是，雪琪也是虫灵的帮凶。我们现在就在蛊术师控制的幻梦之中。”

苏莺惊讶地望向薛夜。薛夜那双美丽神秘的眼里是凝重的神色，他忧虑地说道：“蛊术师的力量更强了。连我都被他骗了。”当初他能杀死虫师哈辛，就是因为他拥有月光虫和紫藤虫。如今月光虫被压制，而紫藤虫却拥有虚幻和真实两种形态，即使在梦境之中，也能发挥它的能力。

从高空中俯视下去，长长的栈道四周浮动着奇异的符咒，而符咒一直延伸到了绯色的吊脚楼中。与此同时，在黑暗山腹的血色吊脚楼第一层的地板上，黑色的符咒也浮现了出来。当梦境与现实重合，祭品们将自动走上祭台，完成他们已经注定的命运。

雪琪发现薛夜没有跟着她走上栈道，诧异地回过头来，却发现薛夜看着她露出了清澈而冰冷的微笑。

无数紫红色的藤蔓从薛夜的站立处伸出地面，将他包裹住，下一秒，他消失在了原地。

山腹中矗立的诡异红楼烛光摇曳，薛夜睁开了双眼。他站了起来，视线从昏迷的同伴身上扫过，然后落在了角落里站着的雪琪的身上。

薛夜的声音在空气中回荡："我不知道该怎么说你。你居然愚蠢到和虫灵附体的蛊术师做交易。"

雪琪不敢看薛夜的眼睛。她怎么会告诉他，蛊术师说，他能令薛夜死心塌地爱上她。她做了和掬柔一样的选择，因为喜欢一个人却得不到的痛苦比死还要难受。

清脆的笑声响了起来，从诡异红楼的第二层，缓缓走下来一个熟悉的人影，赞赏道："薛夜，你果然没有令我失望，看破了真实与幻觉之间的界限。我想，我们不一定要你死我活，反而可以坐下来谈谈。"

薛夜的瞳孔微缩，惊诧道："是你！"将一行人玩弄于股掌之间的神秘蛊术师居然是穗穗！那么很多扑朔迷离的事情就能够说清楚了。李翔和穗穗也许就是在这里不小心唤醒了沉睡的神像。而虫灵选择将穗穗作为这一次附身的寄主。

穗穗并没有杀死李翔，而是通过李翔物色到了虫灵的祭品。她下蛊杀死了碍事的曦蕾，诓骗了阿依，然后亲手杀死了阿依的养母。也是她穿着阿依十五岁生日时的衣服拍下了照片。曦蕾的手机应该也在穗穗的手上。

薛夜微微一笑，冷淡的微笑却带着说不出的神秘诱惑："我不认为我们之间可以做交易。"

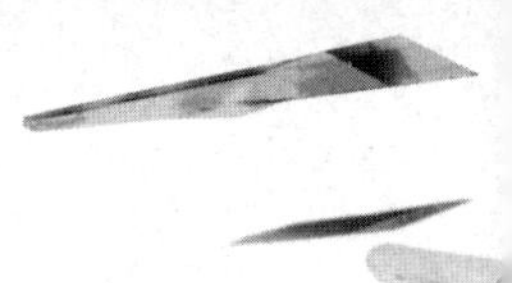

穗穗的笑声清脆如银铃："薛夜，你是虫师。也许除了苏莺，其他人的生死你根本没放在心上。我在京城就注意到你左手上戴着的聚魂骨链，也许我能帮你复活骨链里的小樱。"这段日子里，她找人在马来西亚调查薛夜，寻找着薛夜的过去。有一个老虫师说，薛夜在小时候杀死了将他拿来炼虫的师傅哈辛。薛夜不碰邪术，却天赋异禀，是年轻一辈虫师中的佼佼者。陪伴在他身边的只有一个叫作小樱的少女。但是小樱在哈辛死前被哈辛下虫，薛夜费尽心思也没能阻止小樱的死亡。

小樱。

薛夜的双瞳里是月海一样的黑暗波澜。这个名字触动了他内心深处的秘密与渴望。他和小樱落在哈辛手上不久后，曾经逃跑过。他和小樱手牵着手在黑夜的荒原里狂奔，风声呜咽，月光荒凉，命运严酷 那个小人儿精疲力竭，她松开了他的手说："薛夜，不要管我，你快跑。"

他对她的感情连他自己也说不清。他们的父母是好友，小樱几乎从出生开始就和他天天见面。那个粉嫩的小人儿一天天长大，他有时会用卖废品得来的钱换到一粒糖果。他喜欢看着小樱吃糖的幸福表情。那一瞬间，心里被柔软的情绪涨得满满的。妈妈笑眯眯地开玩笑说，小樱就是小夜的小媳妇儿。薛夜没想到的是，哈辛出现了。他相中了自己的天赋，然后在一个黑夜里杀死了他和小樱的父母，将自己和小樱带到了黑暗残酷的世界。

穗穗不再是那副柔弱纯洁的模样，她的双眼仿佛可以看透薛夜的心："苏莺被哈辛下了影虫，她和小樱变得一模一样，分去了小樱的生命力。也是在这十年里，她的灵魂波动变得和小樱的灵魂波动非常相似。你出现在苏莺的身边，也是觉得苏莺的身体是小樱复活所需要的最完美的身体吧？"

薛夜沉默不语。

穗穗揉了揉眉心，瞳孔微微发紫，阴恻恻地笑道："灵魂从黑暗中归来，即使在月食之夜被月光清洗过，依然会有黑暗的残余，而且在新的躯壳里也活不了多久。但是我的虫灵可以达成你的愿望。和往日一样的小樱可以在苏莺的躯壳中重生，她甚至可以和你手牵着手活到白发苍苍的时候。”

薛夜握紧了双手。如果是一年前，这将是最美好的交易，他会不惜一切答应。可是，如今他无法点头，无法开口说话。他的视线落在地板上昏迷的苏莺的脸上。他只要想到他要抹去苏莺的灵魂印记，心中就憋闷疼痛。

薛夜伸手轻抚手腕上的骨片手链，佯装平静道：“你其实完全可以在木船上杀死我，然后对着剩下的祭品做你想做的事。”

穗穗摇头：“我不敢在木船上杀了你。如果你出现生命危险，你的本命虫一定会找到我，杀死我。”虫师拥有许多秘术，她不愿意和薛夜这样强大的虫师成为死敌。她倒是很乐意和薛夜切磋虫术和蛊术。上一次她因为大意败在了薛夜的手上，这令她很不甘心。

薛夜问穗穗：“穗穗，你要我做什么？”

穗穗歪着头，可爱地笑了：“我不想与你为敌，所以，你不要插手这些祭品的事情。我只需要你旁观我完成整个祭祀。我想要的是苏莺身上的那只异虫，我怀疑她身上的那只异虫里藏着哈辛的灵魂。在水道里，相信你也察觉到了，那只异虫就要成熟了。”

薛夜长久地沉默。他的眼中是复杂的情绪，无数念头在他的心底交锋。他决不容许哈辛利用异虫再度回到这世间。那只异虫应该就藏在苏莺的颅脑里，根本不可能取出。而小樱……

时间流逝，薛夜长长的眼睫毛轻颤，他的眼底是浓烈的黑暗：“没问题。但是，我要看到三眼六手神像。”

穗穗盯着薛夜，笑道：“你插手这件事，有一半的原因都是为了见到神像吧？”一个蛊术师或者一个虫师，根本没有办法拒绝神像的诱惑。因为神像上藏着最古老的虫术的印记。

薛夜冷冷笑着回答：“的确是这样，我第一眼看到神像的时候，就有一种无法抑制的渴望。”

雪琪站在角落里，震惊得无法思考。原来，薛夜并不是她以为的那样喜

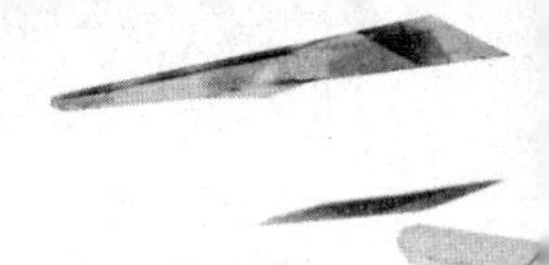

欢苏莺，也不是她以为的那样在帮助他们解除诅咒。雪琪这才彻底明白，虫师拥有的是冷酷的心。只是，穗穗说的那个小樱又是怎么回事？苏莺为什么和小樱一模一样？薛夜想要复活小樱？

穗穗眼神狂热地说道："这座楼就是三眼六手神像。薛夜，你就在神像里。而你脚下就是祭台。"

原本暗淡的地板上有金色的光芒流动起来，雪琪惊慌失措地靠在墙边，却发现墙壁上也有光芒流动，形成奇异的能量回路。半空之中，三眼六手神像的虚影出现，渐渐凝聚，宛如实体。

一股荒凉、古朴、凶残的气息从神像里散发出来，夺人心魄。整个吊脚楼发出呻吟一般的声响。蜡烛的光变得暗淡。

地板上，原本昏迷的祭品们纷纷醒来。他们不明白为什么自己上一个瞬间还在桃花寨，下一个瞬间就在这魔幻的吊脚楼里醒来。

苏莺一眼就看到了薛夜。站在那里的薛夜不知道为什么，令她觉得无比陌生。他看着所有人的眼神冷淡得仿佛他们只是死物。她离他不过几步之遥，却觉得她和他之间隔着一个世界。这样的薛夜也许才是真实的薛夜，他在马来西亚的经历，她一无所知。

疼痛从头部传来，苏莺只觉得身体时冷时热，四周嘈杂的声音在一瞬间变得空洞起来。她沉默地看着薛夜，看到命运在她和他之间划下的巨大鸿沟。

雪琪的声音仿佛从另一个世界飘来："苏莺，原来你才是最可怜的人。薛夜接近你只是为了复活他的小樱。在他的眼中，你就是一件最适合小樱的衣服……"

第三十四章
寄魂虫

半空之中悬浮着的三眼六手神像双眼渐渐睁开，无悲无喜地注视着这幽暗的尘世，神秘而蛮荒的气息弥漫开来。蜡烛的火焰受到了无形的压制，小小的一团蓝焰缩成一团，近乎熄灭。

血色吊脚楼里，祭品们的眼神迷惘，甚至忘记了恐惧。微弱的灵魂之火在神像的威压下越发暗淡。

苏莺只是觉得冷，这寒意自心头涌出，将四肢冻结，她静静地看着薛夜。雪琪说的话还在她的心底回荡，如同冰天雪地里凛冽的寒风：苏莺，原来你才是最可怜的人。薛夜接近你只是为了复活他的小樱。在他的眼中，你就是一件最适合小樱的衣服……

薛夜没有否认雪琪的话。他仰头专注地看着神像，双眼里仿佛有流光溢彩，无数古朴的符号在闪耀，映入他的瞳孔之中。

苏莺的身体在微微颤抖，她发现除了薛夜、雪琪和李翔，其他同伴都失魂落魄，宛如泥塑木雕。

薛夜的视线从神像移到了苏莺的脸上。他淡淡地看着苏莺，冰雪一样清冷的神情令一旁的雪琪心中发冷。所有的喜欢也许只是幻觉。她现在还记得在地铁的车厢里看到薛夜的那一刻。那时的薛夜也很冷漠，但是微笑的样子却可以融化冰雪，令人心花绽放。

蛮荒的气息从地面沿着众人的脚后跟爬了上来。阿依、林熙染、掬柔的眼前闪过一幕幕亦真亦幻的景象：漫延到天尽头的荒原、瑰丽魅蓝的巨大湖泊、狰狞庞大的异兽、茂密幽深的森林、月夜下孤啸的雪狼。黑夜荒原的尽头，三眼六手神像矗立着。熊熊火焰燃烧，照亮了神像周围舞蹈的先民们。他们在祈求蛊神保佑。最靠近神像的狂舞的人倒在了地上，脸上是满足的微笑，他们的灵魂化为光点被神像吸走。

阿依木讷的脸上出现了挣扎的神情，似乎想要从噩梦中抽离。她的嘴角溢出一缕血色，双眼恢复了清明。她一眼就看到了站在那里的穗穗，熟悉又陌生的穗穗。穗穗脸上的表情阴冷诡异，俯视着她。那眼神令她觉得，她只是尘埃里的蝼蚁。穗穗的身上散发着浓烈醇厚的蛊之力，她是极其厉害的蛊术师！

电光石火间，阿依明白了一切，她不敢相信自己的眼睛："穗穗，是你……你就是那个被虫灵附体的蛊术师！你为什么要杀了神婆？"她喜欢着的穗穗，小心呵护的穗穗，单纯热情善良的穗穗，居然就是那个藏在暗处不动声色杀人的蛊术师！

穗穗微微一笑："神婆居然知道了我的身份，她也'看'到，我会杀死你。"她对神婆下了魂咒，令神婆有很多东西都无法传达给阿依，没想到神婆居然联系上了苏莺，隐晦地揭开了她死亡的原因。穗穗原本想令薛夜和阿依反目的意图被识破。

阿依黑亮的长发飞舞，她的眼神锐利而沉痛："穗穗，你已经不是我认识的那个穗穗了……"阿依被神婆收养，在蛊术上很有天赋。她含怒出手，几道流光冲破了神像的威压，扑向了穗穗。

穗穗冷笑。阿依的蛊术天赋比她强，但是她有虫灵附体，知晓许多已经失传的蛊术，现在的阿依已经不是她的对手。她忌惮的是薛夜。

那几点流光在靠近穗穗面庞的时候就跌落在了地上，化为几滴脓血。阿依看着地板上的脓血，脸色苍白如纸，她喃喃低语："穗穗，一切都是你设计好的，包括你让我带着祭品们来这里。你早就把我也当作了祭品。”

穗穗的眼底没有愧疚，她温婉的眉眼透着锐利的冷光：“我也不想的。只是如果没有这一次的祭品，我活不过三十岁。”苏莺身体里即将成熟的那只异虫就是她延长寿命的药引，而其他的祭品则会在药引的作用下，被神像的秘术化为纯粹浓厚的生命能量。

阿依咬牙抽出了暗藏的苗刀冲向穗穗，原本靠着墙壁一言不发的李翔抬起头来，鬼魅一般出现在了穗穗的身旁。他的眼球微凸，眼里的红丝宛如寄生虫一样扭动着。

李翔徒手握住了刀，锋利的苗刀将他的手指割伤，他丝毫不觉得痛。黏腻的黑血从伤口处流出，滴落在地板上，瞬间就消失不见了。苏莺看在眼里，头皮发麻。

阿依的苗刀被李翔夺走了，她只能转身摇晃林熙染和掬柔，却得不到一丝回应。绝望涌上她的心，她能够感觉到自己的精神力正在被地板吸走。

苏莺望向门外黑沉沉的世界，她不知道自己到底是在梦里还是梦外。她只是清晰地感觉到了内心死一样的寂静。雪琪的话、薛夜的眼神，轻而易举地摧毁掉了她的求生意志。她一阵眩晕，突然发现楼外的虚空之中站着一个和自己一模一样的女孩子。

不是镜子，也不是幻觉。苏莺能够从女孩子的眼神里看到另一个灵魂。她是薛夜口中的小樱吗？那个薛夜深深爱着的，一心想要复活的小樱。小樱会穿上名为苏莺的皮囊，然后依偎着薛夜，在晨曦的阳光下微笑着牵着他的手吗？被原本冷漠的薛夜用那样温暖清澈的目光注视着，小樱一定很幸福。

小樱悬浮在黑暗的半空中，怜悯地注视着她。她的微笑平静，却令苏莺的头剧烈地疼痛起来。苏莺盯着门外，眼神痛楚而犀利：不，不，不，你不是……你不是小樱……我……我才是……我才是小樱……

剧痛令苏莺被遗忘的记忆宛如暗夜里的昙花，次第展开。她看到了那个陈旧的街，那两个手牵着手蹒跚走在街边的小人儿。她还想起了那家蛋糕店

好吃的草莓蛋糕，还有天上荒凉凄迷的血色月亮。

苏莺不知道这些画面是原本就属于自己的，还是小樱的幽魂带来的幻觉。她望向薛夜，眼中有依稀泪光，她的声音低回：“小夜……我……是……”

眼前的一切黑了下来，仿佛刹那间，宇宙毁灭。苏莺没能说出完整的话语：小夜，我是小樱。

除了哈辛，没人知道那个深夜水边的吊脚楼里发生了什么事情。哈辛被自己的徒弟小夜重伤，心中的怨毒连死亡也无法平息。他将小樱的替身巧妙地送到了小夜的身边，在临死前却对真正的小樱种了最恶毒的寄魂虫。小夜不知道回到他身边的只是替身，他也不知道心心念念的小樱被封住了记忆，在夜风里独自离开，穿过迷宫一般的城镇，在酒吧附近的小巷里惶恐而迷惘地发抖。

苏莺发现自己丧失了说话的能力，也失去了视觉。她惊恐地发现她脑袋里的那只异虫动了！她并没有感觉到疼痛，反而有一种甜美酣畅的滋味。苏莺知道，某些虫类能够分泌出麻痹宿主神经的液体，就好像蜘蛛会将麻醉液体注入猎物的身体，将猎物的内脏化为汁液，慢慢吸吮。

雪琪捂住了自己的嘴，将尖叫声锁在了喉咙里。她看到苏莺的额头，有东西在她的皮肤下起伏游移！双目没有焦距的苏莺露出了甜美沉醉的微笑，这微笑在她的脸上显得越发诡异！

薛夜的视线落在了苏莺的额头上，眼神幽深。他的掌心有一点月光在闪烁着，那是月光虫感觉到了哈辛的气息。十余年前，月光虫初初育成，就吸取过哈辛的血与精气，它不会认错。

穗穗的双眼更亮，她的声音里有着无法掩饰的渴望：“寄魂虫！”寄魂虫藏着哈辛和苏莺的灵魂力量，只要以寄魂虫为引子，她就可以吸取他人的精气来充盈她的灵魂，延长她的寿命。

穗穗的双手微抬，苏莺的身体飘浮了起来，缓缓升向空中的神像。暗淡的烛光下，三眼六手神像散发着微红的光晕，昏迷的少女就这么带着诡异的微笑成为蛊神的第一个祭品。

穗穗的视线若有若无地看向薛夜，她的心中一直对薛夜有着深深的戒备。而薛夜则无悲无喜地注视着飘向神像的苏莺。他看到苏莺额头皮肤下蠕动着的寄魂虫正在神像的力量下破开苏莺的额头。它有人的指甲盖大小，血红虫形的身躯上居然长着小小的人头！

雪琪视力超卓，将那小小的人头上的五官看得清清楚楚，那是一个中年男人的脸！她记得祖传笔记里提过，这是寄魂虫，需要带着死去虫师的怨念在新的寄主的身体里孕育十年。当它成熟的时候，它就可以掌控住宿主的灵魂，宛如某种形式的死而复生。

寄魂虫被神像的力量迷惑，离开了苏莺的身体。它呆呆地望着神像的双眼，如梦初醒。

薛夜手中的月光虫动了！月光虫的目标却不是穗穗，也不是寄魂虫。月光虫落在了李翔的身上，与此同时，无数紫色的藤蔓缠绕向了穗穗。不知道什么时候，薛夜的紫色妖藤已经密密麻麻遍布屋子的每一个角落。

阿依没想到薛夜能够力挽狂澜，居然敢独自单挑被虫灵附体的穗穗。她将自己养的所有蛊虫都倾泻向穗穗，想为薛夜争取哪怕一秒钟的时间。

李翔发出了非人的吼叫声，他被淡淡的一层月光笼罩着，皮肤仿佛被灼伤一般冒出血泡。他的五官在月光中融化，他已经感觉不到疼痛，最后的意识深处却浮现了曦蕾的模样。那是读小学的曦蕾，扎着可爱的羊角辫，黑白分明的大眼睛正看着他。

小曦蕾背着红色书包，歪着头看着李翔：“李翔，你真惨，又被老师罚你打扫卫生。”

小李翔吸了吸鼻涕，拿着扫把胡乱地将纸屑扫在一起，灰尘却被他全部扬起，落在了课桌上。

小曦蕾从门背后找了抹布：“我来帮你吧，不然你太晚回家会挨揍的。你

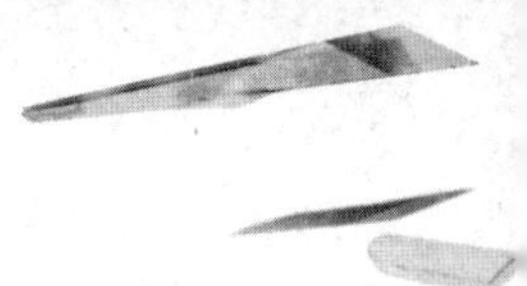

每次挨打都哭得很惨。”

李翔重重地倒在了地上，他的呼吸和心跳都停止了。他血肉模糊的脸上，眼角处滑落晶莹的眼泪。曦蕾，我来找你了。虽然迟了那么一点点。

仿佛亘古就矗立在山腹湖水中央的吊脚楼摇晃了起来，其实那只是附着在吊脚楼上的密密麻麻的红色蛊虫在不安地蠕动。

穗穗不明白薛夜为什么会释放月光虫攻击无足轻重的李翔。她原本以为月光虫就是薛夜的本命虫，没想到薛夜如今释放出的异虫——这紫藤居然不惧自己身上的蛊力。她眼看着寄魂虫飞向神像，怎么甘心功亏一篑，于是全力抵挡着紫藤的攻击。

在无人注意的角落里，林熙染的双眼恢复了清明。他的手上不知道什么时候已经多了一把式样古怪的匕首，他握着匕首冲向了穗穗。

雪琪的嘴唇动了动，最终还是没有提醒穗穗。

林熙染的匕首刺入了穗穗的背，匕首奇异地融化掉，消失在她的伤口深处。穗穗发出了凄厉的尖叫声，连半空中神像凝结的影像也变得若隐若现。

那只寄魂虫仿佛恢复了自己的意志，它发现自己被神像诱离了苏莺的身体，露出了惊骇悔恨的神情，于是掉头向着苏莺俯冲而去。

电光石火之间，一条紫藤将掬柔挡在了苏莺的前面。寄魂虫化作的一点血色流光冲入了掬柔微张的嘴里！

掬柔瑟瑟发抖起来，似乎每一根骨头的骨节都在晃动。她的右手食指亮了，那是她的叔爷送给她的福蛊在发光。这光点顺着掬柔的手臂进入了掬柔的五脏六腑之间，和寄魂虫碰撞在一起。来自前任被虫灵附体的蛊术师阿茶的福蛊，拥有平和浩大的威力。它不具备攻击力，可是当寄魂虫企图伤害它的宿主的时候，福蛊真正的力量展现了出来。

掬柔猛烈地咳嗽了起来，她吐出了一团血块。那是死掉的寄魂虫。哈辛费尽心机，却没想到寄魂虫刚刚成熟就被神像的力量引出了苏莺的躯壳，紧接着却被福蛊炼化杀死!

薛夜的妖藤化作数十条，插入了祭坛的各处，破坏掉它的能量流动回路，祭祀被终止。神像的影子变得虚幻了起来。

穗穗站在原地，她身上的虫灵的力量被林熙染那柄奇怪的匕首束缚，变回了普通人。她的神色惨痛，梦呓一般问林熙染："怎么会是你？"她一直提防着薛夜会反悔，令李翔注意着薛夜的一举一动。就连阿依的反抗，她也考虑周详，却没想到林熙染这个无足轻重的普通人会毁掉她最完美的计划。

林熙染的双眼清澈而平静，他没有回答。他的嘴里还有着蛊茶的余香，没有人知道他曾经和薛夜有过一次长谈，也是那次谈话，他们拟定了这个充满了冒险和不确定因素的危险计划。置之死地而后生。林熙染记得，薛夜说他曾经凭借个人意志破除了忘情虫，所以他很难被幻境控制。薛夜知道那个被虫灵附体的蛊术师一定会严密地监视自己，所以林熙染才是他最后的底牌。

在神婆死在吊脚楼的那夜，薛夜终于确定了苏莺的身体里有着可怕的异虫，而那只异虫才是神秘蛊术师真正想要的。薛夜和林熙染商定，利用神秘蛊术师的力量取出苏莺身体里的异虫，然后他们再联手重创蛊术师。薛夜将一把黑色的匕首交给了林熙染。那把匕首是传说中邪神的武器，能够封印住神秘蛊术师身体里虫灵的力量。林熙染装成被神像迷惑，在幻境中无法自拔。其实他一直在寻找着重创穗穗的机会。他眼睁睁地看着苏莺因为薛夜的冷淡变得绝望。原来，苏莺对薛夜的喜欢已经变成了深深的爱，就和他对苏莺的感情一样。

血色吊脚楼表面的那层红色的小虫子不安地蠕动了起来，它们感觉到了祭祀被打断，虫灵被束缚，连神像的力量也在急速下降!

穗穗的脸上露出了残忍阴郁的微笑，她疯狂道："你们以为你们赢了？不，我们会同归于尽。虫灵不会允许异端打扰它的沉眠地，你们都会死！"

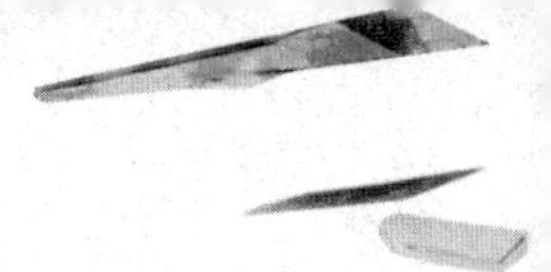

她银铃般的笑声在这暗淡诡异的吊脚楼里回荡着，仿佛阴间使者脚踝上挂着的引魂铃铛在响。

阿依颤抖了起来，她敏锐地感觉到即将大难临头。

林熙染扶起倒在地上失去了意识的苏莺，搂住她，眼中并没有面临死亡的恐惧。他已经尽力了，如果死亡无法避免，他也只能坦然接受。他的视线落在了苏莺苍白的脸上，心中一痛。

薛夜的嘴角溢出血来，他侧过头看了一眼昏迷在林熙染怀中的苏莺，眼底有千言万语。虫灵虽然被封在了穗穗的身体里，却不甘被缚，打算杀死所有人，包括穗穗。这样它才可以从穗穗的身体里离开，回归到神像之中，静静沉睡，等待着下一个适合的寄主。

死亡的恐惧，薛夜早就清楚。在多年以前，群星暗淡的荒芜草原上，他握着小樱的手，仓皇逃走。哈辛捉住了他们，将小樱单独囚禁，威胁薛夜为他养虫。死亡总是在触手可及之处。

薛夜抬头，操控着妖藤的主干刺进了半空中神像的幻影之中！

铺天盖地的红雾从门外冲了进来，原本微弱的烛光被红雾吞噬，而被红雾包裹着的人群的命运又如何？

第三十五章
回家

山腹里一片黑暗，沉寂如冰冷的宇宙。

昏迷的苏莺在恍惚间梦到了薛夜微笑的脸。他的眼神温柔如月光，静静地看着自己，就好像自己是他最喜欢的小樱。

薛夜的声音还是那么清澈好听："苏莺，你该醒过来了。"

苏莺头痛欲裂，她觉得自己的眼皮沉重如山。

薛夜的声音从她的耳边传来，温和如春日的风："苏莺，苏莺——"

心脏处的闷痛减轻了很多，苏莺艰难地抬了抬头，她想要告诉薛夜很重要的事情，她才是真正的小樱！

喉咙里有着腥甜的味道。苏莺的眼睫毛颤了颤，她费力地睁开眼，发现自己躺在光线暗淡的吊脚楼里，那些光亮是林熙染和薛夜身上的手机发出的光。

林熙染说："苏莺，没事了。穗穗成了植物人。李翔死了。雪琪中了蛊昏迷不醒。掬柔安然无恙。是薛夜保护了我们。"

苏莺有些心慌，她明明听到的是薛夜的声音，她的视线惶恐地落在了角落里薛夜的身上。她的嘴唇动了动，却什么也没说。

薛夜站了起来，疲惫道："我们必须马上走，水道里的东西开始躁动起来了。"

林熙染扶起躺在苏莺身旁的掬柔，而薛夜则扶起了苏莺。苏莺的手指触碰到了薛夜的手，她的指尖微颤。薛夜的手很冷，他是不是为了保护大家，付出了极大的代价？

林熙染和阿依将雪琪和穗穗抬上了木船。阿依怔怔地看着毫无知觉的穗穗，心情复杂。林熙染扶着掬柔坐上了船，等着吊脚楼里站着的薛夜和苏莺。

阿依将蜡烛放在船头，用包里的火柴点燃，然后怔怔看着水面对林熙染说："那普不见了。"

林熙染能够听出阿依语调里的惊慌："你是说？"

阿依伸出手指着水边漂浮着的衣物，说道："那普被吃掉了。我们会不会也被水里的东西吃掉？"

林熙染的视线落在吊脚楼里脸色苍白的薛夜的身上："不会的，薛夜说他会护着我们穿越山腹，回到光明世界。"

阿依欲言又止："我相信薛夜，就算他现在只是……"

掬柔一直在发抖："这一切太可怕了。"

阿依叹息，疲倦而悲伤："这简直就是一场噩梦。穗穗居然是那个蛊术师，她杀死了神婆，如今却变成了植物人。我不知道穗穗为什么会变成这样。"

林熙染没有再说话。他隐隐觉得薛夜哪里不对劲，却又说不出来。

吊脚楼里，苏莺握紧了薛夜冰冷的手，犹豫着说："薛夜，我……"我是小樱。

薛夜的手指按在了苏莺的唇上："别说话，我们赶紧离开，趁我还有力量保护大家走完这段黑暗的水道。"

苏莺点头。她和薛夜走出了吊脚楼，她这才发现吊脚楼的那层绯色已经消失了，露出了它本来的模样。深黑色的吊脚楼上有着密密麻麻的小孔，小孔里原本住着红色的蛊虫。那些蛊虫在不久前化为红雾扑进吊脚楼里，凶残可怕，似乎要撕裂吞噬所有人的血肉，如今却如烟雾一般消散。是薛夜杀死了它们吗？神像又去了哪里？

心中带着重重疑问，苏莺默默跟着薛夜走上木船坐好。她的额头有些痛，想抬手摸，却被薛夜握住了手腕。

薛夜低语："你的额头有伤口，不要用手碰。"

苏莺乖巧地点头。她的视线落在了木船附近的荷花上。不知道为什么，她这次醒来后的视力变得好了许多。她清晰地看到，木船旁的荷花的花蕊居然是一颗颗眼球一样的异物，碧绿色的荷叶下有灰色的根须在蠕动着。

木船穿过密密麻麻的荷花，暗淡的手机照明只能照亮船头很小一块水面。阿依和林熙染划着船，哗啦啦的水声在寂静中异常刺耳。

薛夜坐在苏莺的身边静静地看着水面。船底传来奇异的摩擦声，仿佛木船的底下有着缭绕的水草企图缠住木船，阻止众人的离去。苏莺的思绪仿佛被吸住一般沉入水中。她仿佛看到了数千年前发生在这里的悲惨场景：无数奴隶吃下血红色的种子，被反绑着推进这黑暗的水道。火把上熊熊燃烧的火光照亮了水面。奴隶们腹中的种子在快速地生长，变成红色的触须，从他们的身体里伸出，血肉是触须生长的养料。数百个奴隶的血肉令寂静的水道上开满了白色的花朵。奴隶们的骨骸在水底的淤泥里腐朽，他们的怨恨变成了白色花朵上宛如眼球般的花蕊。它们要看到，看到来这里的人和它们一样沉死在不见天日的水底。

"苏莺？"薛夜的声音响起。

苏莺打了个寒战，她如梦初醒地抬起头来，困惑道："怎么了？"

薛夜看着苏莺，眼底的柔光令苏莺不知所措，他说："对不起。刚才我只是想救你。不过你不用担心，你的身体养过寄魂虫，所以，你今后再也不会被异虫伤害。"

苏莺微微一笑："薛夜，我要告诉你一个秘密。"

薛夜的手抚过苏莺额前的碎发："等我们离开这里，你再告诉我。"

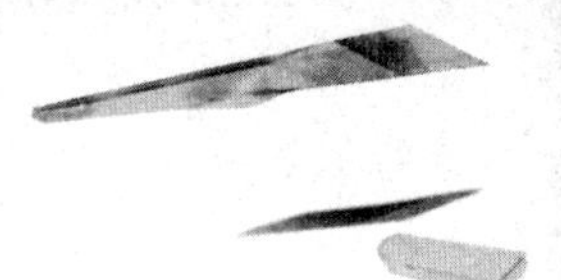

苏莺能够感觉到薛夜眼底的温柔，她的心甜蜜而喜悦。在这个黑暗而危险的水道，她的心却被喜悦占据。薛夜并没有选择复活他手链里的魂魄，而是选择了她。她是不是小樱并不是那么重要，重要的是他对她的心意。

林熙染回头看了一眼远处的吊脚楼，黑暗中，其实什么也看不见。他却觉得在吊脚楼里有一道身影正静静地站在那里，看着他们远去。这黑暗的吊脚楼是他们噩梦的一部分，即使远离，在梦中也会重现。

他们有惊无险地穿过那段狭窄的洞穴通道，划着船穿过黑暗的水面。薛夜仿佛有一种奇异的能力，带领着他们远离噩梦，前往光明。掬柔看到了一点亮光在远处出现，她屏住了呼吸。

“是出口！”掬柔的声音颤抖。她没想到自己居然能活下来。叔爷的福蛊救了她，而薛夜带领着大家离开了那个似乎永远也无法离开的吊脚楼。

林熙染和阿依用力地划着船桨，亮光越来越近。

有微风从亮光那里吹来，带着淡淡的水香。

薛夜在苏莺的耳边低语，缠绵如丝线一般的话语仿佛钻入了苏莺的心底：“我喜欢你，只喜欢你。”

苏莺苍白的脸染上了霞色，她的心中百转千回，唇角不由自主地上扬：“我也是，只喜欢你。”

巨大的洞穴出口就在眼前。浓郁的墨绿色被明媚的阳光照得发亮，碧绿的河水上是片片桃花。

苏莺的视线被这令她窒息的美景吸引，她兴奋道：“薛夜，我们终于出来了！”

薛夜没有出声。

苏莺侧过头，发现身边的座位空荡荡的。她诧异地环顾四周，脸色苍白如死人。薛夜不见了！

“薛夜！”苏莺凄惶地叫着薛夜的名字。只不过短短的一秒，为什么薛夜会不见了？

阿依放下了手中的桨，她叹息着说："苏莺，薛夜早就不在了。送我们离开吊脚楼，穿过水道，安全到达这里的薛夜只不过是他的意识。"

阿依的话如同晴空霹雳一般在苏莺的耳边炸响，苏莺猝不及防。

她怔怔地看着阿依："你说什么？"

阿依神色悲伤："薛夜已经死了。他为了保住我们的性命，和神像做了交易。他是强大的虫师，即使死亡后，也能凝聚一段时间意识。他的意识护着我们来到了这里，已经耗尽了他所有的力量。所以，现在他的意识也消散了。"

苏莺的眼泪涌出了眼眶，刹那间明白了阿依的话。薛夜刚才是在对自己告别。他只是那样笑着，用一种理所当然的语气说：我喜欢你，只喜欢你。

薛夜，我还没有来得及告诉你，我才是小樱。

我才是那个和你相依为命，却不得不分离的小樱。

我才是那个即使忘记了你，也在和你重逢之后，就无法自拔地爱上你的小樱。

这一刻，苏莺恨不得自己已经死去。她站起身来，毫不犹豫地跳入了水中。既然薛夜死了，那么她就化成魂魄，也许还来得及追上他远去的脚步。

冰冷的河水灌入了苏莺的口中，她的肺仿佛即将炸开一般疼痛，意识变得模糊。苏莺露出一丝微笑。薛夜，我来了。

苏莺缓缓沉往水的深处，她的唇中吐出细碎的气泡。脑海里，薛夜微笑的样子神秘而温暖，却遥不可及。

就在这个时候，半昏迷的苏莺被人揽入怀中。柔软温热的唇吻上了她冰冷的唇，这吻带来了氧气和生机。

苏莺睁开双眼，看到的却是惊慌失措的林熙染。林熙染凝视着苏莺，仿佛这世界里，她是他最重要的人。他紧紧地搂着她，升向水面。苏莺闭上了眼，在水中没人能看到她的眼泪。

薛夜不在了。

第三十六章
轮回

一个月后，京城，至诚律师事务所。

苏莺安静地站在电梯里，按下了十一楼。她瘦了很多，原本乌黑的长发也变得发黄。

她在锦里停留了三周，却再也找不到那个通往吊脚楼的水道。巨大的山腹宛如迷宫，而水下的暗流无数。也许那个吊脚楼原本就在另一个世界，只是偶然地向被它选中的人开放。

阿依退学后，回到了神婆居住的吊脚楼。她成了锦里镇的新任神婆，为镇里的人做着以往的神婆做过的事情。阿依说，薛夜是为了救他们才会死，所以苏莺如果去死，就是对薛夜最大的不尊重。

苏莺哀求阿依想办法令她和死去的薛夜说话。神婆通常都有沟通两个世界，让死者和生者交流的能力。但是，绝大多数时候，那只是一种安慰。阿依告诉苏莺，薛夜去了一个遥远而黑暗的地方，一个她也无法通信的地方。她用神婆留下的一把红色木梳，梳理着她长长的黑发，微笑清浅："你和薛夜的缘分已经尽了。你要好好过你剩下的日子，这样薛夜在另一个世界也会放心。"

苏莺整夜整夜睡不着。

后来，她回到了京城，继续她的学业。她想好好地生活下去，就和过去的十多年一样，她想让薛夜放心。昨天，她接到了律师事务所的电话，说有一份财产文件需要她签署。

电梯的门滑开，苏莺走进了律师事务所，前台小姐领着她去了杨律师的办公室。

杨律师看到了苏莺，他的眼底有惊讶的光闪过。命运有时候残忍无情，有时候却会对它的幸运儿展开温情的微笑。眼前的少女就是命运的幸运儿，她居然得到了数千万的财产。

一个多月以前，一个叫作薛夜的男子来到律师事务所找到他。薛夜帮他解决了桃花劫，展示了他令人恐惧的力量。然后薛夜委托他，将一笔财产在一个月后交给苏莺。

杨律师彬彬有礼地微笑道："苏小姐，恭喜你，你已经是千万富翁。"

苏莺的脸上却没有一丝喜悦。她淡淡地点头，签署了文件，然后离开了律师事务所，搭地铁回学校。

地铁站，人群熙熙攘攘。她还记得她和薛夜的相遇。等地铁的薛夜的侧脸轮廓优美，穿着白衬衣和黑色长裤，身材修长，略略有些单薄。他侧过头看着苏莺，微微一笑，令人心动。也是那一次，薛夜握着她的手在地铁通道里狂奔，躲避那些诡异的寄生物。

苏莺闭了闭眼。她不敢再回忆下去，每一次甜蜜的回忆都令她心如刀割。仅仅过去了一个月，她却觉得已经过去了三十年。生命失去了支撑，摇摇欲坠。薛夜，我没有足够的力气，继续正常地生活下去。薛夜，我想回家，回我们曾经的家。

马来西亚的十一月炎热无比，每天都会有暴雨突然而至。艳蓝色的天空下，这里的一切都带着肆意怒放的狂热。SEM小镇在盛夏的暴雨里令人产生它正在摇曳生长的错觉。

苏莺站在老街拐角处，默默地看着她和薛夜与爸爸妈妈一起生活了好几

年的地方。熟悉的街景，陌生的人群。时光是无尽的河流，将昔日埋葬在深渊里。

那家蛋糕店还开着，年轻的店员将头发染成了金色，他将草莓蛋糕递给苏莺。苏莺拿着蛋糕，轻咬了一口。幼年时候眼中的绝世美味，如今吃起来索然无味。

金发店员看着流泪吃着蛋糕的少女，有些不知所措。

苏莺离开了蛋糕店，她沿着街道漫步，模糊的记忆因为熟悉的景色而慢慢复苏。她穿过污水横溢的小巷，站在了一处老旧低矮的房子前面。她鬼使神差地攀着梯子，爬上屋子前的平台，然后推门走了进去。屋内空无一人，所有的家具却那么眼熟。苏莺知道，一定是薛夜后来买下了这个屋子，那是他心底最深刻也最美好的记忆。

就在这个时候，门响了，一个女人用马来西亚语呼喝着什么。苏莺转过头，那个胖胖的中年女人看着她的脸，雕塑一般凝固在了那里。

皮肤黝黑的女人喃喃地说："小姐……"

电光石火之间，苏莺明白胖女人说的"小姐"就是在那个深夜被哈辛送到薛夜手中的女孩儿。

苏莺翻出手机里她和薛夜的合影给胖女人看，解释道："我不是你的小姐，但我是薛夜的朋友。我来找薛夜。"

胖女人结结巴巴地说："他……他没有回来。好几个月了。"

苏莺心中一疼，问道："你可不可以带我去他住的地方？"

胖女人神色诧异。没有人会想去虫师的家里做客，因为一不小心就会死。

苏莺微微一笑："薛夜说过，我不会有事。"

整整一个星期，苏莺都住在薛夜的家里，她有时会对着空气自言自语，仿佛在和薛夜聊天。苏莺蜷缩在沙发上，那股薛夜身上的冷香淡淡地环绕着她，令她觉得薛夜并没有离开。

胖女人叫淑华，是华裔和当地人的后代，她替苏莺找到了当地极高明的虫师蒙吉。苏莺请虫师蒙吉炼制极其珍贵的寻人虫。这样的寻人虫不论生死，就算被寻找的人死于海难，在深海里腐朽成白骨，也可以被找到。

在光线暗淡的浮脚楼里，苏莺见到了垂暮之年的虫师蒙吉，向他询问复活一个人的条件。

虫师蒙吉的手臂上是诡异的文身，他的眼睛极亮，回答了苏莺的问题："一具最适合复活者的身体，一种折寿的虫术，一个星象特别的夜晚。你心爱的人就可以从地狱里归来。但是，这三个条件，每一个条件都难以达成。即使达成，回归的灵魂也很可能被地狱染上了黑暗。"

苏莺沉默了很久，接过蒙吉递给她的寻人虫告辞。

虫师蒙吉叫住了苏莺，他的声音低沉沙哑，却带着一种惑人的魅力："我想收你做我的徒弟。你可以继承我的虫术，你会成为非常强大的虫师。"苏莺进入屋子里至少接触到了十二种异虫，却根本没有任何被异虫寄生的迹象。她对异虫有极强的免疫力。

苏莺按捺住内心的渴望，她摇头拒绝了蒙吉，离开了蒙吉的住所。苏莺在太阳下走了很久都不能驱散心底的寒意。就差一点儿，她就答应了蒙吉。她多么渴望复活薛夜，可是她知道薛夜不愿意带着黑暗的灵魂回来，他不会愿意自己和他一起堕入灵魂深渊。

十一月的云南锦里镇已经是初秋的天气。河面上依然有桃花的花瓣漂来。桃花寨是一个四季都有桃花盛开的仙境。苏莺看到一尾肥鱼露出水面，吞掉了一瓣桃花。

碧水青山，落花游鱼。这里埋葬了她最心爱的人。

苏莺踩着改装过的脚踏铁皮船，缓缓驶入了河的尽头。巍峨青山吞吐着河流。天然形成的巨大洞穴口，野花宁静而美丽。

清幽的巨大山洞吞噬了苏莺的船，她的身后，光亮越来越远。苏莺的脸

上是微微的笑意：薛夜，我来了。

河水潺潺，空气清凉，水面渐渐变得漆黑。苏莺打开了应急灯，雪白的灯光照着灰暗的河水。苏莺低低地哼起小时候妈妈在她耳边哼唱过的歌谣。柔和的歌声在巨大的山腹中回荡，苏莺的船驶入了狭窄低矮的水道。

洁白的钟乳石在雪白的灯光下散发着晶莹的光。它们在黑暗中缓慢地生长，就像是永远不能告诉别人的心事。

苏莺掌心的寻人虫亮了。她转动铁皮船的方向盘，穿过钟乳石密集的水道，进入了山腹的支流。黑暗越来越深，地狱越来越近。

铁皮船在黑暗中航行了一刻钟，远处有一点紫光蒙蒙地亮。四周很安静，苏莺却觉得有无数双眼睛在盯着她，也许是死去了许久的人们的灵魂正在注视着即将加入它们的活人。

一束光从黑暗的山腹上方照了进来，光中是紫色的吊脚楼矗立在露出水面的石台上。石台附近密密麻麻地挤满了白色的荷花，荷花的花蕊上那一颗颗眼球一样的异物正盯着驶近的铁皮船。碧绿色的荷叶下有灰色的根须在蠕动着。

苏莺惊讶地看着紫色的吊脚楼，吊脚楼已经被紫藤包裹住了，所以呈现出诡异的紫色。不知道为什么，看到这些紫藤，苏莺的心中有亲近的感觉。

铁皮船驶向吊脚楼，荷叶和荷花缓缓动了动，分出了一条水道。通往吊脚楼的水道两侧的岩壁上全是赤红色的壁画，描绘的是三眼六手神像的种种神迹。苏莺的应急灯将壁画照得纤毫毕现，她的视线落在了其中一幅壁画上：神像在半空中悬浮着，一根细线将神像和一个人连接在了一起。紧接着第二幅画上描绘那个人的线条变成了虚线。第三幅画却诡异得令苏莺的灵魂都颤抖了起来，那个人正从神像的腹部往外爬。

苏莺的手抖了抖，灯光移到了其他壁画上。她有些心慌地想要再寻找那组诡异的壁画，却发现怎么也找不到了。

铁皮船停在了吊脚楼下的石台阶旁，苏莺将船上的缆绳在石头上捆绑好，然后踏上了石阶。

吊脚楼原本的门已经被紫藤封死。紫藤在雪白的灯光下微微晃动，就像是蔷薇花藤在晚风中摇曳。苏莺闻到了属于薛夜的冷香。寻人虫显示，薛夜的尸体就在吊脚楼里。苏莺心中酸涩，她从背着的工具包里抽出了锋利的匕首。

将应急灯放在吊脚楼外，苏莺握紧匕首，想要割断封住门的紫藤，却发现紫藤在匕首触及之前退开了，留出可以进出的洞口。浓郁的冷香从吊脚楼里吹了出来，紫藤摇曳，发出沙沙的声响。

苏莺的眼泪无声无息地落了下来，她看着手心里亮得仿佛星辰一般的寻人虫，提起应急灯，钻进了被紫藤裹住的吊脚楼里。

吊脚楼里安静如坟墓，它就是坟墓，埋葬着薛夜。苏莺提着应急灯在空荡荡的吊脚楼里寻找着，却什么也找不到。吊脚楼的一楼和二楼没有任何东西，地板上连灰尘也没有。

苏莺跪坐在地板上，她千里迢迢来到这里，并没有打算再离开。她的世界黑暗，如长夜永无尽头。她只想待在这里，待在离薛夜最近的地方。这空荡荡的吊脚楼里有着薛夜的香气，却没有薛夜的踪迹。

“薛夜……”苏莺低低地用尽全力地问，“你在哪里？”

她拿起匕首，脸上是浅浅的微笑：“我来找你来了。”

血从她的手腕滴落到了地板上，然后被地板无声无息地吸收掉。苏莺靠墙坐下，双眼望着虚无的黑暗，希冀她的视线可以看到另一个世界。

苏莺的血不断地滴在地板上，她的脸色变得苍白。就在这个时候，金色的光在地板上扭动了起来，隐藏在吊脚楼里的法阵被血祭激发。无数光的纹路被点亮，半空之中，三眼六手神像浮现。神像的双眼紧闭，似乎还在沉睡。

苏莺艰难地站了起来，因为失血微微眩晕，她仰头看着三眼六手神像，喊道：“薛夜在哪里？”

神像中一条紫色的藤蔓伸了出来。它羸弱而美丽，浅浅的紫色清新如晨曦时分的紫霞。它垂落下来，缠绕住了苏莺受伤的手腕，伸入了她的伤口里！

刹那之间，苏莺感受到了神像想要告诉她的一切。她的脸色更加苍白，如同死人，眼神却灼热无比。

她望着似乎亘古就存在的三眼六手神像，眼中有流光闪过，她坚定道：“我愿意。”

世界静默，三眼六手神像的双眼缓缓睁开。一道光冲进了苏莺的眉心，她的双眼之中瞬间有火焰燃烧了起来。她的长发飞舞着，双脚渐渐离开了地面。她成为新一任被虫灵附体的蛊术师！

苏莺缓缓向着神像伸出了右手，她的手插入了神像的腹部，指尖冰冷，仿佛触摸到了另一个世界，然后苏莺握住了一只手。她握紧了那只手，将它缓缓地往外拉。

吊脚楼里，神像在半空中发着光，悬浮在神像旁的少女神色严肃地从神像的腹部拉出了一只手，那只手连着的是她最心爱的人。

薛夜。

苏莺痴痴地看着薛夜紧闭的双眼，他还穿着两个月前进入这里时穿着的衣服。他的脸颊晶莹，双唇润泽，长长的眼睫毛随着他的呼吸轻颤，淡淡的冷香在他的身边浮动。

苏莺突然觉得，看着活生生的薛夜，她做什么样的选择都已经值得。她将薛夜放在了地板上，静静坐在他的身旁，看着他沉睡的模样，等待着他醒来。

应急灯的光被苏莺调得柔和，她的心底是如月光一般温柔的喜悦。她心中有千言万语想要告诉薛夜，这一次，她可以慢慢说给他听。经历了漫长的分离和痛苦，她终于可以和薛夜长久地在一起。她和他拥有十年的时间。

不知道为什么，苏莺突然觉得困，她垂着头沉沉睡去，吊脚楼外响起了窸窸窣窣的声响。

苏莺的身后，有一个女孩子的影子若隐若现。是小樱！她用冰冷仇恨的眼神看着苏莺，却在看到薛夜的时候，眼中充满了温柔与爱。

和神像做交易的并不是只有一个人。小樱环抱住了苏莺，她静静地等待着，等待着薛夜从沉睡中醒来……